U0105200

拨云开雾，
　　一睹四大汗国的盛衰荣辱
观照史实，
　　且看汗位更替的跌宕起伏

蒙古四大汗国之

同源黄金血脉的不同治世
助推欧亚交流的蒙古风暴

窝阔台汗国

包丽英/著

内蒙古人民出版社

图书在版编目（CIP）数据

蒙古四大汗国之窝阔台汗国 / 包丽英著 .—呼和浩特：内蒙古人民出版社 ,2017.9（2023.3 重印）

ISBN978-7-204-14999-5

Ⅰ.①蒙…Ⅱ.①包…Ⅲ.①长篇历史小说—中国—当代Ⅳ.① I247.5

中国版本图书馆 CIP 数据核字 (2017) 第 243718 号

蒙古四大汗国之窝阔台汗国

作　　者	包丽英
责任编辑	张桂梅
装帧设计	宋双成
封面绘图	海日瀚
出版发行	内蒙古人民出版社
地　　址	呼和浩特市新城区中山东路 8 号波士名人国际 B 座 5 楼
印　　刷	内蒙古爱信达教育印务有限责任公司
开　　本	710mm×1000mm　1/16
印　　张	18.5
字　　数	290 千
版　　次	2018 年 6 月第 1 版
印　　次	2023 年 3 月第 2 次印刷
印　　数	3001—5000 册
书　　号	ISBN 978-7-204-14999-5
定　　价	36.00 元

图书营销部联系电话 :（0471）3946298　3946267
如发现印装质量问题，请与我社联系，联系电话 :（0471）3946120

内容导读

　　名义上，窝阔台汗国是第一个建立的汗国，而察合台汗国是第一个真正建立的汗国。两个汗国建立的时间相差很近（也有另外一种说法，窝阔台汗国建立于蒙古第一次西征结束后。但当时，成吉思汗还活在世上，窝阔台还没有继位，没有获得"汗"号，这个时间认定值得推敲。何况，无论是1225年，还是1229年，窝阔台汗国终究只是在名义上存在而已）。

　　从窝阔台成为蒙古帝国的第二任大汗起，他也就在名义上成为窝阔台汗国的第一任大汗。

　　毫无疑问，汗国的基础是窝阔台的封地。当年，成吉思汗在将窝阔台立为自己的继承人后，考虑到一旦成为大汗，窝阔台就将握有至高无上的国家权柄，握有对全国范围内的领地进行重新分配的权力。因此，成吉思汗只是将原蒙古乃蛮部落的广阔土地和西辽国的部分领土，即额尔齐斯河上游和巴尔喀什湖以东地区赐予三子窝阔台，权作其家族的驻牧地和休养地。

　　严格而论，在窝阔台汗国正式建立前，窝阔台并未像察合台和后来的拔都、旭烈兀那样，使自己的封地成为一个政权体系完备且相对独立的汗国。

　　窝阔台不急。

　　选汗大会上，人们已将汗位约定在窝阔台一系，这个约定意味着，整个国家都由窝阔台及其后人掌管，他的确没有另在封地建立政权的必要。

　　窝阔台是一位"深肖其父"之人。他在位时，举行了两次"三大征"。第一次是南征金国，西征波斯，东征高丽，此番，南征是重中之重；第二次是南征南宋，西征斡罗斯，东征高丽，此番，西征是重中之重。

古往今来，权力之于冷酷的心灵，是一剂泯灭良善的药；之于破碎的亲情，是一把割裂人性的刀。忌惮如同毒蛇，令坐上高高御座的蒙古大汗寝食难安，解除心病的方式，是一碗符水。

一碗符水，就将一切了结。

纵然不曾后悔，是否还会愧疚？

也许会。谁知道。

不能否认窝阔台的杰出。这位杰出的君主，内心始终深藏着无以诉说的烦恼。烦恼的根源在于他的家庭：窝阔台膝下七子，七子间矛盾重重。窝阔台最钟爱三子阔出，阔出也是他的嫡子。他像二哥一样，想让汗位在爱子一系传承，可他面临的压力大到超乎他的想象。

阔出的上面，是窝阔台的长子贵由和次子阔端。尽管窝阔台最优秀的儿子是阔端，可他从未属意于这个儿子。当然，他也从来不曾属意于长子，但长子的生母，是他无法避开的女人。

对权力的追求，让汗位争夺悄然消耗着窝阔台家族的实力。

窝阔台在无限忧虑中离开人世，其后十年，蒙古帝国经历了贵由的执政和两位女人的摄政。多年前一碗符水的报复在这里显现出来：失望与厌烦，足以让人们跨越誓言的鸿沟。

作为窝阔台的长子，贵由是汗国当然的继承人。事实的确如此，窝阔台即位后，将父亲赐给他的封地转赐给长子。不过，只做窝阔台汗国的第二任大汗，决不是贵由追求的目标，从很早的时候起，他的眼睛不止一次望向和林万安宫那张金光灼灼的御座。他要坐在那上面，他知道，只有坐在那上面的人，才有机会让所有的人跪在他的脚下，包括他此生最厌恶的人：金帐汗拔都。

成为蒙古帝国第三位大汗的过程充满艰辛和曲折，贵由在五年后如愿以偿。只可惜，他在位仅仅两年，没有机会让他的儿子们像他一样，凭借父亲的威望与福荫问鼎汗位。他去世后，在金帐汗拔都的鼎力相助下，拖雷家族从窝阔台家族夺取汗位。

生前的仇恨，是因为惧怕？是因为预感？以贵由的性格，即使到了天上，想必他也不会对任何人敞开心扉。

随着蒙哥的登基，窝阔台汗国四分五裂。

风云变幻的局势，为海都登场做着铺垫。换个角度说，贵由的死，结束了窝阔台家族的汗统，却成就了窝阔台汗国的新时代。

窝阔台汗国真正的历史应该从海都复国算起。

海都的父亲合失，是贵由一母同胞的兄弟。在二十四岁那年，合失由于酗酒亡故，海都被祖父窝阔台接到大帐亲自抚养。祖父去世后，年方七岁又失去父亲的海都并未得到多少来自亲人的关怀。凄凉的人生，意外地为窝阔台汗国储备了一位真正的君主。长大后的海都意志顽强且滴酒不沾。

"塔剌思会盟"后，海都称汗，标志着窝阔台汗国正式复建，同时标志着四大汗国中除伊儿汗国外全都各自走上独立发展之路。海都为恢复祖业夺回汗位艰苦奋斗时，正值元帝国与窝阔台汗国、察合台汗国以及四大汗国之间的内战全面爆发。在一场场内战中，海都占尽先机，终于将察合台汗国变成窝阔台汗国的藩属，将自己变成忽必烈皇帝的噩梦。

海都统治下的窝阔台汗国所控制的地域，东至唐努山、贝加尔湖，南临伊犁河，西至乌拉尔山，北至西伯利亚以北，以叶密立为都城。

从全部家当只能换取三十匹良马，到成为中亚霸主，海都的努力与成功足以令他在天上的祖父为之惊叹。

戎马一生却步入老年的海都在战阵中结束了他的奋斗和辉煌。临终前，他预感到窝阔台汗国和察合台汗国终将合为一体。不过，老天不会将这个使命交给他的儿子们，而会交给为他做了二十七年傀儡的察合台第十任汗。

毕竟，二十七年的傀儡，这种隐忍，不知需要怎样的胸怀？

其后八年，窝阔台汗国又历两任大汗，1309 年窝阔台汗国灭亡。

窝阔台汗国世系表

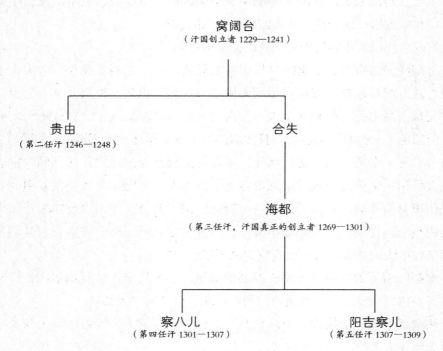

窝阔台
（汗国创立者 1229—1241）

贵由
（第二任汗 1246—1248）

合失

海都
（第三任汗，汗国真正的创立者 1269—1301）

察八儿
（第四任汗 1301—1307）

阳吉察儿
（第五任汗 1307—1309）

窝阔台汗国人物表

术赤：成吉思汗嫡长子

察合台：成吉思汗嫡次子，察合台汗国创立者，1229—1241 年在位

窝阔台：成吉思汗嫡三子，蒙古帝国第二任大汗，窝阔台汗国创立者，1229—1241 年在位

拖雷：成吉思汗嫡幼子

贵由：窝阔台长子，蒙古帝国第三任大汗，1246—1248 年在位

蒙哥：拖雷嫡长子，蒙古帝国第四任大汗，1251—1259 年在位

忽必烈：拖雷四子，嫡次子，元帝国创立者，庙号世祖，1260 至 1294 年在位

铁穆耳：忽必烈之孙，庙号成宗，1295—1307 年在位

海山：铁穆耳次兄答剌麻八剌之子，庙号武宗，1308—1311 年在位

爱育黎拔力八达：海山之弟，庙号仁宗，1312—1320 年在位

海都：窝阔台之孙，合失之子，窝阔台汗国第三任汗，前两任汗为窝阔台和贵由，他们同时也是蒙古帝国大汗。但海都是窝阔台汗国的真正创立者，1269—1301 年在位

察八儿：海都长子，窝阔台汗国第四任汗，1301—1307 年在位，后归附元朝，受封汝宁王

阳吉察儿：海都次子，窝阔台汗国第五任汗，1307—1309 年在位

拔都：术赤次子，金帐汗国创立者

斡尔多：术赤长子，白帐汗国创立者

昔班：术赤五子，蓝帐汗国创立者

贝达尔：察合台之子，第二次西征中，指挥著名的里格尼志战役，征服波兰

南图赣：察合台长子，殁于第一次西征战场，察合台建立汗国后，将汗位约定在南图赣一系

阔端：窝阔台次子，坐镇甘青之地，一手促成吐蕃归附蒙古

阔出：窝阔台三子，嫡子，汗位继承人，殁于南征战场

合失：窝阔台四子，汗国真正的创立者海都的父亲，因酗酒早亡

合丹：窝阔台之子，贵由胞弟，名将，后辅佐蒙哥及忽必烈

别儿哥察儿：术赤之子，金帐军统帅

脱哈帖木儿：术赤之子，金帐军统帅

不里：南图赣长子，第二次西征时担任察合台从征军统帅

哈剌旭烈：南图赣次子，察合台汗国第二任汗

旭烈兀：拖雷嫡三子，伊儿汗国创立者

阔列坚：成吉思汗庶幼子

合真：窝阔台正妻，太子阔出之母，出身于孛剌部贵族

乃马真：窝阔台六皇后，贵由生母，为窝阔台生育五子，窝阔台去世后，由乃马真摄政

苏如：拖雷正妻，蒙哥、忽必烈、旭烈兀、阿里不哥均为苏如所出

孛儿帖：成吉思汗正妻，术赤、察合台、窝阔台、拖雷生母

察如尔：王汗之女，术赤之妻，苏如的堂姐

也速蒙哥：察合台之子，察合台汗国第三任汗

不者克：蒙哥庶弟，随蒙哥参加第二次西征，名将

失烈门：窝阔台嫡子阔出之子，阔出逝后，他成为帝国储君，但汗位为贵由夺取

兀鲁忽乃：察合台第二任汗哈剌旭烈之妻，第四任汗及第六任汗木八剌沙之母，汗国女摄政，后改嫁第五任汗阿鲁忽

阿剌海：成吉思汗之女，监国公主

帖木格：成吉思汗幼弟，成吉思汗西征期间，坐镇蒙古本土

塔察尔：帖木格嫡孙，后继承王位

拜住：察合台八子，察合台从征军统帅，西征军名将绰儿马罕去世后，接替其职

海迷失：贵由皇后，贵由去世后，一度摄政

忽察：贵由长子

脑忽：贵由次子

忽图黑：窝阔台之孙，灭里之子

合答合赤：阔出之妻，失烈门生母

灭里：窝阔台幼子

脱脱：窝阔台五子合剌察儿之子

禾忽：贵由幼子

阿里不哥：拖雷嫡幼子，曾与忽必烈争夺汗位，失败后投降

察必：元朝皇后

阿只吉：察合台曾孙，南图赣之孙，不里之子，忽必烈的追随者

只必帖木儿：阔端幼子，王位继承人

别儿哥：拔都之弟，金帐汗国第四任汗

阿鲁忽：察合台之孙，贝达尔之子，察合台汗国第五任汗

木八剌沙：察合台曾孙，南图赣之孙，哈剌旭烈之子，察合台汗国第四任汗和第六任汗

撒里答：拔都长子，金帐汗国第二任汗，猝亡

乌剌黑赤：拔都幼子，金帐汗国第三任汗

那海：术赤七子不哇勒之孙，塔塔尔之子，金帐汗国权臣

阿八哈：旭烈兀之子，伊儿汗国第二任汗

忙哥帖木儿：拔都之孙，乌剌黑赤之子，金帐汗国第五任汗

八剌合：南图赣之孙，帖散笃哇之子，察合台汗国第七任汗

乞卜察克：窝阔台之孙，合丹之子

脱脱：忙哥帖木儿之子，金帐汗国第八任汗

聂古伯：察合台四子撒巴之子，察合台汗国第八任汗

阿合马：八剌合的堂弟

都哇：八剌合之子，察合台汗国第十任汗

不花帖木儿：察合台之孙，察合台汗国第九任汗

真金：忽必烈嫡次子，元朝太子

那木罕：忽必烈之子，北平王

阔阔出：忽必烈之子，宁远王

昔里吉：蒙哥之子，反叛元朝，自立为大汗

岁都：拖雷之子，蒙哥庶弟，拥护忽必烈

脱黑帖木儿：拖雷之孙，岁都之子

撒里蛮：蒙哥之孙

玉木忽儿：阿里不哥之子，参与昔里吉叛乱，后归朝，辅佐皇孙铁穆耳

明理帖木儿：阿里不哥之子，参与昔里吉叛乱，后叛归海都

兀古带：成吉思汗弟帖木格后王

甘麻剌：忽必烈之孙，真金长子

阔里吉思：汪古部首领，驸马，高唐王

阿难答：忽必烈之孙，忙哥剌之子，镇关陇，安西王

奥鲁赤：忽必烈之子，西平王，屯驻吐蕃之地。

脱脱蒙哥：忙哥帖木儿之弟，金帐汗国第六任汗

火赤哈儿的斤：畏兀儿国王，驻守哈剌火州，察合台第十任汗都哇的岳父

彻儿：火赤哈儿的斤之女，都哇夫人

乃颜：帖木格后王，塔察尔国王之孙

都里帖木儿：成吉思汗异母弟别勒古台的曾孙，辽东行省平章

哈丹：成吉思汗三弟合赤温曾孙

胜纳哈儿：成吉思汗三弟合赤温曾孙

失都儿：成吉思汗二弟合撒儿曾孙

也不干：成吉思汗庶子阔列坚曾孙

木阑巴特：蒙古将军，元朝使者，伯颜外甥，后成为海都驸马

绿翠：海都继女

火鲁火孙：成吉思汗二弟合撒儿之孙

乃蛮带：东道诸王之一

老的：哈丹之子，勇将

阿失：驸马

斡鲁斯：海都三子，后归附元朝

也先不花：都哇次子，察合台汗国第十三任汗

宽阔：都哇三子，察合台汗国第十一任汗

塔里忽：南图赣长子不里之孙，察合台汗国第十二任汗

怯伯：都哇四子，察合台汗国第十四任汗，强国之主

许国祯：金国名医，后归附蒙古

绰儿马罕：蒙古名将，窝阔台汗执政时，率军剿灭花剌子模末代王札兰丁

哲别：蒙古帝国开国名将，"四狗"之一

速不台：蒙古帝国开国名将，"四狗"之一

耶律楚材：契丹皇族之后，蒙古名相

史天泽：金降将，后历成吉思汗、窝阔台、贵由、蒙哥、忽必烈五朝

张柔：金降将，后历成吉思汗、窝阔台、贵由、蒙哥、忽必烈五朝

刘黑马：金国早期降将刘柏林之子

萧查札：契丹名将萧也先之子

郭宝玉：唐朝名将郭子仪之后，成吉思汗的心腹谋臣

严实：金降将，受封蒙古国公，窝阔台时期任东平万户长

郝和尚：宣德、西京、太原、平阳、延安五路万户长

刘嶷：都总管万户长，统西京、河东、陕西诸军

兀良合台：速不台之子，蒙古名将

特穆尔岱：蒙古军将领中后起之秀

尔鲁：通天巫，害死大那颜拖雷的主谋之一

奥云：王汗妃，察如尔生母

桑昆：王汗之子，克烈部太子

塔海：蒙古开国名将、"四狗"之一忽必来后人，阔端麾下大将

塔察尔：蒙古开国名将、"四杰"之一博罗忽之子，与成吉思汗幼弟帖木格之孙塔察尔同名

汪世显：巩昌便宜总帅

张荣：蒙古都元帅

撒礼塔：东征军主将

铁哥：东征军副将

刘福：汉将，河南道总管

塔斯：蒙古开国名将、"四杰"之一木华黎之孙，袭国王之职

刘亨：汉将，守备洛阳

按察尔：阔端手下名将

多达那波：阔端手下名将，进攻吐蕃

赵阿哥昌：金熙州节度使、吐蕃王室后裔

赵阿哥潘：赵阿哥昌之子，后袭父位

口温不花：蒙古名将

奥都剌：乃马真信臣

镇海：畏兀儿人，蒙古丞相

牙老瓦赤：河中地区行政长官，后升任中都城总管

阿勒赤带：乃马真近臣

萨班：萨迦派法主，与阔端共同促成吐蕃和平归附蒙古

耶律朱哥：蒙古南征军主帅

史权：汉将，蒙古万户长

宴只吉带：贵由派往西征军的亲信，与拜住共掌其权

阿勒赤带：海迷失皇后的亲信

马思忽惕：主突厥斯坦、河中、畏兀儿诸城及其费尔干纳和花剌子模事宜

阿儿浑：波斯各地长官

阿里麻：亦思法杭和你沙不儿地区长官

王禃：高丽世子，后成为高丽国王，为子王愖求娶忽必烈之女

撒里：蒙古将军，率千人增戍印度、克什米尔边境，后归旭烈兀节制

阿术：速不台之孙，兀良合台之子，一家三代名将

李璮：山东世侯，叛元自立

伯八：元朝万户长

刘好礼：元朝断事官

火忽：驻守南疆，协助海都、都哇叛乱

安童：元朝右丞相

伯颜：元朝名将，平南宋主帅，后升任右丞相

土土哈：元朝骁将，钦察卫主帅

李庭：南宋降将，汉军统帅，与伯颜交厚，深受忽必烈信任

只儿斡带：应昌弘吉剌部首领，支持昔里吉叛乱

乌赞：察合台汗国勇将

布儿豁：察合台汗国御医

叶李：南宋降臣，后在元朝官居一品

董士选：南宋降将，汉军统将

玉昔帖木儿：御史大夫，蒙古名将

忽图克图：海都的侍卫长

长奇：渤海人，木阑巴特的侍医

爱薛：伊儿汗国名医，后被忽必烈款留于朝，主管内医院

术伯：元朝大将

怯伯：和林宣慰史，支持海都，与察合台汗国第十四任汗同名

速哥：伯颜手下战将

月赤察儿：成吉思汗义弟、蒙古"四杰"之一博罗忽曾孙，怯薛长

玉哇失：阿速人，定远大将军，亲军都指挥使，勇将

床兀儿：土土哈三子，继承其父之位，领钦察卫，元朝第一骁将，后迁镇国上将军兼枢密院钦察部太仆少卿

帖良台：海都部将

孛伯：海都部将

完颜珣：金国皇帝，庙号宣宗，1213—1224 年在位

完颜守绪：金国末帝，庙号哀宗，1224—1234 年在位

札兰丁：花剌子模国王摩诃末之子，花剌子模末代王

完颜合达：平凉行省，抗蒙名将

完颜陈和尚：忠孝军提控，抗蒙名将

移剌蒲阿：权参知政事，抗蒙名将

阿夏敢布：西夏权臣

武仙：先降蒙古，后叛金，受封恒山公。后迁参知政事，枢密副使，行省河南

完颜白撒：尚书右函，抗蒙名将

郭虾蟆：凤翔知府本路兵马都总管元帅左都监，抗蒙名将

那合买住：潼关总帅，抗蒙名将

张惠：汉军统帅，抗蒙名将

哈里克斯：基辅大公

朱利：伽勒伽会战时斡罗斯三公国及钦察联军统帅

杨沃衍：抗蒙名将

高英：抗蒙名将

徒单兀典：徐州行省，迁阌乡行省

完颜白撒：平章政事

赤盏合喜：枢密副使，后迁枢密使

刘寿：金军千户

申福：皇家卫率飞虎军士兵，杀蒙使唐庆等，蒙金和议乃绝

国安用：叛蒙降金

完颜思烈：金将

白华：金帝谋臣

完颜守纯：守绪之兄，荆王

完颜仲德：陕州总帅，后迁尚书右丞，抗蒙名将

完颜忽斜虎：皇亲，抗蒙名将

蒲察宫奴：金末权臣

徒单百家：金军总帅

刘益：金军元帅

张开：金末诸侯之一，上党公

崔立：金西面元帅，叛金降蒙

齐克绅：中京留守，行总帅府事

石盏女鲁欢：归德府事，为权臣蒲察宫奴所杀

马用：金统兵元帅，为权臣蒲察宫奴所杀

李蹊：左丞相，为权臣蒲察宫奴所杀

福忠：守绪近侍，杀蒲察宫奴，后殉国

乌古论镐：金便宜总帅

孟珙：京西兵马钤辖，南宋第一名将

赵昀：宋帝，庙号理宗

洪福源：高丽国东京总管

赵范：南宋淮东安抚使

赵葵：南宋淮东制置使

全子才：知庐州

徐敏子：宋将

杨谊：宋将

柏朗嘉宾：意大利小兄弟会的创始人之一圣·方济各的挚友，《柏朗嘉宾蒙古纪行》的作者

余玠：四川制置使，南宋名将，后在宋帝逼迫下服毒自尽

吕文德：宋将，其弟吕文焕是孟珙之后的又一南宋名将

伊万涅：谷儿只总帅

阿瓦克：伊万涅之子，后降蒙古，从征各处，曾偕妹檀姆塔谒窝阔台汗

海屯一世：西里西亚国王

目录 | contents

第一章　继往开来

壹

在两个人的目光对上的那一刻，贵由迅速将头别了过去。

对于这样的场面，贵由很厌恶，厌恶中还有一点点不适应。他倒不是一定不能前来、不能出现，他只是不明白，二伯、父亲和四叔为何如此重视拔都的到来？为了迎接拔都，二伯派了贝达尔，四叔派了蒙哥，父亲派了他，每人各带一百精骑，这几乎就是迎接大汗的阵仗，贵由觉得拔都不配。

从小也算在一处长大，多年来，贵由与拔都的关系即使疏远，还没到不能相容的程度，他们只是甚少来往，感情也不像蒙哥与拔都那样亲近而已。让贵由对拔都产生反感的起因与一件事有关。

那是蒙古军第一次西征前夕，畏兀儿国王巴尔术向成吉思汗进贡了一头从中亚草原捕捉的雄狮。成吉思汗想测试一下家族第三代的胆识，便召集十二岁以上的孙子和侄孙，并表示：谁能驯服雄狮，他就会将一根嵌满宝石的腰带送给这个孩子，届时，他还要亲自为胜利者系上腰带。

腰带再珍贵，也不至有多大的吸引力，都是含着金汤匙出生的孩子，不会那般眼浅。但赢得腰带的意义不凡——赢得腰带，意味着赢得祖父的赞许，意味着赢得荣誉，更意味着赢得家族中的地位甚至继承权。因此，尽管成吉思汗再三说明，驯狮有风险，不必勉强参加，受到召见的孩子们却没有一个打算退缩放弃。

其后几天，成吉思汗的四位太子受命，为接下来的驯狮比赛进行了详尽的准备。他们从赛场的选定和修建，到绊狮索与罩狮网的布置，以及场外神箭手的安排，无不煞费苦心。都是自己的孩子，天下做父母的心都是一样的，生怕孩子遇到危险，只是，孩子们愿意迎接挑战，他们也不能阻拦。

孩子们按抽签的顺序上场，无论是谁，只要先驯服了雄狮，比赛即告结束。第一个出场的是察合台的长子南图赣，贵由无意间看了一眼二伯，只见二伯紧紧盯着驯狮场地，脸色异常严肃，也隐隐透出焦虑与不安。南图赣很快便与恶狮斗在一起，人们屏息观看，耳中只闻雄狮的阵阵咆哮，看台上却是鸦雀无声。

南图赣从小练武，身形灵活，可终究年幼力弱，很快便有些脱力，全身上下大汗淋漓。他只得向出口方向退去，拿着绊狮索和罩狮网的武士一拥而上，拦住雄狮，南图赣趁机脱身，回到看台之上。

第二个出场的是阔端，阔端的情形与南图赣差不多，也是在大约半刻钟的工夫便退出了比赛。

第三个、第四个分别是斡尔多和贝达尔出场，他们同样未能驯服雄狮。

第五个出场的是二王爷合撒儿的孙子。第六个才是贵由。

贵由的身体偏于瘦弱。直到下了场，他才知道面对一头暴怒的狮子，自己有多么力不从心。他只坚持了一会儿，便向出口退去。偏偏就在这时，意外发生了，连续被拦的狮子有了经验，它居然接连躲过了绊狮索和罩狮网，张牙舞爪地向贵由扑来。这个变故发生得太过突然，情形也在瞬间变得万分危急，成吉思汗正要下令放箭，却看到一个人从看台上直接跳入驯狮场，稳稳地落在了狮子的身后。

这是一位少年武士。他落地时发出"咚"的一声闷响，地面上随之扬起了一股轻微的烟尘。只见他站稳之后，向狮子甩出了铁索，铁索落在狮子的身上，狮子吃痛，发出一声瘆人的长啸。

人们定睛望去，这个少年武士，原来是穿着轻甲的拔都。

狮子被这突如其来的打击激怒了，弃了贵由，转身向拔都扑来。

拿着绊狮索的武士趁机将贵由救走了。

接下来的时刻，驯狮场中变成了狮子与拔都的对决。

拔都与狂怒的狮子周旋着。他很镇静，身手也远比前几位驯手敏捷。狮子一次次扑向他，都被他一次次灵活地躲开了。

看台上，不时能听到人们发出倒吸冷气的声音。贵由惊魂甫定，看了一眼场内，又下意识地看了一眼祖父。这时，他看到祖父走下御座，来到看台边上，祖父从侍卫手中接过弓箭，张弓搭箭，对准了场内。

毫无疑问，倘若拔都发生危险，祖父定然亲自出手相救。

场中，拔都仍与狮子缠斗着。这一场人狮大战，险象环生，尽管刺激，事实上也让围观的众人看得心惊肉跳。

与其他驯手不同，拔都身形灵活，优势明显。唯一让人感到不解的是，他不是没有机会，但不知他怎么想的，除了最初那一下，他再没有向狮子甩出手中的铁索。他只是不断地引逗和激怒狮子，让它不断地向自己发起进攻。这种做法固然使他本人一直处于极其危险的境地，可随着时间一分一秒地过去，人们看出了他这样做的目的：狮子的身躯是那样庞大，它每发起一次进攻，气力就会被消耗一分。

一刻钟过去了，两刻钟过去了，狮子的动作越来越缓慢，越来越笨拙，拔都却是闪转腾挪，越战越勇。当狮子最后一次扑空时，它全身的力气似乎都被耗尽了，它趴在地上，急促地喘着粗气，再也动弹不得。

拔都走过去，将铁索套在它的头上。这是规则，是驯服雄狮的标志。

甚至，拔都伸出手拍了拍它的头，它仍旧一动未动，只是懒懒地看了拔都一眼，原本凶恶的眼神已变得异常温驯。

看台上的人们沉寂了片刻，随即爆发出热烈的掌声和欢呼声。掌声和欢呼声经久不息，灌进贵由的耳朵里，每一声都如同对他的讥嘲。

成吉思汗收起弓箭，放在一旁，不易觉察地吐出一口气来。

拔都回到看台之上，径直来到祖父面前。此时与祖父相对而立，看着祖父的脸，拔都才发现祖父的额角和鼻尖上全是浸出的冷汗，不仅如此，祖父的脸色也不似往常那般红润，反而透出一丝蜡黄。拔都从未见过祖父这个样子，原来，这世上也有让祖父不能保持镇静的事情。他的心里不由得涌起了深深的歉意，轻声说"祖汗，让您担心了"，声音里多少还带着点喘息。

成吉思汗凝视着爱孙汗水涔涔却生气勃勃的脸庞，片刻，说了一句："是啊，你这个冒失的浑小子，你可是把我们的心都吓得快要蹦出来了。为什么不用铁索？你有的是机会呀。"说完，他伸手将孙子抱进了怀中。

掌声停下来，欢呼声停下来，人们默默地看着祖孙二人。这温馨的一刻，发生在成吉思汗的身上，尤其难得。

成吉思汗轻抚着拔都的肩头，过了一会儿，他克制住情绪，稍稍推开拔都，"为什么不用铁索？"他再次问。说真的，这是整个观战过程中最让他感到不可思议的地方，只要使用铁索，拔都就不至于让自己一次次陷入危险的境地。

拔都略一思索，微笑道："使用铁索，也许能提早结束争斗，可狮子也会遍体鳞伤，甚至可能在重击下毙命。让狮子死太过容易，任何人都能做到。孙儿的想法是，祖汗若开始做此打算，又何必举行这样一场比赛？另外，即使孙儿不能驯服狮子，还有其他兄弟将要上场，狮子死在我的手中，岂不让大家感到失望？"

"话虽如此，也不能以身犯险啊。"

"这个嘛，不瞒祖汗，孙儿心里有数。狮子纵然凶猛，可它终究是个兽类，进攻的套路也就那么几招，而且丝毫不懂变通，掌握住了，不难提前做出反应。孙儿一直引逗它，是看它身躯庞大，每次转身，每次进攻，都会消耗它很大的体力。事实上，跟它纠缠越久，它越会力不从心；它筋疲力尽，孙儿就有机会掌握主动，并能尽快将它驯服。当然，这只是缘由之一。孙儿心里不慌，另一个缘由，或者说更重要的理由是，孙儿不怕遇到万一情况。即使被狮子扑倒，也不是没有一线生机，毕竟……"拔都顿住，似乎在犹豫说是不说。

"毕竟？你想说什么？"

拔都看着祖父，脸上的表情多少有点忸怩，"毕竟，孙儿知道，祖汗就在看台之上。"

成吉思汗开怀大笑，再次拥抱了孙儿。片刻，他伸出手，侍卫立刻将腰带递在他的手上，他当着众人的面，亲手将腰带系在拔都的腰间。

人群中重又爆发出热烈的掌声。

蒙哥第一个走过来，对拔都表示庆贺，其他孩子也慢慢围拢过来，将贵由隔在了后面。成吉思汗面向一干孙男，谆谆告诫："临危难不乱方寸，涉险境犹知进退。这是身为一方统帅必须具备的素质，也是你们每个人都要向拔都学习的地方。"

大家乖乖地答应着，只有贵由一言未发。他心中暗想，拔都第七个出场，不过是捡了个便宜而已。他并不感谢拔都的救命之恩，相反，他觉得这是拔都在故意出他的丑。拔都表现得越出色，越使他的退出显得狼狈不堪。

成吉思汗看了贵由一眼道："贵由。"

贵由还在愣神，未做回应。

小合丹离胞兄的距离最近，他悄悄推了贵由一下，小声说道："大哥，祖汗叫你。"

贵由醒悟，急忙上前："孙儿在。"

"想什么呢？"成吉思汗温和地问。

贵由支吾着，"唔……我……"

成吉思汗无意深问："贵由，这次，多亏拔都救了你，你该对他说声谢谢。"

贵由再任性，也不敢违背祖父的命令。他强忍着内心的挫败感，深施一礼："贵由谢拔都哥救命之恩。"

拔都摆摆手，淡然一笑。

窝阔台走过来，对拔都说道："拔都，我也谢谢你。"他边说边上前拥抱了拔都。这是发自内心的感谢，贵由是他的长子，没有一个父亲，眼看着儿子遇到危险，会不感谢挺身相救的那个人。

岂料，父亲的话与父亲的举动，犹如一记耳光，响亮地抽在了贵由的脸上。

屈辱的泪水一下子涌向了贵由的眼眶——从那一刻起，拔都变成了贵由今生都无法原谅的敌人。

贰

这段宿怨，别人并不知道，贵由从未忘怀。

贝达尔和蒙哥的想法与贵由不同。拔都、南图赣、蒙哥、阔端、贝达尔从小就是最好的玩伴儿和最相知的朋友，几个人当中，南图赣在第一次西征的战场阵亡，阔端由于不是长子，没有被父亲派来迎接拔都。堂兄弟一别数载，而今久别重逢，一个个都显得格外兴奋，他们跳下马背，互相拥抱见礼，随意开着玩笑。这期间，贵由一直端坐在马背上，冷眼看着眼前的一切。

拔都挨个问候了二叔和四叔的家人，这时，他看到了贵由。

他看到贵由时，贵由移开了目光。

贵由的不合群在黄金家族是出了名的，拔都原本不必放在心上，可他实在不喜欢这个堂弟，若不是碍于未来大汗的情面，他真不想与之产生任何交集。

成吉思汗生前，曾将蒙古军占领地区分封给诸子作为世袭封地：长子术赤拥有里海与花剌子模之地；次子察合台的封地东起畏兀儿及海押立，西抵阿姆河两岸；三子窝阔台的封地在叶密河流域一带；四子拖雷的封地，则承袭了蒙古本土。此外，成吉思汗逝世时，将自己掌管的十二万五千户兵力，其中十万一千户留给了幼子拖雷，其余的分给术赤、察合台、窝阔台及众位兄弟。这样一来，就造成了汗位由窝阔台继承，实权由拖雷继承的分权局面。

按照蒙古惯例，后汗即位，仍需经过忽里勒台选举，只有在这种贵族议事会议上得到认可，大汗的继立才具有合法性。本来，蒙古军第一次西征前，成吉思汗已明确指定窝阔台为汗位继承人，可多数贵族和将领都心向四太子拖雷。人心不齐，加之西夏刚刚臣服，对金战事也在如火如荼地进行当中，诸王贵族、功臣勋将遂相约，待时机合适再行召开忽里勒台，以便最终确立大汗人选。

转眼，离成吉思汗病逝于西夏战场已过去一年半的时间（其时正值1229年春天）。按照当初的约定，术赤诸子斡尔多、拔都、别儿哥、昔班、别儿哥察儿、脱哈帖木儿自里海之北，察合台率诸子也速蒙哥、贝达尔，诸孙不里、哈剌旭烈等自伊犁河流域，窝阔台诸子贵由、阔端、阔出、合失、合丹等自叶密立河畔，拖雷与长子蒙哥从征金前线，诸王贵族和功臣勋将从帝国的各个地方，齐集克鲁伦河畔成吉思汗的金顶大帐，准备召开忽里勒台。

成吉思汗逝后，一直由四太子拖雷监国，汗位悬虚已久。如今，推举出一位新的大汗迫在眉睫。

诸王中，术赤的封地最远，必须等到拔都兄弟返回本土后才能召开忽里勒台。昨天，察合台、窝阔台、拖雷接到拔都口信，知道几个侄儿今天能到，为示重视，他们安排了一个小小的欢迎仪式。

严格而论，这既是给予身赴天国的术赤的重视，也是给予拔都本人的重视。一母同胞的四兄弟，术赤最早离开人世，术赤逝后，拔都继承了父位。作为成吉思汗长子系的长王，术赤诸子均以拔都为中心，团结一致，可以说，拔都的意志将代表长子系的意志，拔都的态度将代表长子系的态度。

这是其一。

其二，拔都曾在第一次西征中所向披靡，立下赫赫战功。他继承王位后，对封地的治理颇有成效，这一切，都证明他才智卓越，能力超群。蒙古人崇尚英雄，哪怕身为成吉思汗家族的第三代，也能得到三位太子的由衷敬重。

他们的安排原本没有任何问题，麻烦出在窝阔台派出了长子贵由。此时，贵由冷冰冰的态度让气氛多少变得有些尴尬。

蒙哥正想圆场，拔都努力克制着内心的不快，主动上前，向贵由打了个招呼，"贵由，你来了？"

贵由这才将飘忽不定的目光移向拔都，很勉强地"嗯"了一声。

对于贵由的不识抬举，拔都倒是见怪不怪。斡尔多、昔班等人的脸色不免由晴转阴，特别是别儿哥，根本就是一种想揍贵由一顿的眼神。

不约而同地，蒙哥与贝达尔都在心里悄悄埋怨他们的三伯、三叔：要派就派阔端好了，为什么非要让贵由过来？

拔都假装没看见贵由脸上的阴霾，继续问道："三叔身体可好？"

贵由听拔都问起父亲，心中蓦然闪过一个念头，只要在这次的忽里勒台上，父亲能顺利继承汗位，那么，他将成为汗长子，而拔都，永远只能做宗王。某一天，当他成为蒙古大汗，拔都就不得不跪在他的脚下。

这样想象着，他的心情开朗了一些。

"他很好。请吧，二伯、四叔，我父亲都在等你。"他似笑非笑地对拔都说。

"哦，好。"

蒙哥、贝达尔跟了上来，兄弟四人并辔而行。斡尔多等与他们落开了一段距离，并不靠近，贵由的态度完全破坏了大家的兴致。

一行人进入营地不久，前面隐隐出现了一个人的身影，这是一个少年骑士，正向他们这个方向急驰而来。

转眼间，少年骑士——忽必烈已至拔都马前，语调欢快地向拔都问了声好。

年方十四的忽必烈比胞兄蒙哥年幼七岁。这个少年，长得方面大耳，眉目聪慧，形容酷似祖父。

蒙哥不免有些奇怪，"忽必烈，是谁派你来的？"

忽必烈向兄长的身后指了指，一双细长明亮的眼睛闪动着喜悦的光芒。蒙哥不用看，也知道他指的是昔班。

果然，他不是谁派来的，他是特意跑出来迎接昔班的。

昔班早看到了忽必烈，蒙哥问话时，他已冲到忽必烈面前。忽必烈刚跳下马背，就被昔班抱了起来，昔班几乎是抢起他，飞快地转了几圈儿。忽必烈一边笑着，一边捶着他的肩膀，兄弟俩的这一通笑闹令先前的沉闷气氛一扫而空。

大家看着他们，除了贵由，每个人都露出了会心的笑容。

拔都与蒙哥彼此对对眼神。拔都笑叹道："你是不知道，昔班在家烦死了，天天念叨着回和林（今蒙古国哈剌和林），回和林，天天念叨着忽必烈，我看他俩倒更像亲兄弟。"这话明着听像抱怨，却掩不住语气中的欣慰。

蒙哥点头，正想说什么，贝达尔插话道："别说，真的很羡慕他们这么要好。"停了停，他又加了一句："比我们的关系还好些，是吧？"他说的是他们常在一处玩耍的五兄弟。经过一场战争，五个年轻人中也只剩下四个人了。

至于他这句"是吧"，倒不需要有人做出回答。

昔班将忽必烈放下来，忽必烈这才顾上向斡尔多、别儿哥等人一一问好。

"快走吧。"贵由不耐烦地催促道。

忽必烈向昔班做了个鬼脸。兄弟二人也不上马，很有默契地放慢了脚步。一别数载，他们有许多心里话要说。

拔都、蒙哥不去管他俩，此时，可能由于贵由在场的缘故，其他人都自觉地选择了沉默。

渐渐地，贵由与拔都也拉开了距离。

偶尔，贵由的目光掠过拔都的脊背，他心中暗暗思忖，对于这次选汗大会，拔都会不会另有想法呢？

他私下听母亲说过，对于大汗人选，许多人其实都倾向于四叔拖雷。大伯活着时，与四叔的感情最好，大伯去世后，拔都视四叔如父辈。倘若拔都支持四叔，父亲的即位的确还存在不小的变数。他不明白，拔都，为什么这个拔都，从始至终都是他心中的一根刺？

拔都并不知道贵由的担忧。不过，诚如贵由所料，对于这次选汗大会，拔都的确是有自己的想法。

平心而论，三叔窝阔台为人宽容、谨慎、公正、谦让，头脑敏锐清醒，尤善处理兄弟子侄间的矛盾，且不乏对祖汗所开创事业的忠诚，这些都是三叔的过人之处。但三叔与四叔相比，在胆略、军事指挥才能以及自制力上均有所欠缺，而蒙古人又特别看重战功，包括拔都在内，的确都觉得四叔比三叔更适合继承汗位。

祖父的葬礼结束后，拔都有一次询问过四叔对于嗣位人选的想法，四叔不假思索地回答他："当年西征前，你祖汗确立你三叔为继承人时，曾征询过我的意见。我是这样对你祖汗说的：'我愿追随三哥身边，警其所睡，言其所忘，做其应声之随从，策马之长鞭。'我对你祖汗发下的誓言，任何时候任何状况都不会有所改变。"四叔的心意如此，拔都当然不想节外生枝。

拔都本人对三叔不存在丝毫成见，他的三位叔叔，都是人中龙凤，各有所长，他们中哪一位都值得他敬重。可他无法克服一种执念，这种执念的产生和强化，与他每次见到贵由有关。只要看到贵由，他就觉得奉三叔为君，并非没有隐忧。祖父开创的事业，是要他能干的儿孙发扬光大，可三叔之后，他并没有为帝国储备一个如蒙哥一般智勇双全的后代。

包括三叔最宠爱的嫡子阔出，在胆识才略方面也无法与蒙哥相比，更别提为人狭隘刻板的贵由了。

三叔膝下最优秀的儿子当属阔端，可阔端从小便不受三叔关注，也从来不被三叔看重。最早发现阔端的行政管理才能并对他委以重用的人是祖父，即便如此，祖父确曾说过，阔端的能力适于管理勇悍民族，却不适于统治庞大的国家。

拔都认为自己的情况同样如此。他可以治理好父亲的封地，但他没有成为一国之君的信心和能力。除了三叔和四叔之外，在他心目中，只有蒙哥具备这样的能力。只可惜，蒙哥却是四叔的儿子，或者说，继承汗位的人是三叔。

天下还真是难有两全之事。

拔都只顾着默默想着心事，忽然，他听蒙哥唤道："拔都哥。"

拔都看了蒙哥一眼，微笑着问："怎么了？"

蒙哥用手一指金顶大帐的方向，"你看，二伯、三伯，还有我父王，他们都出来了，正等着迎接你呢。"

拔都抬眼望去，诚如蒙哥所说，二叔、三叔、四叔都候在金顶大帐的外面。这对他而言，已是莫大的礼遇，拔都的心中顿时涌起了一股热浪。

不知不觉中，拔都已然催开了坐骑，蒙哥和贝达尔策马扬鞭，紧随其后。

幸好没有人去留意贵由的反应，否则，他们一定会从贵由的脸上，看到他愤恨不平的眼色。

父王、二伯、四叔，他们这三个人真的是太过分了！为了一个拔都，至于如此兴师动众吗？

拔都，你给我等着，总有一天，我会让你跪在我的脚下！

叁

祭敖包的环节不容有丝毫马虎。

敖包是草原人崇尚自然的产物，隆起的形状代表山岭，插在包上的木杆代表森林，此外，在茫茫的草原上，大小形状各不相同的敖包也可以作为标识，这使敖包从出现起就具有祭祀性和标志性两种特点。

通常的情况下，敖包的祭奠分为火祭、玉祭、酒祭、血祭四种形式，这一次，窝阔台决定采用玉祭。

察合台、拖雷、拔都等人簇拥着窝阔台稳步登上山丘，将士们已动手在这里搭建了一座巨大的敖包。敖包朝向正南方，中央位置上插着一杆旗纛，用马鬃作纛缨，象征战神，上面悬挂着白、蓝、绿、黄、红五色旗幡，白色象征白云，蓝色象征天空，绿色象征生命，黄色象征大地，红色象征血液。

敖包前摆放着九块平石做祭台，祭台用艾叶、柏枝、芸香和坛香煨桑。祭祀开始时，所有参祭人站在敖包前，萨满教主身穿法衣，手持神鼓，跳神致辞。

致辞完毕，主祭人窝阔台将祭玉用双手举过头，恭恭敬敬地摆放在中间的祭台上，参祭的王公贵族则将供品摆放在其余的祭台上，然后所有人向敖包叩拜、祈祷。祷告完毕，窝阔台在前，带领众将领排成一列，按顺时针方向进行转敖包仪式，转包时，每次路过祭台，每个人都要用手摸一下祭玉或拿在手中触一下脑门或用鼻子嗅一下，再放还原处，然后继续转包，转九圈后，窝阔台和众人回到原处，新汗传令所有将臣百姓可以分食供品。

如今，窝阔台已成为蒙古帝国名副其实的第二任大汗。

与拔都预想的不同，窝阔台当选大汗的过程没有经历太多波折。从一开始，窝阔台就智慧地选择了谦让，察合台和拖雷却坚持执行成吉思汗的遗命，其结果，窝阔台不仅顺利登上汗位，而且令诸王贵族在他面前立下了"只要窝阔台系一脉尚存，誓不奉他系后王为君"的誓言。

若干年后，恰恰就是这个誓言，差点让蒙古帝国的巨舟，彻底偏离它的航向。

祭过敖包后是三天大宴。俟宴会结束，窝阔台在金顶大帐举行了他登基后的第一次忽里勒台。

窝阔台被察合台、拖雷、拔都等人簇拥着登上至尊宝座，诸王贵族在察合台的带领下，行过九叩之礼。窝阔台请大家免礼平身，按照规矩，人们有秩序地回到了各自的座位上。窝阔台端坐于明亮的光线中，红光满面，踌躇满志，人们无言地注视着他，有那么一刻，每个人的心中都升起无限感慨。

在成吉思汗的四位太子中，窝阔台是一位"深肖其父"之人。他雄心勃勃，一心要建立起如父亲一般伟大的功业，从他坐上汗位的那一刻起，让父亲的在天之灵为他骄傲就已成为他毕生奋斗的目标。

忽里勒台上，窝阔台与诸王贵族商议，决定举行他即位以来的首次"三大征"：南征金国，东征高丽，西征波斯。

"三大征"中，窝阔台的征伐重点是金国。派将领出征花剌子模故地，消灭逃亡多年并试图复辟的花剌子模末代王札兰丁，巩固第一次西征的成果以及东征高丽，都是为了确保蒙古全力攻金时西线与东线的安全。

蒙古国大举攻金始于成吉思汗六年（1211），至成吉思汗十年，短短五年间，蒙古军几陷金国三分之二之州郡。在金军节节败退的情况下，蒙古军一举灭亡金国也并非没有可能。正当金国政权岌岌可危时，蒙古与花剌子模爆发了战争，这桩意外使金国的统治得以苟延残喘。

蒙古军倾力西征的七年，原本正是金国对蒙古展开全面反攻的绝佳时机。岂料金帝完颜珣（1213年至1224年在位，庙号宣宗）对成吉思汗畏之如虎，非但不思收复失地，反而忙于同邻国西夏、南宋大动干戈，意图将金蒙战争的损失转嫁给这两个国家。他这种战略决策上的错误，直接帮助蒙古留在金地的少量部队，在被其征服的地区逐渐站稳了脚跟。

至完颜珣病危，传位于太子守绪（1224年至1234年在位，庙号哀宗），金国土地只剩下东西狭长两千余里的疆域，是原国土面积的五分之一。此后，完颜守绪不得不紧缩兵力，以精兵二十万死守潼关、洛阳、汴京等军事重镇。

窝阔台命拖雷首先宣读了成吉思汗的遗嘱：

金屯兵潼关，南据连山，北限大河，难以遽破。若假道于宋，宋、金世仇，必能许我，则下兵唐、邓，直捣大梁。金急，必征兵潼关。然以数万之众，千里赴援，人马疲敝，虽至弗能战，破之必矣。

"联宋灭金"是成吉思汗临终时所提出的对金作战总体方略，这在蒙古决策层并非秘密。窝阔台让拖雷宣读这份遗诏，无非是让众人看到他继承先汗遗志的决心。既然作战方针早已确定，需要商量的就是在何时、何地、如何开始施行的问题。

察合台和拔都先后表明了态度：为支持伐金大业，他们决定各抽调五分之一的军队和优秀将领协助窝阔台汗进行"三大征"。同时，按照窝阔台汗的要求，俟忽里勒台结束，他们须尽快回镇各自的封地。

蒙古西征军东返后，花剌子模末代君主札兰丁已从印度潜回波斯，他攻克了一些重要城池，势力大增。随着波斯诸地叛旗频举，蒙古帝国逐渐丧失了对波斯高原的控制权。考虑到札兰丁以复国为己任，一旦他羽翼丰满，势必与蒙古争夺中亚之地，窝阔台不敢让拔都兄弟在和林滞留太长时间。察合台的封地范围大致在西辽故地，自蒙古征服西辽，中亚的局势还算稳定，窝阔台命二哥坐镇中亚，一为确保蒙古帝国的后方安全，二为必要时对拔都形成策应。

战争的话题难免沉闷，人们不再谈笑风生，一个个面容严肃，正襟危坐。

窝阔台决定由他亲率大军攻灭金国，拖雷率蒙哥及诸将随行并担任先锋。西征与南征也在计划之中，而战争前的准备工作依旧烦琐、细致，需要时间。

出征的日子初步定在次年春天。

数日后，窝阔台与拖雷送别察合台父子和斡尔多兄弟。本来，窝阔台是让拔都回镇本部，可拔都思前想后，还是决定留下来。他为此做出如下安排：别儿哥、别儿哥察儿、脱哈帖木儿等弟弟协助大哥斡尔多暂回玉龙杰赤坐镇，术赤从征军以昔班为先锋，由他亲自指挥。

拔都的想法十分简单，灭亡金国是祖父的遗愿，他身为长支子孙，有义务为完成这个既定目标尽些心力。窝阔台见无法说服他，只好同意了他的请求，但叔侄约定，一旦对金战事大局已定，拔都需即刻回镇封地，不得延误。

不久，因封地局势有变，拔都果然回到玉龙杰赤。途中，他在二叔的汗营逗留了一段时间。察合台自回返封地，已正式建立察合台汗国。俟第二次西征结束，拔都借鉴二叔创立察合台汗国的经验，定都萨莱，为金帐汗国开基。

察合台以兄长的身份再三叮嘱三弟少饮酒，多活动，注意身体。对于三弟，除了他在酒上少有节制外，察合台倒没有别的担心。

察合台素以耿直和严厉著称。他对新汗恪守臣礼，同时，他在父亲活着时就肩负着维护国家律法的重任，父亲去世后，他更加责无旁贷。登基仪式结束后的第二天，他明确做出规定，大汗每天的饮酒量，不得超过三杯。而且，在大汗身边的每个人，都负有提醒和监督之责。失职者，一旦为他察知，绝不姑息。窝阔台一方面知道这是二哥的好意，另一方面对公正无私、执法严明的二哥，他内心也存有几分畏惧。为了让二哥放心，他当众做出饮酒不超过三杯的承诺。

随后，察合台走到拖雷面前。这时兄弟二人的眼中，都闪动着惜别的泪水。拖雷比察合台年幼六岁，他从出生起，就被祖母带在身边亲自抚育。祖母将自己所有的儿子培养成了顶天立地的男子汉，同样也培养出了一个睿智善良的好孙儿。在成吉思汗的家中，祖母永远都是值得所有儿孙爱戴的女人。身为守灶幼子，拖雷得到父亲的言传身教，深谙进退攻守之道，察合台从心里佩服弟弟的指挥才能。美中不足的是，拖雷从小在家人的溺爱中长大，不曾看到过和经历过太多人间险恶，这使他养成了过于敦厚和少有城府的性格。这样的性格，不止父亲成吉思汗，连察合台对他也不能完全放心。人说长兄如父，大哥术赤去世后，察合台就是诸弟之兄。察合台虽与三弟窝阔台感情深厚，可他内心最牵挂的人，始终是四弟拖雷。

如同当年，察合台与术赤是无法相容的兄弟，可换个角度，他与术赤，又是与对方相知最深的人。

这大概就是人心，随时都可能发生改变的人心。

"拖雷。"察合台伸出手，轻抚着弟弟的肩头。

"二哥。"拖雷勉强向察合台笑着。他的眼前模糊一片，已看不清二哥的容颜。

察合台望着他，千言万语都似哽在心头。

"二哥。"过了一会儿，拖雷唤了一声。

"嗯？"

"你待一段时间就回来吧。你一定要常回来，知道吗？"

"你放心，我会的。"

"二哥，你要保重啊。"

"这也是我要嘱咐你的话。你协助大汗，切不可有丝毫懈怠，千斤重担，你都要担起一半。不管怎么说，你再不能像年轻时那样莽撞。"

"瞧二哥说的！好像我老了似的。"拖雷假意埋怨道。眼看泪水就要滑落，他下意识地用手擦了一下。

"你不老，是我老了。从那天我将父汗送到起辇谷安葬，我就觉得，自己老了，真的老了。"察合台喃喃道，语气中饱含着浓浓的惆怅。

拖雷垂下了头。窝阔台与拔都互相看了一眼，窝阔台想着父亲，拔都想着祖父，他们的心中是一样的凄凉。

察合台甩甩头，努力赶走萦绕在心头的万千愁绪。他来到拔都面前，无论他与术赤的关系有多么疏远，拔都永远都是他最欣赏的侄儿。

"拔都。"

"二叔。"

"要多帮助你三叔、四叔。"

"我知道。二叔，请您多保重。我回返玉龙杰赤的时候，会去看望您的。"

"一言为定？"

"一言为定。"

"好了，就到这里吧，不必往前送了，我们暂且别过。我和几个侄儿们还能同行一段，多亏如此，这段旅途还不至于太寂寞。"

斡尔多兄弟上前拜别三叔和四叔，窝阔台叮嘱斡尔多要密切关注札兰丁的动向，拖雷叮嘱斡尔多与汗廷保持联络通畅，斡尔多一一答应下来。兄弟叔侄忍痛挥别，这一刻，大家都清楚地意识到，他们未来能相聚的机会，已是少之又少。

肆

察合台回到封地后，在大汗窝阔台的鼎力支持下，以封地为基础，建立了察合台汗国（1229 年建立，1680 年灭亡，享国 452 年）。

随着窝阔台登基成为蒙古帝国第二任大汗，人们自然地将他视为窝阔台汗国的创立者。严格而论，这时的窝阔台汗国，只不过是个概念，是窝阔台家族的驻牧地和休养地，在窝阔台之孙海都重建——与其说重建，倒不如说正式建立——窝阔台汗国前，窝阔台并未像察合台和后来的拔都、旭烈兀那样，使自己的封地成为一个政权体系完备且相对独立的汗国。

窝阔台缺少这样的急迫性。他是至高无上的大汗，对日益扩大的领土拥有支配和重新分配的权力。他登基后，将家族封地赐封给长子贵由，将西夏故地赐封给次子阔端和四子合失，其余诸子也各有封地。至于嫡子阔出，封地最靠近本土，窝阔台的真实想法，是要让这个儿子继承汗位。

毕竟，人们已将汗位约定在窝阔台一系，而这个约定意味着整个国家都由窝阔台及其后人掌管，他的确没有必要另在封地建立政权。

事实上，窝阔台当政时，察合台汗国是蒙古四大汗国中第一个也是唯一一个正式建立的汗国，其他三大汗国都在窝阔台去世后才陆续建立起来。

窝阔台自幼与二哥的感情最为亲密，就像拖雷与大哥的感情最为亲密一样。窝阔台从未忘记，西征前是二哥促使父亲下定决心将他立为储君，父亲去世后，又是二哥坚持父亲遗命，依靠自身崇高的威望和忠诚的品性将他拥上汗位。几个月前的选汗大会上，人们各有打算的情景历历在目，当时紧张的气氛即使算不上剑拔弩张，其实也是暗流涌动。就算他采用耶律楚材所献之计以退为进，凭借逊让的态度赢得了人们的好感，他仍旧清楚，在当时一半以上的王公贵族和功臣宿将都心向大那颜拖雷的情况下，倘若没有二哥坚定不移地站在他身边，坚定不移地支持他，他是否能够顺利登临汗位，成为蒙古帝国的第二任大汗，那真是只有天知道了。作为报答，更作为信任的象征，窝阔台赋予了二哥仅在大汗本人之下的绝对权力，国家的任何大政方针，他都会与二哥商议且征得同意后方才颁布实施。

如今，坐镇西域的察合台既拥有等同于副汗的权力，又成为一个汗国的主君，而新建的察合台汗国恰好处于蒙古本土与花剌子模旧地之间，这个地理位置决定了新汗国将起到拱卫中央汗廷的作用。这是窝阔台乐意也希望看到的结果。接到察合台的奏报后，他立刻备下厚礼，并派异母弟阔列坚代表他本人前往阿力麻里（故址在今新疆霍城），以示庆贺之诚。阔列坚是成吉思汗的庶幼子，系汗妃忽兰所生，窝阔台对这位幼弟极其宠爱，而阔列坚也是窝阔台最坚定的支持者之一。

使团离开后，窝阔台命人传来三子阔出。

阔出匆匆赶来，见到父亲正要行礼，窝阔台摆摆手，示意他过来坐下。

窝阔台面前，棋盘已经摆好。阔出知道父亲的意思，父子二人相对而坐，默默地下了会儿棋。

在窝阔台的七个儿子当中，阔出相貌富贵，心地敦厚，颇有人君风度，窝阔台对他的钟爱不同于其他诸子。自登临汗位，窝阔台已有筹划，未来他要将汗位传给阔出，他坚信阔出是一个可以继承父祖事业的人。

然而，这个想法窝阔台还得放在心里。即使贵为大汗，在确立储君之事上他也不能独断专行，接下来，为了达成心愿，他尚需做好必要的铺垫。

父子二人棋艺相当，前两局窝阔台先赢后输。

第三局，棋局过半，窝阔台想起什么，一边移动棋子，一边问儿子："你额吉的咳嗽好些没有？"

阔出的母亲合真夫人出生在孛剌部贵族家庭，十三岁时嫁给窝阔台，是窝阔台的正妻，地位最高。在众多后妃中，只有六皇后乃马真是窝阔台自己选择的妻子，她也曾是他最钟情的女人。至于合真，窝阔台对她不存爱慕之心，却保持着应有的敬重。这些天，合真身体不适，阔出一直待在汗营服侍她。

"好多了。前些时候，四婶派许国祯过来给额吉诊治，许国祯配了几服药，额吉服过药后当天症状有所缓解，昨天开始已经不咳了。"

许国祯像成吉思汗的御医刘仲禄一样，都是金地名医，他在成吉思汗进攻中都前夕来到草原，此后在四太子拖雷帐前效力。他精通医理，医德高尚，救人无数，在草原上享有崇高威望。

"这样啊？那我就放心了。"窝阔台欣慰地说道。成吉思汗活着时，于众多儿媳中最欣赏拖雷正妻苏如的通情达理、智量过人。苏如对于拖雷而言，的确是一位不可多得的贤内助。

"四婶家里、族里都有许多事情要忙，可她很惦记额吉的病，几乎每天都派人过来探视，询问额吉的恢复情况。她还让蒙哥给额吉送来两盒上等的高丽参和灵芝，叮嘱我好好给额吉补补身体。"

"你说蒙哥吗？"窝阔台正要落子的手蓦然一停，他抬头望着儿子，微笑着问。他这么问倒不是出于意外，而是想要确证。蒙哥是四弟拖雷的长子，同时也是他与合真夫人的养子。

"是啊。"

"我说怎么最近不见蒙哥进宫。"

"他经常来看望额吉，差不多每隔两三天就会过来一次。他一来就会待到晚上，陪额吉聊天，或者给额吉讲故事，额吉的心里感到很宽慰，病痛也跟着减轻了不少。以前只看到蒙哥沉默寡言、为人严正的一面，还真想不通为什么我二哥能与他相处得那么融洽？这段时间接触下来，才发现他身上其实隐藏着我所不了解的另一面。比如，在额吉面前，他就会变得很随和、很开朗、很健谈，他确实不爱笑、很少笑，即便如此，从他柔和的目光里，我能看到他发自内心的善意。另外，他的学识实在丰富，哪怕是生涩遥远的历史，在他的讲述中也变得妙趣横生，令人捧腹。说真的，论博闻强记，在众多的兄弟当中，谁也无法与他相比。就算我不必佩服他的口才，可他的确知道许多我不知道的事情，光凭这一点，也不能不让我对他心生敬意。"

窝阔台点了点头，并未流露出内心的惊奇：这还是第一次，阔出在他面前畅所欲言。以前，阔出在他面前很拘谨，绝不多说一句话。其实何止阔出，贵由、阔端，甚至合失、合丹也一样，他们在他面前比阔出更为拘谨。

窝阔台的七个儿子中，除次子阔端与三子阔出外，其余诸子皆为六皇后乃马真所生。不知道究竟原因出在哪里，他的七个儿子中，只有阔出与他的感情比较亲近，其他的几个儿子都对他敬而远之。儿子们对他不够亲近倒也罢了，最让窝阔台感到忧心的是，他的儿子们彼此间一点都不团结。

对于登基后的窝阔台来说，这无疑成了他最大的心病。与他相比，大哥术赤的儿子以拔都为中心，四弟拖雷的儿子以蒙哥为中心，这两个家族同心同德。尤其是四弟，他不仅握有左右帝国命运的政治实力，而且还有苏如为他生的四个出类拔萃的嫡子。事实上，当某一天他对四弟萌生杀机时，深埋在心底的恐惧以及日益加深的妒意恐怕才是最深层次的催化剂。

只顾想着心事，第三局，阔出轻轻松松地赢了父亲。阔出问父亲是否还下，窝阔台回答："下。反正今天没事。"

"好。"阔出嘴里应着，重新摆好棋盘。

新的一局开始，窝阔台打起精神专注下棋，阔出全力应战，结果输了。父子二人既然下成平局，讲好第五局决出胜负。

侍女送来茶点，阔出吩咐侍女退下，亲手斟茶奉给父亲。

这对父子而言是难得消闲的时光，窝阔台一边呷着热茶，一边对儿子说道："棋，我们待会儿再下。尝尝这个点心，是不是你小时候喜欢的味道？"

"好。"阔出应道。父亲竟然还记得他喜欢吃什么，并且特意做了准备，这细致的父爱让他觉得温暖。孩提时代没有太深感触，当他一天天长大，他发现自己的家着实很奇怪，不光是父亲的妻妾们，就连他的兄弟姐妹们，相互间都是防范多于亲情。尤其是长兄贵由，他对自己的态度岂止不像兄弟，简直就像仇人。

相应地，他也无法喜欢贵由，无法喜欢贵由的母亲。许多年来，六皇后乃马真依仗父亲的宠爱，依仗她为父亲生下五个儿子所确立的崇高地位，总是以这样或那样的方式欺侮他那善良而又软弱的母亲。他不知道该以怎样的方式保护母亲，或许，只有他成为大汗的那一天，才能彻底改变母亲和他的处境。

他的本性原不是那么喜欢争权夺利，但想到母亲，或者说为了母亲，亦为了洗刷在他内心累积的屈辱，他必须为此一搏，直至登上至尊的汗位。

点心做得很精致，阔出两口便吃完了，他吃得有些漫不经心，点心是不是他小时候喜欢的味道，他一点都记不起来了。窝阔台注视着儿子若有所思的脸容，突然问道："斡尔多那边关于札兰丁的战报，你都看过了吗？我让蒙哥做了整理，包括最新的两份战报在内，让他一起拿给你。"

阔出正准备倒杯茶来喝，听父亲这样问他，便坐着没动。

"看了。"他回答。

"哦？你的想法如何？"

"您指哪方面？"

"先说说你对札兰丁的评价。"

阔出略一思索，谨慎地回答道："札兰丁，自恃勇武，缺乏远虑，败而不屈，胜则骄矜。统驭下属，不与真心，有始无终，为人悭吝。"

窝阔台没想到儿子对札兰丁的性格竟是分析得一针见血，欣慰之余，接着问："你心里可有应对之策？"

"札兰丁不足为惧，而对于他的复国之举，我们也不能掉以轻心。"阔出的回答很简捷，语气异常坚定。

"若我派大将征伐，你认为派谁合适？"窝阔台再次试探。

"我想父汗早有考虑。儿臣个人认为，绰儿马罕常年追随父汗，善于指挥，又谙熟西部事务，是个比较合适的人选。"

窝阔台的脸上露出舒心的笑容。他没说赞赏的话，只是倒了杯茶推在儿子手边，这个举动足以表明他作为父亲为儿子感到骄傲的心情。

阔出同样没说感谢的话，他端起茶杯，喝了几口，借以藏起了油然而生的惭愧。

其实，对札兰丁的分析和对绰儿马罕的举荐都出自蒙哥给他的建议。蒙哥参加过第一次西征，对札兰丁了解颇深，他料到窝阔台汗一定会向阔出询问看法，于是助了阔出一臂之力。

放下茶杯，阔出重又摆好棋盘。这是第五局，他打算输给父亲。

父子俩你来我往，刚走几步，棋局尚未明朗，忽听侍卫来报："六皇后求见。"

窝阔台一愣，与儿子面面相觑。阔出的神情变得有些紧张，窝阔台则是下棋的兴致锐减。

真是的，她来做什么？

伍

说是求见，不容窝阔台发话，乃马真已袅袅婷婷地走了进来。

尽管生育了五个儿子，乃马真仍旧保持着昔日轻盈灵活的体态。这个女人眉眼乌黑，鼻梁高直，特别是嘴唇像男人一样棱角分明，显得十分倔强和聪慧。

乃马真的本名叫作脱列哥那，"乃马真"意即乃蛮部的女人，说明脱列哥那的族属是乃蛮人。后来，人们习惯用乃马真代替了脱列哥那的本名。

少女时代的乃马真风致楚楚，容颜虽算不上特别美丽，可言谈举止间别有一番不可言传的韵味。十七岁那年，她被篾儿乞部首领脱黑堂的儿子忽都相中，成为忽都的爱妾。据说，自从将乃马真迎回大帐，忽都便很少再到其他妻妾的帐中去，乃马真的魅力由此可见一斑。

对于成吉思汗而言，篾儿乞部却是他永远不能原谅的仇部。那个时候，成吉思汗还是铁木真，刚刚从弘吉剌部娶回了草原美人孛儿帖，事业处于起步阶段。一天，他的营地遭到偷袭，心爱的妻子被掳掠，长子术赤也出生在篾儿乞人的营地。这个仇恨和屈辱，成吉思汗终其一生不曾忘怀。甚至在西征期间，他还派勇将哲别和速不台追击已逃到钦察草原的篾儿乞人。

成吉思汗君临全蒙古前夕，各敌部残余力量在叶密立河畔集结起来，准备与成吉思汗做最后的抗衡。草原统一已是大势所趋，成吉思汗当然不能允许有这样一支力量存在，他亲提大军直扑叶密立，与敌人展开搏杀。是役，篾儿乞部首领脱黑堂阵亡，其子忽都拼死杀出重围，侥幸逃脱。

战斗结束后，成吉思汗命三子窝阔台巡视营地。窝阔台在暂时安置篾儿乞人的地方见到乃马真，对她一见钟情。

那年，窝阔台十六岁，乃马真十八岁。

即使家国灭亡，丈夫不知所踪，乃马真仍旧表现出少有的自尊和坚强。她冷漠，却不软弱，哪怕是劳作，她也会将自己收拾得干干净净才出门。当这个女子以一种独特的风姿出现在窝阔台的视线中时，尚未真正爱过什么人的蒙古三太子，几乎瞬间被她抓住了心。

窝阔台请求父汗将乃马真赐给他。成吉思汗不反对儿子的选择，考虑到乃马真毕竟做过忽都的妾室，他不许儿子让乃马真的地位凌驾于诸妻之上。

窝阔台不敢违逆父命，他向乃马真求婚时，并没有隐瞒父亲的要求。

对于这从天而降的姻缘，乃马真没有表现出丝毫的喜悦和期待，她沉默片刻，冷淡地说道："让我想一想，明天你再来吧。"

第二天，窝阔台按照约定的时间来到乃马真独居的小帐，乃马真依然穿着一身洁净的衣服迎接窝阔台。出人意料的是，她的手里还端着一个木质托盘，在制作简陋的托盘上放着一柄短剑和一壶酒。

窝阔台不知道她要做什么，愣愣地望着她。

她抬起乌黑的眼眸，镇定地注视着窝阔台，问道："你了解我的过去吗？"

窝阔台回答："是。"

"你不介意吗？"

窝阔台回答："是。"

"我介意。"乃马真苦笑了一下，接着说道："而且，你父汗也介意。昨天，你已经向我表明了他的意思。你说，你想娶我为妻，既然你有这样的心意，就在这里，在今天，你做个选择吧。"

窝阔台不解，"你要我怎么选择？"

"这里有一柄剑，一壶酒。要是你能保证，不管将来你有多少夫人，能与你同享权力和荣华富贵的，只有我脱列哥那，你就喝下我为你准备的马奶酒。要是不能，请你放弃娶我的念头，我将用这柄短剑结束我的生命。"

窝阔台长久地注视着乃马真，乃马真面容刚毅，眼神坚定，他知道，这个女人说得到做得到。在这个女人的骨子里，有一种极其强悍的东西，窝阔台还从未见过与她相似的女人。奇怪的是，她越是如此，他越对她迷恋不已。

他毫不犹豫地取过酒壶，将壶中酒一饮而尽。

托盘和短剑从乃马真的手中滑落，她跪在地上，掩面哭泣。

数日后，没有盛大的婚典，乃马真成为窝阔台帐幕中的女人。

转眼二十多年过去了，乃马真为窝阔台生下五个儿子，母凭子贵，她的地位更加不可动摇。无论窝阔台做三太子时还是做了蒙古大汗，他都没有忘记自己曾经在乃马真帐中许下的诺言：让乃马真与他同享权力和荣华富贵。

窝阔台一生，最宠爱嫡子阔出，与此同时，他对阔出的生母合真只有敬重之意而无相爱之情；他对长子贵由不甚钟爱，乃马真却是他最迷恋最惧怕的女人。他迷恋她的妖娆体态和万种风情，迷恋她的刚毅果决以及做事的魄力，抛开迷恋，他对乃马真强悍且毫不容情的性格也存有几分畏惧。

合真的年龄比乃马真小，性格又懦弱，这些年她在名义上掌管后宫，实际上，后宫真正的主人只有一个：乃马真。

乃马真不紧不慢地走到父子二人面前。阔出早已站起，面对乃马真，将身体微微一躬。他礼貌周到，从他平静的外表，很难看出他在想些什么。

乃马真扫了一眼棋盘，"下棋呢？"她看着阔出问。

阔出恭敬地应道："是。"

"下了几盘？输赢如何？"乃马真继续问。

这句话似乎问得很随意，阔出却不能随意做出回答。

窝阔台岔开了话题，"你来有事吗？"

乃马真淡淡一笑："是啊，我刚接到了贵由的来信。"

忽里勒台结束后，窝阔台已将诸子派往封地。阔出是因母亲生病之故，被窝阔台临时召回和林。

"哦？他怎么了？"

"他可能水土不服，一到叶密立就病倒了。我想把他接回和林休养一段时日，南征的日期已定，等他身体养好了，还得随你出征呢。"

窝阔台不易觉察地皱了皱眉头。

乃马真怀着怎样的心思，他比任何人都清楚。他的确不想违背自己迎娶她时许下的诺言，可在确立储君的问题上，他清楚地意识到，乃马真正在成为他的掣肘，或者，正在成为他的麻烦。他暗自下定决心，别的事他都不必同乃马真计较，唯独立储一事关乎江山社稷，他决不会对乃马真让步。

阔出不想再待下去，他向父汗和六皇后告辞。

乃马真在场，窝阔台不便挽留。他原本还想下过棋后，让儿子陪他吃顿晚饭。

乃马真轻描淡写地问了一句："怎么，不陪你父汗下棋了吗？"

阔出回道："不了。天也不早了，改日吧。"

乃马真再没说什么，她的目光随着阔出的背影移动，眼色渐渐变得冰冷。大步走向宫门的阔出眼神中透出同样的冰冷。从始至终，乃马真别说一次没去探望过母亲，没有询问过母亲的病情，甚至连一句起码的问候都没有，这不能不让他感到心寒。心寒之余，则是无法驱散的悲哀：他宁愿不做大汗的儿子，也不想降生在一个彼此不能敞开心扉的家族中。

窝阔台的手中摆弄着棋子，沉默一时笼罩了夫妻二人。并非很遥远的记忆，乃马真曾是窝阔台最钟爱的女人，当他如愿成为蒙古帝国第二任大汗，他与乃马真的距离却在悄然变远。这是围绕汗位继承问题所产生的分歧：他属意三子阔出，乃马真却一心要将他们的长子贵由推上未来的汗位。

夫妻俩各怀心思，各有打算，随着时光流逝，分歧变成致命的隔阂，有了隔阂的心，再也不能向对方靠拢。

陆

窝阔台即位伊始，接受耶律楚材的建议，在坚持祖宗旧制的基础上，进行了一系列的内政改革。他选拔了一批德才兼备、诚实勤勉之人出任各地官员。此外，为巩固对新占领区的统治，为继续作战储备人力、物力，他大量任用和重用已归降的各国、各部族将领，让他们镇守辖区，参与征战。

首先，他对攻金军队进行增编，立三万户，以史天泽、刘黑马、萧查札统汉兵，分守真定、河间、大名、东平、济南五路新归诸地，并命其肃清各地金军残余势力。

史天泽系史秉直之子，刘黑马系刘柏林之子，萧查札系萧也先之子，史秉直、刘柏林、萧也先皆降于成吉思汗攻金之初，成吉思汗对他们信爱殊深，他们亦为成吉思汗出生入死，立下汗马功劳。至窝阔台汗即位，这几个家族，包括郭宝玉、严实、张柔等家族在内，继续受到新汗重用。

其次，户长郝和尚英勇善战，从征有功，窝阔台为嘉其功，任命其为宣德、西京、太原、平阳、延安五路万户长；任命刘嶷为都总管万户长，统西京、河东、陕西诸军；任命严实为东平万户长。

这一时期窝阔台对降将的重用，为蒙古取得对金战事的胜利奠定了基础。

在广泛擢用人才的基础上，窝阔台为培养军事人才，开办了两所正规学校，一所在燕京，一所在平阳，这在蒙古立国后亦是首创。

十月，窝阔台遣大将率军再度进驻庄阳。金帝复遣使奉美酒币帛，向蒙古求和。窝阔台不允。次年（1230）二月，蒙古军再度攻入大昌原。一年多前，蒙古军就是在这里被金平章政事平凉行省完颜合达、忠孝军提控完颜陈和尚击败，此番，蒙古军又尝兵败苦果，大昌原似乎成了蒙古人的梦魇。

春天，窝阔台与拖雷在鄂尔浑河附近打猎，遣兵自凤翔攻入京兆，关中大震，完颜守绪遣使救援，援军被蒙古军打败，京兆随即陷落。

夏天，窝阔台遣使招降金国抗蒙名将移剌蒲阿，移剌蒲阿拒降，放出狂言："我已准备军马，能战则来！"

窝阔台得到回报，环视拖雷等人，笑道："当年，先汗西征归来，出兵西夏，他遣使招降西夏国主。西夏权臣，就是那位西征前对先汗出言不逊的阿夏敢布，又对先汗派去的使者说：'你告诉成吉思汗，他若想要营地、帐房、驮物，不妨到贺兰山来找我；他若想要黄金、白银，可到兴庆府和凉州来取。当然前提是，他能打败我！'你们有没有觉得，今天的移剌蒲阿，很像昨天的阿夏敢布？"

众人闻言，皆笑。

夏末，武仙率军围攻潞州蒙古军，不敌，退走，权参知政事移剌蒲阿引军来攻，蒙古军失利，武仙回军，攻克潞州。不久，蒙古军又将潞州夺回。

蒙古真定万户长史天泽等人率领驻屯河北的蒙、汉军围攻卫州，完颜合达、移剌蒲阿率十万金兵救援，并以完颜陈和尚率三千忠孝军及亲卫军为先锋。蒙古军初战受挫，老谋深算的史天泽独以千人绕出金军之后，突袭得胜，击败都尉军，而后与诸将合力攻打金军。金军战败，史天泽遂取卫州。

史天泽的捷报与拔都的求援信差不多同时送抵窝阔台的案头。拔都回镇玉龙杰赤后，派弟弟昔班为使，向大汗详述了札兰丁在波斯诸地的复辟情况。

消灭札兰丁，恢复蒙古对波斯的统治，本在窝阔台的计划之中。如今一切准备就绪，他立派麾下最杰出的将领之一绰儿马罕率三万蒙古精骑出兵波斯，同时敕命在中亚地区和波斯周边驻守的将领皆受绰儿马罕节制。按照大汗赋予的权力，绰儿马罕实际能够调动的军队人数达到十万众之多。

绰儿马罕出发后，窝阔台又派出可靠官员，重新在辽东地区确立了统治体制，为接下来的东征做好铺垫。

自攻入波斯高原，绰儿马罕不负所望，捷报频传：札兰丁势力瓦解，原来叛降札兰丁的地方领主多数重附蒙古。术赤封地的局势趋于安稳，拔都解除了后顾之忧，遂按照惯例，在白月到来前亲往和林谒见大汗，献上大量珍奇宝物、地方特产、药材和产于波斯的高档织品纳失失（也称"织金锦"）。

拔都仍经察合台汗国返回首都和林，他与二叔察合台相约，叔侄一路同行。

白月结束，察合台为筹备军马，辞别大汗，先行回到汗国。窝阔台问拔都是否回返封地，拔都不愿意。关山阻隔，相见越来越难，窝阔台也不欲拔都离开，他与拖雷商议后，仍将术赤从征军交给拔都指挥，在拖雷麾下听从调遣。

窝阔台三年（1231）春，蒙古军队夺取凤翔和凤翔西南的军事重镇宝鸡，窝阔台闻讯，一面命老将速不台攻破小潼关，深入金兵防线纵深骚扰，俟机攻克卢氏、朱阳，一面遣使与宋帝商议借道事宜。

速不台攻破小潼关后，与贵由相约，速不台提议由他和儿子兀良合台率部往攻卢氏、朱阳，贵由在小潼关引军接应。贵由满口答应下来。岂料，速不台父子在朱阳遭到金军围攻，向贵由求援，贵由非但拒不发兵相助，反而弃了小潼关，使速不台父子陷入腹背受敌的危险境地。兀良合台只得护着父帅拼死突围，被金军一路追击，在倒谷口遇到神箭队接应才算脱险。

速不台早年追随成吉思汗，历经大小战役无数，从无败绩，小潼关一役是他遭受的最惨重的失败。望着逃出来的不到四分之一的将士，速不台捶胸顿足，老泪纵横。兀良合台恨透了贵由，依他的脾气，必要直诉窝阔台汗，为大家讨个公道。速不台却不允许，他情愿一个人承担所有的战败责任。

数日后，圣旨到达军中，命速不台率所余兵马扈从拖雷南征，而对于小潼关战败一事只字未提。

其实，窝阔台在得知速不台兵败之初，十分生气，欲下旨切责。拖雷恰在兄长身边，劝道："兵家胜负无常，速不台乃国之大将，当许立功自效。"窝阔台这才作罢，只命速不台协助拖雷指挥战斗。

拔都已从兀良合台处得知小潼关兵败的前因后果，贵由为了能将速不台父子置于死地，竟不惜假借敌人之手。这位长皇子的心胸，着实令拔都心寒，特别是想到贵由将来有可能成为蒙古之主，拔都更觉纡郁难释。

柒

经过充分的准备，窝阔台祭旗出征。

拖雷率三万大军为先锋，渡黄河进军陕西，夺取陕西关寨，进逼潼关。窝阔台率主力屯于平阳，以吸引和牵制河中府及潼关金兵。

金帝完颜守绪得知蒙古军大举进攻的消息，急召丞相完颜合达、定远大将军完颜陈和尚商议对策。完颜合达建议从京兆、凤翔、庆阳、平凉诸府征兵，抽调忠孝军往御河南，改置陕西两路，行省于阌乡，以备潼关。具体部署为：平章政事完颜合达、权参知政事移剌蒲阿行省于阌乡；以忠孝军总领完颜陈和尚率领忠孝军入关，屯于均、许；以恒山公武仙屯于卫州；以尚书右函完颜白撒增筑归德城隍；以凤翔知府本路兵马都总管元帅左都监郭虾蟆防守兰、会、洮、河四州；以总帅那合买住防守潼关重镇。同时对京兆、甘肃南部、河中府的防卫都做了相应部署。

另外，完颜合达建议金帝遣使赴宋，约请出兵，共同抵抗蒙古军。完颜陈和尚却主张将蒙古军阻于渭河之北，以绝对优势兵力，将蒙古军一举全歼。完颜合达、完颜陈和尚争执不下，作为折中，守绪决定二计并用。

五月，窝阔台在官山九十九泉召集拖雷及诸王大将再议灭金战略，金降将李国昌献上一计：金迁汴将二十年，其所恃者唯潼关、黄河。若出宝鸡以侵汉中，不一月可达唐、邓，大事可筹。

窝阔台采纳李国昌的建议，决定兵分三路：拖雷率右路三万骑兵由凤翔入宝鸡，假道于宋，沿汉江而下，迂回唐、邓，直逼汴京。这三万骑兵中，包括术赤从征军；窝阔台自率中军主力，先拔除河中府，强渡孟津，进逼汴京；由原驻河北、山东之蒙汉军编成的左路军由按陈那颜统一指挥，从济南出发，向汴京东侧挺进。

三路大军预期于窝阔台汗四年（1232）春季会师于汴京城下。

拖雷受命假道于宋，指挥三万骑兵自凤翔启程南下。此时，蒙古方面遣往宋廷商议借道一事的使者，于途中被宋将擒杀。拖雷闻讯大怒，派军队夹击兴元府。兴元府一触即溃，主帅弃城而逃，军民死伤无数。宋帝这才惊慌起来，匆忙拒绝了金国共同抗蒙的要求，同意与蒙古重修旧好。

为确保蒙古军队东进中后顾无忧，拖雷分兵两路，命速不台父子率东路，拔都率术赤从征军为西路，沿路扫荡四川北部的宋军。九月至十一月，速不台父子和拔都连克宋军，破城池一百四十余座，四川北部均落入蒙古军之手。

十二月，拖雷率右路军东进，攻入饶凤关，渡汉江，夺取金、房二州，而后沿汉江而下，直奔钧州。邓州告急。

蒙古军仅用四天时间全部渡过汉江，准备攻打邓州城。在这里，他们面对的将是金国最精锐的步骑兵。

完颜合达率诸军入邓州，陈和尚率忠孝军，武仙尽发本部军马，张惠率步军随行。这几支军马加上其他调集到的军队，共计十五万人，其兵力是蒙古军的五倍，而他们的将领都是有着多年对蒙作战经验的金国名将。

拖雷派先锋侦知完颜合达在禹山前后设有重兵、正准备凭借地势之险伏击蒙古军的情报后，决定大军不发，只派小股轻骑避开金军正面，迂回山后，向金军发起进攻。金军不得不战，两军短兵相接。完颜陈和尚督军力战，蒙古军队退走，再战，再退，又战，又退，如此三番，蒙古军始终不与金军正面交锋，而自禹山退出十五里，扎营于光化对岸的枣树林中。

蒙古军在枣树林隐蔽四天，马不卸鞍，白昼作食，不使林外听到声响，暗中却时时窥视金军动向，以寻找有利战机。

金军突然失去蒙古军的踪迹，急忙派出侦察部队寻找。第四天，金军巡逻队回报蒙古军动向，还带回了十个蒙古士兵。这十个蒙古士兵，一个个敝衣瘦马，形状异常凄惨。他们向完颜合达和移剌蒲阿二相泣述了主帅为避金军锋芒，一日数迁，使他们不胜其苦的情形，请求二相收留。二相不疑有他，命人给降卒换上新衣，配上好马，亲自设宴款待一行。

席间，二相问起蒙古军行止，十个蒙古士兵竞相回话，二相与完颜陈和尚所获取的情报对照，发现他们所说都是实情，于是放心地将他们收留于营内。

第三天夜晚，十个蒙古士兵突然夺取金军马匹，悄然离去。二相方知这十个蒙古士兵乃敌方细作，如今，他们已探明金军的兵力部署和辎重等情报。二相大为懊丧，为了防止不测，加上粮草告罄，只得率部回邓州城补充军粮。

十二月三十日，金军刚刚行至枣树林，遭到蒙古军的袭击，金军猝不及防，仓促迎战。交战中，蒙古军仅以百骑夺取金军辎重而去，打得金军乱成一团，溃不成军。当夜二鼓，完颜合达、移剌蒲阿引军进入邓州城，担心军士迷路，鸣钟召集。二相新败，隐而不报，反上表伪称大捷。金帝守绪欣闻捷报，在宫中置酒以庆。

邓州城城防坚固，蒙古军连攻三日不克。拖雷考虑到攻打邓州城代价太大，不如放弃围攻，除留下一部牵制邓州城的金军外，其余大部兵分数路，绕过邓州城，向金首都汴京方向进发，沿途横扫各州郡，切断邓州与汴京的联系。

拖雷果有其父遗风，逢强智取，遇弱强攻，这一路，蒙古军队进展十分顺利，相继攻破沁阳、南阳、方城、襄城、陕州诸城，各地金军军需物资被焚毁。至此，邓州与汴京的通道完全被切断。

随着金军在邓州与蒙古军展开决战的企图落空，完颜合达与移剌蒲阿商议，既然蒙古军北上，坚守邓州城已失去意义，为防止蒙古军乘虚奔袭京城，不如放弃邓州，赴京救援。

途中，二相与完颜陈和尚、张惠、武仙等人会合，金十五万大军分路而行。拖雷问计于速不台，速不台说："可用伽勒伽会战之计。"

蒙古军队在第一次西征中，成吉思汗派常胜将军速不台、哲别追击逃入钦察草原的篾儿乞残部，在伽勒伽河（卡尔卡河，北顿涅茨河支流，汇入顿河），他们与斡罗斯的三个公国及钦察联军十万人遭遇。

鉴于决战双方兵力众寡悬殊，速不台和哲别连夜召开军事会议，确定了初步的作战方案。次日，蒙古前锋部队首先向联军做了一次试探性的进攻，蒙古军不敌，下令撤退。钦察军和基辅公国的军队不等与契尔尼戈夫、加利西亚两个公国的军队会齐，率先渡过第聂伯河，一路对蒙古军穷追不舍。速不台、哲别且战且退，同时派出拔都、兀良合台、蒙哥等年轻将领各率一千人沿途不断袭扰敌军，同时又不正面交锋，而是故意示弱于敌，以期骄纵敌人。

联军大将朱利将军身经百战，经验丰富，他见数日来蒙古军退而不乱，便劝说基辅大公哈里克斯小心从事。他说："从这几日追击，蒙古军始终进退有度来看，这是一支士兵训练有素、主帅有勇有谋的军队，他们虽人数远远少于我军，却可能是我们的强敌，大公万万不可掉以轻心。"

哈里克斯不以为然，回以哈哈大笑。朱利见无法说服哈里克斯，仰天长叹道："竖子不足与谋。想我朱利南征北战多年，还没有见过这样骑术谙熟、射技惊人的军队，只怕我们这数万人迟早要折在蒙古军手中。"

哈里克斯充耳不闻，依旧挥令大军继续追击蒙古军。

整整九天，双方马不停蹄。钦察军和基辅公国军队将其他两个公国的军队越甩越远，当他们在伽勒伽河畔追上蒙古军时，已然筋疲力尽。

这天正是成吉思汗十八年（1223）五月二十八日。钦察军和基辅公国军队分成南北两路大军沿伽勒伽河畔安营扎寨，哲别派拔都率六千骑兵伪装进攻钦察阵地，不久又佯做退却，钦察首领不辨真伪，率北路军抢先渡过伽勒伽河，正好投入了蒙古军布下的罗网中。哲别、速不台分兵两路，右翼直冲钦察军营阵，左翼切断了钦察军的后路。钦察军不敌蒙古军的凌厉攻势，全线溃退。哈里克斯大公急派南路军增援，却让落荒而走的钦察军将战斗队形冲得七零八落，哲别、速不台乘势渡过伽勒伽河攻打斡罗斯联军各部，大获全胜。

是役，斡罗斯联军损兵折将达七万余人，有七十位贵族阵亡，在蒙古军强大的攻势下，斡罗斯联军诸大公被迫请降。

捌

拖雷虽未亲身参加伽勒伽河战役，速不台和拔都却都是亲历者。尤其是，这场大捷被父亲视为以少胜多的范例，经常拿来教育诸子诸将。而今，速不台献上此计，拖雷若有所思。

速不台接着说道："城居之人，不耐劳苦，不耐袭扰，时间一久，必定士气减损，不堪与战。"

拖雷深以为然，决定依计而行。

拖雷将六千军队一分为三，命拔都、兀良合台、蒙哥三员年轻将领各率两千人，分路诱敌，主力则隐蔽于沙河以北。一月十二日，金军进至沙河，向蒙古军发起攻击，蒙古军不与金军硬战，退走。当金军扎下营盘时，蒙古军却又来袭扰，一日几次三番，搅得金军不得休息饮食，疲惫至极。

有将领向二相建议到钧州城中整军，二相也想早些摆脱如影随形的蒙古军，立即吩咐全军拔营。眼见离钧州城只有三十五里地，天公好似也不作美，傍晚时分竟下起了连绵细雨，至夜深气温骤降，大雪簌簌而落，金军不能前进，就地扎营。蒙古军却似拖不垮的铁军，整夜袭扰，金军既惧且疲，心烦意乱。

十四日，完颜合达接金帝密旨，蒙古军渐近，已迁卫、孟二州。二相立即率军北行，蒙古军聚集，伐木设障，阻挡道路，又派军队前堵后追，金军更加忧烦。金将杨沃衍身先士卒，拔树开道，好不容易夺得一条去路。完颜陈和尚占据山上，以武仙、高英为先锋，边打边急速前进，行至距钧州只有十多里路处。

蒙古军退至三峰山的东北和西南。

三峰山位于汉江以北，系秦岭山脉最东之末段，区内有伏牛山、外方山。战区南面有桐柏山，在伏牛山、桐柏山两山间，唐、白诸水流过，汇成南阳盆地。这里既是豫楚交通孔道，也是金国后方防御薄弱地区。战区北部是伏牛山东段，地形平缓，淮河平原西段则属北汝河流域。该地区最利于骑兵运动。

一场决战就在眼前。蒙古军与金军的兵力对比并没发生太多变化，仍是三万对十五万，不同的是，蒙古军士气高昂，金军筋疲力尽。

鉴于蒙古军在三峰山东北和西南阻截，武仙和高英率军攻西南，杨沃衍、樊泽袭东北，蒙古军退至三峰山东。张惠等率万余骑兵，自上而下冲击，蒙古军又退。金军沿途急追，军士中竟有三日未得进食者。金军逐次进至三峰山，不料在山中又遇大雪侵袭，金军将士僵立雪中，手足冰麻，刀剑竟不能举，急忙就地生火宿营。这一夜，军中怨声四起，盈耳不绝。

此时，窝阔台率中路军南渡黄河，于十三日攻占郑州。其后，他派军队至潼关，潼关守将李平投降，蒙古军遂出潼关，长驱直入陕南之地。

军中快骑旋至，窝阔台得知拖雷军与金军相峙，急派一万精骑赴援，将金军团团围困在三峰山上。

　　大雪连下三日，金军粮草早已告罄。有时，隐隐闻到蒙古军烤肉的香气，饥饿难当的金军将士唯有叹息咒骂。完颜合达知道再这样下去，军队很可能产生哗变，决心强行突围。拖雷好像猜知了完颜合达的心意，次日一早，让开前往钧州的道路，放金军北上，却设伏兵于道路两侧。完颜合达明知有诈，事到如今，与其等死，不如拼死杀开一条血路。金军久困多时，恨不得马上能离开这生死之地，将士竞相争路，一时间，人马相踏，乱作一团。

　　蒙古伏兵适时出击，金军全线崩溃，势如崩山。金将杨沃衍、樊泽、张惠、高英先后战死，武仙率三十骑逃入林中，败走密县。完颜合达、陈和尚率数百骑拼死逃入钧州城。不久，钧州城被蒙古军攻破，完颜合达阵亡。陈和尚在战事稍停后，从隐蔽处欲逃出城外，被蒙古士兵俘获，劝降无果，推出斩首。移剌蒲阿逃走汴京，也被蒙古军追上斩杀。

　　至此，金军十五万精锐被消灭殆尽，抗蒙名将多折于此役，金国失去了它赖以维持江山的最重要的一支生力军。金帝在汴京得知败讯，涕泪滂沱，如丧考妣。

　　数日后，窝阔台亲临拖雷兵营，犒赏全军将士。

　　三峰山战役胜利结束，窝阔台仍命拖雷负责军前事务，同时命蒙古军和汉军分路攻取汴京四周诸城及关陕地区。

　　鉴于对金战事大局已定，窝阔台命拔都率术赤从征军火速回镇玉龙杰赤，配合绰儿马罕，彻底消除札兰丁的复辟势力。

　　拔都与三叔、四叔依依惜别。拖雷亲自将拔都送出营外，挥别的一刻，拔都并未想到，这将是他与四叔的永别。

　　史天泽军原本受命由孟津会河南，三峰山之战后，又奉旨平定汴京以东诸城。金室内族完颜庆山奴行省徐州，蒙金决战于三峰山时，庆山奴自徐州率一万五千人赴京救援，行至杨驿店，与向东进军的史天泽相遇。经过激战，金军战败。史天泽挥令大军追斩庆山奴，接着招降太康、柘县、瓦冈、睢州等城。至此，蒙古军进至临涣集地区，从汴京东面完成合围。

　　为配合史天泽的行动，蒙古军队在特穆尔岱的率领下围攻归德府，金军尽力坚守，庆山奴溃兵亦至，势力稍振。蒙古军数攻不下，有人献决河之计，特穆尔岱依计而行。不料，河水决口后，水从西北而下，至城西南，入故滩水，反而起到了护城河的作用。特穆尔岱无奈，只得下令缓攻。

鉴于钧州、邓州失守，金国门户洞开，唯汴京坚固可守，完颜守绪急调徒单兀典等率军前往汴京增援。此前，为守住金国门户，完颜守绪已命完颜合达、移剌蒲阿率领两省军队从阌乡南调邓州，同时调徐州行省徒单兀典行省阌乡，防守潼关，徒单百家则为关陕总帅。

徒单兀典与潼关、秦兰、平安守将商议，撤出秦兰诸关守兵，计步兵十一万，骑兵五千人，由虢入陕。与此同时，徒单兀典在同、华、阌乡一带聚集军粮数十万斛，拟装船二百余艘，顺流而下，以增强汴京粮食储备。金军护送军粮来到河边，正欲装船，却惊闻蒙古军迫近，将士相顾失色，急于逃命，只得弃粮于道，空船东下。

徒单兀典无奈，再组织当地州民，运灵宝诸地仓粮，仍被蒙古骑兵劫夺。

事出紧急，金帝完颜守绪再三遣使催促，不容徒单兀典拖延下去。徒单兀典从阌乡发兵前，拿出全部库藏分赏军士，每人得白银三两，又抢劫州民财物，以资军用。州中老幼商贾皆奉命随行，撤离阌乡。

金军不走洛阳一路，而由州西南走入大山冰雪之中。随行军将葭州统将及振武都尉张异等，先后在途中哗变。窝阔台正在卢氏驻军，得到情报，急派儿子合丹率数百骑兵追击。是时正值山路积雪，日出消融，化为泥水，裹没脚腕，有老弱跟不上者皆被弃掷于路。军士苦不堪言，妇女不忍与亲人相离，哀号声传出数十里。

好不容易行至河南境铁岭关，军民疲弱至极，正想休息一下，不料合丹军已至。金军将士猝不及防，被蒙古骑兵一冲，或降或死或逃，溃不成军。徒单兀典仅率数十骑退入山谷，合丹无意放过他，一路追杀，将他斩于马下。

关陕十余万军队，与三峰山之战中的金军一样，都是金国最精锐的力量。随着这支用以守卫京城的军队溃散，完颜守绪似乎听到了亡国的丧钟响起。

玖

截至窝阔台汗四年（1232）三月初，蒙古军已攻取河南十四州，除金都汴京外，只有洛阳、归德二城未下。

三月中旬，窝阔台汗驻兵郑州，派蒙古军分攻洛阳与汴京。驻守洛阳的军队是从三峰山一役中溃散的三四千人及忠孝军百余人，这军队虽说人数不多，但从将领到士兵个个都是身经百战，英勇无畏，加上洛阳城城防坚固，蒙古军围攻百天竟毫无进展，不得不撤围而去。

见蒙古军久攻不下洛阳，窝阔台汗又派速不台率三万蒙古军攻打汴京。

汴京城周一百二十里，宫门十四个，城内驻军却不到四万，无法遍守各个城口。是时，各地百姓多入城避祸，平章政事完颜白撒建议以迁避之民充军，又集京东、西沿河旧屯两都尉及卫州迁来的义军约四万人，募集壮丁两万人，分守四面城墙。同时每座城墙选千名飞虎队作为预备队，专门负责救应。随后，又征募京师民兵二十万，分别隶属诸帅，每人每月补给一石五斗米粮。完颜守绪又命完颜白撒宿上清宫，枢密副使赤盏合喜宿大佛寺，以便随时处置紧急情况。

速不台进逼汴京时，窝阔台汗又派使者进城谕降。完颜守绪决定求和，以侄封曹王与乞和使出城入质蒙古。而速不台未得汗命，不许其出城，同时于城外立攻城器具，沿城壕列木栅，用薪草填壕沟。城中，完颜白撒眼睁睁地看着蒙古军做着攻城准备，却不令军士放箭阻止。

金军将士多次请战，完颜白撒却说："朝廷正与蒙古议和，不可破坏议和大事。"将士们不满，人声鼎沸。守绪闻听守军喧哗，骑马亲出端门至舟桥，慰劳军士。

西南军士选出数十名能言善辩者面奏金帝："蒙古兵填壕已过半，平章传令不准放一箭，说怕破坏和议。俟蒙古兵填壕完毕，岂不等于攻破我第一道防线？"

守绪安抚道："待曹王出，蒙古兵不退，尔等再力战不迟。"

千户刘寿争辩道："事处紧急，请皇帝千万不要抱有幻想。蒙古人誓要灭金，岂能真心与我讲和？"

守绪仍说："且等等不迟。"

刘寿性急，上前抓住守绪马缰，苦苦劝谏："陛下不可听信贼臣之言。请陛下务要下定决心，清除贼臣，如此，方可保国家平安。"

守绪尚未搭话，卫兵担心刘寿伤及皇帝，纷纷亮出兵刃，欲将刘寿拿下。守绪劝道："此人不过喝醉了酒，不要理他就是。"这样的话，算是为刘寿解了围。其实大敌当前，就是有酒，刘寿也没心情喝。

守绪劳军之后，回到金殿之上。当晚，曹王被送出京城，速不台仍以前言相对："讲和之事，大汗未曾对我言明。我只能留下曹王，一切听候大汗定夺。"说罢，遣回了金国方面的乞和使。

三月二十二日，速不台指挥军队向汴京城发起攻击。防守西北角的枢密使赤盏合喜，面对蒙古军的进攻，吓得言语失序，面无人色。平章政事完颜白撒防守西南角，他募壮士千人组成敢死队，以刘寿为首，命他们从地道出城渡壕，妄图烧毁蒙古军炮车。完颜白撒与刘寿相约，以城上悬红灯为应，灯起即渡壕。又命刘寿放出写有文字的纸鸢，欲招降被蒙古军俘虏的金人。

刘寿固然为人极有胆量，速不台同样身经百战，老谋深算，刘寿刚刚有所行动，已为速不台察之。速不台假作不知，等金军敢死队全都出了城外地道口，且一半渡过壕沟，一半正要渡壕之时，他亲自带人将其团团围住，聚而歼之。

金将帅指挥无方，所幸守城军民众志成城。在汴京一役中，蒙金双方都大量使用了火药武器。对于蒙古军来说，金军启用的新式火器"震天雷"和"突火枪"尤其具有震慑作用。"震天雷"用铁罐盛药，以火引燃，炮起火发，其声如雷，可以烧透铁甲。"突火枪"由汉族工匠发明，以硬黄纸十六层叠在一起成筒状，长约六十厘米，然后将柳炭、铁滓、磁末、硫黄、砒霜之类混在一起紧紧填装进去，以绳系在枪头，军士各带一个小罐，里面藏有火炭，临阵时点燃，火焰可冒出枪端三米多远，无人敢于接近。到药烧尽时，筒也不会损坏。

转眼间，蒙古军攻城十六昼夜，城内城外死伤者达数十万人。

金帝守绪在金殿得知军士以命相拼，亲往端门劳军。

蒙古军攻城不似初时急切，却围而不撤。五月，窝阔台汗与大那颜拖雷取道真定、燕京出古北口返蒙古本土，留速不台统帅诸军继续攻金。守绪又遣使臣赴速不台处请和，速不台知汴京城坚固，难以遽破，遂应允道："我主的确应允讲和，我自然不会违背圣意。"守绪知速不台已有撤围之意，急命官员以国库中珍奇物品相赠，果然，速不台于次日撤围。

蒙古军方撤，舆论以完颜白撒不战误国，要求朝廷予以惩处，守绪只得罢免完颜白撒平章政事之职。仍有军士欲杀白撒，白撒惊恐万状，为躲避追杀，一天之内几次搬家，后来逃出汴京城才算作罢。

也是天不佑金。速不台回镇汝州不久，汴京城中暴发瘟疫，五十天内，死亡人数竟达数十万人。守绪知守城力量不足，急派邓州行省招募援兵。此时，恒山公武仙自三峰山一役失败后，率残部退回南阳留山，召集三峰山溃散士兵，又在附近州城征募新兵，麾下从者很快达十万人之众。国难当头，守绪不究武仙兵败之罪，反命武仙为参知政事，枢密副使，行省河南。

汴京城中，军民积极备战。六月，入质蒙古的曹王还汴京，七月，窝阔台汗遣使者唐庆等入汴京，敦请金帝守绪赴蒙古与之商议和谈细节。守绪怎敢自投罗网，便以言语搪塞，将使者送回馆驿休息。飞虎军士兵申福等心中不忿，夜入馆驿，将唐庆等人全部杀害。消息传到宫中，守绪顿觉心中愁闷稍解。反正他也不可能答应窝阔台汗亲赴万安宫商谈和议诸事，如今申福等为他杀掉了咄咄逼人的蒙古使者，他就于金殿之上，将申福等全都赦免。

使者无端被杀，蒙金和议乃绝。

第二章　来时之路无处回首

壹

八月，汉将国安用与蒙古主帅失和，以所部山东之地降金，守绪封国安用为王。

和议不成，意味着汴京再陷，速不台军的围困只在须臾之间。为增加城防力量，守绪急召武仙、完颜思烈等进京赴援，又任赤盏合喜为枢密使，命其率一万五千军士出城接应援军。赤盏合喜惧怕蒙古军来袭，勉强出城，走到中牟故城便不再前进。

武仙在成吉思汗攻金时曾降蒙古，后又叛蒙古降金，被金帝封为恒山公。这位首鼠两端的诸侯，绝非忠心之臣。然而，武仙与蒙古对敌多年，深知只有保得金国的半壁江山，他才可以自保，才可以继续拥兵自重，享有荣华富贵。出于这样的考虑，他在得到皇帝的圣旨后，不敢耽搁，于留山起兵，进至眉山店。

在眉山店，武仙派人与完颜思烈取得联络，要完颜思烈等待自己合兵一处，互为策应，一同入京。完颜思烈无意等待武仙，独自赴援，途中被蒙古军袭击，败走御寨。武仙获知完颜思烈遭遇蒙古军截击，而洛阳元帅亦城破战死，心想自己就算赴援，只怕也会落个与完颜思烈相同的下场。为今之计，与其为主尽忠，不如保存实力，他存着这样的念头，次日便离开眉山店，退回留山。

赤盏合喜在中牟驻兵三日，等待援军。援军没等到，等来的却是完颜思烈兵败、武仙退走的消息。赤盏合喜原本就深惧蒙古军，这个消息顿时让他战战兢兢，心神大乱。他勉强在中牟多待了半日，当夜暗令心腹打开城门，逃回京城。他逃得太过匆忙，连辎重也来不及带走。

赤盏合喜被带回朝廷缴令，大臣纷纷上奏皇帝："赤盏合喜，始则抗命不出，中则逗留不进，最后弃军逃跑，损失军资不计其数，如此误国之贼臣，不斩不足以平民愤，定军心。"守绪无奈，罢除赤盏合喜官职，贬为庶民。

援军不来，守绪不得已复签民兵守备城池，同时，强征城中粮食充为军粮。汴京方经战火，居民多无余粮，如今被朝廷强征，饿死者甚多。金帝怕激起民变，拿出些太仓存米作粥赈济，但僧多粥少，守绪只好令守军出城弄粮。

拖雷在和林稍事休息，又匆匆返回征金前线。这位一心只想拿下金国以告慰父亲在天之灵的蒙古四太子如何能想到，在他为大汗为国家殚精竭虑、浴血奋战之时，一场针对他的阴谋，也在汗宫酝酿成熟。

拖雷毕其功于一役，在三峰山以三万骑兵全歼金国十五万精锐主力，蒙古将士百姓无不将他视为成吉思汗重生，对他的崇拜直追当年的成吉思汗。而笼罩着拖雷的光芒越耀眼，越让身为大汗的窝阔台相形见绌。

自古功高震主者无一可得善终，即使贵为皇弟，即使曾经那样相知相惜，拖雷仍然无法成为那个例外。

十月，汗使来到前线，传大汗之命，召拖雷速返蒙古本土。拖雷不明所以，汗使无奈透露，窝阔台汗病重，急于向皇弟交代后事。

拖雷不敢耽搁，将军中诸事皆托付与速不台，二人约定，待大汗痊愈，他们即在军前会合。

拖雷担心三哥病情，日夜兼程赶回和林。他顾不得返回营地，直接来到万安宫。当他在侍卫的引领下见到卧床不起的三哥时，不由得心头大骇。

窝阔台正在寝殿中等候拖雷的到来。此时，孤独地躺在御床上的蒙古大汗，目光涣散，两颊深陷，脸容憔悴，与平日的他判若两人。拖雷不知道三哥究竟患了什么病，更不明白这才几个月未见，三哥怎会一病至此？

拖雷快步上前，正要见礼，窝阔台摆摆手，示意他靠近自己。

拖雷在窝阔台身边坐了下来，他握住三哥的手，轻轻唤了一句：“大汗。”只这一句，他的眼中已泛起点点泪光。

窝阔台注视着四弟明显消瘦的脸庞，心中也是百感交集。许久，他声音沙哑地问道：“洛阳是否依然未下？”

拖雷见大汗还在惦记对金战事，愈觉心酸不已。他回道：“待攻下汴京，再攻洛阳不迟。一切自有前方将士用命，大汗且安心养病要紧。”

窝阔台的手在拖雷的手心中微微一动：“四弟啊……”

“是，大汗，你想说什么？”

窝阔台沉默了一下，“我可能……看不到那一天了……”说到这里，他的声音稍稍哽咽了一下，“父汗的葬礼上，我曾向他发誓，一定要攻灭金国，继续开疆拓土，不负他对我的重托。可现在……我恐怕要食言了，但愿父汗不会厌弃我的无能。”

“你别这么说！你一定会好起来的！”

“四弟。”

“大汗，你不能放弃，我也不会让你放弃。你放心，我一定会请来最好的大夫为你诊治。”

窝阔台微微摇了摇头，正想说什么，通天巫尔鲁走了进来。尔鲁颇通医术，又天赋异禀，深得窝阔台和六皇后乃马真的宠信。

尔鲁为窝阔台做了检查，趁着窝阔台闭目养神，他示意拖雷跟他出去一下。

二人悄悄离开寝殿，走到门外。拖雷忧虑地问道：“你一向精通医理，有药到病除之功。这段日子，可是你在为大汗诊治？”

尔鲁回答：“正是臣仆。”

“大汗究竟患了什么病？为何这般凶急？”

尔鲁似乎犹豫了一下：“大汗他……”

“你有话但说无妨。”

“臣仆只能说，大汗身体上的疾病犹可治愈，心上的病却无人可医。”

“心上的病？此话何意？”

“实不相瞒，大汗近几个月只要闭上眼睛，就会看到冤魂出现，向他索命，他晚上难以入睡，白天又心神不宁，难免精神越来越差，加上后来感染风寒，才致病体转向危重。我为大汗诊治，试着与上天沟通，方知是上天降兆，欲收回大汗性命。不是我不想帮助大汗，奈何天神怨怒大汗杀戮太重，不予赦免，我也无能为力。"

"你说大汗经常梦到冤魂索命，这样的情形出现多久了？"

"大体是在三峰山战役结束后开始的。"

拖雷听到这里，反而心中稍稍宽解了一些，"倘若是因为三峰山之战杀戮太重之故，我的罪孽远比大汗深重，该受天罚的人是我。你有什么办法，可以将大汗背负的惩罚转在我的身上？"

"这个……"

"你既通天，想必知道化解的办法。"

"臣仆……不敢说。"

"有什么不敢说的！国不可一日无君，当务之急，是要保住大汗性命。至于我，指挥三峰山战役的人是我，决不能让大汗替我承担罪责。"

尔鲁仍在犹豫。

"快说！"

尔鲁跪了下去，"大那颜，请您不要逼我……"

"我不逼你。不过，如若大汗归天，我会将你全族夷灭。"

尔鲁虽勉强保持镇静，脸色却发白了，"大那颜息怒，大那颜息怒！既然大那颜诚心要救大汗，的确是有一个办法。"

"说。"

"我将请示天意，化为符水，再向天神诚意祈祷。到时，只要大那颜喝下符水，就可将惩罚从大汗身上转移出去，只是这样一来……"

"我知道了，你速去准备吧。"

"是。"尔鲁施礼退下。

拖雷回到寝殿。窝阔台似乎睡着了。拖雷默默俯视着三哥憔悴的脸容，心情倒是轻松了不少。

这时，大概因为哪里疼痛，窝阔台呻吟了一声，眉头也微微皱了起来。拖雷轻声问道："大汗，要喝水吗？"

窝阔台睁开眼睛，"拖雷，你去哪儿了？"

"没走远，我是只出去了一下。"

"扶我起来。"

拖雷将三哥扶了起来，窝阔台后背的衣襟全被汗水浸湿了。

有一点不是演戏，前些时候，窝阔台的确生了一场病，这病不足以夺去他的生命，却让他的身体变得虚弱。窝阔台病情比较严重的时候，乃马真在他身边服侍他，当时，她流着眼泪说了这样一句话："大汗，请你一定要好起来，无论如何，你不能丢下我们不管。你若这样去了，谁能保证大那颜，不，是大那颜身边的那些人，还能善待你的儿孙。"

这句话的潜台词只有一个：只要拖雷活着，他的儿子（乃马真想的是贵由，窝阔台想的是阔出）便没有机会成为蒙古下一任大汗。

对命运无常的悲哀无限放大了窝阔台深藏于心底的恐惧，为了儿子，为了家族，他终于做出了一个冷酷的决定。

在权力面前，在汗位面前，亲情是如此不堪一击。

"拖雷。"

"大汗。"

"有件事我要向你交代……"

"大汗。"拖雷打断了他的话。

"怎么了，拖雷？"

"什么也别说。你不会有事的，相信我。"

窝阔台苦笑了一下。

"大汗，速不台是我蒙古首屈一指的将领，他跟随父汗，身经百战。这个人，勇敢而不冒进，谋略深远，他一定能为大汗拿下汴京城。请大汗答应我，即使前方战事稍遇挫折，也不要临阵换帅。"

"且慢，你说这些话是什么意思？"

"没什么。我有信心，汴京迟早被拿下，只是……等攻下汴京的那天，请大汗务必告诉我一声。"

窝阔台紧急召回拖雷，原本是要向四弟安排身后诸事，现在听起来，反而是拖雷在向他交代遗言。

"到底怎么了？你为什么要对我说这种话？"

拖雷微微一笑，避而不答。他转了话题，与窝阔台聊起多年前在四兄弟间发生的种种趣事，他的一双眼睛因为回忆而熠熠生辉。

窝阔台的汗出得更多了，几乎浸透了全身。他的内心剧烈地挣扎着，他不是没想过放弃，但他知道，他不能。

这段难熬的时光不知过了多久，尔鲁走了进来。

尔鲁的手中，端着一个碗。那里面……

贰

拖雷看了尔鲁一眼，尔鲁急忙将碗递在他的手中。

拖雷没有任何犹豫，将碗中的符水一饮而尽。

窝阔台和尔鲁看着他，两个人都呆住了。

拖雷将碗还给尔鲁："你下去吧。"

尔鲁诺诺欲退。

"等等！"窝阔台说道。

尔鲁又站住了。

"碗里是什么？你给大那颜喝了什么？"

"这个……不是……我……"尔鲁不知该如何解释。

"大汗，此事与尔鲁无关。你让他先下去吧。"

窝阔台的脸上阴云密布，欲言又止。拖雷做了个手势，尔鲁忙不迭地退出寝殿。在门外，尔鲁悄悄抹去额角的汗水，脸上掠过一抹大功告成的笑意。

刚刚将符水端进寝殿的时候，他还真在心里捏了一把汗。假如大那颜起了疑心，或者改变主意，不肯喝下符水，他们就得另设他计。对他们而言，既然事情开了头，便决无收手的可能。所幸一切都进行得异常顺利，这位四太子的为人，与六皇后判断的一般无二，还真是憨直得可爱。

接下来，他要做的，是赶紧将这个好消息通报给六皇后。

寝殿中，窝阔台仍在追问拖雷："你喝了什么？你到底喝了什么？"

拖雷若无其事地回答："符水。"

"符水？你喝符水做什么？"

拖雷握了一下窝阔台的手，窝阔台的手冰凉，手心中全是冷汗："三哥。"

"说呀！"

"三哥，国家，不能没有你。"

"你到底在说什么？"

"三峰山一战，金军十五万人几乎全军覆没，那是我犯下的杀戮之罪，不该由你替我承担。我将命交给长生天，你活下来，替我做完我没机会再做的事情。"

窝阔台如何不明白拖雷的心意。他达到了目的，这原本是他处心积虑也想要达到的目的，可为什么当他看到拖雷毫不犹豫地喝下符水时，他的心会阵阵抽痛，痛得他几乎就要窒息。

"难道……"他喃喃。

他在演戏，可他已经演不下去了。他的诧异是假的，他的悲伤却是真的。

他杀了自己的亲胞弟，他，居然杀了自己的亲胞弟！他的目光落在四弟的身后，苍白的脸上蓦然闪过了一丝惊慌之色。

"诅咒已经转在了我的身上，我来接受惩罚。你没事了，三哥。"

"为什么？你为什么要这么做？"

"三哥，在我心里，你更重要。我不想你带着遗憾去见父汗。"拖雷的脸颊开始呈现出酡红色，像鲜血在皮肤下充盈聚集，他站了起来，窝阔台察觉到，四弟的身体在微微颤抖："三哥，我先回去了。"

原来泪水也可以凝结成冰，此时此刻，泪水像冰块儿一样卡在窝阔台的喉咙里，令他全身凉透。他眼睁睁地看着拖雷像喝醉酒一样，摇摇晃晃地向门边走去。

眼看着拖雷就要迈出房门，窝阔台在他身后叫了一声："拖雷。"

拖雷回头看着他。

"对不起！"他的嘴唇翕动着，却没有发出声音。

拖雷笑了，他的笑容里充满了欣慰。

次日，拖雷在自己的营地辞世，年仅四十二岁。

讣告被送往诸王的封地和前线军中，隆重的葬礼将在察合台和拔都返回和林后举行。速不台得到的命令是在前线遥祭。

窝阔台拖着病体来看望苏如母子，蒙哥兄弟出灵帐迎接。此时，在散发着冷寂之气、弥散着浅灰色光芒的灵帐中，拖雷已褪下戎装，换了一身崭新的衣袍和靴帽，他的双手叠放于小腹之上，遗容安详平静。窝阔台踉跄着上前，抚尸痛哭，蒙哥兄弟跪在他的身后，悲咽四起。

苏如就站在窝阔台的身边，她只是无声地流着泪，从始至终，她都没让自己发出一声悲咽。

窝阔台的眼泪不断地流过面颊，他的内心如翻江倒海般地难受，脸色已变得铁青。苏如温声劝说："大汗，您的病体未愈，不宜在这里停留太久。请您节哀，离开灵帐吧。"她示意儿子蒙哥，将窝阔台扶出帐外。

蒙哥强忍悲痛，护送伯汗来到偏帐中，命人奉上热茶。过了一会儿，苏如也来到偏帐，她的脸上犹有泪痕，眼眸中的哀恸无法掩藏，即便如此，她仍表现出一种少有的坚强，少有的镇定。

不能放任的疑虑，她只能将它沉埋心底。

对苏如而言，最爱的人已经离开人世，那个可以保护妻儿的人已经远赴天国。未来的路，还需要他们一家人相互扶持着走下去。她是妻子，更是母亲，为了大那颜留在世间的十个儿子，她必须谨慎再谨慎，忍耐再忍耐。

苏如的目光落在窝阔台的脸上，窝阔台的痛苦绝没有丝毫的伪装。

"苏如啊……"窝阔台不敢与苏如相视，他轻轻唤道。

"大汗。"

"四弟临终前，留下什么话没有？"

"有。大那颜说，大汗不仅是上天垂赐的英明之主，更是他此生最喜爱最敬重最信任的兄长。他活着的每一天，都将自己能为大汗效力视为荣耀，若说有遗憾，他最大的遗憾是兄弟间的缘分太短。当他离开尘世时，他会将他的荣耀之心和眷爱之心，留给他的儿子们。"

窝阔台用一只手蒙住了眼睛，泪水不断地渗出指缝。原来直到死亡，拖雷仍在维护着他的兄长，拖雷的忠诚天地可鉴。

可是，他不能让自己后悔，更不能向苏如忏悔，否则，他为了维护国家安定，为了维护家族统治所做的一切，都将变得毫无意义。

悲伤如潮水般袭来，几乎就要将蒙哥吞没。他转过身，正要离开，这时，他看到母亲的眼中似乎闪过了一道混合着冷漠与愤怒的光芒。

他吃了一惊，重新看去，母亲的视线已离开大汗，停留在偏帐一角。她的脸容苍白依旧，只有孤独与思念。

刚才，难道是他看错了不成？

人人都知道拖雷是代大汗接受了长生天的召唤，拖雷死后，窝阔台的病体痊愈，渐渐恢复了健康。

诸王贵族从封地兼程赶回和林，隆重的葬礼结束后，窝阔台将拖雷以大汗的规格归葬起辇谷。

无论拖雷在喝下符水的那一刻，是否清楚这是一场必欲置他于死地的阴谋，他的慷慨赴死绝非毫无意义。首先，他的离世在一定程度上消除了蒙古帝国内部孕育的巨大离心力，也避免了如日之升的政权在无休止的内争及纷乱中分崩离析。其次，他用自己的身死换取了妻儿和家族的平安。更重要的是，他将福荫留给他的儿子们，未来，他的十个儿子当中，将出现四位大汗。而这四位大汗，皆是苏如亲生之子。

叁

征金前线，速不台万万没想到，拖雷返回蒙古不过几日，便从汗宫传来噩耗。

噩耗来得太过突然，让人没有一点心理准备。

速不台从小追随成吉思汗，深受成吉思汗的信任和宠遇，是蒙古开国名将中最有名的常胜将军之一。之前，因攻打小潼关一战，速不台遭到贵由暗算，功亏一篑，事情发生后，他反而受到大汗的责备。窝阔台甚至打算剥夺他的兵权，若非拖雷为他分辨曲直，只怕他真的就要蒙受不白之冤。从那以后，速不台留在拖雷军中，继续受到窝阔台兄弟的重用。

速不台一生忠耿，智勇超群。他视成吉思汗以及颇有其父遗风的拖雷为终身主君，离别时，大那颜还曾与他相约，说等攻下汴京，他当与速不台大醉三日。而今音容宛在，人已长别，他既不能返回和林吊唁，只得按圣谕令全军将士换上白衣，设帐遥祭。事后，他向使者询问大那颜病逝前后的状况，使者也不完全清楚，只说大那颜服下符水，代兄领受天谴，大那颜逝后，大汗的病情果然好转。

速不台闻言，不免惕然心惊。他的确不了解这件事的内情，不能妄加揣测，可直觉告诉他，事情没有那么简单。他与贵由的合作让他领教了这位皇长子的阴狠，尽管窝阔台汗是成吉思汗亲自选定的继承人，速不台的内心亦以忠诚为先，但他实在不看好窝阔台汗身边的那些人，尤其是贵由和他的生母乃马真。

逝者已矣，速不台知道，自己唯有早日拿下汴京，灭亡金国，才能告慰成吉思汗和大那颜的英灵。

守丧结束，速不台加紧了对汴京周围诸城的攻打，以期完全孤立汴京。汴京兵少粮缺，岌岌可危。

冬天到来，面对蒙金和议断绝，京城军民饥困，军士多有叛走的形势，守绪料知汴京已不可坚守，决意迁都。他向谋臣白华问计，白华说道："现在耕种已废，粮食将尽，四外援兵都不可指望。主上可出就外兵，留皇兄荆王守纯在汴京守城，城内诸事由他裁处。主上既出，可遣使告语蒙古一方：'我今外出不为收整兵士，只因前者士兵擅杀蒙古使者，致和议断绝，现将京师交付荆王，我只求一二州养老。'如此这般，太后皇族或可保存，主上亦可稍稍宽心了。"

白华所献原也不是什么妙计，不料病急乱投医的金帝守绪照单全收了。

守绪召集众臣商议"迁都"一事，有人主张去归德，有人主张去邓州，同意迁都的人意见莫衷一是。另有半数将臣坚决反对迁都，认为守绪不可重蹈其父宣宗弃守中都的覆辙。守绪心意已决，临行前，他对汴京的作战部署做了新的调整，其中，被罢免的完颜白撒重又被他起用为平章政事。

十二月二十五日，守绪与皇太后、皇后、诸妃告别，率诸军从汴京出发，采纳白华建议，西往汝州。守绪在汴京一直征集诸路兵马入援，岂料诸侯大多观望不进或中途遇蒙古军而溃散。唯陕州总帅完颜仲德率领孤军千人，历经秦、兰、商、邓，克服千难万险来到守绪身边，令守绪十分感动。

守绪接见仲德，殷殷慰勉："前路阻隔，将军此来何其不易！"

仲德回答："我乃太祖子孙，守土有责，岂可畏难不来？"

守绪闻言大喜，遂将仲德留任尚书右丞。

另一位皇族宗亲完颜忽斜虎从金昌来援，比仲德晚几日亦至军前，他对守绪说："京西三百里之间无井灶，不可往，不如往秦、巩之地寻找坚固之城。"

守绪登基于国家危难之时，在历代金国君主中，也算一位颇有作为的皇帝。他即位之初，一改前朝错误国策：对内，励精图治，起用贤能之臣；对外，寻求与宋、夏休兵，对国家事务大有裨益。唯战局危殆，守绪被速不台大军所迫，竟变得耳软心活，闻忽斜虎所奏，立刻折而东行，经陈留、杞县，到达黄陵岗。在黄陵岗，守绪再次召集众臣商议所往州城，完颜白撒建议皇帝留驻归德，由他率众将往东平，经略河朔。守绪担心大权旁落，届时皇帝只是一个摆设，这个提议未被采纳。大臣蒲察官奴建议皇帝驻卫州，卫州富庶，粮秣充足，守绪决定东取卫州。

时间不会停下脚步，新的一年在守绪惴惴不安的心境中来临。归德元帅运来二百余船粮食，至驾前助军，守绪即命乘船渡河北上进攻卫州。守绪随军渡河，突然间北风大作，后续部队尚有万人留在南岸。速不台遣军追至南岸，金军苦战不敌，元帅贺都喜战死，将士溺死者无数。

金帝驻军河北岸，留三千亲卫军护从。正月初四，守绪命完颜白撒率诸军攻取卫州，完颜白撒督军出发，令骑兵先行。总帅徒单百家，元帅刘益，上党公张开等率领步兵自蒲城出发，金兵行动缓慢，八日才到达卫州城下。

金军完成对卫州城的包围，徒单百家命以御旗招降，城中却坚守不应。速不台得到急报，遣军自南岸增援卫州，增援部队被蒲察官奴引军击退。金军围攻卫州，三日不克，速不台再派军队增援，而国公史天泽亦率轻骑驰援，突至城下，与速不台的增援部队会合，夹击金军，金军退回蒲城。

史天泽尾随金军至蒲城，在白公庙将金军击溃。完颜白撒弃军逃跑，刘益、张开在逃跑途中被民家所杀。守绪进至蒲城东三十里处，完颜白撒赶到，对守绪说："我军已溃，蒙古军近在堤外，请主上赶快去归德。"

守绪闻言，吓得一刻不敢停留，趁夜深乘船渡河至归德。

翌日，诸军得知主上逃走，相继溃散。完颜白撒自蒲城还归德，不敢入城，守绪命人将其召来。白撒以为皇帝必不追究其罪，岂料守绪翻脸无情，竟将战败的责任全部归咎于他。白撒稍作争辩，守绪大怒，命人将其投入监狱。守绪怒气难消，不令狱卒送饭，七日后，白撒被活活饿死。

守绪进驻归德，派心腹往汴京接回太后和后妃，此举令守城将士更加失去坚守信心。太后等出城，见城外有烟火，疑有蒙古军阻截，急忙驰还京城。

金帝守绪自出城后，连战连败，消息传到汴京城中，军心更加不稳。速不台对汴京攻打甚急，汴京内外不通，粮价升至白银二两，百姓粮尽，饿死者甚多。二月，西面元帅崔立发动政变，将金帝委任的要员尽数杀戮，自立为太师、都元帅、郑王，亲戚故交尽皆封官。崔立向速不台请降，并将金帝后妃、宗室五百余人献出。五月，又献衍圣公孔元措及有一技之长的工匠、郎中等。

至此，汴京陷落，守绪只剩一隅存身，金国之亡指日可待。

捷报传到和林，窝阔台汗正在万安宫中独自饮酒。当耶律楚材和蒙哥一同将这个消息报告给他时，他放下酒杯，走出宫殿，仰望天空，喃喃自语："父汗，你看到了吗？汴京已被儿子攻下了。四弟，你看到了吗？我们终于拿下了汴京……"他不断地重复着这几句话，泪水簌簌而下。

肆

蒙古军在汴京稍事休整，为给金国最后一击，窝阔台接受耶律楚材的建议，命速不台驻汝州，为诸军后援，其他将领分攻洛阳、蔡州。

之前，蒙古军攻打洛阳时，洛阳军民以齐克绅为府签事，打退蒙古军的多次进攻。蒙古军撤围而走后，金帝守绪以齐克绅守城有功，授中京留守，行总帅府事。汴京既下，蒙古军复攻洛阳，齐克绅率二百人出击，击退蒙古军五百人。总帅乌凌阿呼图以蒙古势强为由，小胜无益，放弃洛阳，率轻骑南逃蔡州。鹰扬都尉开西门投降蒙古军，齐克绅闻报，悲愤交集。

洛阳城中军心涣散，齐克绅纵有报国之志，奈何没有回天之力。他知孤城不可长守，遂率将士数十人，从东门突围而出，转战到偃师。蒙古军追击，齐克绅力尽被俘，不屈而死。

守绪原在归德，随驾亲军与河北溃军相继来附，驻地粮少，归德府事石盏女鲁欢请令让驻军出城，往徐、宿、陈三州就食。三月，石盏女鲁欢又请令亲卫军出城就食，守绪不得已，只好依从石盏女鲁欢所请。

归德城内，只留蒲察官奴率领的忠孝军四百五十人和统兵元帅马用率领的军队七百人。守绪召见官奴，提醒他当心石盏女鲁欢，官奴欲弄权，挟天子以令诸侯，敦促守绪前往海州，守绪不肯，官奴大为不满。

左丞相李蹊密奏官奴必反，守绪担忧不已，又担心官奴与马用不和，终成内乱，想在尚书省设宴与二人和解。官奴趁机攻打马用，马用被杀，官奴一不做二不休，又杀石盏女鲁欢和李蹊三百余人。官奴提兵觐见守绪，说："石盏女鲁欢和李蹊等人合谋叛乱，已被我诛杀。"

　　守绪心头大骇，为安抚官奴，只得说："逆贼该死，卿杀之有功。"

　　不久，蒙古军与金军在白公庙发生激战，将官奴的母亲俘获。守绪觉得这是向蒙古军请和的机会，遂命官奴往来斡旋。官奴假意与蒙将特穆尔岱约定：他将劫持金帝请降，恳请特穆尔岱放还其母。

　　特穆尔岱信以为真，放还官奴母亲，遣使招降，官奴虚与委蛇。特穆尔岱遂引军进驻归德城北，临城背水扎营。史天泽警告他说："此处非驻兵之地，敌若来攻，必定进退失据。"

　　特穆尔岱自恃与官奴有密约，不听史天泽劝告。

　　四月，官奴准备好火枪战具后，率忠孝军四百五十人自归德南门登船，由东而北，杀守堤巡逻兵，直趋王家寺特穆尔岱军营。

　　守绪至城北门观战，他心里已做好打算，倘若官奴劫营失败，他便乘船逃往徐州。

　　四更时分，忠孝军从四面悄悄包围了蒙古军营。官奴一马当先，向阵心冲去。金军的火器发挥了巨大威力，夜的寂静被震耳欲聋的爆炸声打破，火光四起，但见人影攒动，刀枪半举。遭到突袭的蒙古军失备大溃，仓皇逃散，溺水死者竟达三千余众。特穆尔岱勉强杀出战场，随从不过五六人。官奴军一路追袭，多亏史天泽派人接应，特穆尔岱才算逃出生天。

　　特穆尔岱见到史天泽，想起自己不听天泽忠告，一意孤行，不由得羞愧难当。天泽以"胜败乃兵家常事"劝慰，二人自此结成莫逆之交。

　　特穆尔岱乃蒙古军中的后起之秀，自南征以来，独当一面，连战克捷。而今官奴用计击败特穆尔岱，足见其谋略勇武堪为金将翘楚。官奴奏凯归来，守绪下旨，封官奴为左副元帅，参知政事。

　　王家寺一战的胜利，对于四面楚歌的金军来说，鼓舞作用不言而喻。只可惜，这场胜利却远远不是金帝守绪的福音。

　　官奴自战败特穆尔岱，势益横暴，守绪于他，不过傀儡。守绪懊悔用人不当，暗向近侍福忠诉苦："自古无不亡之国，不死之君。所恨者我不知用人，身为一国之主，竟为家奴所囿。"说罢，不胜悲凄。

　　福忠武艺出众，欲为皇帝除去官奴。守绪担心时机尚不成熟，不让福忠轻举妄动。

福忠听说蔡州城池坚深，兵多粮广，劝守绪前往蔡州。守绪虽有此心，无奈他在官奴掌控之中，想要离开，谈何容易。

四月下旬，蔡、息、陈、颖等州便宜总帅乌古论镐运送四百斛米至归德，乌古论镐亦劝皇帝南迁蔡州，官奴力陈不可。五月，官奴领兵去亳州征集军队，守绪经过一番筹划，于六月间召还官奴。官奴也是大意，未做防备，入见时为福忠以利刃刺胸而死。守绪除去心腹之患，终于能按照自己的意愿迁往蔡州。

六月十八日，守绪率朝臣自归德起程前往蔡州。时值雨季，守绪身边随员仅二百余，马五十匹，一路艰辛跋涉，于十日后进入蔡州城。

守绪迁往蔡州后，蒙古军顺利攻下归德。

汗廷这边，自拖雷逝后，窝阔台的精神一直萎靡不振，汴京、洛阳、归德相继陷落的捷报也没能让他振作起来。

拖雷的死虽令窝阔台卸下了心头重负，可拖雷家族的强大实力对他而言仍是心病。一次，他与乃马真探讨这个问题，乃马真献上一计，窝阔台觉得可行。

"你跟贵由说过吗？"他问乃马真。

"没有明说，我只是暗示过他。"

"他呢？什么反应？"

"不反感，也没做任何表示。贵由的性格你是知道的，他不反对，就说明我的建议他能接受。"

窝阔台看了乃马真一眼。乃马真处处为长子贵由打算，他心知肚明，却无可奈何。他很清楚，此事一旦成功，无非会产生两个结果：一个是顺利吞并拖雷家族的十万户，另一个是贵由将成为蒙古帝国势力最强大的宗王。第一个结果是他乐意看到的，第二个结果显然对阔出不利。为今之计，他是两害相权取其轻，只得走一步看一步。他的直觉，这一次，乃马真的如意算盘恐怕要拨空……

"要我去说吗？"乃马真问。

窝阔台想了想，"苏如不比旁人，还是我亲自说吧。"

"万一苏如拒绝怎么办？"

"十之八九会拒绝。不，我想她一定会拒绝。"

乃马真有点纳闷，"既然知道她一定会拒绝，为什么还要自讨没趣呢？"

窝阔台语气淡淡地回答："我要听她怎么说。"

"听她怎么说？"

"是啊。"

"我不明白你的意思。"

"你不需要明白。总之，你权且置身事外，一切都交给我来办。"

乃马真明知苏如是个主意很正的女人，一旦被她当面拒绝，她心里不舒服不说，日后姐妹也不好见面。想到这里，她妥协了："也罢。"

伍

过了几天，窝阔台请苏如来万安宫听琴。窝阔台登基时，命宫廷乐师谱写了一首新曲，曲名叫作《成吉思汗阵图》。该曲旋律激昂，气势雄浑，加上多种乐器的配合演奏，将当年成吉思汗创造大鹤翼阵屡破敌阵的场景，通过音乐的方式巧妙地渲染和表现出来。窝阔台的借口，是让苏如先做品鉴。

有段日子不见，当窝阔台的全貌映入眼帘时，苏如委实吃了一惊。

在成吉思汗的四位太子中，除术赤的眉眼酷似母亲外，其余三位太子的长相都比较随父亲，尤其是窝阔台，他的相貌既高贵又威严。可如今，看他面容灰黯，脸颊肿胀以及眼周泛青的样子，比拖雷病逝前还要萎靡不振。他的双眸仿佛阴云密布的天空，透不出一丝光亮。苏如暗暗思忖，莫非大汗又开始酗酒了不成？

窝阔台见到苏如倒是显得挺高兴，他不容苏如见礼，示意她坐下说话。苏如到来前，他特意命人在御座下专门为弟媳设立了座位。

苏如谢座。他看着她，关切地询问："你的身体怎么样？"

听到大汗垂问，苏如平静地回答："蒙大汗关心，我的身体还好。"

"孩子们呢？他们在做什么？"

"像往常一样，念书，习武。"

"蒙哥是否有信来？"

因拖雷的周年将至，蒙哥奉汗命前往起辇谷祭奠父祖及过世的亲人，他离开和林已有一段时日。

"他从起辇谷启程前倒是来过一封信。"

"哦？这么说，他快回来了？"

"对。按日期推算，应该今天能到。他一回来，肯定会先来拜见大汗。"

"如此甚好……"窝阔台随口说道，显得心不在焉。他沉吟片刻，欲言又止："我们还是先听琴吧。"

"好。"

窝阔台挥挥手，早有准备的乐师们开始演奏乐曲。此时，偌大的万安宫中，除了几十名乐师，就只有窝阔台和苏如两名听众。苏如专心地听琴，她心里明白，大汗叫她来，绝没有听琴这么简单。

一曲终了，窝阔台问道："如何？说说你的感觉。"

"我的感觉只有一个词可以形容：震撼。等我们攻克蔡州，灭亡金国，在庆功宴上演奏这首曲子，再合适不过了。"

"你真这么认为？"

苏如微笑，点了点头。

"听你这么说，我很欣慰。"

窝阔台令琴师退下。诚如苏如所料，接下来，窝阔台与苏如的谈话进入正题。

不过，有些话到底难于启齿，窝阔台斟酌着词句，气氛渐渐变得微妙起来。

良久，窝阔台轻轻唤道："苏如。"

"是，大汗。"苏如正视窝阔台，依然是那种柔和的语气。

"有件事……"

"您说。"

"对于你，我有个想法，不知当讲不当讲？"

苏如何等聪慧，窝阔台要说什么，她已猜知八九："大汗但讲无妨。"

"我在想，时间过得真快，一转眼，拖雷离开我们已有一年零一个月了。这段日子，我虽没有亲眼所见，却能想象得出你的不容易。父汗在世时，于众多儿媳中唯独对你的品行和才能赞赏有加，事实证明，你是一位好妻子，好母亲，好女人。我曾经答应过拖雷，要替他照顾好你还有孩子们，惭愧的是我做得不够。苏如，作为一个女人，你能做的都已经做到了，现在，该有一个人替你分担劳累了。"

苏如静静听着，她心中反感，面上却完全不动声色。

窝阔台不清楚苏如在想什么，她的平静让他不安也有些尴尬，可他还得硬着头皮说下去："实不相瞒，前些天，我听贵由说……"

"大汗！"苏如打断了窝阔台的话。

"怎么了，苏如？"

"请您也听我说几句，好吗？"

窝阔台笑了笑："你说。"他跟乃马真说过，他要听苏如怎么拒绝。

"大汗，您知道我这一生，最敬重的人是谁吗？"

"父汗吧？"

"不是。"

"不是？"

"嗯，不是。"

"那是谁？"

"我最敬重的人，其实是您的母亲。"

"你说母后？"

"没错。大汗是否还记得，先汗攻打客烈部时，我父王率领本部人马归附了先汗。先汗大获全胜后，在金顶大帐举办宴会，款待我父王以及所有追随他的功臣宿将。当时，我父王带着全家人参加了宴会，就是在那次宴会上，我见到了您的母亲。"

窝阔台重又忆起多年前宴会上的情景，脸上露出怀念的笑容。的确，那也是他第一次见到苏如，对于苏如清丽聪慧的容颜他同样记忆犹新。

"是啊，我记得。"

"那么，您一定没忘记，在宴会上，我做了一件什么事吧？"

"你这么一说我倒想起来了。当时，你说要为宴会助兴，结果你弹奏了一首很悲凉的曲子。当时大家都很惊讶，我看到你父王脸色苍白，不过最担心的人应该是拖雷。他的不安和惊慌全在脸上，一目了然——我想这小子肯定是对你一见钟情了。"

苏如微笑着，温馨的回忆使隔阂变得无关紧要。

"所有的人都很惊奇，除了您的母亲。"

"是啊。我记得你弹完后，母后与你之间还有一番对话，让我想想，是什么来着……噢，我想起来了，母后当时好像对你说：'好姑娘，谢谢你提醒了我，有些事我确实疏忽了，我很抱歉。'她是这么说的对吗？"

"嗯，是这句话没错。说真的，我此前从未想过，这世上会有如您母亲一般聪慧和善解人意的女人。"

"想必是因为钦佩，你才对母后说：'夫人，您真让我吃惊。'母后却对你说：'好姑娘，你更让我吃惊，胆识、心计，再加上善良美好的愿望，让你的智慧闪光。'母后还说：'记住我的话，不是每只鸟儿都会在暴风雨中折断翅膀，雨过天晴后，它仍旧可以自由自在地翱翔。'"

苏如惊讶地望着窝阔台："您……"

"怎么了？"

"没想到我们说的每句话您都记得这么清楚。"

"莫非，你以为我老糊涂了吗？不，我是有点老糊涂了。即便如此，有些事，我就是想忘也忘不了。"

"其实，我不该感到惊讶才对——您毕竟是她的儿子。"

"这可是我听到的最动听的褒扬。"窝阔台半开玩笑半认真地说。这一刻，他只是拖雷的三哥，不是蒙古大汗。

苏如与窝阔台相视而笑，不无感慨。

时光无法倒流，可以倒流的，唯有心上的时光。

窝阔台的思绪还停留二十多年前的那一幕："苏如。"

"大汗。"

"那个时候，你是为了大嫂吧？"

窝阔台口中的大嫂，是指王汗的幼女察如尔。察如尔与大太子术赤早有婚约，这婚约原是察如尔的生母奥云与成吉思汗的夫人孛儿帖所定。奥云与孛儿帖都是弘吉剌部人，奥云从还是个小女孩起，就受到孛儿帖的诸多照顾。后来，孛儿帖与铁木真成亲，离开弘吉剌部，送别孛儿帖时奥云对她说："母亲在世一日，我会留在她身边尽孝一日，万一哪天母亲离开人世，我就去找你，我愿侍候姐姐，再不分离。"孛儿帖也拜托父母继续照顾奥云和她多病的母亲，姐妹二人依依惜别。

时隔数月，奥云的母亲不幸病故。奥云在孛儿帖父母的帮助下安葬了母亲，待守孝期满，她便只身前往乞颜部寻找孛儿帖，姐妹得以重聚。奥云是个有心的女子，她对孛儿帖一家尽心尽力，任劳任怨，这是她报恩的方式，也是她想要的生活。可是，一切或许正应了那句老话：天生丽质难自弃。在当时的草原，奥云堪称绝代佳人，她姿容冷艳，举手投足间极有韵致，爱慕她、向她求过婚的人不计其数，奥云却一律拒绝，坚辞不嫁。其时，正值铁木真的事业处于艰难时期，能否加强与王汗的联盟对他来说至关重要。为了报答孛儿帖的掬养之恩，更为了帮助铁木真首领，奥云甘愿做出牺牲，请铁木真将自己献给了王汗。年过半百的王汗得到比冰雪还要纯洁美丽的奥云，自然如获至宝，心花怒放，此后，在相当长的一段时间内，王汗与他的克烈部都充当了蒙古部坚强可靠的盟友。

过了两年，奥云为王汗生下了一个女儿。王汗膝下子嗣甚少，只有一独子桑昆，如今添了一个女儿，他自然视若珍宝。奥云为女儿起名察如尔，女儿十二岁那年，她与孛儿帖为术赤和察如尔定下婚约。

利益面前，联盟的纽带脆弱如春冰。随着成吉思汗统一蒙古东部，克烈部已成为成吉思汗统一蒙古的最大障碍。王汗担心克烈部终为蒙古部所灭，在桑昆的挑拨下，打算先下手为强。他派出使者，以商议儿女亲事为名，诱骗成吉思汗前往克烈部喝许亲酒，只要成吉思汗上当，他便可趁机将其杀掉。成吉思汗果然不察，备办厚礼前往克烈部，奥云偶然得知王汗父子的阴谋，惊怒交加。事处紧急，她已无法相信任何人，为救成吉思汗，她决定冒险出营报信。临行，她让女儿发誓，无论发生任何变故，女儿都必须成为孛儿只斤家族的女人。

桑昆早有防备，奥云没走出多远便被桑昆截住，奥云夺路而逃，被桑昆射杀。成吉思汗命不该绝，两个牧民及时示警，合兰真大战随即爆发，成吉思汗先败后胜，领土从东部扩展到中部。

札合敢布不愿与成吉思汗为敌，率先投降了成吉思汗。王汗在出逃时被乃蛮边将杀害，桑昆后来也死于非命，察如尔变得孤苦无依，札合敢布暂时将侄女接到自己的营地。苏如自幼与堂姐察如尔感情亲密，姐妹二人无话不谈，她十分清楚堂姐的心意。当年，王汗遭到乃蛮部突袭，兵败溃逃时，向成吉思汗求救，成吉思汗派"四杰"驰援，术赤也在军中，碰巧救过察如尔的命。从那时起，察如尔就对术赤芳心暗许。苏如答应堂姐，要助她一臂之力，后来便有了她与孛儿帖夫人的那场对话。

陆

苏如的确帮助察如尔达成了心愿，术赤与察如尔成亲后，这不再是什么秘密。但此时，苏如想要表达的，是另外一层意思。

"起初，我的目的是为引起大汗注意。可见了您的母亲，特别是与她有过一席谈话后，我在不知不觉中萌生了一个心愿。"

"说说看，那是什么样的心愿？"

"像堂姐一样，成为孛儿只斤家族的女人。"

"莫非这个心愿，让你选择了拖雷？"

"是爱上了拖雷，才选择了他。后来，我生下蒙哥，做了母亲的我，更加清楚地意识到，只想成为孛儿只斤家族的女人还远远不够。我要做的，是一个无愧于孛儿只斤家族的女人，这是我不变的信念。拖雷去世后，我不止一次地问过自己，我要怎样做才能告慰他的英魂？其实不难，就是做一个好母亲，用我的爱，将我的孩子们，特别是尚且年幼的几个孩子全都抚养成人。只有这样，某一天当我离去时，才可以安心地与我最爱的人在天上重聚。"

没有激烈的言辞，却明白无误地告诉窝阔台：让她改嫁，绝无可能。同时，苏如也表明了这样一种心意：一个无愧于孛儿只斤家族的女人，首要的就是忠诚，一个忠诚的女人，绝不会做出危害江山社稷的事情，这一点，她同样可以请窝阔台放心。窝阔台对这个女人的智慧与胆识充满感叹，而这样委婉平静的拒绝方式，也足以令他心悦诚服。

他准备转换话题，这时，蒙哥与贵由在宫外求见。

窝阔台奇怪蒙哥与贵由怎会一起过来？其实，这哥俩只是碰巧遇在了一起。

贵由见到苏如时神色有些尴尬，瘦削的脸上也泛起点点红晕。他原是按母亲的吩咐来看望父亲的，然而私心里，他也想早些明了四婶的心意。

在草原上，"收继婚"是被普遍接受和认可的婚姻制度，其核心内容是父死子继，兄死弟继，以及由此衍生出来的其他一些方式。这个制度的产生，与草原自然环境恶劣以及生育率低下有关，繁衍子嗣是头等大事，无关乎道德。

蒙哥没想到母亲也在万安宫，他拜见大汗后，又见过母亲。

窝阔台问了一些关于祭祀的情况，蒙哥一一做了回答。在短暂的静默后，窝阔台看着苏如微微一笑,他接下来说的话,才是他此番召见苏如的真正目的。

"苏如。"

"是,大汗。"

"我令阔端经营西夏故地,是想以此作为南攻西防的基地,这也是先汗生前所授方略之一。一旦金国灭亡,我意将吐蕃纳入帝国版图。现在存在一个困难,阔端掌握的兵力有限,经营偌大领地,他的力量必须有所加强才行。我意从晃豁坛部划出一千户,协助阔端驻守河西。"

蒙哥与贵由不由自主地对望了一眼。他们从来不是相知的兄弟,奇怪的是,此刻他们竟从对方脸上看到了自己的心情。

从惊讶到沉重,从疑惑到愤怒,都在默然相对的眼神中一闪而过。相同的心境,却有着完全不同的内涵:蒙哥是忧虑,是失望;贵由是嫉恨,是厌恶。

窝阔台没注意两个年轻人的眼色,他只关心苏如的想法。

苏如连一丝一毫惊讶的表示都没有,心平气和地接受了这个要求:"理当如此。此事我会交给蒙哥办理,三天后,请阔端前来接收他的新属部。"

对于这个承诺,窝阔台显然十分满意。苏如起身辞行,窝阔台命蒙哥送母亲回去。

顾及四婶的面子,贵由亲自将二人送出宫外。目送四婶离去,他又转回到宫中。

窝阔台取过一份奏章,只看了几眼,便开始打起哈欠。方才,他一直都在努力克制,现在,他的酒瘾又犯了。

"贵由,你怎么来了?"窝阔台以为儿子回去了,不曾想儿子没走。

贵由没说什么。

"你既然没走,正好,不妨陪为父喝上几杯。"刚才,窝阔台已交代侍卫送盘冷羊肉,送壶酒进来。

贵由哪有心情陪父亲喝酒,他留下来,只是想知道那件事的结果。

"父汗。"

"嗯?"

"您跟四婶说了吗?"

"说了。"

"四婶怎么回答?"

"你觉得呢？"

"她……拒绝了？"

"她说，她要将你四叔留下的几个年幼孩子抚养成人，这是她对你四叔做出的承诺，也是她身为母亲的责任。她大概就是这个意思，你应该了解你四婶，她一句拒绝的话没说，可谁也不会误解她的意思。"

贵由无法掩饰他的沮丧。四婶不肯接受他的心意并未让他感到意外，可他的自尊心还是不免受到了伤害。

窝阔台看着儿子阴沉的脸色，又悄然移开目光。他在心里叹了口气，身为父亲，他也有许多深藏在心底无以言说的烦恼。

说不清什么缘故，窝阔台膝下诸子间的关系都不算和睦，其中矛盾最深的当然是贵由和阔出，至于原因，自然与汗位之争有关。众所周知，在窝阔台的诸位夫人中，只有乃马真是窝阔台自己选择的妻子，就某种程度上而言，乃马真也是窝阔台唯一爱过的女人。乃马真为窝阔台生育子女最多，这个女人既霸道又颇具胆识，窝阔台对她的迷恋，很大一部分是对她的个性着迷。

窝阔台虽与乃马真感情很好，可对长子贵由总不似对三子阔出那般喜爱。阔出的母亲是窝阔台的正妻，阔出系嫡出之子，但窝阔台不会被嫡庶之分左右父爱。何况，在他的心目中，乃马真生下的儿子，同样都是他的嫡子。窝阔台偏爱阔出，固然与这个孩子在相貌、秉性、为人上都与他本人相似有关，但更重要的原因在于，窝阔台始终无法忘记父亲对于两个孩子做出的评价。

当年，窝阔台在篾儿乞营地迎娶乃马真，第二年，乃马真便为他生下了长子贵由。窝阔台终于有了儿子本来是件值得庆贺的事，可真实情况并非如此。贵由自出生起就有些不足之症，瘦弱的身体，苍白的脸色，总是哭闹不休，窝阔台每次看到他的头生子，他不想承认，可他真的有点遗憾。

孩子百天时，在窝阔台的邀请下，父亲过来看望孙子，同时参加宴会。窝阔台让人将孩子抱出来给父亲看看，父亲对着孩子的脸仔细端详了一阵儿，语气有点不确定地说："这孩子难道长得像舅父家的人吗？不太像你，也不太像孩子的母亲。"随后笑道："我看小家伙脸容细瘦，长大了应该是个性格严厉的人。"

成吉思汗在儿女面前说话一向直言不讳，再说，他没有任何恶意。乃马真听到公公的评价之语，心里很不高兴，不过，她再不高兴也没胆量表现出来。窝阔台听了父亲的话，想起二哥的长子南图赣和大哥的次子拔都出生时父亲喜悦的表情和赞赏的话语，这样的比较不由得让他暗暗难过。

长子贵由之后，次子阔端出生，这孩子身体也不是太好。加上阔端的母亲并不见宠于窝阔台，又早早去世，窝阔台对次子明显缺乏关心。直到正妻合真夫人为他生下三子，他才体会到为人父母的喜悦。

也是在三子百日时，成吉思汗受邀来到儿子营地，窝阔台命人将孩子抱出来给父亲观瞧。成吉思汗抱起孙儿逗弄了好长时间，孩子在祖父怀中笑着，小小的手臂用力挥动，十分可爱。成吉思汗对窝阔台说道："这孩子天庭饱满，地阁方圆，眼眸明亮，长得跟你小时候一模一样。"说罢，亲自给孙儿起名阔出。

这之后，窝阔台愈发宠爱三子，且终其一生不曾改变。

柒

贵由正琢磨着用什么理由离开，待侍卫送上酒菜，并通报："阔端求见。"

窝阔台显得十分高兴，立刻让阔端进来了。他对贵由说："阔端是为父召回和林的，我以为他晚上能到。自阔端坐镇甘凉，你们兄弟也好久没见了，不妨都留下来，陪为父喝上几杯。"

见不见阔端对贵由来说无关紧要，但父汗召回阔端肯定是为了接收新属部一事，贵由倒要听听，阔端会和父亲说些什么。

窝阔台不否认，他这一生最喜爱的儿子始终是三子，可有一点他很清楚，仅从才能而言，次子阔端还在三子阔出之上。

窝阔台不能不信服父亲的识人之能。许多年过去，随着儿子们年龄的增长，一个个个性尽显。最神奇的是，儿子们长大成人后，竟都如父亲当年预言的那样：长子贵由，不苟言笑，为人严苛，但做事认真，不徇私情；次子阔端，心胸开阔，头脑清醒，精于管理；三子阔出，长相富贵，性格敦厚，不显锋芒；四子合失作战勇敢，指挥有方，惜自制力有所不足……

在窝阔台诸子中，不是贵由，也不是阔出，反而是阔端的才能最先得到祖父认可。成吉思汗将一个部落交给其时还是少年的阔端治理，结果，阔端将这个部落治理得井井有条，不仅如此，他赏罚分明，部众皆对他心悦诚服。

见孙儿如此能干，成吉思汗十分欣慰。一次家宴上，他对窝阔台说："阔端既有统兵之才，又有驭众之能，做一国之主虽略有欠缺，却很适合统治民风剽悍的定居百姓。"窝阔台登基后，命阔端坐镇西夏故地，正是因为他牢牢记得父亲对次子的评价。

自参加过四叔的葬礼，阔端便返回自己的封地镇守，一年有余的时间，他还是第一次奉诏回到和林。他原以为父亲是单独召见他，来到万安宫，才发现大哥贵由也在父亲身边。

兄弟久别重逢，换了是蒙哥，不定有多高兴。贵由看到他，却只是微微地"哼"了一声，随即将头扭了过去。阔端竭力不将贵由的冷漠放在心上，可当父亲吩咐他三天后前往四婶的营地接收新属部时，他顿时变得心神不定起来。难得两个儿子回到身边，父亲想让他们陪自己吃顿晚饭，唯有这一次，阔端和贵由相当有默契。兄弟二人谁也不想留下，各找各的理由，全都匆匆离去。

蒙哥将母亲送回她的寝帐时，已是黄昏时分。

苏如吩咐司厨准备晚餐，又亲自动手，熬了一锅奶茶。她知道儿子兼程赶回和林，到现在，别说饭没顾上吃，连水都没顾上喝一口。

蒙哥默默地看着母亲忙碌。假如不是心事重重，回到家中，坐在母亲温暖的帐子里陪她一起聊天，原本是他最喜欢做的一件事。

一路上，他都在想着一件事。那件事，让他意外，也让他心冷。

很快，奶茶的香气在帐中弥漫开来，苏如盛了一碗奶茶，放在儿子面前。

"先喝碗奶茶吧。"她看着儿子，温存地说。

奶茶很烫，蒙哥不急，慢慢啜着。

苏如坐在忽明忽暗的灯影里，麻利地做起了针线。她手上的这件衣袍，是给蒙哥的幼弟缝制的，蒙哥最小的弟弟系异母所出，今年只有七岁。在拖雷的十个儿子当中，只有蒙哥、忽必烈、旭烈兀、阿里不哥为苏如亲生，尽管如此，拖雷的所有儿子都将苏如视为生身母亲。

不知不觉，一碗奶茶见了底，蒙哥又去盛了一碗。

"您不喝吗？"他问母亲。

"我不渴。在你伯汗那儿，喝了不少茶。晚上不能再喝了。"

蒙哥看着母亲。母亲的从容有着一种特殊的安抚作用，他焦虑不安的心境多少变得平和了一些。

苏如结好最后一针，咬断线头，将针线放在一边。她拿起衣袍，抖展了，向蒙哥问道："你看怎么样？"

"您的手艺，当然没的说。您听我一句，这些事您不要亲自做了，交给儿媳和侍女们去做就行。"

"我呀，最喜欢看到孩子们穿上我做的衣服了。你们大的几个，不用我操心了，趁着我的眼睛还能看得见，我还要再给孙子们多做几件衣服呢。"

"您说什么？"

"没说什么啊。"

"您的眼睛怎么了？"

"你别紧张，没事。"

"额吉。"

"真的没事。额吉的意思是担心有一天老眼昏花，拿不起针线了。谁都有上年纪的时候，这是自然规律啊。"

父亲去世后，蒙哥不止一次看到母亲背着他们偷偷流泪。他心疼母亲，但从未点破。"明天，我让国祯过来给您看看。"

"好。"苏如微笑着同意了。她了解儿子的性格，儿子既心细又孝顺，要是她拒绝，一定会引起儿子的不安。

蒙哥又端起第三碗茶，他真的渴坏了。另外，他也有事想问母亲。

"蒙哥。"

"嗯？"

"一路上，你一句话没说。其实，你是有话想对额吉讲吧？"

蒙哥抬眼望着母亲。他的母亲，从来都是这世上最敏慧、最善解人意的女人。

"额吉。"

"你说。"

"伯汗叫您去，难道只是为了划分一千户的事情吗？"

"是啊。"

贵由的事已经过去，苏如永远不会对儿子提起。窝阔台的用意她懂，窝阔台早知道她会拒绝，他真正的目的，是在后一件事上。

"我想知道，您为什么会答应伯汗呢？"

"你说同意将一千户划给阔端？"

"对。"

"除了答应，你觉得我们还有别的选择吗？"

蒙哥苦笑了一下，母亲说得没错，他们的确没有。"当年，父王代伯汗身死，想不到伯汗会翻脸无情。"

"你错了，儿子。"

"错了？"

"要是你伯汗翻脸无情，他要我们划出的，远不止一千户这么简单。"

"您的意思是……"

"他并非一点不顾念兄弟情谊，只是，他的耳边充斥着太多对我们不利的声音，日复一日，想不相信都难。我们唯一能做的，是让你伯汗看到并相信拖雷家族的忠诚。哪怕委曲求全，也绝不能让你祖汗创建的基业在我们手上终结，更不能让你父王白白付出生命。"

蒙哥思索着母亲的告诫。他不得不承认，在目前的状况下，为了国家的安宁，忍让是拖雷家族唯一的出路。

"您说的都有道理，可我还是觉得不舒服。"

苏如温存地拍了拍儿子的胳膊。

"额吉，您心里就不会有不公平的感觉吗？"

"当然会有。"

"可您怎么能表现得若无其事？"

"蒙哥，这正是额吉要告诫你的：当一件事我们必须接受，没有选择的余地时，我们要毫不犹豫地接受。既然必须要接受，迟疑便毫无意义。当我们被置于被动的境地时，只有主动才能让我们抢占先机。"

"您说抢占先机？"

"是啊。越主动，越配合，越容易让谗言不攻自破。"

蒙哥发现，他正在被母亲说服。

"还有，这次接收一千户的人是阔端，他是你伯汗最优秀的儿子，也是你最好的兄弟和朋友。他坐镇西夏故地，兵力确实不足，我们帮他，就是帮国家，你是拖雷家族的当家人，必须具备这样的觉悟。这件事只要我们处理得当，大汗让拖雷家族交出的，应该就只有这一千户，否则，同样的事情还会一而再、再而三地发生。"

"但愿吧。"

"儿子，不用置疑你祖汗的眼力。对一个你父王不惜牺牲生命也要维护也要保护的人，你要有信心。我们先把手上的事情做好，其余的，静观其变。"

"我明白了。您放心，我会把交接诸事办妥的。"

"让忽必烈帮你吧。"

"好，我都听您的。"

捌

窝阔台在宫帐中，一边展读二哥的来信，一边等着儿子阔端前来觐见。

不久前，窝阔台从凉州召回次子，明确告诉他，让他三天后前去四婶营地接收新属部，现在时间过去了十天，他想问问情况。

阔端姗姗来迟。他知道父亲要问他什么，这给他带来莫名的烦扰。

阔端对父亲，只存崇敬之心，而无热爱之情，这与他的成长环境有关。因母亲在她丈夫的心目中没有地位且早早离世的缘故，阔端从记事起就不曾得到过来自父亲的多少关爱。在他孤寂的童年里，真正关心他，爱护他，照顾他，给予他母亲般温暖的人，恰恰是四婶苏如。

不是阔端不珍惜亲情，是因为他的周围缺少亲情。正因为他的周围缺少亲情，他才比任何人都懂得珍惜亲情。他这一生，四婶是他最不愿辜负的人，而父亲的决定，偏又将他置于两难的境地。

倘若换了他是阔出，他肯定会据理力争。可是，他从小与父亲感情疏离，这种父子关系，他若据理力争，只怕会引起父亲对四婶和蒙哥的更大猜忌。

在没有考虑清楚之前，他没有权利这样做。他不能因为自己的不慎之举给四婶带来麻烦，他知道，那对四婶而言，恐怕才是真正的恩将仇报。

阔端以臣礼见过父亲，窝阔台命他起身，指了指自己的对面。

阔端知道父亲的意思，他略一踌躇，规规矩矩地在父亲对面坐了下来。

父子二人一时都没有说话。寂静中，阔端下意识地抬头看了父亲一眼，这一眼，让他的心头不禁微微一颤。

　　说实话那天的觐见，因贵由在场，他根本没顾上注意父亲的脸色。唯有此时，他骇然发现，不知是生病还是别的什么缘故，父亲的眼皮浮肿得厉害，脸庞紫胀，嘴唇发青，精神状态也不是很好。不过，父亲的心情倒是显得不错，笑眯眯的，比以往任何时候都要和蔼可亲。

　　"您……"阔端的话被进来送茶的侍卫打断了。

　　侍卫为父子二人斟满茶，将茶壶放在桌上，躬身退下。窝阔台这才温和地问道："你想说什么？"

　　"您的身体……没事吧？"

　　"没事，你不用担心。"

　　阔端再未多言。他发现，在他的内心深处，到底给父亲留下了一个角落。只是，他的关心到此为止。那些重要的时光，错过了便只能永远错过。

　　"阔端。"

　　"您说。"

　　"那件事，你办好了吗？"

　　"唔……"

　　"你没去？"

　　"我……"

　　"怎么，你认为我的决定不妥吗？"

　　"不是的，您误会了。"

　　"那是怎么回事？"

　　"对不起，父汗，我出去打猎了。"

　　"打猎？"

　　"是啊，我昨晚刚回来。"

　　阔端在和林城外有自己的驻地，即使身为汗子，也保持着相对的独立与自由，特别是打猎这种小事，完全没有必要报与大汗知晓。另外，阔端并没对父亲撒谎，他的确是出去打猎了。他还没想好该如何处理那件事，在此之前，他不能去见四婶和蒙哥。

　　窝阔台"噢"了一声，点点头。儿子一年多没回汗营，出去打打猎散散心也的确是情有可原。

　　又一阵突如其来的沉默笼罩了父子二人。窝阔台注视着儿子，从面前这张微微低垂不动声色的脸上，他丝毫看不出儿子在想些什么。这是次子与长子最不相同的地方，长子的喜怒哀乐都在脸上，一目了然，而次子在他面前，总仿佛戴着一张面具。他甚至不知道，在他活着时，是否还有机会看到面具后的那张脸。

"今天有些晚了，明天吧。明天，你带上塔海去你四婶的营地，与蒙哥办个交接。"片刻，窝阔台用一种不容置喙的口吻说道。

塔海是开国名将忽必来之后，少年时做过窝阔台的宿卫，窝阔台对他十分信任。阔端被派往凉州坐镇时，窝阔台为他配备了几名长于指挥的将领，塔海便是其中之一。此番，窝阔台派塔海与阔端同往，其实存有督促监视之意。

"是。"君命难违，阔端勉强答应下来。

第二天一早，窝阔台又派侍卫过来催促阔端，阔端明知拖延不下去，只得带着塔海来到四婶苏如夫人的营地。

阔端没敢去见四婶，而是径直来到蒙哥的大帐。

蒙哥闻报，急忙出来迎接。一转眼，兄弟分别一年有余，蒙哥见到阔端很高兴，以抱礼相见，阔端却觉得受之有愧，心中忐忑不安。

"阔端哥，你怎么才过来？"蒙哥一边说，一边将阔端让进帐中。

阔端来前，蒙哥正在阅读经耶律楚材之手整理翻译的各国宗教情况介绍。在成吉思汗的诸多孙辈中，蒙哥是公认的文化修养最高的一个，而拔都，堪称军事指挥才能最杰出的一个。阔端幼时丧母，苏如怜惜这个孩子，常让蒙哥陪伴他，与他一起玩耍，他与蒙哥的友情，就是在那段朝夕相伴的日子中结下的。蒙哥自小酷爱读书，阔端受他影响，也养成了看书的习惯。应该说，正是这种文武兼修，才为阔端后来经营西夏故地，充分施展抱负打下了坚实的基础。

蒙哥早将一千户登记造册，他将名册交给阔端。

阔端无话可说，喝了杯茶，起身告辞。

蒙哥大为惊讶："你刚来，怎么急着要走？"

"我……"阔端想找个借口，可他脑子很乱，什么理由都想不出来。

"额吉的意思，是想让那些千户长和百户长们都过来跟你见个面，看你有什么交代没有。你别急着就走。"

"不必！不用。"阔端拒绝了蒙哥的好意。

蒙哥笑了。额吉说得没错，阔端一点没变，还是那位心怀坦荡，值得他倾心结交的好兄弟和好朋友。

"额吉知道你这两天要来，已经做了安排，你怎么也得见见她才能回去。你听我的，要是你嫌麻烦，我倒有个简单的办法，等会儿举行宴会，我让他们都过来参加就是。这样，你跟他们也算见过面了。"

"不了，我真……"

"阔端哥，额吉好久没见到你了。这些日子，她总跟我念叨你，我看得出来，她想你了，很惦记你。"

这句话，让阔端的心顿时软了。他眼眶微红，垂下了头。

"走吧，阔端哥，我们去额吉那里。"

因事先早有准备，苏如为阔端和塔海举办了一个小型的宴会。她只让几个儿子作陪，又邀请了那几位百户长和千户长参加。宴会的气氛极其融洽，对于已经发生和已经过去的事情，苏如绝口不提。她只向阔端问起他在凉州复建学堂和招揽贤士之事，像所有的母亲一样，她对心爱的孩子所做的一切都充满了赞赏之情。交谈中，阔端的心绪渐渐恢复平静，与此同时，一个念头也变得更加坚定。

告辞四婶和蒙哥回到和林，阔端主动求见父亲。他将名册交给父亲，父子二人围绕接收新属部一事长谈了一次。从小到大，阔端在父亲面前，在任何人面前，都没有说过这么多的话。他谈到宴会的事，谈到四婶和蒙哥的态度，无论他说什么，意思只有一个：拖雷家族的忠诚，天地可鉴。作为大汗，能够回应忠诚的，只有信任。

阔端说的话，窝阔台随后在塔海那里也得到佐证。

消除了最大的心病，窝阔台开始关注征金战事。

玖

早在守绪迁都之前，窝阔台汗遣使前往南宋朝廷，双方经过谈判，达成了联合攻灭金国的协议。按照协议，金国灭亡后，陈州（今河南淮阳）及蔡州（今河南汝南）以南划归南宋，陈蔡以北划归蒙古，蒙宋两国平分河南诸地。

当时屯驻枣阳的是宋朝京西兵马钤辖孟珙，在南宋将领中，孟珙素以足智多谋、善于用兵著称，系南宋第一名将。武仙赴援不成，驻守顺阳，他与唐州守将、邓州守将互为犄角，谋迎皇帝入蜀，遂侵入宋地光化，其锋甚锐。孟珙率军反击，先攻入唐州，随即进兵顺阳，武仙败走马蹬山。

不久，邓州节度使，临淄郡王先后降宋，甚至为守绪谋划迁都的谋臣白华也叛金降宋。武仙失去应援，转而谋取宋金州。孟珙率领得胜之师，大败武仙于马镫山，并围剿武仙九寨，降其众七万人。

武仙率残兵败将逃走，孟珙先还襄阳。

守绪至蔡州，从徐州召回完颜仲德，任其为尚书右丞，总领省院事，主持军政。完颜仲德才兼将相，堪称金国末期最杰出的将领之一。自完颜仲德坐镇蔡州，城中守卫力量得到加强，兵威稍振。

其时蒙古军离蔡州尚远，城中商贾云集。守绪觉得蔡州可守，打算重备后宫，修建山亭为游息之所，因被完颜仲德所阻，才不得不搁置缓建。

守绪不想待在蔡州，欲派兵攻取兴元，向四川扩地。此时，宋军正向金国进军，守绪急派使者面见宋帝赵昀（1225 年至 1264 年在位，庙号理宗），使者向赵昀转达了守绪欲与宋联合抗蒙以及向宋帝赵昀借粮的请求："蒙古灭国四十，以及西夏；夏亡及于我，我亡必及于宋。唇亡齿寒，自然之理。若与我连和，所以为我也是为宋。"

针对金帝的请求，宋廷中展开了激烈的廷辩。

少数大臣认为蒙古是比金国更可怕的敌人，与其帮助蒙古消灭金国，平分河南诸地，不如派人送些粮草给金帝，让他多支撑一段时日。待蒙古与金国双方力竭，再出兵收复失地不迟。

多数大臣主张与蒙古联兵，给予金国致命一击。他们的理由是：宋蒙双方已达成协议，且曾借道给蒙古军，倘若为金帝资助粮食，答应通好，就等于撕破宋蒙协议。蒙古兵锋正锐，宋廷没必要为帮助金国而为自身招来一个更强大的敌人。事实上，蒙金世仇，宋金之间亦有百年亡国之恨。宋自高宗以降，对金向以岁币换取和平，这份耻辱深深地压在君臣心头。宁宗皇帝在位时，为洗雪国耻，收复失地，命韩侂胄北伐，这次北伐以失败告终，宁宗不得不杀韩侂胄向金国乞和。

侯赵昀即位，正值金国遭受蒙古攻击，国本动摇。赵昀乐得坐山观虎斗，想等蒙金双方打得两败俱伤，他再出兵金国，从容收复祖宗之地。若非君主默许，蒙古方面遣使向赵昀提出借道请求时，也不会发生使者于途中被宋军将领擒杀之事。当然，也由于这个缘故，宋军在兴元府一役中领教了蒙古军强大的战斗力。

综合上述理由，主战派认为，联蒙灭金，正在此时。

争论到最后，主战派占了上风。

赵昀的内心，一方面想建立不世之功；另一方面，对于国内状况他也绝非一无所知。自他登基以来，国家面临重重危机：王公大臣结党营私，互相倾轧；军队腐败，缺额严重；土地兼并严重，物价飞涨……所有这一切，都在动摇着国家政权的根基。倘能收复河南之地，对转移和缓解国内矛盾确有莫大帮助。

赵昀决意出兵，断然拒绝了金国方面的借粮请求，将金使撵出临安城。

金使奉命而去，空手而归，守绪无奈，只得誓守孤城。

孟珙率领的宋军于八月围攻金国唐州，孟珙围城打援，孤立州城。城中粮尽，守卫西门的军士率先投降，孟珙遂克唐州，进军息州。

蒙古军一方，在塔察尔（系蒙古开国名将、"四杰"之一博罗忽之子，与成吉思汗幼弟帖木格之孙塔察尔同名）的率领下于九月九日进至蔡州城下。

守绪于重九日拜天，对群臣说："国家自开创以来，向对臣子不薄。卿等或因先世立功，或因功劳起用，今已多年。现在国家危急，卿等追随在我身边，可谓忠心。我闻蒙古军将至，正是诸卿立功报国之时，即使身死，不失为忠孝之鬼。"说罢，向群臣赐酒。酒杯尚未斟满，忽报蒙古军数百人已突至城下。将士踊跃请战，当天，金军出战，击退蒙古军。

塔察尔以数百骑兵复攻城东，金帝遣兵接战，再次击退蒙古军。塔察尔情知蔡州一时难下，遂派士兵在城下筑长垒，以作长期围困之计。

进入十月，徐州节度副使约原州叛将袭破徐州投降蒙古。守绪在金殿之上闻知此讯，竟然面无表情，久久不作一词。

十月中旬，蔡州城缺粮，金帝命放城内饥民老弱出城，又付饥民以船，允许饥民到城壕采菱芡水草充饥。

十一月，宋将孟珙率两万将士，运送三十万石米，至蔡州助蒙古军需。蒙宋两军会师，塔察尔与孟珙商定，由宋军从南面攻城，蒙古军从东、西、北三面攻城，二人还约定，南、北军各自为战，互不相犯。

塔察尔与孟珙通力合作，攻城甚急。完颜仲德总领军政诸事，知城中兵少，强征男丁守城，男丁不足，则以妇女中强健者换上男人衣着，负责运送木石。

塔察尔遣张柔率五千人与宋军合攻蒲州城。史天泽自城北结筏偷渡汝水，与金军血战连日。孟珙军进逼柴潭，立栅于潭上，命将士夺取柴潭楼。十二月九日，蒙古军攻破蔡州外城，进逼城门。十九日，蒙宋两军合攻西城，完颜仲德先在城中筑栅浚壕，又调三面精锐昼夜抗击，蒙宋两军始终不能入城。

金帝运筹出逃，他对诸侍臣说："我为金紫十年，太子十年，人主十年，自知无大过，死无所恨。所恨者，祖宗传国百年，至我而绝。"

侍臣闻言，无不哭泣，他又说："自古以来，没有不亡之国。亡国之君，往往为人囚执，或为俘献，或辱于陛庭，或闭之空谷。我必不至于此，尔等将亲眼所见。"

二十四日，守绪率领将士夜出东城逃跑，至城栅处，遇蒙古军，被迫退回。

蔡州被困三月，城中粮尽。守绪以御用器皿赏诸军，又杀御马赏给将士食用。此时正值窝阔台汗六年（1234）元旦，蒙宋两军在城外会饮，歌声、笑声、音乐声相接，隐隐可闻，而城中金军饥馁不堪，唯有叹息。

蔡州自被围困以来，城中将士死伤无数，金帝近侍包括福忠在内及各级官吏皆被征用守城。蒙古军在西城凿通五门，整军入城。福忠战死，完颜仲德督军巷战，直到傍晚，蒙古军暂退，声言来日复攻。守绪知蔡州已不能守，匆忙传位于内族完颜承麟。完颜承麟拜泣不敢受，守绪说："你平日矫捷有将略，万一能逃走，使国家不绝，是我的志愿。"完颜承麟这才接玉玺登基。

百官称贺，而此时，南城已树起宋军旗帜。蒙古军也从西面破城而入，完颜仲德率一千精兵巷战，守绪知蔡州已破，于幽兰轩自缢。完颜仲德知皇帝崩逝，心中悲痛，投汝水自尽，将士五百余人皆相从投水。

完颜承麟退保子城，知皇帝自缢，于子城祭奠。仪式尚未完毕，蒙宋联军攻破子城，完颜承麟死于乱兵之中。

金王朝自阿骨打建国，传六世，易九君，凡一百二十年灭亡。

第三章　日落与日出

壹

金国灭亡后，各州郡先后投降了蒙古军。是年（1235）二月，蒙古都元帅张荣攻破徐州，蒙古叛将国安用投水而亡。同月，武仙被孟珙打败后，奔泽州，被戍兵所杀。只有在三峰山战役中侥幸逃脱的抗蒙名将郭虾蟆坚守巩州孤城达三年之久，城破后举火自焚，城中无一人投降。巩昌便宜总帅汪世显亦坚守孤城长达两年，后因闻蒙古皇子阔端经略西夏故地，不嗜杀且广有仁德，是以在阔端引军来攻时，举城出降。

窝阔台接到蔡州被蒙宋联军攻克，完颜守绪在幽兰轩自缢，金国灭亡的捷报时，正躲在万安宫的黄金屋中喝酒。将这个消息带给他的人，是丞相耶律楚材。当楚材将前方捷报呈上时，窝阔台似乎愣怔了一下，接着，若无其事地继续喝酒。

没人知道他究竟喝了多少杯酒，只见他满脸紫涨，眼皮沉重。

楚材说："金国灭亡，乃国家之幸事，请问大汗要如何庆贺？"

窝阔台含糊地说道："你看着办好了。"

"大汗。"

"还有什么事？"

"所有立功将士，该如何赏赐？"

窝阔台仍是那句话："你看着办好了。"

楚材还想说什么，见窝阔台已有七分醉意，只得悄然退出。

窝阔台嗜酒，但在成吉思汗活着时，他尚能有所节制。他沉湎于杯中之物是从大那颜拖雷代他喝下符水后开始的，从那时起，楚材想尽种种办法，甚至请察合台搬出祖宗之法予以训诫，都没能起到丝毫作用。

走出万安宫，楚材犹豫了片刻，骑马直接来到苏如夫人的营地。一来，庆功宴会的筹备他必须跟夫人和蒙哥商议，二来，他希望夫人能与他一起想个办法，帮助窝阔台戒掉酒瘾。

拖雷逝后，是苏如用她的隐忍，让备受打击的拖雷家族重新挺直了脊梁，对于这个善良而又刚强的女人，楚材无法不怀有敬重之情。他相信，现在还能助他一臂之力的，也只有这个女人了。

苏如在自己的宫帐接待了楚材。这里一如拖雷生前的样子，拒绝改变是苏如寄托思念的方式。

苏如已听闻金国灭亡的喜讯，她想楚材这个时候来找她，一定是为庆功宴会筹备及赏赐之事。她请耶律楚材坐下，亲手奉茶，耶律楚材既惶恐又感动，一时间竟似有千头万绪，不知该从何处说起。

蒙哥来看望母亲，见到楚材很高兴。当年，楚材作为"天赐我家"的奇才被成吉思汗留给下一代，在蒙古宫廷一直扮演着重要角色。才德兼具的楚材蒙受成吉思汗父子两代恩宠，对汗室忠心耿耿。成吉思汗诸孙，多数与楚材有着或多或少的师生之谊，其中，楚材对几位王子如拔都、蒙哥等素怀有欣赏之情，特别是蒙哥，他一向喜欢这个年轻人的机敏好学。

蒙哥与楚材寒暄几句，切入正题："大人此来，是为安排庆功宴会一事吗？"

楚材回答："不止如此。"

"哦？"蒙哥有点惊讶，看了母亲一眼。

苏如沉思着问道："难道是为了大汗的事情？"

楚材心中暗想，大那颜夫人，还是如此善解人意。

"正是。"

"莫非……大汗又开始贪恋杯中之物？"

楚材叹了口气："是啊。"

"父王的葬礼结束后，二伯在离开和林前，曾依照《大札撒》的条文对大汗进行了训诫，当时，大汗不是向二伯发誓，再不酗酒了吗？而且，从那以后，我的确再没有见到大汗大量饮酒。"蒙哥插话道。

"开始，我也以为大汗戒掉了酒瘾。后来，我才发现，大汗不过是将饮酒的地方换到了黄金屋。"

"你说哪里？"

"黄金屋。"

蒙哥讶然，"在黄金屋，也能饮酒吗？"

黄金屋是万安宫中专供窝阔台洗浴的房间。察合台的性格大家都相当清楚，在执法如山方面，他对任何人都一视同仁。他明确规定，掌管宫廷宴饮的官员，若为大汗提供超出定量的饮用酒，或者发现大汗酗酒而不阻止，这些官员就将依据《大札撒》的相关规定被严格惩处。

察合台在汗营期间，窝阔台在饮酒方面确实收敛了许多。大家原本以为，窝阔台自此改掉了酗酒的毛病。

楚材忧心忡忡地解释道："我也是前些时候才偶然发现的。察合台汗在汗营期间，大汗并没有戒酒，只是有所节制，瞒过了我们众人而已。大汗的身边，总有这样一种人，不辨是非，一心只想讨得大汗欢心。按照察合台汗的规定，只要大汗饮酒超量，端酒给大汗喝的人，也必将受到重罚，侍卫们怕被惩处，自然都不敢拿酒来给大汗喝。而大汗想喝酒，又不能亲自到酒屋去取，大汗身边的这些人便想了个办法：他们为大汗请来能工巧匠，以修缮黄金屋为名，悄悄在浴盆的上面修建一个装置，用一根管子接到存酒的房间，通过这个管子，大汗在洗浴时就能随意饮酒了。"

"这……这也太不可思议了吧？"

耶律楚材苦笑道："谁说不是呢。察合台汗返回封地后，大汗少了顾忌，饮酒的次数越来越多。有一次，大汗喝多了酒，在洗浴时睡着了，差点出了危险，而那天我恰好有事要向大汗禀报，才碰巧发现了黄金屋的秘密。大汗见他偷偷饮酒一事已被我知晓，索性在黄金屋里设置了桌椅，一边批阅奏章，一边饮酒，名曰'酒浴'。"

蒙哥与母亲面面相觑。

"大汗在自制力方面，确实无法与先汗相比。甚至，也无法与大那颜和察合台汗相比。"楚材不得不承认这一点。

"大汗乃万民之主，岂可轻弃其躯？"苏如不无忧虑地说道。

"正是如此。无论如何，请夫人一定要帮我想个办法。"

"楚材，你先别急，让我想一下。为今之计，只有让大汗认识到酗酒的危害，他才有可能改掉这个毛病。"

"您是否想到了什么办法？"

"金国灭亡，大汗一定会举行宴会。也是天意相助，我们就这么办……"苏如夫人对楚材交代一番，楚材心领神会，告辞而去。

贰

盛大的宴会在万安宫举行。当窝阔台在众人的迎视下步入宴会大厅时，所有的人都不敢相信，出现他们面前的，居然就是那位曾经叱咤风云、所向披靡的蒙古大汗。

察合台近来肩上长疽，深受其苦，他不能亲回本土，只能奉上贺表，备办厚礼，派儿子也速蒙哥、贝达尔和长孙不里代他入贺。

术赤的封地遥远，正好拔都偕兄长斡尔多、弟弟昔班回本土觐见窝阔台汗，恰在宴会的前一天赶回和林。

东西两道诸王和功臣贵族齐集，盛大的庆典宴会如期举行。

成吉思汗征服草原后分封天下，东部多封与兄弟，其后王被统称为"东道诸王"；亲子多封在西部，其后王被统称为"西道诸王"。

将金国灭亡的喜讯祭告过成吉思汗后，宴飨官宣布宴会开始。

窝阔台的精神显得不错，与诸王大臣共饮了第一杯酒。

放下酒杯，窝阔台突然注意到，蒙哥的座位是空的。

"蒙哥呢？"他问苏如。

苏如微笑回答："我让他去取东西，估计一会儿就来。"

"你让他取什么东西？"

"是这样的，大汗。许多年前，大那颜将一个存放美酒的铁缸埋入地下，说要等到金国灭亡时与诸兄弟共饮。今天一早，我在入朝的路上想起这事，就让蒙哥回去，将这缸酒献给大汗和在座的各位。"

"真的吗？大那颜为何要将酒缸埋入地下？"

"大那颜也是听人说起，白酒经过窖藏后，酒味会更加醇厚。"

"听你这么说，我倒是满怀期待。也罢，我这第二杯酒，且等等再饮。"

"是，请大汗宁耐一时。"

窝阔台正与苏如说着话，蒙哥进来了。他先拜见大汗，又来到母亲身边，对母亲耳语了几句。

苏如的脸上露出惊讶的表情，"怎么会这样？"

"儿子也很吃惊。"

"你们母子在说什么？"窝阔台好奇地问。

"大汗，容我出去一趟，一会儿回来再向您禀报。"

苏如说着，起身离去，蒙哥紧随在她的身后。众人交头接耳，彼此相询，大帐中响起一片嗡嗡之声。

"臣去看看怎么回事。"耶律楚材从座位上站起，向大汗请求。

"我陪你去。"拔都也说。

"好。"窝阔台正有此意。

拔都和楚材举步方行，窝阔台又叫住了他们，"拔都、楚材！"

"是，大汗。"

"看到什么，速来向我禀报。"

"遵命。"

大家再没心情饮酒，一个个面露狐疑之色。窝阔台正等得心焦，拔都回来了，窝阔台急忙问道："怎么了？发生了什么事？"

拔都一时间似乎很难解释，"这个……大汗，要不，请您移驾，出来看看便知。"

窝阔台早想出去一探究竟，听拔都这么说，正中下怀，当即带着一干王公大臣来到宫外。

外面的空地上，摆放着一口铁缸。只见这口铁缸，里里外外都长满了绿斑，还散发着一股奇怪的味道。

看到大汗来了，苏如、蒙哥、楚材上前迎驾。

"这……这是什么？"

蒙哥回答："这是贮酒的铁缸。"

"铁缸？"

"对，铁酒缸。"

"既是铁酒缸，怎会变成这般模样？"

"回大汗：臣只知道，父王活着时，在这个铁酒缸里存放过美酒。一早进宫的时候，母亲让我把它挖出来献给大汗，没想到……缸中的美酒一滴不剩，铁酒缸也变成了现在的样子。"

窝阔台上前，从锈蚀的铁酒缸上慢慢抠下一片暴起的铁皮，若有所思。

"大汗，人乃血肉之躯，难道会比钢铁更坚硬吗？"苏如从一侧观察着窝阔台的表情，婉转地问道。

窝阔台望着苏如，他看到，在那双他所熟悉的眼睛里，满含着担忧与关切。

"唔……我明白你们的意思了。"

"大汗，请您千万保重玉体！您是蒙古国的希望所在，任何时候，都请您珍惜您的国家，您的臣民！"苏如趁热打铁，恳切地劝说着窝阔台。

"大汗，夫人不止一次说过，您是万民之主，岂可轻弃其躯？"楚材跪倒在窝阔台面前，眼中闪动着点点泪光。

窝阔台俯身扶起耶律楚材。郁积在心头的重重阴霾开始消散，事隔一年半后，他似乎第一次看到了心上的蓝天。

尽管对自己的弟弟痛下了杀手，但从本质上来说，窝阔台并非凶恶残暴之人，更不是一位昏庸无为的君主。这情形多少有些像当年的唐太宗李世民，李世民在玄武门之变中杀死自己的哥哥和弟弟，却由此开创了大唐盛世。在一切服从统治和国家稳定的大前提下，窝阔台同样使用阴谋手段让弟弟心甘情愿地为他喝下了有毒的符水。窝阔台不知道唐太宗这一生在梦中、在回忆时，是否总会想起那惨烈的一幕？是否会在不后悔中也难免心存内疚？耶律楚材经常给他讲解的史书中没有关于这方面的记载，窝阔台无从判定，他只是觉得会，就像他一样。他除去了被他视为心腹之患的胞弟，可他终究不是铁石心肠，终究忘不掉拖雷最后望向他的眼神。

幼子守灶，汗位他属，这种分权制造成了汗位与实权的分立。拖雷一天活着，笼罩在他头上的危险就一天不能消除。当初成吉思汗曾再三告诫儿子们，他们若想保证偌大的帝国不致分裂，唯有兄弟同心。可这话说起来容易，做起来又何其困难？选汗大会上，虽有父亲的遗嘱，人们仍心向拖雷，从那时起他就知道，只有死亡才能消灭一个人的雄心壮志，才能消灭与希望共生的欲望。

每个人活着，特别是成吉思汗的后代们，都不是作为单独的个体而存在，他们需要背负也代表着一群人的利益。而利益之争，往往可以催生颠覆政权的力量，事实上，要想摧毁大树，必须连根拔起。

从某种程度而言，在窝阔台做出决定时，的确有着不得已的苦衷。假如那时，拖雷明知三哥遭到天谴，已然命不久长，却不肯出手相救，或者只是说些无关痛痒的安慰话，他将不难断定拖雷的冷酷与野心。这样的人，他当然不会将其长久地留在身边，拖雷的结局还是一样：死。可假如，拖雷依旧还是那个心地敦厚单纯，对他的诸位哥哥，特别是身为大汗的三哥友爱殊深的弟弟，那么，拖雷能够证明自己的方式，仍然是以身相代，替他身赴死地。

总之，为了政权安稳，拖雷的人生注定要以悲剧谢幕。

那一天，那一刻，他眼睁睁地看着弟弟端起了盛着符水的碗，阻止的话都到了嘴边，又被理性硬生生地拦了回去。他不能阻拦拖雷，万一让拖雷知道一切都是他精心策划的阴谋，只怕愤怒会让拖雷对他离心离德。帝国的命运原本就掌握在拖雷手中，一旦发生分裂，他将无颜面对父亲的在天之灵。

他宁愿对不起四弟，他宁愿在未来的某一天，他跪在父亲跪在四弟面前向他们认罪，请求他们的谅解，也决不能做一个让父亲失望的儿子。父亲将江山交给了他，他唯一能做的，就是心无旁骛，将父亲的事业发扬光大。

这同样是他在内心对拖雷做出的承诺。

可他无论如何忘不了拖雷饮下符水的姿态，忘不了喝下符水的拖雷以为长生天已将惩罚转到自己的身上，他的牺牲可保兄长安然无事时那种欣慰的眼神。

那天，拖雷没有立刻离开，而是陪他说了会儿话。拖雷叮嘱他少饮酒，多活动，一定要保重身体。到了这种时候，拖雷完全不顾自身，仍在为他担忧，负疚感和自责令他情难自已，泪流满面。拖雷却握着他的手，微笑着说道："别这样。你在病中，不能太难过。别把事情想得那么糟糕，我并不觉得孤单，很快，我就能见到父亲了，还有大哥，说真的，我很想念他们。二哥远在西域，所有的重担都要落在你身上了，无论我身在何处，我都相信，你永远是那个值得我为你骄傲的三哥。"

拖雷的手心很烫，脸色也变得酡红。在窝阔台模糊的视线里，他似乎看到父亲站在四弟的身后，无奈地向他叹了口气。

"对不起！"他脱口而出。这深深的悔意，不知是对父亲，还是对四弟。

拖雷摇摇头，起身告辞："三哥，你休息吧，我先回去了。"他察觉到，拖雷这时的身体已出现了不适。

他目送着拖雷走到门口，眼看着拖雷就要拉开房门，他唤了一声："四弟。"

拖雷回头看着他。

"四弟，"他的声音哽咽了，过了一会儿，他才接着说下去："我会替你照顾好苏如和孩子们。我发誓。"

拖雷笑了："我知道啊。这件事，我不必拜托你。"

"四弟，我……"

"三哥，真的没关系，能代替你，我很高兴。没别的，答应我两件事，一个是你要赶快好起来，另一个是金国灭亡的时候，记得告诉我一声。"

拖雷说着，拉开门走了出去。等他再见到四弟时，是在四弟的灵堂上。四弟的遗容安详平静，这安详平静让他明白：四弟代他而死的心意，从未有过丝毫改变。也正是这种为了手足之爱甘愿赴死的心意，如同一支锋利的箭，射穿了他的余生。

而他，必须用这余生之痛，去换江山永固。

他为此付出的代价是，从这天起，他开始夜夜失眠，只能靠着酒的麻痹，才能稍稍安睡。渐渐地，他越来越依赖杯中之物，几乎到了无法自拔的地步。他不愿清醒，不愿面对，唯有在沉醉中入睡，他才能避开四弟最后望向他的眼神。

叁

唯有此刻，面对苏如和楚材真诚的劝告，他终于明白，他再不振作起来，那才是真的辜负了拖雷。

窝阔台沉缓地问道："这酒缸，是为我准备的吧？"

苏如微笑："大汗，大那颜在天上看着您呢。我相信，要是他还活着，在

75

今天这个大喜的日子里，他一定会跟自己崇敬的三哥去赛马。"

"苏如，我……"

"大汗，为了您统治下的五色民族，请您一定要爱惜自己的身体。"

窝阔台汗的鼻子一酸，一股无以名状的暖流刹那间涌遍全身。他以为苏如会怨恨他，他以为四弟的儿子们会怨恨他，可他们，却以一颗忠诚的心，关心他，爱护他，处处为他着想。

"谢谢你，苏如，谢谢大家的良苦用心。我过去从来没有想到，酒的危害竟有如此之大。现在，我也该警醒了。"

"大汗，您一定还记得，父汗活着时常常叮嘱他的儿子和部将，酒这东西，少饮提神，多饮乱性。正因为如此，他老人家一生对酒色都很有节制。"

"是啊，在这点上，我的确不像是成吉思汗的儿子。不过，我会牢记这个酒缸，否则，我也愧对大那颜的在天之灵。"

挣脱了心灵桎梏的窝阔台说到做到。

庆功宴会上，他饮数杯而止。不仅如此，宴会结束后，他将更多的精力投放在户外活动上。不久，人们欣喜地看到，他重又恢复了以往的锐气和风采。

窝阔台汗七年（1235），绰儿马罕在波斯的征战颇见成效。喜中有忧，钦察、不里阿耳等部以及斡罗斯诸公国公然反叛，并不断进行各种骚扰与抵抗活动。拔都兵力太少，四面出击，难免捉襟见肘。为彻底征服叛离诸国，同时也为帮助拔都平定其领地附近各民族，进一步稳定术赤封地的局势，窝阔台决定组织第二次"三大征"：西征欧洲，东征高丽，南征南宋。

在"三大征"中，西征乃重中之重。

考虑到此次远征路途遥远，任务艰巨，窝阔台汗要求四系诸王各自派出精锐力量组成西征军，这支军队分别由拔都、贵由、蒙哥、不里等王子率领，老将速不台从征，为西征军统帅之辅佐。具体分派如下：术赤系以拔都为主帅，其兄斡尔多、弟弟昔班皆率军从之；察合台系以不里为主帅，贝达尔率军从之；窝阔台系以贵由为主帅，合丹率军从之；拖雷系以蒙哥为主帅，其异母弟不者克率军从之。另有成吉思汗庶幼子阔列坚所率军队，不隶属于上述各系。

因组成西征军主力的四系皆以长子为帅，故这支西征军又称"长子远征军"。其中，拔都虽是术赤次子，可他已继承术赤王位，其地位等同长子。不里则是察合台长子南图赣之长子。

忽里勒台召开前，窝阔台汗先召见了弟媳苏如和丞相耶律楚材，与他们商议了有关西征的具体事宜。他还致信远在西域的二哥察合台，征求他的意见。结果，在西征军的统帅人选上这几个人不约而同地推荐了拔都。当然他们的建议只有窝阔台汗清楚，忽里勒台上，还须正式确定此事。

无疑，此番远征的意义极其重要，能够成为西征军统帅的人，不仅意味着大汗和蒙古将士的信托，也意味着此人将凭借赫赫战功，为未来赢得无法估量的政治资本。这个位置的诱惑，产生了微妙的效果：有人觊觎，有人观望。

仍在择定的吉日，窝阔台汗召开了他即位以来规模最大的一次忽里勒台。

对于出兵欧洲，与会众人均无异议，当窝阔台要大家推举西征军统帅时，人们的意见出现了分歧。

不里率先推举贵由。

不里是察合台的长孙。也许与自幼在祖父身边成长，又于诸孙中最得祖父宠爱有关，察合台极其钟爱长子南图赣，一生从未改变。当长子阵亡于西征前线，察合台便将几个尚且年幼的孙子接到身边亲自抚养。不里既是南图赣的长子，察合台自然对他寄予厚望。

不里素与贵由交厚。贵由的性格比较刻板、严厉，不太容易与人相处，他自己的弟弟无论胞弟还是异母弟都对他敬而远之。在堂兄弟中，与他的关系亲近些的，除了蒙哥，就只有也速蒙哥。蒙哥既是大那颜拖雷的长子，又是窝阔台汗的养子；也速蒙哥是察合台汗的次子，长兄南图赣逝后，他位居诸弟之长。至于一干侄辈中，数不里与贵由的关系最为亲密。

得知父汗要在忽里勒台上确定西征军统帅人选时，贵由首先想到争取蒙哥和不里的推举，不过，考虑到蒙哥与拔都亲密的关系，他到底没做这种尝试。至于不里，贵由坚信，他一定会无条件地支持自己。

按照贵由的想法，他是大汗长子，最有资格担任西征军统帅，就算他和母亲不在私下活动，人们想必也会把他作为优先考虑的人选。

果不其然，不里第一个举荐贵由，他的理由是：贵由是大汗长子，身份高贵，最有资格担任长子军统帅。

不里说完，无人接话，大厅中一片静默。

不里虽是察合台一系的长子军主帅，可他太过年轻，从未建立过骄人的战功，诸王功臣根本没把他放在眼里。大家心中明白，不里只是名义上的主帅而已，真正能指挥察合台从征军的人，是不里的叔叔贝达尔。察合台汗之所以让孙子出任本军主帅，一则因为这是长子远征军，主帅人选必须出自长支系；二则察合台汗早做出决定，要在长子南图赣的儿子当中选择汗位继承人，他以长孙不里为帅，正是希望不里通过西征累积战功，树立威信。

甚至一向强势的六皇后乃马真也破天荒地没有发表意见。原因同样很简单，乃马真强势不假，可这个女人智量过人，善于把握进退的时机。她比任何人都清楚，对于西征军统帅，丈夫的心中早有人选，而且，儿子贵由没有独立指挥大兵团作战的经验。不难想象，长子远征军远离本土作战，势必要面对种种意想不到的困难和危险。如若战事进展顺利还好，如若兵败，统帅就将成为西征军的罪人，到那时，身为蒙古大汗的丈夫必不会轻饶之。万一发生这种事情，贵由便与汗位更无缘分。与其冒险一试，倒不如让儿子随军出征，享受胜利成果。

见大家一言不发，窝阔台汗看着不里微微一笑："统帅的任务是率领远征军征服不里阿耳、斡罗斯诸地，又不是比谁的身份高贵。"这话，他明着对不里，其实是对儿子说的。他希望儿子主动放弃这种不切实际的想法。

见窝阔台否决了贵由出任长子远征军统帅的提议，二王爷神箭手合撒儿之子移相哥推举了堂侄拔都，同时建议以老将速不台为副帅，协助拔都远征斡罗斯诸地。他说完，与会人员一致赞同，统帅人选便这样确定下来了。

贵由没想到堂兄拔都的威望比他这位大汗之子高出不是一星半点，内心对拔都的嫉恨又增加了几分。

肆

商讨过西征的时间、路线、兵力集结以及主帅人选，接下来需要商讨的是关于南征和东征事宜。

东征仍是针对高丽。窝阔台汗四年（1232）七月，在高丽国发生了武臣屠杀蒙古七十二名达鲁花赤（大判事官）并迫使高丽王迁都江华岛一事，窝阔台曾派撒礼塔出兵高丽，在蒙古军第一次东征时即已迎降的洪福源协助撒礼塔攻打高丽复叛诸城。十月，高丽王上表陈情，窝阔台令高丽王亲往蒙古

78

议和，高丽王不敢，和议未成。十二月，主将撒礼塔阵亡，副将铁哥率东征军回师，同时令洪福源管理已降服地区的民众。次年，洪福源迁居东京，窝阔台赐金虎符，任命洪福源为东京总管。

洪福源军力单薄，窝阔台定策第三次东征，也是为了确保蒙古在高丽实施有效的统治。

南征的目标自然是南宋。不久之前，蒙古与南宋联手灭金，对于这样刚刚合作过的"盟友"，战争又是因何而起呢？

窝阔台汗六年正月（1234年2月9日），蒙宋联军攻克蔡州，金哀宗在幽兰轩自缢。根据当时蒙宋朝廷订立的协约，金国灭亡后，陈州及蔡州以南划归南宋，陈蔡以北划归蒙古，蒙宋平分河南诸地。

不出几日，两下交割完毕，蒙古汗国留下汉将刘福为河南道总管，负责新领地防务。主力军则依约撤离河南，返回河北。

南宋淮东安抚使赵范、淮东制置使赵葵见蒙古主力军撤离，河南陈蔡以北地区只留下一支汉军驻守，力量薄弱，认为这是南宋出兵恢复故土的大好机会。遂向皇帝赵昀提出了"抚定中原、守河、据关，恢复三京，阻止蒙古大军渡河南下"等五条计策。

对于这个看似周全的建议，许多大臣并不认同。他们觉得，蒙古之兴，如日之升，联蒙灭金已是不妥，如今金国灭亡，更不宜轻启战端，为蒙古出兵制造借口。可惜宋帝没有采纳他们的建议。

宋蒙联合消灭金国，让宋帝觉得蒙古军力远没有那么强大。加之蒙古主力军北撤已有一段时日，陈蔡以北刘福守军势单力孤，倘若不利用这个机会打对方一个措手不及，只怕日后更没机会出兵复国。

六月，宋帝调赵范从黄州出兵陈蔡，命知庐州全子才会淮西兵万人，赵葵自滁州率淮西兵五万人取泗州，会师汴京。汴京由金降将崔立驻守，崔立部下都尉李伯渊、李琦、李贱奴三人素为崔立所侮，心生杀意，闻全子才兵至汴京，三人通使约降。七月，三人刺杀崔立，投降南宋。

全子才不战而收复汴京，派人向朝廷报捷。不久，赵葵也至汴京与全子才会合。全子才因后继粮饷未至，不敢轻举妄动，半个月未出汴京城一步。赵葵担心蒙古主力军南下，催促全子才赶快行动。全子才无奈，只得派部将徐敏子率一万三千人夺取洛阳，又派杨谊率一万五千强弩军跟进。两军只给五日粮。

徐敏子兵至洛阳，发现城中并无守军，只有贫穷民家三百余户开城投降。次日，军队粮草不敷，不得已采蒿和面，权以充饥。

就在汴京为宋军夺取之时，窝阔台已在汗廷获知南宋背盟情况。他派木华黎之孙塔斯率蒙古军南下，宋将杨谊率领作为预备队的强弩军行至洛阳东州里时，被汉将刘亨安打败，南宋军一触即溃，拥入洛水，死者甚众。主将杨谊只身逃走。

八月，蒙古军进至洛阳城下，徐敏子出城迎战，双方未有胜负。因城中粮尽，宋军在洛阳城无法坚守，只得弃城而去。

无独有偶，宋军所复诸城，皆为空城。兵无粮可食，屡催史嵩之运粮接济，然日久不至，蒙古军逼近汴京，又决河灌水，宋军多被淹死，被迫引军南还，回朝请罪。赵范、全子才等均被降职。

南宋朝廷收复三京的企图落败后，为防备蒙古进攻，宋朝积极加强北部防御。宋帝命京西兵马钤辖孟珙与诸将分别驻守襄阳、信阳、随州、枣阳、光化、钧州等地。名将孟珙极善用兵，对蒙古情况也比较熟稔，他在襄阳招中原精锐一万五千人，组成镇北军，分驻樊城、新野、唐州、邓州之间。

作为辅助，宋帝又下令京湖、四川、两淮重臣统将，练兵恤民，积粮善器，经营屯田，控扼险阻。这些措施，对阻止蒙古军南下起到了很大作用。

窝阔台汗怨怒南宋背盟，六月于和林召开忽里勒台，定策同时向西、向东、向南用兵，并下令全民动员。其征集办法如下：蒙古人十人中，一人西征，一人南征；中州每十户，一人南征，一人东征。

在分别议定了西征、东征的统帅人选及行军诸事后，耶律楚材对诸王贵族宣读了窝阔台汗的圣旨："先帝肇开大业，垂四十年，今中原、西夏、高丽、回鹘诸国，皆已臣服，唯东南一隅，尚阻声教，朕欲躬行天讨，卿等以为如何？"

其实，窝阔台的圣旨也是一道动员令。

诸王贵族皆言伐宋，说到具体安排，与会人员仍然能看出，窝阔台实施第二次"三大征"的重点还在西方。

对于东征，窝阔台志在必得，高丽地狭人少，其间几降几叛，终究不是蒙古军对手。事实确是如此，蒙古军第三次出兵高丽，在洪福源的配合下，短短时间几乎席卷高丽的半壁江山，唯高丽王迁都海岛，东征军没有水师，只得勒马不前。最后，这次征战仍以高丽王请和并遣送人质告终。

西征军主力不包括签军在内只有区区六万人，却几乎集中了整个蒙古国中最精锐的军队——长子军，配备的也是国内最先进和最新式的攻城器械，其统帅又是能征善战的成吉思汗之孙拔都和蒙古国开国名将速不台。

许多年前，蒙古军在第一次西征时，哲别、速不台为剿灭逃到钦察草原的篾儿乞人，多次与斡罗斯人接战。回师后，速不台带回了他对欧洲各国的认知，他的经验和才能同样是此次远征的宝贵财富。

比较而言，窝阔台对于西征的安排十分具体，且具有相当明确的目标——巩固和扩大成吉思汗长子术赤家族的封地，将斡罗斯之地和钦察草原纳入蒙古帝国版图。

反观南征，对于南宋这个经济繁荣且人口稠密的国家，窝阔台显然没有一举征服的把握，所有的进攻安排更像是一种军事试探，既无明确的主攻方向，又无统一的指挥和协调。

灭金之战后，蒙古边界已与南宋之淮东、淮西、京西、利州诸路接壤，东起海州，沿淮河西上，经泗州、蔡州、唐邓北，跨秦岭、天水，至岷州与南宋相界。

南征军兵分三路。考虑到拖雷在三峰山战役后的十月间即病逝于封地，窝阔台将中路军的统率权交给三子阔出，同时以蒙将特木尔岱、汉将张柔相辅；西路军的统率权交给了次子阔端，以蒙将塔海相辅；东路军则由蒙将口温不花、汉将史天泽共同节制。东、西两路军队的任务，是配合中路军夺取京湖诸城。

将中路军交给阔出指挥，表明了窝阔台的立场。阔出是窝阔台的嫡子，也是窝阔台一生中最宠爱的儿子，即使六皇后乃马真一心想将长子贵由推上汗位，窝阔台仍旧倾向由阔出继位。

贵由如何不明白父亲做出这番安排的用意，奈何他一时有心无力。只有一个念头坚定不移：任何时候，任何情况下，谁都休想从他手上夺走汗位。

忽里勒台结束后，诸王贵族、大臣将领纷纷返回各自的封地或辖地，"三大征"的各项准备工作拉开序幕。

伍

首先进入战争状态的是东征军。

贵由在封地将一切安排妥当后，回到和林，向母亲辞行。

长子军即将启程之时，窝阔台四子合失不幸死于酗酒，年仅二十四岁。合失是贵由的胞弟，兄弟感情即使算不上多亲密，倒也没有太深的矛盾，尤其重要的是，贵由与合失之间不存在汗位之争。

贵由与蒙哥一道参加了合失的葬礼。西征军的集结时间定于春天，贵由和蒙哥不能多做耽搁，决定立刻出发。临行，窝阔台单独召见了蒙哥。

对蒙哥而言，窝阔台不只是他的伯汗，还是他的养父。他从记事起便承欢于窝阔台膝下，得到过伯父的言传身教，直至长成一名风姿翩翩的少年。这份亲情与温情在后来成为忠诚的基础，哪怕伯汗萌生过削弱拖雷家族实力的念头，也不曾真正摧毁过忠诚的根基。

蒙哥以宫廷之礼见过伯汗，窝阔台让他坐下，之后，便是无尽的沉默。

窝阔台的灵魂仿佛游离于肉体之外。蒙哥长久地注视着伯汗憔悴的面容，对这位刚刚经历丧子之痛的父亲充满同情。他明白，他的同情于事无补，毕竟任何同情，都无法让合失重新站在他父亲的面前。

此时的蒙哥不可能知道，在不久的将来，窝阔台将要承受更加沉重的打击。

侍卫送上热茶，又悄然退下。窝阔台强使自己汇聚起神思，看着蒙哥轻轻唤道："蒙哥。"

"是，伯汗。"

窝阔台认真地回想了一会儿，才想起自己召见蒙哥的目的。

"都准备好了吗？"他问的是关于出征的事宜。

"好了。"

"什么时候出发？"

"明天一早。"

"明天一早？"

"嗯。"

窝阔台略一沉吟："蒙哥。"

"在。"

"你知道我召见你的用意吗？"

"大汗一定是有重要的事向我交代。"

"没错。"

"您说。"

"此次西征，路途遥远，任务艰巨，切不可掉以轻心。你不只是一方主帅，还是我的养子，协调全军、整理战报的任务，我就交给你了。"

"是，大汗。"

"途中，没有发生异常情况，可七天一报。如出现紧急情况，须随时整理上报。我对你的要求是，所有战报必须同时上呈你二伯察合台汗。"

"是。"

"还有一件事……"窝阔台停顿了一会儿，脸色在沉重中透出几分忧虑。

蒙哥静待下文，心里已猜出伯汗要对他说什么。

"蒙哥。"

"您说。"

"大战在即，我其实一直想问你，你对统帅的选择有什么看法？"

"您是指西征军吗？"

"唔……你不妨先说说西征军。"

"我个人觉得，拔都哥没有问题。他久经战事，坐镇一方，又善于统御下属，在诸将中威信极高。仅从军事指挥才能而言，他的确在诸兄弟之上。记得祖汗在世时，对拔都哥青睐有加，他经常将拔都哥带在身边，亲自教导。祖父长于识人，凡能得到祖父赞赏的人，必有过人之处。"

蒙哥这番话说得倒是实情，窝阔台点了点头。

成吉思汗膝下子孙众多，这些孩子与祖父的关系自然有亲疏远近之分。在孙辈中，成吉思汗最宠爱的孩子是察合台的长子南图赣，只可惜，这个年轻人早早殁于第一次西征的战场。

除了南图赣，孙辈中有幸得到成吉思汗喜爱和教导的还有拔都、蒙哥、阔端、阔出、贝达尔和忽必烈等人，事实证明，他们各具才能，各有所长。尤其是拔都，成吉思汗不止一次当众褒奖他："拔都是我家的千里驹。"

对父亲的崇仰和敬爱，早已渗入到窝阔台的血脉之中。身为父亲的儿子和蒙古帝国的继承人，窝阔台希望自己能够建立起伟大功业，做到无愧于父亲的重托。即位后，成吉思汗时期的政策，窝阔台于变通中悉数吸纳，而他对子侄、将臣、降人的任用，也基本上遵循了父亲的用人之道。此次组织第二次西征，窝阔台将统帅权交给拔都，不仅是由于二哥察合台和老将速不台等人的举荐，更主要的，还是出于他对拔都的为人以及才能的认可。

当然，做出这个决定时，窝阔台尚且不得而知，他对拔都的任用，会引起长子贵由深刻的忌恨，甚至由于这个原因，差点造成西征军的分裂和无功而返。他不能预知未来，唯有一种隐隐的不安感挥之不去。

蒙哥继续说道："大汗以速不台将军为拔都哥辅佐，这番苦心安排，无论对拔都哥还是各系主帅都如虎添翼。第一次西征时，速不台将军和哲别将军仅率两万人，孤军深入钦察草原，扫荡高加索地区，攻灭斡罗斯联军，行程两万里，创造了众多以少胜多的战例。速不台将军的经验，放到今天都是宝贵的财富。我相信，有拔都哥、速不台将军互为匡补，加上将士用命，大汗大可稳坐汗廷，静候佳音。"

"我担心的并不是这个。"窝阔台决定还是与蒙哥开诚布公。

"那么……"

"你应该知道。"

蒙哥微愣，一时无语。

陆

以蒙哥的聪慧，当然清楚伯汗在担心什么，可这事要放在台面上来说，他还是有所顾虑。

"蒙哥。"

"是。"

"在三伯面前，你应该畅所欲言。"

蒙哥抬头注视着伯汗，片刻，果决地说道："一切尚在未定之间，大汗不必太过忧虑。既然大汗将维护西征军团结的使命交给了我，我一定不负大汗所托。不过，话说到这里，我有一个请求，还望大汗恩准。"

"你说。"

"今天在这里，在应天命而生的蒙古大汗面前，我以拖雷家族的名誉向您保证：我会将战事进展及西征途中发生的所有重要情况如实向您禀报，绝不会掺杂任何私人感情。但有一样，大汗一旦对我委以使命，就必须给予我足够的信任。未来面对是非，请大汗摒弃私人情感，秉公而断。"

"这个你无须担心。"

"谢大汗。"

"关于西征军统帅，我很高兴你与我的想法一致。下面，我想听听你对阔出担任南征军统帅的看法。"

蒙哥没有回避伯父探究的目光，神色如常。

看来，对于那件棘手的事情，伯汗需要得到他的表态，而且已经迫不及待了。

自成吉思汗开国以来，发动大规模的战争通常情况下都是兵分三路。倘若大汗亲征，中路军主帅一向由大汗本人担任，在这种情况下，中路军主帅同时也是全军的统帅。窝阔台将中路军的帅印交给阔出，等于向众人发出了这样一个信号：阔出将成为下一任大汗的不二人选。

从古至今，继承人的确立绝不仅仅是家事，更是国事。作为拖雷家族的当家人，无论蒙哥是否愿意，都必然会成为角逐双方努力争取的对象。

问题在于，蒙哥还没有完全拿定主意。

在三伯的诸子当中，蒙哥最认可的是阔端的为人和能力。问题在于，阔端不得三伯宠爱，早被排除在储君人选之外。有资格继承汗位的人，只有贵由和阔出，这对同父异母的兄弟。

单看表面，阔出是嫡子，又是三伯最宠爱的儿子，他的即位应该水到渠成。而事实并非如此，这件事远没有那么简单。

贵由是不是长子并不重要，他也不会因为自己是大汗的长子就具备了与阔出竞争的实力。贵由的真正实力不在这里，他的实力在于，他的身后站着一位性格坚定，又能左右大汗意志的母亲。

单论出身，六皇后乃马真不比阔端的母亲更具优势。在嫁给窝阔台前，她曾做过篾儿乞部忽都首领的爱妾，而篾儿乞人在成吉思汗活着时被视为不共戴天的敌人。一般来说，人们会觉得，乃马真以这样的身份嫁入孛儿只斤家族，不受歧视已属万幸，受到尊崇万万不可能。而事实刚好相反，乃马真为她丈夫生下了五个儿子，母凭子贵，她的地位无可撼动。

抛开贵由和阔出两兄弟的出身以及有无背后支持不提，单说二人的性格与能力，蒙哥也觉得他们各有所长，又各有欠缺。

阔出为人敦厚，行事谨慎，有仁者风度却失之以宽；贵由性格刻板，不易相处，却做事认真，有不徇私情的一面。严格而论，两个人的文韬武略都不及阔端。

蒙哥暗自庆幸，多亏母亲料到大汗可能会将维护西征军团结的重任交给他，同时会就继承人的选择征求他的意见，这让他心中已有应对之策。否则，伯汗突然让他表明态度，想必会让他措手不及。

当然，所有这些复杂的念头并非此刻充斥于蒙哥的脑海，面对伯汗的询问，他胸有成竹地做出回答："大汗深谋远虑，我相信您的眼光。"

窝阔台沉吟着，蒙哥的回答有些模棱两可。

"蒙哥啊……"

"大汗。"

"你是大那颜的长子，也是我的养子。你从小在我身边长大，与贵由、阔出的关系没有亲疏远近之分，这点我心知肚明。我不是以伯父，而是以养父的名义，希望在我离去之后，你能助阔出一臂之力。"

伯汗已然将话挑明，蒙哥没有办法再做搪塞，想到这是一个父亲的请求，他在意外之余又有一丝感动。"我与阔出是兄弟，与贵由也是兄弟。重要的不是这个。"他望着伯汗，正色说道。

"那是什么？"

"父王临终时曾经交代我，拖雷家族是大汗的子民，任何时候都要维护大汗的权威，任何情况下，都要跟随大汗的心意和脚步。"

"你真是这么想吗？"

"对。"

窝阔台明白，这已是蒙哥目前所能给他的最好承诺。

他们沉默下来，目光却在沉默中相遇。想到这不可避免的汗位之争，他们的目光里有忧虑，更有无奈。

蒙哥率拖雷系长子军出发后，南征军的进展情况暂时成为窝阔台的关注重点。

按照预定的作战目标，南征军中，首先对南宋军队发起攻击的是东路军，时间起于窝阔台汗七年（1235）五月，进攻目标是两淮地区；其次是西路军，进攻时间是当年十月，目标是四川地区；作为主力的中路军发起进攻时间则晚于东、西两路，是在窝阔台汗八年（1236）一月，目标是京湖地区。

从三路大军发起进攻的时间不相统一，彼此各自为战，战线拉得过长以及没有进攻重点，都可以看出窝阔台决意对南宋用兵，严格而论只是一种军事试探，并无任何必胜的把握。窝阔台的主攻方向是欧洲，助攻方向是南宋。

东路军先于中路军行动，是为了掩护中路军直趋江汉，这样一来，却影响了东路军自身的进展。

为应对蒙古对两淮的进攻，宋廷以赵葵为淮东制置使，兼知扬州。赵葵虽在"收复三京"的战役中一败涂地，遭到贬职，可在宋军将领中，赵葵靠才略胆识立身，并非浪得虚名。赵葵重新被起用后，立刻在淮东地区垦田治军，加强防守，并在沿海加紧造船，训练水师。

西路军的主攻目标是四川地区。

阔端回到凉州后，与部将塔海、按察尔、多达那波等人反复商议进攻路线。鉴于亡金之地尚有巩州、巩昌等城未降，为解除后顾之忧，阔端决定暂缓南下，改道西进，先行收复秦巩未降诸州。

十月，西路军做好攻城准备，进至巩昌城下。不料战局发生变化，金巩昌总帅汪世显不战而降，率着老军民，携牛羊酒币，迎候在道旁。阔端仍让世显任原职，令其率军从征。

途中，阔端就征南一事问计于世显，世显借当年郭宝玉之计相献："中原势大，不可轻忽，西南诸蕃勇悍可用，宜先取之，藉以南进，必得志焉。"

冬天来临，阔端率世显等出大散关。世显自请为先锋，渡嘉陵江，直取大安。阔端亲率塔海攻打沔州，遣按察尔取文州。待沔州、大安俱下，阔端与世显会合，兵进仙人关。

宋廷在仙人关布下重兵，顽强抵抗，世显、塔海合作，连攻数日未下，遂与阔端商议，将兵马分为三队，轮番进攻，昼夜不息。

阔端在仙人关受阻，按察尔所部却进展顺利，连破宕昌、阶州、文州诸城。破城后，为招徕吐蕃十族，按察尔以阔端之名，皆赐其酋以银符。不久，阔端、世显、塔海等并力攻下仙人关，与按察尔会合，进至迭州。

阔端遣先前已归降的吐蕃诸酋进城谕降，迭州等地的吐蕃人自知难敌蒙古兵锋，只得遣使请降。原金熙州节度使、吐蕃王室后裔赵阿哥昌父子归附阔端后，被阔端任命为迭州安抚使。阔端允许他们在迭州境内召集吐蕃流亡部落，修城立寨，恢复生产。赵阿哥昌与其子赵阿哥潘在阔端的支持下，施行了许多善政，而阔端也借此与吐蕃上层建立起密切的联系。

秋末，阔端兵进成都。成都乃四川西部重镇，制置司所在地，管辖数十个州，经济发达，奈何无险可守。当西路军分路进攻四川境内州、郡时，宋将赵彦呐率军退守夔州，使成都成为孤城。十月十八日，阔端进逼成都，宋将迎战失利，成都遂被蒙古军攻克。此后，阔端派世显等分路进攻，南宋军队望风披靡，仅一个月，蒙古军便连破蜀地五十四州。

西路军捷报频传之时，一场不幸也正悄悄向窝阔台逼近。

在世间，不知道有多少人相信天意，又有多少人不相信天意。

当不幸降临时，至少窝阔台和贵由父子属于前一类人。

窝阔台汗八年（1236）一月，中路军由阔出、特穆尔岱率领，在口温不花、史天泽指挥的东路军掩护下，自唐邓南下，沿汉江向襄樊、荆州方向进攻。阔出亲率主力军直攻襄阳，同时派汉将张柔、曹武两部进攻洪山、绿山诸寨。二月，窝阔台获悉中路军进攻受阻，命应州、钧州、邓州将领率军增援。这时中路军获得一个好消息，南宋北边主将王旻、李伯渊焚劫襄阳城郭仓库，投降了蒙古军。襄阳是南宋重镇，未经战斗，即为蒙古军所有，这不仅使宋军在物质上遭受重大损失，为蒙古军提供了大量粮秣，而且使长江中游的荆湖要地失去屏障。

四月，中路军攻破随、郢二州以及荆门军。八月，复克枣阳军，德安府。阔出为自身积累的辉煌声誉到此为止。十一月，阔出在前线突患恶疾，其病情来势凶猛，终于不治。临终前，他将帅印交给特穆尔岱。

特穆尔岱派人护送阔出的灵柩北返。阔出的英年早逝令窝阔台陷入深深的悲痛之中，他无力处理任何事情，楚材只得安排一切，将讣告发往各处。

柒

阔端正在四川前线。阔出在荆湖前线病逝的噩耗传来，阔端只好留下世显、塔海继续在蜀地作战，自己则先行返回和林参加三弟的葬礼。

苏如派儿子忽必烈协助楚材安排祭奠诸事。不管怎么说，一个年轻的生命早早凋零，无论如何都是一件令人惋惜的事情。

西征军各路主帅接到讣告时，大军已攻克不里阿耳，正向钦察草原逼近。

汗使到达贵由的营地时，贵由兀自在帐中生着闷气。

自西征以来，贵由与拔都的关系日趋紧张。对于他这位大汗长子，拔都总是给他布置一些辅助攻城的任务，他把拔都的安排视为对他的防范和蔑视。此番攻打钦察，他难得一次主动请战，可拔都仍将主攻任务交给了蒙哥。当时，从保持实力的角度考虑，他忍住了怨气，没有与拔都发生争执。可他知道，总有一天，他会将拔都加给他的侮辱，至少，他是这么想的——包括小时候驯狮的那次——连本带利地还给拔都。

听说汗使已至帐外，贵由不敢怠慢，传汗使入见。

汗使在贵由面前不敢造次，跪倒施礼。贵由漫不经心地问道："我父汗派你来，是有什么话要带给我吗？"

"是。"

"别跪着了。什么事，你说吧。"

汗使站起来就说："王爷，不好啦！"

贵由心想，什么事不好啦？难道他父汗驾崩了？

"你别一惊一乍的，把话说明白了。"

"王爷，阔出王爷他……他病故了。"

"你说谁病故了？"贵由听在耳朵里，却没有往心里去。

"阔出王爷，是阔出王爷。"

"阔出？"

贵由念叨着这个名字，好不容易才明白过来汗使带给他的消息。在他明白过来的一刻，他全身的血液都好似放慢了流动速度。血流得太慢了，在汗使看来，面前这张细瘦的脸颊上，露出了茫然的表情。

接着，血液冲破阻滞，快速地流动起来，这一慢一快，带给贵由极度的不适感。他用手抓住胸口，此时，他不止头晕，胸口还一阵阵地泛着恶心。

汗使有些担忧地问："贵由王爷，您没事吧？"

贵由没有立刻回答，他像缺氧似地用力吸了几口空气，当激烈的心跳稍稍平复，他才终于问出一句："你说的，是真的吗？"

"这种事，小的哪敢胡说八道！"

"不是出征才一年吗？怎么可能……"

"听说是染上瘟疫，十分凶急，从发病到病重再到不治，只有九天的时间。"

"我不相信。"

"是真的，王爷。楚材丞相已派使者将讣告发往各处，因路途关系，大汗命察合台汗和西征军各部主帅均在本部举丧。"

贵由意识到，这是真的。这个消息千真万确。

阔出，他的三弟，死了。

汗使注视着贵由，贵由的脸色已由苍白转为青紫。汗使好意安慰道："王爷，您也不要太难过了。请您做些安排，我还得去见合丹王爷。"

"我知道了，你去吧。"贵由机械地回答。

汗使施礼退下。

贵由挥令所有人离开大帐，当确信帐中只剩下他一个人时，他在大帐中央跪了下来。

长生天收回了阔出的生命，阔出死了，才二十八岁。他相信，这一定是因为长生天听到了他的祈祷。

汗使说，请你不要太难过。难过？他会难过？不，这一刻他只觉得欣喜若狂。他生怕自己稍微不小心，会让他的兴奋露出蛛丝马迹。

没有怜悯，没有悲哀，只有如愿以偿的快乐，只有冷酷的轻松。跟他斗的人都得去死，这是他的信念。现在，阔出果然死了。阔出一死，就再没有人能够阻止他成为下一任的蒙古大汗。

不管父亲如何费尽心机，长生天还是选择了他！

可惜，他不能回去，这是他最大的遗憾。能回去的话，他可以去送阔出，只有将阔出送上不归路，他才会真正地感到安心。

此时的他，怀着莫名的心境，倒真想看看父亲脸上那种痛不欲生的表情。

他毫不怀疑，阔出死了，最绝望的人，一定是这个男人。

不过，在部将面前，在拔都、蒙哥等人面前，他还得尽快调整好情绪，安排好祭奠诸事。反正是最后一次，他不妨扮演好兄长的角色。他深知，戏不能过，尤其在各位堂兄弟面前，他必须想好这个分寸该如何拿捏。

这件事让他有些伤脑筋。原来，他与阔出，做敌人远比做兄弟容易。

阔端的心情与贵由完全不同。他与阔出的感情虽没有那么亲密，但是血终究浓于水，阔出的突然离世，在他心中引发了伤感，也引发了对生命无常的慨叹。

另一个伤感是，面对悲不自胜的父亲，他的任何言辞都显得苍白无力。

短短的一年之内，窝阔台失去了两个儿子。先是合失，接着是阔出，尤其是阔出，他原本是窝阔台的希望与骄傲。窝阔台将两个儿子，特别是阔出的早逝当成长生天对他的惩罚。

那天，看到儿子的遗容，窝阔台才真正体会到当年父亲失去术赤，二哥失去南图赣时的心情，那已不是悲伤，而是万念俱灰。

没有人可以安慰窝阔台，在短短的时间内，他的身心急剧衰老。

阔出的葬礼结束后，阔端从本土回到凉州。鉴于西路军在四川地区受阻，阔端从长远战局考虑，萌生了尽快拿下吐蕃的念头。

早在高昌回鹘（元称畏兀儿）归附蒙古之时，吐蕃的北面就已与蒙古领土接界，至窝阔台汗时期，阔端受命经营原西夏国特别是甘青之地，他通过数年用兵，直接控制了吐蕃外围的东、南诸路，已对吐蕃形成大包围之势。

当年郭宝玉初降，被成吉思汗置于身边。他曾献计成吉思汗，大意是先图西蕃，从西、北两面同时对金国发起进攻，而东、南有南宋阻挡，可将金国逼入死角。汪世显归附后，亦提到郭帅之计，目标已是南宋。汪世显的意思很明显，一旦拿下吐蕃，就可借道吐蕃，进攻大理，而大理归治，便能从西、北、南三面完成对南宋的合围。南宋东有大海，届时只能游弋海上。

阔端统治的地方，有着坚实的汉传佛教和藏传佛教基础。蒙古立国后的宗教政策是兼容并包，阔端在治境内，从不限制和干预任何宗教的传播与活动。渐渐地，阔端与一些来自吐蕃的传教喇嘛建立起密切的联系。

阔端希望兵不血刃拿下吐蕃，在此之前，他仍在关注着南征战事。

捌

以阔出之死为分界点，南征军对宋地的进攻开始处于屡进屡退的态势。

阔出去世后的第二个月，特穆尔岱亲率中路军进攻江陵。在江陵，他遇到老对手孟珙，孟珙运筹帷幄，破蒙古二十四寨，夺回被俘军士两万人。

继江陵大捷，在其后三年间，孟珙一鼓作气，相继收复信阳、樊城、襄阳和江化，蒙古蔡、息二州降宋。孟珙上奏朝廷，加强了对襄阳的经营和防守，他征集蔡、息、襄、郢之民为军，扩编军队，派兵分驻樊城、新野、唐州、邓州之间，他的一系列举措，都大大增强了荆湖地区的守备力量。

西路军方面，阔端撤走后，宋军于次年年初重又收复成都。

春天，塔海、世显密切配合，夜袭武信城得手，夏天攻占金州，一度进至巫山地区。此后，蒙古与南宋在川陕之间形成对峙局面。

东路军方面，窝阔台汗八年十月，口温不花率东路军开始进攻淮西，首先攻占固始县。宋淮西守将吕文信、杜林率溃兵数万人投降，六安、霍邱皆被其占据。转年一月，蒙古军进入淮西蕲、舒、光三州，三州宋军尽皆逃离。蒙古军长行无阻，自信阳进攻庐州，宋帝急调赵葵军由扬州救援庐州，同时命沿江置制使自建康向和州机动出发，以支援淮西作战。又令淮西制置使随时出援光州。

十月，蒙古军攻庐州不克，转攻光州，史天泽身先士卒，先破外城，再破子城。光州即下，又攻复州。宋军以三千舟楫锁湖面为栅，史天泽率精兵破舟栅，宋将请降。天泽军又攻寿春，长驱直入，所向皆克。口温不花也在积极行动，转攻黄州、蕲州，守军败走。关键时刻，还亏孟珙娴于战事，火速赴援，击退口温不花军，保住黄州。

从窝阔台十年（1238）开始，进攻淮西的蒙古军，虽给予江淮防线沉重打击，但因为南宋军民顽强抵抗，难以再进，最终被迫北撤。

窝阔台在总结南征无功而返的原因时，不无感慨地对丞相耶律楚材说了一句话："其实，我们还没有做好征服南宋的准备。"

窝阔台的总结可谓一语中的。当时蒙古军对南宋作战的目的有限，也不具备相应的实力。这种实力上的欠缺主要表现在：在窝阔台着手进行的第二次"三大征"中，蒙古军围绕三条战线展开作战，西征、东征是其重点，而能够用于南征的兵力明显不足；蒙古军自身长于野战及奔袭作战，南宋北部边疆的东部多为沼泽河川，西部多为山岳关隘，蒙古骑兵施展不开，无法发挥机动作战的特点。后期，蒙古军才着手造船，训练水师，展开水陆攻势，怎奈为时已晚；另外还有一个关键原因，蒙宋一直处于议和之中，边打边谈。蒙古汗廷派王楫五次出使宋廷，劝说宋帝投降，宋帝则想仿照对金议和之故事，多次派出"蒙古通好使"求和。因双方往来和谈，蒙古军的作战行动并不积极，在攻取许多城池后即退走，这些城池复又为宋军收复。

所谓哀乐相生。南征军的连连失利，反而在一定程度上推进了蒙古的水军建设走上正规化发展道路。

在征夏、征金、两次西征战场上所向披靡的蒙古军队，是一支以骑兵为主，诸兵种俱全的军队。窝阔台即位后，强化了炮军建设，强大的炮军在历次战役中均发挥出巨大威力。蒙古水军的创建人是成吉思汗，窝阔台汗时期，水军的力量得到加强。窝阔台汗三年（1231），扈从征金的汉将张荣，在黄河上夺得金军战船五十艘，他以此为基础组建水军。这支只有区区几百人的军队，在其后战斗中屡建奇勋。第二次"三大征"开始后，奉命攻打襄阳的史天泽，指挥水军袭击守卫峭石滩的南宋水军，大获全胜，这场在水军间展开的对决，证明了蒙古水军已具备较强的作战能力。而西征中，拔都同样依靠水师强渡伏尔加河、第聂伯河、多瑙河，一次次冲破了敌人的阻击。

蒙古各兵种的筹建与强化，往往因循形势需要。蒙古水军的长足发展，就与蒙宋接战有着莫大关系。

从窝阔台汗九年（1237）起，窝阔台先后任命保定人张荣实为征行水军千户，定州人解诚为水军万户，从此，蒙古水军开始在统一指挥下参加战斗。

仅从战斗力而言，南宋军队无法与蒙古军队抗衡，可尺有所短，寸有所长，长于野战的蒙古军队在河网密布的南宋境内作战，到底力不从心。

失之东隅，收之桑榆。南征军无功而返，东征军与西征军捷报频传：在东征军的打击下，高丽王请降；西征军在平定高加索北部、斡罗斯东部及南部诸部族后，着手攻陷南斡罗斯境内诸城。

窝阔台汗十一年（1239）冬季来临，西征军挺进乌拉尔山麓，扫荡钦察近黑海、高加索以北诸部族，钦察部酋长忽滩率所部四万帐逃入匈牙利。

窝阔台汗十二年（1240）秋，打耳班及附近诸部以及阿速等部陆续平定，西征军攻入南斡罗斯境内。捷报传至汗廷，窝阔台下令对所有西征军将士予以嘉奖。

窝阔台坐待西征军一举荡平南斡罗斯全境，不料，在此之前，他等到的，是一个让他惊愕、难堪又愤怒的消息。

针对基辅为南斡罗斯第一大都市，又据险要地理位置的现状，拔都召集各军主要将领研究敌情，众将一致认为：占领南斡罗斯，必攻基辅。围绕这一目标，拔都制定了"先扫外围，后攻中心"的作战方针。

各军同时行动，冬天来临时，于封冻的第聂伯河河面直趋基辅城下，基辅守军纵然顽强，到底没能逃脱城毁人亡的命运。

基辅既下，拔都决定犒劳所有立功将士。在随后举行的宴会上，贵由做了一件看似让他出了口恶气，实则得不偿失的事情。

阔出去世后，在相当长的一段时间内，贵由的心情是很不错的。阔出是横亘在他与汗位之间的最大障碍，如今，老天帮他除去了这个障碍，他坚信汗位已非他莫属。的确，在西征军中，拔都兄弟、速不台统统不是他想见到的人，可他与蒙哥、不里的相处还算融洽。不里是晚辈，蒙哥更不同于拔都。一来蒙哥是拖雷家族的当家人，二来蒙哥是他父亲的养子，他们之间从无过节。于公于私，他都清楚自己在走向汗位的过程中，少不了要得到蒙哥或者说掌握着蒙古帝国政治命脉的拖雷家族的支持。

他不止一次想过，等他登上汗位，他第一个就要拔都跪在他的面前。

他的心情陷入沮丧是发生在最近的事情。

合失去世后，窝阔台将合失的遗子，其时尚在襁褓中的海都接到自己帐中亲自抚养。对于这个孩子，贵由并没有放在心上。阔出去世后，窝阔台又将阔出的长子失烈门接到身边，对于这个孩子，贵由一开始也未放在心上。

然而，母亲的一封家信让他感受到了危机。

母亲在信中说，大汗为南宋使臣举行宴会时，公然让失烈门坐在他身边。后来，中亚诸王前来觐见大汗时，大汗仍让失烈门相陪，当时，他这样向中亚诸王介绍了爱孙："失烈门是我的嫡孙，很得我的钟爱。并非我这个当祖父的偏心，实在是这孩子小小年纪就已具备了仁慈的心肠。"

贵由比任何人都想知道，父亲是老糊涂了还是疯掉了？有个念头不停地纠缠着他，或许，他与父亲在前世就是仇人。

而令他感到窝囊的是，他在前方浴血奋战，阔出的儿子却在后方坐享其成。

原本横空出世的失烈门已让贵由的心境变得异常糟糕，接下来他所看到的一幕，则让他想起了多年前驯狮的场面。

他永远不会忘记，他生平最强烈的屈辱感，就是拜拔都所赐。

玖

贵由和不里赶到宴会厅时，宴会尚未开始。贵由一进门，就看到拔都居中而坐，速不台、蒙哥、贝达尔等人都围坐在他的身边，速不台正在向拔都敬酒。

贵由看着那个座位，心想，那个座位应该是他的。他才是大汗之子，他才是未来的大汗。拔都却坐在本来属于他的位置上，还饮下了第一杯酒。这个混蛋！

拔都放下酒杯，看到了他。

蒙哥见拔都的神色似乎有些异常，顺着他的视线望去，也看到了贵由和不里，他急忙向二人招了招手。

贵由想了想，大步流星地向拔都走来，停在拔都的面前。拔都的脸色变得严肃起来，全无方才的轻松愉快。

不里跟上了他。

蒙哥与贝达尔面面相觑，他们都有一种不好的预感。众所周知，贵由一心想要成为西征军主帅，忽里勒台上诸王贵族却众口一词推举了长于指挥又处事公允的拔都。这件事令贵由对拔都耿耿于怀。他们担心的是，倘若贵由与拔都的矛盾激化，会引起西征军的分裂。

而这，才是最可怕的后果。

"你们怎么才来？"蒙哥试图圆场。

"快入席吧。"贝达尔随声附和，他希望，至少侄子不里不要跟着贵由胡闹，做出无法挽回的事情。

贵由眉头紧皱，脸上的肌肉不时出现轻微的颤动。此刻，他是如此厌恶他面前这张气定神闲的面孔。失烈门带给他的压力，累积太久的恶劣情绪都在这一刻冲上脑门，让他完全失去了理智。他一言不发地倒了杯酒，然后一扬手，将一杯酒全都泼在了拔都的脸上。

刹那间，所有的人都愣住了。

拔都坐着一动没动，也没有立刻擦去脸上的酒液。贵由劈手揪住拔都的衣领，愤怒给了他无穷的力量，拔都竟被他从座位上拽了起来。"你这个长胡子的妇人！瘸腿的匹夫！我问你，你有什么权力坐在这个尊贵的位置上？难道，你真当我们都是低你一等的人吗？"他怒骂着，声嘶力竭。

拔都这才抬手拭去酒液，他脸上的轻蔑清晰可辨。

不里火上浇油，扯下背上的硬弓向拔都头上抽去。蒙哥眼疾手快地挡了一下，不里的弓在蒙哥的手背上划出一道深深的口子。

蒙哥顾不得手背上传来的阵阵灼痛感，一把夺过不里手里的弓，狠狠掷在地上。他怒斥贵由和不里："你们两个闹够了没有！贵由，松开你的手！你在大庭广众之下，对我们的统帅拉拉扯扯，成何体统！还有你，不里，你是想让我把你的所作所为告诉我二伯吗？"

察合台儿孙众多，没有人不畏惧这位汗国的创立者。不里一听蒙哥要将今天发生的事情告诉祖汗，一腔怒火如同被水浇过，顿时熄了大半。

"贵由，你做了违背《大札撒》的事情，我希望你能主动向统帅道歉。"蒙哥面对贵由平静地说道，平静中自有威严。

"休想！"贵由冷冷地回答。

"你不肯，就别怨我会将此事向大汗据实禀报。"

多年兄弟，贵由深知蒙哥的性格，蒙哥是《大札撒》的维护者，向来帮理不帮亲。一旦蒙哥将此事禀报父汗，确实对他的处境不利，可让他向拔都服软，那也绝无可能。

一时冲动，势成骑虎，贵由思前想后，愤然辞席。回到帅帐，他命各军将领点视本军，随他向北斡罗斯境内撤离。

不里名义上是察合台系的主帅，实际上能指挥的军队有限，没法与贵由保持一致行动。作为声援，他也拉走了自己的嫡系军队，单独驻营。

西征军的处境陡然变得危机四伏。蒙哥与贝达尔商议了一下，兄弟俩决定双管齐下：贝达尔出面劝回不里，蒙哥起草战报，派"箭的传奇"火速送回和林和阿力麻里，报与两位大汗知晓。

不里只是年轻气盛，冷静下来，也有些后悔自己的莽撞行为。他正进退两难时，贝达尔来到他的营地，劝他回到西征军，同时答应替他在察合台汗面前开脱。不里是真怕祖汗，顺势带领本军回到统帅部向拔都认错。

不久，蒙哥的战报送抵两位大汗的案头。

因路程不同，察合台的信使早于汗使带回口谕。在口谕中，察合台要求拔都派人将不里押回汗国，由他亲自处置。拔都怜惜不里作战英勇，遂以年轻人不懂事，且容其将功折罪为辞，压住此事，也算保住了不里的声誉。

可怜的不里，为他所谓的义气付出的代价是，察合台汗剥夺了他的储君资格。这件事发生后，察合台开始属意次孙哈剌旭烈。

汗廷使者晚两天到达。贵由与拔都不睦，本来就是窝阔台最大的心病，若非如此，行前他也不会再三叮嘱蒙哥要注意协调这两个人的关系。如今西征军进展顺利，征服斡罗斯全境指日可待，儿子终究还是做出这种不顾大局的事情，窝阔台的失望与愤怒可想而知。他严令贵由立刻回到军中，向拔都认罪（不是认错），否则他立刻派人接管贵由的军队。

与圣旨一同送到贵由手上的，还有他母亲写给他的密信，乃马真告诫儿子："千万不要成为被父亲彻底遗弃的人。"

贵由离开防区后，孤军驻扎在北斡罗斯边境，这种做法本身就存在诸多变数。北斡罗斯诸公国初降，人心不稳，随时可能发生叛乱，贵由以一军之力，绝对无法抵御来自敌人的进攻，这是一方面的危险。另一方面，贵由没胆量擅自撤军，返回本土。他明白违背《大札撒》的后果：轻则流放，重则毙命。动辄得咎的处境，促使他选择妥协。数日后，他回到统帅部，向拔都行了臣服之礼。

拔都容忍了贵由的侮辱，对贵由擅离职守也不予追究。唯有一点，这位自以为是的大汗之子，从此在拔都心中不再占据兄弟的位置。

嫌隙的种子一旦埋下，必定会在某天生根发芽。用不了太久，贵由将会知道，他要品尝的冲动之果，是怎样的一种滋味。

第四章　咫尺天涯

壹

对疾病缠身的窝阔台来说，能让他开心畅意的事情实在是少之又少。

最近，他的心情倒是不错。

让他心情不错的好消息首先来自西征军。西征军在占领基辅之后，进入伽里赤公国境内。伽里赤公国北界立陶宛，南抵普鲁士西莱特河口，西征军入境后，连续攻占伊兹牙斯拉夫、达尼洛夫、克列麦涅茨等城池，进而包围了伽里赤公国都城沃伦城。经过一场激战，沃伦城被攻破，接着，蒙古军兵分两路：一路向西南，进攻加利奇；一路向西北，进攻霍尔姆。

这是西征军的进展情况。

另一个好消息来自次子阔端。

窝阔台汗十一年（1239）秋，阔端派大将多达那波率领一支蒙古军途经青康多堆、多迈和索曲卡，进入前藏地区。蒙古军在藏北遭到部分噶当派僧人的武装抵抗，多达那波下令烧毁了该派的热振寺、杰拉康寺，并将两寺武装僧人全部杀掉。

抵抗者予以消灭，归顺者予以保护，这是蒙古军队在作战中奉行的原则。噶当派僧人众多，且敢于对抗蒙古大军，才会遭到无情打击。噶举派僧人不愿与蒙古人为敌，战争初始便投向多达那波，多达那波遂充当了该教派的保护者。

因战前准备充分，多达那波在短短数月间一举平定了吐蕃全境。此后，他按照阔端的指示，暂时留驻吐蕃，着意经营。期间，多达那波与当地僧俗势力开始了和平接触和友好交往。他还帮助各派重建了不少毁于历次战火的寺庙，此举也为他赢得了当地信徒及百姓的信任。

不过，捷报频传还不足以令窝阔台喜出望外，令他喜出望外的是，他接到了二哥察合台的家信。信中，察合台说，待他将汗营诸事安排妥当，不日将带孙子、孙媳赴和林谒见大汗。

自参加拖雷的葬礼，窝阔台与二哥已逾八年不曾相见。异母弟阔列坚三年前殁于西征战场，当年的七兄弟如今只剩下察合台和窝阔台二人。窝阔台自幼与二哥的感情最为亲密，他得以坐稳汗位，也与二哥的举荐和忠心拥戴密不可分，这份恩义，这份珍贵的兄弟之情，窝阔台始终放在心里。

窝阔台几乎是掰着指头度过了望眼欲穿的日子，这天终于接到确切消息：察合台一行将于中午抵达和林。

窝阔台安排了盛大的仪仗，早早来到城下。已午交时，窝阔台在城头看到了远处腾起的轻尘，一队人马迤逦而至，有数百人之多，速度很快。窝阔台急忙走下城头，来到城门前等候。大约一盏茶的工夫，他看到了一个熟悉的身影，仅仅是个身影，他也不会弄错那个一马当先的人是谁。

他热泪盈眶，澎湃的心潮使他一时间无法迈开脚步。

越来越近，越来越近，一匹黑色的骏马转眼间停在离他只有十几个马身的地方。他向前迎了几步，马上的人跳下坐骑，紧走几步，与他拥抱在了一起。

时间仿佛在这一刻停滞，有时，此刻就是最后。

最后的拥抱，最后的相见。

耳边不闻喧嚣，只有恣意流淌的泪水在初冬的风中一点一点温暖着寒冷。

良久，他们稍稍松开了对方。

"大汗。"

"二哥。"

他们呼唤着彼此，两个人的声音仍是激动无比。

察合台的身后，一对青年男女无言相视。女子清澈的眼神里凝结着深深的感动与淡淡的辛酸。

"大汗，你……"

"二哥，你的身体还好吗？"

"好，好。"察合台伸手拭去泪水，朗朗笑道。

他的目光随即落在三弟的脸上，窝阔台的气色显然不是很好。

"大汗，你，你的……"察合台的声音里透出内心的忧虑。

窝阔台不想谈论他的身体，他侧头看着察合台身后的青年，笑着问道："这是哈剌旭烈吧？多年不见，根本认不出来了。"

哈剌旭烈急忙上前拜见叔祖汗。

"不用跪！让我看看你！"窝阔台将哈剌旭烈扶了起来，注目端详。

哈剌旭烈五官端正，眼眸明亮，微黑的肤色很健康。匀称挺拔的身形，怎么瞅怎么精神，窝阔台微叹道："这孩子，和他阿爸长得真像。"

南图赣殁于第一次西征的战场，死时不到二十岁。这是察合台心底最深的伤痛，无论过去多少年，这伤口照样会撕裂，照样会流血。记得有一次，察合台与窝阔台偶尔谈论起父亲的偏心，成吉思汗一生最钟爱的儿子是长子术赤，那时，窝阔台说："天下哪有不偏心的父亲？我们又何尝不是！"

"我们又何尝不是！"是啊，他们又何尝不是！好在那时，阔出还活着。如今，长生天让所有偏心的父亲都失去了他们最爱的儿子。

其实，从很早的时候起，察合台就在羡慕着大哥，羡慕着四弟。术赤和拖雷，都在四十多岁的壮年离开了人世，可他们为自己的身后留下了出类拔萃的儿子，即使身在天堂，拔都和蒙哥也是值得他们骄傲的儿子。

假如那一年，他可以用自己的死去换回儿子的生，他绝不会有丝毫犹豫。他相信窝阔台的心情一定与他一样。

可命运偏偏如此残酷，他们还活着，儿子却早早回到了天上。

往事不堪回首，悲伤如潮水卷过，冲淡了久别重逢的喜悦。许久，窝阔台试图打破突然变得沉闷的气氛，"这孩子，莫不是你信中说的……"他问的是站在哈剌旭烈身边的女子。

这个年轻女子，身上有一种极其特别的气质，让人见之难忘。

"对，是她。她就是我给你说过的兀鲁忽乃，我的孙媳。兀鲁忽乃，见过大汗。"

兀鲁忽乃以宫廷之礼拜见窝阔台，窝阔台急忙伸手相搀："免礼。"

失烈门上前拜见伯祖，又见过堂兄、堂嫂。这个十四岁的孩子，长得方面大耳，极有福相。窝阔台知道，二哥已将哈剌旭烈立为继承人，他也准备将失烈门立为自己的继承人，与二哥不同的是，他面临的困难超乎想象。

"二哥，我们先回宫吧。"

"好。"

众人上马，簇拥着窝阔台和察合台向城中走去。哈剌旭烈小时候跟随祖汗来过一趟和林，如今的和林，已不复他记忆中的模样。这些年，蒙古国力强盛，和林经过多次扩建，加上各国使节、商贾云集，已然有了世界都城的气象。

失烈门对堂兄、堂嫂一见如故，他问哈剌旭烈："你们阿力麻里的女孩子，都长得像堂嫂这样吗？"

哈剌旭烈故意逗他："你说这话是什么意思呢？你倒是觉得你堂嫂长得好看还是不好看呢？"

"我觉得，堂嫂长得像画中的女孩一样。"失烈门认真地回答。

"这么说，你是想从阿力麻里选一个女孩子做你的夫人喽？"

"是啊。"

"说说你的条件。"

"没有别的条件。只要像堂嫂一样就行。"

"那我可得留心物色了。像你堂嫂这样的应该还有，比她漂亮的就不大好找了。"

"不用比堂嫂漂亮。不是说了吗，只要像堂嫂一样就行。"

哈剌旭烈不无得意看了兀鲁忽乃一眼。兀鲁忽乃见情窦初开的失烈门如此天真可爱，不禁莞尔一笑。

"好吧，这事包在我身上了。"哈剌旭烈满口答应。

窝阔台、察合台听着兄弟俩的对话，脸上都露出会心的笑容。

乃马真和苏如在宫中安排宴会诸事，拖雷的儿子们都在万安宫外等候。

好不容易看到两位大汗的身影，他们急忙迎了上去。他们当中，没有蒙哥、不者克和旭烈兀，蒙哥与不者克还在西征战场，旭烈兀奉汗命巡边未归，除了他们，其他兄弟都在。

兄弟之间一字排开，拜见二伯汗。

察合台跳下马背，将他们一一扶起。他的目光长久地落在忽必烈的脸上，二十五岁的忽必烈英姿勃发，姿容气度越来越像他的祖父成吉思汗。步入老年的察合台开始感受到生命的流逝和岁月的无情，也比任何时候都更珍惜在世间的亲人。尤其是忽必烈，每次面对这个侄儿时，总会在他心中引起许多温暖的联想。

"你还好吗？"他问忽必烈。

"我很好。伯汗，八年不见，您一点没变，还是那么容光焕发，精神抖擞。"

察合台笑了，"你也没变啊，还记得说些哄伯父高兴的话。"

"这可不是哄你高兴，"窝阔台插进话来，"其实我也正想说说这件事呢。你们都好好看看，你们伯汗比我年长五岁，是不是倒像比我年轻五岁？"

大家看着他们。窝阔台说得没错，与他相比，察合台面色红润健康，不见丝毫憔悴之色。除了眼角之外，圆润的脸颊上看不到多少皱纹，而且，他的头发依然浓密，富有光泽，满头乌发中只间或掺杂着几根白发。不说别的，单看气色和头发，察合台比窝阔台看上去年轻五岁都不止。

"是不是？"窝阔台还在追问。

大家只笑不语。对这个问题该做出怎么回答才好呢？说"是"不妥，说"不是"也不妥。

"哈剌旭烈，你来说。"窝阔台直接点了哈剌旭烈的名。

哈剌旭烈不敢说，悄悄伸出手，扯了扯兀鲁忽乃的衣袖。窝阔台注意到了他这个小动作，于是笑道："那好吧，兀鲁忽乃，你来说。"

兀鲁忽乃镇定自若，微笑着回答："大汗为国事操劳，日理万机，即使能体会大汗的辛苦，大汗的智慧又岂是我们这些晚辈可以企及？祖汗在家时常说，千斤重担都压在大汗身上，他只恨自己不能为大汗分担更多。"

兀鲁忽乃的这番话说得极其得体，既不必虚与委蛇，又为窝阔台的苍老找到了合理的解释，同时点明了一位兄长对弟弟的关怀与忠诚。别看只有短短数语，却是面面俱到，无懈可击。

窝阔台哈哈大笑："原来真正会说话的人在这里。"

人们不能不对这位年轻女人刮目相看，原来她不是空有美貌。窝阔台的内心突然萌生了一个念头：这倒是个不错的办法，要是他也能为爱孙选择一位既有强大的家族实力做后盾，又像兀鲁忽乃一样才貌兼具的贤内助，那么，他或许就可以放心地将国家交给爱孙治理了。

贰

察合台带着孙子、孙媳在和林逗留了三个月之久。

三个月中，有一半时间他们是在苏如的营地度过的。苏如殷勤款待了二哥一行。拖雷去世后，察合台特别能理解弟媳的不易，如今，看到弟媳将弟弟留下的几个儿子全都培养成了顶天立地的男子汉，他又不能不对这个女人充满敬意。

察合台是一位对父亲忠诚的儿子，也是一位疼爱弟弟的兄长。苏如敬重他，也十分喜爱侄孙媳兀鲁忽乃。

在苏如身上，母性的光辉远比坚定的品质更能引起人们的共鸣。与这个女人相处越久，兀鲁忽乃越从心底里对她产生一种依恋，她把这段生活视为自己一生的财富。

从苏如的营地回到和林，关于继承人的确定问题，窝阔台与察合台单独长谈了一次。他们选择的地点，是在户外。

如何能确保失烈门登上汗位，这是目前窝阔台反复考虑的问题。

难得又是一个好天气，虽说冬天的草原寒气逼人，太阳却在天上明晃晃地照着，而且没有风。

窝阔台建议出去赛马，察合台欣然应允。兄弟俩来到宫外，说是赛马，其实他们只是并辔而行。

明天，察合台就要返回阿力麻里了，这一别是否还有相见之日，那真是只有天知道了。此时的两个人，都能感受到过去的时光离他们越来越远，而他们的生命，是与过去紧紧连在一起的。

他们聊了一些往事，愉快的往事如涓涓细流，如今也渗入了苦涩的泥浆。很快，他们的谈话切入正题。

"二哥，你在信中说，哈剌旭烈成亲后被派往巴拉沙衮，他对巴拉沙衮的治理很有成效，是吗？"

"是啊。"

"如此一来，哈剌旭烈凭借他在巴拉沙衮的作为可以积累起经验和威望。另外，这种历练对他日后治理汗国也有诸多好处。"

"我正是出于这样的考虑，才在哈剌旭烈婚后让他回到封地。哈剌旭烈比许多人都幸运的是，他娶到一位既有才能又有头脑的妻子。兀鲁忽乃的生父曾做过汗国的财税官，或许与血脉相连有关，兀鲁忽乃虽是女子，却长于理财，巴拉沙衮重新据有商业中心的地位，与她的运筹密不可分。"

"额吉在世时常对我们说，妻贤夫祸少。你若细想，不觉得长生天对我们这个家族很眷顾吗？从祖母到我们的母亲，再到我们的弟媳苏如，还有那么多的儿媳、侄媳、孙媳，几乎每一代都会出现了不起的女人。"

"这些女人中，也包括你三姐。"察合台蓦然想起三妹阿剌海。从小到大，察合台最钟爱的胞妹就是阿剌海。在成吉思汗的七子五女中，阿剌海的治国和统御才能决不逊于她的几位兄弟。

"三姐不算，她是咱自家人。"窝阔台强调。

他们相视而笑。

停顿了片刻，窝阔台又问："接下来呢？"

"嗯？"察合台一时没听懂。

"就算对巴拉沙衮的治理卓有成效，哈剌旭烈没有立下战功仍然是个问题。"

"你指这事？"

"对。"

察合台沉吟着。窝阔台真正感到担忧的其实是也速蒙哥，也速蒙哥是察合台的次子，南图赣去世后，也速蒙哥在察合台诸子中的地位类于长子。察合台弃子择孙，也速蒙哥一定不会甘心退让。而身为大汗的窝阔台面临着相同的问题，贵由本身是大汗长子，也有战功在身，以他的性格怎么可能听任侄儿失烈门凌驾于自己之上？察合台深知，他和三弟一天活着，儿子们一天不敢轻举妄动，一旦他们离世，若汗位不能顺利更迭，对家族将是遗患无穷。

"这事我也考虑过。"

"是吗？你打算如何弥补？"

"没法弥补。"

"那么……"

"我把哈剌旭烈交给贝达尔了。"

"哦？"

"只能交给贝达尔了。贝达尔的威信远在也速蒙哥之上，有他守护哈剌旭烈，我并没有太多的担心。"

"你跟贝达尔谈过吗？"

"我给他写过信。我要将汗位留给南图赣的儿子们，这一点并不是秘密，只是当时，我尚在不里和哈剌旭烈之间犹豫。不里的表现让我失望，而哈剌旭烈出镇封地后日渐表现出成熟的风范，他的身边又有兀鲁忽乃相助，因此，我在信中明确告诉贝达尔，我已将哈剌旭烈立为我的继承人。"

"贝达尔怎么说？"

"这个臭小子，就回答了我一句话：知道了。"

"知道了？"

"是啊。"

"这算什么回答？"

"有这一句足够了。我的儿子我心里有数，贝达尔的人品操守我信得过。只要他答应下来，就决不会自食其言。"

察合台说的是事实。他相信贝达尔，就像相信当年的自己一样。许多年前，在西夏战场，父亲也曾将守护窝阔台的使命交给了他。

窝阔台羡慕二哥，想到自己的处境，又不免有几分惆怅："你还有个好儿子可以托付……"他语气幽幽地说道。

说话间，一黑一红两匹马已然登上山丘，察合台和窝阔台不约而同地跳下坐骑，并肩眺望着远处起伏的山峦。

扪心自问，也许将汗位留给资历尚浅的孙子并非最明智的选择，可事到如今他们仍旧做出了相同的决定。

"阔端呢？"察合台突然问。他的意思当然是，是否可以将失烈门托付给阔端？

窝阔台苦笑了一下，没做回答。以阔端的性格，恐怕不会愿意置身于汗位之争的漩涡中。阔端不像贝达尔，在对他委以重任前，窝阔台给他的关爱实在太少。后来，窝阔台意识到了这一点，怎奈为时过晚。

所以，他才会那么说："二哥膝下，终究还有一个忠孝双全的儿子可堪托付身后之事。"

窝阔台不做回答就是回答，察合台不再多问。

"二哥。"

"大汗，你说。"

"假如，我是说假如，在我们兄弟之中，是我先于二哥离开人世，那么，请二哥再帮我一次。"

"大汗……"

"二哥，请你答应我好吗？"

察合台注视着忧心忡忡的三弟，实在不忍心拒绝他："好，我答应你。但你也得答应我一件事——好好保重身体。"

窝阔台点了点头。为了父亲留给他的江山，也为了爱孙失烈门，他必须打起精神来。可事实上，任何人面对衰老与死亡，都会一样地无能为力。

不同的是，在二哥面前，还有可以把握的现在。

在他面前，只有不可预知的未来。

叁

窝阔台汗十三年（1241）秋，这时的窝阔台缠绵病榻半年有余，对许多事情愈发力不从心。他深知，生命正像流水逝去，确立储君已成当务之急。在反复权衡比较中，他仍属意爱孙失烈门。只是，面对强势的六皇后乃马真及长子贵由，他深知此事困难重重。

他遣使召回阔端。

西路军在四川战区与宋军形成对峙状态，值得欣慰的是，多达那波对吐蕃的经营初见成效。阔端在凉州得知父亲病势日沉，预料到父亲近期或有可能将他召回本土。考虑到汪世显、塔海转战于四川前线，按察尔在甘南坐镇未便轻动，凉州守备力量严重不足，不得已，阔端只得调多达那波回防。

短短两年时间，多达那波不孚众望，充分了解到吐蕃当地僧俗势力的割据情况以及各教派的不同地位和不同实力。他将这些情况进行汇总后，向阔端做了《请示迎谁为宜的详禀》，详禀中最核心的内容是：僧伽团体以噶当派为大，善顾情面以达隆法主为智，荣誉德望以枳空敬安大师为尊，通晓佛法以萨迦班智达为精。他建议阔端从上述这些人当中选择一位作为代表，前来凉州磋商吐蕃归附蒙古事宜。阔端急于返回汗廷，没有做出明确指示。

秋末冬初，窝阔台汗在病床上，听取了阔端关于出兵吐蕃的汇报。他不再关心这件事情，他关心的是孙子失烈门能否顺利登上汗位。他交代阔端好好守护侄儿失烈门，阔端却愣愣地望着父亲，不知该如何回答。

所幸，父亲没有催促他，他急忙告辞离去。

阔端无意卷入大哥贵由与侄儿失烈门间的汗位之争。从小，他没有得到过多少父爱，对于父亲，他承认他没有那么深厚的感情。这些年他坐镇凉州，为经营西夏故地呕心沥血，不是因为他是窝阔台汗的儿子，而是因为他是成吉思汗的孙子，他的动力和热情来自于对祖父的忠诚。

阔端在凉州时也能看到从西征军送抵汗廷的战报备份，对西征军的进展情况一直都在掌握当中。与屡屡受挫的南征军不同，西征军在欧洲战场横扫无敌：三月，在拔都、速不台征服斡罗斯全境后，紧接着从三个方向突入波兰、匈牙利。进攻波兰的军队由贝达尔率领，四月九日，贝达尔在里格尼志战役中一举击败由日耳曼、波希米亚、波兰三国组成的波日波联军，完成了对波兰的征服。

四月十一日，由拔都、速不台率领的蒙古主力军，在赛育河以不到七万人的兵力，战胜了匈牙利四十万人的军队，缴获匈牙利国王印玺，呈送大汗报捷。

阔端看到的最新的一份战报是：夏秋季节，蒙古军继续向西攻伐。整个欧洲惊惶失措，远离战场的国家都在加强防御，英国甚至禁止船舶出海捕鱼。当时的欧洲，还没有一个国家的军队可以抵御蒙古人的进攻。短短数月，蒙古军队从容地推进至奥地利首都维也纳附近。

这些消息足够鼓舞人心。唯有一份密件阔端并未看过，若不是回到汗廷，他尚且不知道西征途中曾经发生过那么危险的事情。

阔端是了解贵由的，他们毕竟是兄弟。贵由自视甚高，因自己是大汗长子，他认为西征军统帅理应由他担任，可人们普遍倾向于拔都。那次的忽里勒台阔端也在场，碍于兄弟情分，他没有表明态度，其实，若一定让他表明态度，他也会推举拔都。毕竟战争不是儿戏，贵由不具备指挥大军团作战的能力。

他只是万万没有想到，心胸狭隘的贵由竟做出公然侮辱身为统帅的拔都，并擅自离开军队的蠢事。尽管这件事发展到最后，以贵由和不里迫于窝阔台汗和察合台汗的压力向拔都认错归队告终，但这件事的发生，向阔端透露出一个危险信号：蒙古帝国内部蕴藏着巨大的离心力和分裂苗头。

冬季到来，窝阔台病势日沉，终至卧床不起。阔端兄弟以及忽必烈兄弟轮流入宫侍疾，阔端更是每天都要进宫看望和服侍父亲。父亲终究是父亲，无论他做过什么，他仍是给了阔端生命的人，这点十分重要，无关乎爱与不爱。

窝阔台感觉精神稍好的时候，留下了阔端，多年来，这还是父子间最开诚布公的一次谈话。他们谈话的时间不长，在儿子面前，窝阔台不打算兜弯子，他直截了当地提出，希望阔端遵从他的意愿，在他死后扶立失烈门为君。阔端想到六皇后乃马真，想到长兄贵由，他深知，这不是他答应下来就可以办到的事情。可是不答应，他又不忍心看着父亲在焦虑中离开人世。他的内心充满矛盾，最后，诚实的天性还是占了上风，他什么都没说，只是无奈地看着父亲悲哀的面容。

十二月，自知不起的窝阔台召来六皇后乃马真，弟媳苏如，儿子阔端，爱孙失烈门，丞相耶律楚材和镇海，他当着他们的面，正式宣布将汗位传给阔出之子失烈门。然而，大家听了他的话，都看着乃马真，默默不语。

窝阔台明白这些人的顾虑所在，他让他们离去了，只单独留下乃马真。

他的目光长久地落在她毫无表情的脸上。

在过去相当长的一段时间里，她都是他最宠爱最迷恋的女人，她为他生了五个儿子，她在窝阔台家族中的地位连他的正妻合真夫人也无法相比。可是，在生命之火行将熄灭之时，她却成了他心里的一道沟坎，一道他跨不过去的沟坎，一道将失烈门拦在汗位之后的沟坎。

乃马真站在床前，与她的丈夫默默相对。

那一年，她将自己的一切交给了这个男人，她曾以为他是她的天，可以庇护她一生。然而，从他选择了嫡子阔出作为汗位继承人的那一刻起，她对他的依赖变成了怨恨。她终于明白，不管她为他生下多少儿子，在有嫡庶之分的男人世界里，她还是输给了他的正妻。

没有显赫的出身背景，还做过篾儿乞部首领忽都的侍妾，这是乃马真深藏于内心的自卑。她决不原谅任何撕破她的伪装让她看到真实自我的人，她决不原谅这样的人，哪怕是她的丈夫也不行。

何况，她真的很爱她的长子。

她爱长子，原因非常简单：长子贵由是她与丈夫的第一个孩子。那时，她在臆想中把自己当成了丈夫唯一的女人，那其实也是她一生中最知足最快乐的时光。后来，她又陆续为她丈夫生下四个儿子，但那是在阔端和阔出出生之后。这两个孩子的出生，让她虚幻的幸福像泡沫般在变得缤纷时破灭，从此，她不再是那个自欺欺人的小女人。她真正的天性开始释放，随着时间的推移，曾经明亮的双眸中的眼神变得越来越凌厉，曾经红润的双唇再不会露出柔弱的微笑。

她知道丈夫对贵由不甚钟爱，这一方面是因为贵由身体孱弱——事实上，除了合丹，窝阔台的儿子们身体都不是很好；另一方面，则是因为贵由长得不似阔出那般富贵。的确，贵由的容貌不太像丈夫，也不太像她，这是因为他长得像其外祖父之故。乃马真嫁给窝阔台的时候，她的双亲都已去世，窝阔台没有见过岳父母，乃马真也从来没有给窝阔台讲过自己的身世。

而乃马真的身世恰恰是她心里的结。她的母亲去世太早，是父亲辛辛苦苦地将她抚养长大，她最大的遗憾是，父亲没能看到她成为孛儿只斤家族的女人。在她生下贵由后，她发誓要让天上的父亲看到他的外孙成为蒙古大汗。

年复一年，她将遗憾变成了动力，将誓言变成了执念，无论如何，她必须让贵由坐在那个位置上，为此，即使她必须付出生命的代价，她也在所不惜。

窝阔台的嘴唇发干，嗓子里残留着一股甜腥的味道，他的意识依旧清醒，可他知道，他的时间不多了。

他指了指身边，示意乃马真走近些坐下，乃马真却站在原地一动未动。

"夫人。"他唤道。

乃马真似乎犹豫了一下，可她仍然未做回应。

"你过来，我有话想对你说。"

乃马真走近了一步，不过仍旧站着。

"失烈门……"

听到这个名字，乃马真的脸上出现了一种古怪的表情。窝阔台知道此时此刻这个名字对乃马真来说可能犹如一根尖锐的刺儿扎在心里，可他还得说下去。失烈门能不能顺利即位，就看他在有限的时间里是否可以得到乃马真的承诺。"这孩子有仁君风度，假以时日，他会成为一位仁慈的君主。刚才，我已传位于他，夫人，希望你能答应我，为了窝阔台家族，请不要节外生枝。"

乃马真的唇角一动，随即牵起一道讥讽的笑纹。

节外生枝？哼，这个男人……

窝阔台无视她的表情，继续说道："失烈门尚未成年，还需要你的扶助。只要你同意，我立刻传旨，在失烈门成年前，由你代摄国政。"

乃马真的一只手在另一只手中捏成了拳头。她知道，为了能让失烈门顺利即位，这已是窝阔台做出的最大让步。

"怎么样，夫人？"

乃马真平静地拒绝了："不必。"

"不必？"窝阔台讶异于乃马真的冷漠。

乃马真走近一步，俯视着她丈夫满怀期待的面孔，"你有年长的儿子活在世上，我只能答应你，我会为你的儿子守住汗位。"

"你……"大概是心情激动的原因，窝阔台苍白的脸上突然浮上一层红晕，仿佛一股血液拼命挤入毛孔，又试图钻出皮肤。

他目光灼灼，乃马真无意回避。

"乃马真，你何苦如此执着？"

"大汗，你又何苦如此执着？"乃马真针锋相对。

"你虽是母亲，可也是我的妻子，你应该明白，贵由没有成为大汗的素质。"

"他有。"

"他没有。"

"他有！"

"乃马真，西征时发生的事你一定不会忘记。没有长支系的支持，贵由坐不稳汗位。而且我担心……"

"你什么都不用担心，现在，你什么都不必担心，一切，都有我呢。我在贵由身边。"她一字一顿地说道。

"你能做什么呢？"

"你心里清楚。否则，你何苦将失烈门托付给我。"

"你正在引发一场战争，你知道吗？这场战争，就算不会葬送窝阔台家族，也会在某天葬送窝阔台家族的汗位。"

"你多虑了。别忘了，你即位的时候，诸王贵族曾经立下誓言：窝阔台家族但有一个后代，誓不奉他系子孙为汗。"

窝阔台苦笑了。女人到底是女人，这样的誓言，她也能相信吗？

"我们夫妻一场，你真的连我最后一个心愿都不能满足吗？"

"你就要离我而去，你若真念夫妻之情，为什么不能满足我的心愿？为什么不能让我一生都将你记在心里呢？"

窝阔台的脑海里出现了短暂的空白。

当他重新凝聚起神思，他看到死神的脸飞快地躲向乃马真的身后。乃马真不是死神，可她的目光像死神一样冰冷。

"原来，你恨我。"

"不重要了。大汗，贵由是你的儿子，我保证，他将成为蒙古的第三任大汗。"

脸上的血液退了回去，退到心里。血液包裹着心脏，以不可思议的速度冷却、凝固，心脏终于失去了跳动的力量。乃马真坚毅冷酷的面容在窝阔台的视线中变得模糊起来，这一刻，他很痛苦，是临终前的痛苦。他的眼神开始涣散，全身都在抽搐。在仅存的意识里，他再没有坚持下去的欲望。

也许遇上她是命运的安排。

也许一切都是命运的安排。

也许她不是恨他，他只是从来不曾了解过她。

这是他最后的念头。

他抬起手。此时，没人知道他想做什么，他的手臂只抬了一半便垂落下来。

他怀着无限忧虑合上双目，脸容变得异常严峻。

苍白在窝阔台的脸上凝固成永恒的颜色。乃马真久久凝望着她面前这张了无声息的脸庞，仿佛呆住一般。

不知过了多久，当她终于意识到这个她爱过恨过的男人从此永远离开了她时，一阵剧痛从最柔软的某处传遍全身。她握住了他的手，他的手不复当年的力量与温度，她就那样握着他的手，泪落如雨。

"对不起，对不起……"她在心中不断念着这句话，她清楚他不会原谅她。

"对不起——可我不会改变心意。"

肆

窝阔台病逝的消息传到欧洲前线，与之前后，察合台也在阿力麻里病逝。因二位大汗的儿子们都在西征军中，拔都传令西征军班师，并让兄长斡尔多和弟弟昔班代自己返回本土奔丧。

西征军兵分两路，徐徐撤退。贵由、合丹、蒙哥、不者克走东线，他们需要尽快回到本土。贝达尔、不里走西线，他们需直接返回阿力麻里。拔都则回师伏尔加河畔，定都萨莱，正式建立了金帐汗国。

西征军班师的消息很快被送回汗廷。

鉴于儿子贵由尚在途中，乃马真在自己的宫帐中紧急召见了丞相耶律楚材。

乃马真的真正意图，当然瞒不过耶律楚材，他不想奉诏，却又不能违命。

不出楚材所料，乃马真的宫帐里不只她一个人在，还有一个人侍立在侧，这个人是乃马真的信臣奥都剌。

楚材正欲施礼，被乃马真扶住了。在楚材的记忆中，这位性格倔强的六皇后对他还从来不曾这般殷勤过。她请楚材坐下，亲手奉茶，楚材心中不安，欠了欠身，说道："多谢六皇后。"

乃马真在楚材对面坐下来，她也不绕弯子，单刀直入："楚材，我要你来，是想就贵由继承汗位一事听听你的意见。"

楚材顿觉心中一沉。

作为名重天下的两朝老臣，楚材参与了窝阔台朝一切大政方针的制定，窝阔台临终时，曾将爱孙失烈门托孤于他。

作为窝阔台汗的长子，贵由并未得到父亲宠爱，窝阔台汗最爱的，始终是他的三子阔出。阔出在蒙宋战争爆发时殁于京湖前线，窝阔台便又将阔出之子失烈门接到身边亲自抚养，这一举动，摆明了是将失烈门置于继承人的位置。窝阔台纵有这样的打算，实行起来却困难重重：首先，失烈门寸功未立，难以服众；其次，楚材深知贵由和六皇后绝对不会善罢甘休。

乃马真见楚材沉吟不语，又笑着说："贵由是先汗长子，今观先汗子孙，能将先帝的事业发扬光大者非贵由莫属。此事还须丞相鼎力相助才好。"她绝口不提窝阔台汗临终前已正式传位爱孙失烈门一事。

楚材心中反感，直言道："先汗在世时，曾托孤太孙于老臣，臣不能违背先汗遗愿。"

乃马真见楚材如此不识抬举，心中不悦，琢磨着该如何说服楚材。奥都剌插进话来："国不可一日无君，皇孙年幼，长子未归，在召开忽里勒台前，何不请六皇后代摄国政？"奥都剌边说，边观察楚材的反应。

楚材不语。

的确，失烈门远不是理想的大汗人选，但乃马真一心想将长子贵由推上汗位，也未必容易实现。贵由在西征途中与拔都发生的那场激烈冲突，不仅让窝阔台汗对他不能信任，也使得贵由本人在王公贵族心中的形象大打折扣。贵由肯定想不到，他的意气用事，竟是他一生中最大的失算。

拔都决不会支持贵由登上汗位。的确，拔都远在金帐汗国，但他的身份，是成吉思汗长子术赤的儿子，是战功显赫的统帅，是金帐汗国的创立者，他位高权重，对于他的意见，人们不能也不敢不认真对待。另外，贵由个性太过严苛，遇下寡恩，性格上的种种缺陷也决定了他的即位不会一帆风顺。

商议没有结果，乃马真令楚材先行离去了。

乃马真面临的真正危机，不是楚材的反对，而是成吉思汗的幼弟帖木格得知窝阔台病逝的消息，以吊唁为名，正率领重兵向和林方向逼近。

所幸阔端和拖雷诸子都在汗营。乃马真命阔端率一万亲军侍卫，旭烈兀率拖雷家族的精锐骑兵赶赴边境，陈兵以待。

帖木格相当了解他这两位侄孙的统兵才能，阔端与旭烈兀二人年轻不假，可他们都是久经沙场的名将。他没有一举成功的把握，不免犹豫起来。帖木格行动迟缓为乃马真争取了时间，五天后，帖木格得知贵由和蒙哥已率长子远征军东返，且离和林只剩两日路程。他急忙派长孙塔察尔作为他的代表，往和林参加大汗葬礼，他自己则率军队撤回到东部封地。

按照祖父的临行交代，口才与机变在帖木格家族均属一流的塔察尔为祖父的出兵找了个说得过去的借口：窝阔台汗新逝，长子远征军未归，帖木格王爷担心和林局势有变，是以率军队前来拱卫汗廷。毕竟成吉思汗活着时，帖木格就肩负着这样的使命。考虑到帖木格的阴谋并没有得逞，双方也未兵戎相见，加上贵由的即位还需要得到东道诸王的支持，乃马真顺水推舟，将此事放过不提。

不久，各系诸王和功臣勋将齐集和林，人们为窝阔台举行了一场隆重的葬礼。葬礼结束后，窝阔台的遗体被送往起辇谷安葬。

选汗大会初步定在秋天。原因很简单：察合台汗去世后，察合台汗国也面临着新汗的推举和确认，另外，长支系的斡尔多和昔班在参加过三叔的葬礼后，还要前往察合台汗国吊唁。

国事暂时交付乃马真，贵由与蒙哥从旁协助。

阔端本想早点返回凉州，他的请求没有得到乃马真的许可。现在，阔端成了贵由一方与失烈门一方努力争取的对象，这让他心烦意乱，头疼不已。一次，趁着他与蒙哥单独在一起时，他向蒙哥抱怨起此事。

蒙哥见他一副愁眉苦脸的模样，不觉哑然失笑。

阔端的城府其实很深，即使在父亲面前，他也少言寡语，不露声色。唯独在两个人面前，他几乎很少设防，甚至算得上无话不谈。这两个人，一个是他祖父成吉思汗，另一个就是与他情若手足的蒙哥。

在悲伤和孤独中长大，祖父是第一个发现、挖掘他的才能，并放心对他委以重用的人。许多年来，生在蒙古第二代大汗家中并没有给阔端带来他想要的尊荣与幸福，然而直到生命结束，成吉思汗的孙子这一身份使他一直引以为豪。

至于蒙哥，他是阔端此生唯一的知己。

"你笑什么？"他觉得蒙哥是在幸灾乐祸，烦恼之余，又有点愤懑。

蒙哥揶揄他道："怎么，被人重视的感觉不好吗？"

他用手重重捶了蒙哥一下："我都快烦死了，你少拿我开玩笑。"

蒙哥依旧笑着，显然，阔端的无奈他懂。

"你说，这事到底什么时候才是个头？"

蒙哥想了想，安慰他道："事情会过去的——哪有过不去的事情。"

这话说得别有深意。阔端望着蒙哥，蒙哥慢慢敛去了脸上的笑容，明亮的眼睛里闪动着惆怅的光芒。

没错，任何事情都会过去。只是当事情过后，人们会看到怎样的结局：是国家欣欣向荣，还是一切强盛都消失在未来与未知之中？

伍

阔端想到这截然不同的结局，心里愈发七上八下，惶恐不安，"你说得倒是轻巧，我可没你心大！蒙哥，这会儿就咱兄弟两个，不如你帮我分析分析，贵由和失烈门，他们谁的胜算更大？"

"贵由吧。"

"为什么？"

"失烈门没有足够的威信。在这点上，贵由胜过他许多。"

"可是那天，大汗当着我们的面，明确表示要将汗位传给失烈门。"

"事情复杂就复杂在了这里。"

"怎么说？"

"贵由和失烈门各具优势又各有支持者和反对者，这场汗位之争，决不会那么容易分出胜负。"

"你说各具优势又各有支持者反对者？你一个一个说，各具什么优势，各有哪些支持者哪些反对者？"

"这个何必我明说，你心里都清楚。"

"不行啦，我最近根本不能想事情，一想事情脑袋就跟要炸开一样。"

蒙哥沉吟着。

"快说，快说。"

"也罢，我先说贵由。贵由的优势在于，他是大汗长子，又参加过灭金战役和长子西征，他打过胜仗，有战功在身。六皇后不必说了，她和她的追随者肯定是全力支持贵由的。在察合台汗国，也速蒙哥和不里也支持贵由，这是贵由能够获得支持的情况。至于反对他的人，在察合台汗国有哈剌旭烈，这孩子已经继承了二伯的汗位，他反对贵由的理由很简单，他与失烈门的处境相同，他们都是太孙身份，都是先汗生前指定的继承人。不过，反对也罢，支持也罢，哈剌旭烈的影响终究有限，能够阻止贵由走向汗位的人不可能是他，只能是……"

"拔都。"

"对，是金帐汗拔都。大伯留下的儿子们都以拔都为中心，他们非常团结，若拔都不肯出席忽里勒台，他们谁也不会参加。在祖汗的四个儿子都已离开人世的今天，你想，谁的威信还能超过我们的堂兄呢？不难想象，倘若长支系坚决反对贵由，忽里勒台又怎么可能顺利举行？不瞒你说，直到今天我都弄不明白，在西征时贵由究竟怎么想的，他为何能做出侮辱拔都的蠢事？"

蒙哥点到为止。

阔端正听得津津有味，见蒙哥不说了，忙催促道："还有呢？"

"什么还有？"

"拔都哥的为人我们都了解，他可不是个心胸狭隘的人。"

"有许多事，无关乎心胸宽广还是狭隘。贵由的所作所为，除了暴露出他没有容人之量，也暴露出他对拔都怀有深刻的嫉恨。这样的人登上汗位，拔都会为金帐汗国的命运感到担忧也在情理之中啊。"

阔端深思片刻，吸了口气，又长长地吐了口气。他从小就有胸闷之症，这些日子他周旋于两支力量之间，疲于应付，胸闷的毛病又犯了。倒是这会儿，他能与蒙哥开诚布公地谈上一谈，心情反而轻松了一些。这就是蒙哥，与蒙哥交谈，任何时候都能令他耳目一新。偶尔他会想，只可惜蒙哥不是父亲的儿子，如果是，他的即位一定不存在任何问题。

"贵由先说到这里，失烈门呢？"

"失烈门的优势在于，他是大汗生前指定的继承人。耶律楚材对大汗忠心耿耿，他一定会坚持执行先汗遗命的。在察合台汗国，支持失烈门的人与反对贵由的人是一致的，问题出在金帐汗国，拔都尽管反对贵由，可也不会支持失烈门。所以我才会说，贵由的胜算更大一些。"

"有道理。"

"什么有道理！"蒙哥微微责备道，"这些事你都清楚，非要我说出来，不是吗？"

阔端无奈地摊了摊手，"你又不是没看到，现在的我多可怜，有家回不得，每天活得跟做梦似的。你就当发发善心罢，做一回我的脑袋又如何！"

蒙哥哭笑不得。阔端难得像个无赖的孩子，兄弟情深，他没有理由不助他一臂之力。何况，清醒有时也是一种痛苦，就算痛苦无人分担，只要有人懂得，痛苦便也有了它的价值。

"你还想问什么？"

阔端正视着蒙哥，神情变得严肃起来，"说了半天，你自己呢？"

蒙哥迅速做出回答："和你一样。"

"什么意思？"

"左右为难呗。"

这句"左右为难"，带有一定的玩笑成分，却也是许多人真实的心境写照。既然汗位已被强行约定在窝阔台一系，除了贵由与失烈门，别人又与汗位无缘，他们便只能从这两个人当中做出选择了。可是，这两个人又明显不是合适的大汗人选。想想蒙古帝国的前两位大汗，哪一个都堪称雄明刚毅之主，而今他们只能从具有资格的人里选择大汗，这不能不说是种悲哀。

不仅如此，他们更担心的是，若没有合适的舵手，不知国家的巨舟又将驶向何处？

想到渺茫的未来，阔端与蒙哥不约而同地沉默了。

一切如蒙哥所料。

在秋天召开的忽里勒台，因长子系的缺席，令选汗大会的权威性和合法性受到质疑。加之围绕是由贵由即位的问题，还是由失烈门即位，诸王贵族的意见分裂成两派，彼此互不相让。其结果，人们只能约定择日再行召开忽里勒台，此前，人们接受奥都剌的建议，暂由太后乃马真摄政。

乃马真是这样一种女人：她有魄力，也不乏机变和权谋，可她从来不具备如她丈夫一般的政治远见和容人之量。一旦大权在握，她所做的第一件事，就是重用信臣奥都剌，同时，罗致莫须有的罪名，将坚持窝阔台遗命、不同意拥立贵由，也不同意乃马真称制的楚材投入狱中。

尽管事隔不久，乃马真迫于诸王贵族和朝臣勋将的压力，不得不将楚材释放，可这位忠耿一生、两袖清风的契丹族贤相，还是因为遭到不公平的对待抑郁而终。两朝元老、朝廷重臣镇海和牙老瓦赤上书乃马真，直言为政之道当远小人，亲忠臣，他们希望乃马真痛下决心，诛杀佞臣奥都剌，恢复窝阔台汗时期的法纪纲常。乃马真和奥都剌恼羞成怒，欲逮捕镇海和牙老瓦赤处于重罪。牙老瓦赤尚在中都主持财赋之事，镇海得到密告，匆匆逃往凉州，同时致书牙老瓦赤，让他速来凉州避祸。

忽里勒台结束后，阔端回到凉州坐镇。鉴于乃马真摄政期间，蒙古上层内耗增多，对宋战事几乎处于停滞状态，只有汉将史权和张柔在淮南、泗州等地有些小规模的军事行动，阔端加紧了对西夏故地的经营，以备未来平蕃攻宋之需。

多达那波多次进谏，希望阔端首先解决吐蕃问题。如今的蒙古帝国举步维艰，但绝不能裹足不前，一旦未来政局有变，经营好吐蕃就能抢占先机。阔端决定派多达那波作为金字使者，由军队护送，携带邀请诏书和礼物前往吐蕃，邀请萨迦法主萨迦班智达往凉州一会，共商吐蕃归附蒙古大事。

在甘青之地，阔端的地位如同蒙古大汗。事实上，在甘青之地，人们不知有蒙古大汗，只知有阔端大王。

多达那波刚刚离去，镇海来到凉州城，请求面见阔端。

陆

阔端尚且不清楚最近汗廷发生的诸多事情。

镇海的突然出现，让阔端有些吃惊。当阔端得知一代名相耶律楚材因遭受陷害，已然抑郁而终，内心不免又是惋惜，又是感伤。乃马真和她的党羽抑沮贤臣、排除异己的做法不止让阔端寒心，更让他最初的不安渐渐演变成对朝政的绝望。

镇海将自己面临的危险处境坦然相告，阔端对他说："你就留在我身边吧——我看谁敢动你！"

乃马真得知镇海逃往凉州，气急败坏。她遣近臣阿勒赤带带领一队人马前往凉州索人。现在的阔端，亦不是窝阔台汗在世的阔端，他手握重兵，坐镇一方，虽忠于蒙古汗廷，对乃马真的所作所为却不屑一顾。至于像阿勒赤带和奥都剌这样的宵小之徒，他更是必欲除之而后快。他晾了阿勒赤带几日才在王府召见这位太后特使，召见时，他特意让镇海坐在他的身旁，显然，他丝毫没有将阿勒赤带放在眼里。

阿勒赤带不知道阔端的厉害，见到阔端也不行礼，直接就让阔端交出镇海。阔端却微笑着说道："如你所见，人就在我这里。请你转告太后，她若真想要人，就让她亲自带着军队来要！"

阿勒赤带的态度依旧很蛮横，他质问阔端："难道你要抗旨不成？"

阔端平静地回答："没错！"

阿勒赤带语带威胁："我劝大王还是好好交出镇海，否则太后追究起大王窝藏朝廷重犯的罪责，大家都不好看。"

阔端依然面带笑容。他见阿勒赤带这样不识时务，也不多言，走下帅案，抡起一掌，重重抽在阿勒赤带的脸上。

阿勒赤带猝不及防，被阔端这一掌打得呆呆发愣。

阔端指着门外，丝毫没有提高音量，"我阔端明人不做暗事，镇海丞相就在我这里，太后若想要人，就请她带着军队来要。至于你，趁着我这会儿对你还算客气，给我立刻滚出凉州府！否则，在一个时辰之内还让我看到你，你信不信我会在城外给你留块儿墓地。"

阿勒赤带深知在窝阔台诸子中，阔端是脾性最好的一个，也是一位言必行行必果的汉子。事已至此，他若继续摆特使的架子，只怕真的人头不保。想到这里，他行了个礼，带着手下人灰溜溜地逃出了凉州城。

差不多与阿勒赤带离开凉州同一时间，另一位朝廷重臣牙老瓦赤接到镇海密信，也来到凉州请求阔端庇护，阔端同样将他留在身边。

阿勒赤带回到万安宫，将阔端的话原原本本地转述给乃马真和贵由。

贵由对母亲无端罢免耶律楚材、镇海、牙老瓦赤等一干朝廷重臣的做法本来就存有异议。无论是否登临汗位，贵由都以蒙古大汗自居，有一点他很清楚，治理国家还需要治理国家的人才。抛开这个不提，他与镇海、牙老瓦赤私交不错，这二位都是他的支持者。他对母亲居然派阿勒赤带前往阔端处索人十分反感，现在听说阿勒赤带在阔端那里碰了钉子，他不怨阔端抗命不遵，反怨母亲凡事都不与他商量。他心里憋着气，与母亲争执几句，拂袖而去。

乃马真思索着对策。

阔端说，让她带军队去凉州要人，可见，阔端这次是不惜以兵戎相见，也要保护镇海和牙老瓦赤。想到镇海和牙老瓦赤毕竟是前朝老臣，阔端她又不能得罪太深，乃马真只得选择退让。

多达那波第二次进入吐蕃。这一次，武力威慑已被放在次要地位，多达那波向萨班宣读了阔端的诏书，这封措辞温和的邀请书，其中隐藏着强硬之意。阔端明确地告之吐蕃僧众和萨班本人：如不奉诏，他将再次对吐蕃之地用兵。

萨班对阔端可谓知之甚深。阔端多年统军经略西北、西南地区,势力强大,在藏人眼中最具威势。如今,阔端以诏书形式邀请萨班,表明他的身份不是地方领主,而是代表蒙古汗廷与萨班谈判。萨班的身份也绝非单纯的萨迦法主,一旦奉诏,他便代表着吐蕃的僧俗势力。

萨班接旨后,不敢怠慢。他请多达那波稍候一段时日,他将与吐蕃各界僧俗领袖具体协商后再赴凉州与阔端一会。多达那波同意了,他知道在条件不具备时,自己不能急于求成。

五年前,多达那波领兵突入吐蕃,对噶当派武装僧人的抵抗进行了无情的镇压,从那时起,吐蕃僧俗人众,特别是吐蕃上层对蒙古的武力之盛就心存恐惧。何况从成吉思汗开始,蒙古军队所向无敌,从蒙古高原到中原内地,从中亚到欧洲,兵锋所至,无不克捷。与之相比,吐蕃经历了长期的分裂割据,根本没有一支力量可与蒙古军对抗。萨班对此自有考虑,他在与各地方各教派势力广泛接触并充分商讨对策后,做出了前往凉州的决定。

原本,阔端早就期待着与萨班的这次相会,可当萨班即将到达凉州时,他由于另外一件更重要的事情不得不返回蒙古本土。行前,他交代多达那波和代镇凉州的塔海对萨班伯侄妥为安置、照拂。

乃马真在她摄政的第五年,身体状况越来越差,于是,她更加迫不及待地想将儿子贵由推上汗位。几年来,为给儿子继位铺平道路,乃马真对宗室贵族滥行赏赐,她的"慷慨",也在一定程度上收到了笼络人心的效果。

远在萨莱的拔都,在汗位悬虚的几年,眼看着乃马真恣意弄权,信用佞人,硬将一个好端端的国家搞得乌烟瘴气,心中也是焦虑万分。为国家计,他觉得以贵由毫不容情的性格,倒的确比较适合收拾他母亲留给他的烂摊子。

拔都的让步或者说是默许,令贵由的继位变得容易了许多。

按照成吉思汗生前做出的规定,大汗的继承人必须经过忽里勒台推举选出。乃马真担心夜长梦多,派出使者火速召回在外地的亲王和贵族,阔端就是奉诏返回和林,参加在首都举行的选汗大会。

这次大会,拔都没有亲自参加,只是派来了他的兄弟们作为代表。

因众人早有默契,选汗大会进行得异常顺利。贵由以体弱多病为由假意推让，诸王、大臣再三劝进，并立下在窝阔台继任汗位时立下的誓言：贵由汗但有一子一孙，誓不奉他人为君。

贵由心满意足，登临汗位，成为蒙古帝国的第三任大汗（1246年至1248年在位）。唯一的遗憾是，他没能看到拔都跪在他的面前。

随后举行的庆典上，人们惊奇地发现了一张欧洲人的面孔。

这张面孔属于意大利小兄弟会的创始人之一，圣·方济各的挚友柏朗嘉宾。作为欧洲人和教皇的特使，柏朗嘉宾有幸参加了贵由的登基大典。

柏朗嘉宾参加大典是偶然的，而他出现在蒙古之地，绝非偶然。

蒙古人的第一次西征和第二次西征，所向披靡，不仅将东亚和中亚纳为蒙古版图，而且向欧洲推进，攻克匈牙利和波兰。西欧各国惶惶不安，急欲刺探与蒙古人的实力、军情、动向等有关的情报，以便制定出相应的对策。

一年前，教皇英诺森四世在法国里昂主持召开宗教大会，商讨如何抵御蒙古人的扩张。经过争论与商讨，最后，与会人员达成一致意见：派遣教士出使蒙古汗廷，沿途搜集蒙古人的情报；劝告蒙古大汗停止对欧洲的征略和对基督教徒的迫害，并促使其改信基督教。

英诺森四世选中了经常来往于意大利、德国、西班牙执行圣命的柏朗嘉宾，这一年，柏朗嘉宾已是六十五岁高龄。

柏朗嘉宾于复活节后从里昂启程，踏上了前往蒙古的艰难旅程。次年四月初，差不多在整整一年之后，柏朗嘉宾来到金帐汗拔都的帐幕，得到拔都的款待，也见识了斡罗斯大公朝拜拔都的情景。

八月下旬，柏朗嘉宾抵达和林，正好赶上参加蒙古第三任大汗的登基大典。

柒

大典结束后，贵由在万安宫召见了柏朗嘉宾。

柏朗嘉宾向贵由呈递了教皇的信函。

教皇在这封致蒙古大汗的信函中，指出蒙古人蹂躏基督教国土，杀戮基督教徒，是一种违背上帝旨意的行为，必将受到上帝的严惩。在信的末尾，他劝蒙古大汗弃恶从善，皈依基督教和接受洗礼。

对于教皇的威胁和劝告，贵由根本不为所动。

他在给教皇的复信中措辞傲慢，信的开头这样写道："天神的力量，全人类的皇帝，致大教皇的真实信札。"接下来贵由驳斥了教皇的指责，将蒙古人战无不胜归结为诸神护佑。最后，贵由希望教皇和基督教王公主动来朝，与蒙古国缔结和约，这才是东西方实现和平的正途。

柏朗嘉宾见贵由汗踌躇满志，不易说服，知趣地放弃了自寻烦恼的努力。何况，他真正的用意并不在此。贵由对教皇不屑一顾，对柏朗嘉宾本人倒是显示出他身为一国之主的豪爽。

柏朗嘉宾在和林逗留了三个月之久，于第二年（1247）五月再次经过金帐汗拔都的营地，回到里昂。

这次东使，历时两年半之久。

柏朗嘉宾不辱使命，将他沿途的所见所闻写成了一部详尽的报告《蒙古史》（中文译作《柏朗嘉宾蒙古纪行》）呈送教廷。在这部报告中，柏朗嘉宾重点介绍了蒙古人所进行的战争、征服的地区、武器装备、风俗习惯以及如何抵制蒙古人入侵等等。柏朗嘉宾的出使时间，早于鲁布鲁克（1253年至1255年）的出使时间，也早于马可·波罗的东游时间（1271年至1295年），更早于鄂多立克的东行时间（1318年至1328年），所以，柏朗嘉宾在书中对蒙古及中亚情况的介绍，都是首次传入欧洲。

柏朗嘉宾撰写《蒙古史》的目的，不仅仅是为教廷提供情报及资料，更主要是为了让教廷相信，蒙古人将会对西欧国家发动战争，以此敦促欧洲诸国积极备战。他还呼吁教廷先发制人，对蒙古发动战争。目的决定了写作角度，在这部《蒙古史》中，柏朗嘉宾有意识地过分渲染了蒙古人及其所征服的东方诸民族的残暴性和陋习等，并极力加以丑化和歪曲。

可以说，柏朗嘉宾的《蒙古史》是东西方民族开始直面对方后的产物。

经过五年漫长的等待，贵由方能如愿以偿。喜悦和兴奋过后，代之而来的却是无尽的烦恼。这烦恼来自于他母亲摄政期间遗留的弊政：法制废弛，政令不一，政治腐败，军事停滞，当权者崇信巫术，所用官员多是不学无术之徒……

为改变这一现状，贵由汗一方面将不称职的官员尽数革职，另一方面将避祸于凉州多年的镇海和牙老瓦赤请回汗廷。他让镇海继续担任丞相一职，让牙老瓦赤继续担任财政大臣一职。鉴于耶律楚材早已去世，他将内政多交付镇海处理。

贵由准备处死贪赃枉法、惑乱国政的太后信臣奥都剌，乃马真闻讯赶来阻止。贵由与意见严重分歧的母亲发生激烈争吵，最后，乃马真不得不向儿子妥协。这件事大大提高了贵由的威信，却影响了乃马真的健康。乃马真要求回到窝阔台汗国的都城叶密立（今新疆额敏县）颐养天年，很快，她就在那里病故。

少了母亲的掣肘，贵由开始按照自己的想法治理国家。

在对朝政进行初步整顿后，贵由陆续颁布了几个重要旨意。

第一个是对蒙哥委以军国重任。贵由清楚，没有拖雷家族的支持，他不可能登上汗位。没有四婶出面斡旋，拔都也不可能对他做出让步。

第二个是在阔端与萨班商谈吐蕃归附的过程中，允许阔端不必事事请示，如有必要，可行使大汗职权。

作为蒙古新一任大汗，贵由一心想要建立超越父祖的功业，而收服吐蕃，进而统一中国，于他而言就是前无古人的功业。

阔端不负贵由厚望，在成为萨迦派大施主的同时，经过与萨班长达半年的谈判与协商，终于达成吐蕃正式归附蒙古的重要协议。双方就隶属关系及户口登记、征收赋税、地方官吏任命及管理等问题，由萨班亲自执笔，写了一封致吐蕃各地僧俗首领的公开信，这就是著名的《萨迦班智达致蕃人书》（简称《致蕃人书》）。

《致蕃人书》既是一份凉州会谈纪要，也是一份蒙藏联合公告，更是一份吐蕃正式归入中国版图的重要历史文献。随着吐蕃的和平归附，蒙古帝国的版图向西南又大大增加了一块儿。

贵由颁下的第三个旨意，是对成吉思汗幼弟帖木格发动叛乱一事进行审判。

他命蒙哥、斡尔多共同担任审判官员。因叛乱发生在宗王内部，且半途中止，蒙哥和斡尔多经过商议，又征得贵由同意，将叛乱罪名引向帖木格的亲信，依律逮捕并处死了其中几员推波助澜的将领。

贵由颁下的第四个旨意，是部署第四次东征。

贵由即位后，高丽国既拒绝遣使纳贡，又拒绝将首都迁回陆地，贵由遂命大将阿姆罕率东征军第四次攻入高丽境内，阿姆罕在东京总管洪福源的配合下，拔除威州平虏城，并向贵由汗报捷。

贵由颁下的第五个旨意，是继续对南宋用兵。

捌

蒙古方面对南宋大举用兵始于窝阔台汗八年（1236），结束于四年后，此后双方只有零星战事。乃马真摄政当年，驻南宋北部边境的蒙古军多次对四川、京湖、江淮一带发起进攻。一月，蒙古军以耶律朱哥为主帅，自京兆取道商、房二州至泸州。孟珙遣一军屯江陵和鄂州，一军自江陵出襄阳，与诸军会合。孟珙又遣一军屯涪州，并发布军令，各地守将不得弃守一土，否则格杀勿论。次年，宋廷又派余玠为四川制置使，两员名将通力合作，长江上游防线固若金汤。

耶律朱哥对四川发起攻势时，蒙古都元帅张柔也在积极行动。他率军渡过淮河，攻至长江北岸。同年十月，张柔军攻入通州，宋守将杜霆载其私帑渡江南逃。在其后的战事中，张柔率军围攻寿春，因宋将吕文德督军坚守久攻不克。贵由即位的前一年七月，成吉思汗义子察罕率三万蒙古军与张柔会合，二将协力攻打寿春，攻克后转攻泗州、盱眙及扬州，宋制置使赵葵请和，蒙古军遂纵兵而返。

贵由登基后，蒙宋双方在相持局面中，出现了对蒙古有利的转机。

首先是九月，宋京湖安抚制置大使、夔路策应大使兼知江陵府孟珙去世。孟珙智勇双全，曾屡败蒙古军，收复襄樊诸地。从某种意义而言，孟珙以一己之力，撑起了宋朝的半壁江山。孟珙去世后，蒙古万户长史权率军进攻京湖、江淮之地，攻下虎头寨，进逼黄州。

其次是第二年五月，宋帝赵昀听信谗言，遣使召回四川制置使余玠。余玠原在孟珙手下为将，因作战勇猛、善用谋略，得到孟珙青睐，此后升迁也算顺利。任四川制置使期间，余玠筑寨屯田，广修堡垒，并屡挫蒙古军的进攻，威名远播朝廷内外。孟珙逝后，余玠预感到自己功高震主，难免会成为皇帝的眼中钉。他为此终日惶恐，果然，该来的总归要来，宋帝命余玠回朝述职。部将多以此番进京凶多吉少，力劝余玠暂留四川，待形势明朗后再做区处不迟。余玠犹豫再三，担心拒不奉诏定会连累家人，只得同意跟随使者回京。

与余玠预料的情形稍稍有所不同，宋帝根本没有召见余玠，相反，他对余玠避而不见。余玠被软禁于家中，求告不听，分辩无门，悲愤绝望之下，只得服毒自尽。余玠死后，宋帝立刻下令查抄余府，余府上下皆受牵连。

余玠一死，四川防线有懈可击，宋廷政局益发衰败。

贵由对蒙宋战事的进展情况还算满意，南宋是经济强国，地险人众，贵由像他的父亲一样，并没有一举征服的把握。

而且，他也像父亲一样，将关注的重点放在西部。

随着汗位日趋稳固，贵由开始考虑向察合台汗国和波斯地区行使汗权。

他最想行使汗权的地方是金帐汗国，他最希望见到的场景，是拔都跪在他的脚下。考虑到时机尚未成熟，他只得先将这个想法放下了。

至少暂时，他必须得放下。

在贵由的心目中，拔都不是他的兄弟，而是他的敌人；金帐汗国不是蒙古帝国的藩属国，而是被拔都窃取的国土。既然金帐汗国被贵由视为敌国，察合台汗国自然就是帝国的门户，为了掌握主动，巩固门户就成为当务之急。

贵由不会忘记，在汗位悬虚的五年，察合台汗国的第二任汗哈剌旭烈是支持失烈门的，尽管只是道义上的支持，他也绝对不会原谅。他必须让察合台汗国的权力掌握在自己人手中，这一点确定无疑。让他感到犹豫的，是人选问题。

按理说，不里在西征中处处维护贵由，叔侄间有着同进共退的交情。另外，不里在身份上是南图赣的长子，察合台汗活着时，已将汗位确定在南图赣一系，以不里取代哈剌旭烈似乎是件顺理成章的事情。

可说到具体实施，真正的困难恰恰出现在这里。

西征中不里犯下擅离阵地的过错，察合台汗已将他排除在汗位继承人之外。不里既失去继承资格，又与哈剌旭烈同为南图赣之子，废哈剌旭烈另立不里，贵由找不到合适的借口。

另外，不里自返回汗国，终日沉迷酒色，对贵由和失烈门的汗位之争多采取消极观望态度，这点与旗帜鲜明拥护贵由的也速蒙哥完全不同。更重要的是，以也速蒙哥为君，贵由还勉强能找到一个"察合台汗有子在世，岂可废长立幼"的理由。

不管怎么说，再牵强的理由也是理由。

经过权衡，贵由最终选择了也速蒙哥。他派亲军进入察合台汗国境内，以迅雷不及掩耳之势废黜了第二任汗哈剌旭烈，同时将也速蒙哥推上汗位。

随着也速蒙哥即位，成为察合台汗国第三任汗（1246—1251年在位），贵由如愿以偿地在帝国门户确立了绝对权威。此后，按照计划，他又向波斯战区派出了亲信将领宴只吉带。

自札兰丁被库尔德人杀害，短短两个月，蒙古军先后攻占美索波达米亚、额儿比勒、起剌特等地，没有遇到任何抵抗，各小国国王均避藏不出，百姓亦惊惶失措。蒙古军侵入阿哲尔拜展中心，绰儿马罕将营地安于帖必力思附近，派人劝告此城归附。帖必力思官员、居民代表携带金钱布匹帛酒食，赴蒙古帅营请降。

窝阔台汗八年（1236），蒙古军一部自木干草原进入谷儿只、大阿美尼亚等地。这些国家的国王和百姓皆避难于山内。另一部在绰儿马罕的率领下，渡过达遏水，进攻额尔比勒城。该城子城坚固，蒙古军数战未能攻克。居民死守子城，不久，城中缺水，渴死者比比皆是。四十天后，该城居民无法可想，只得选派代表，献巨金于蒙古军，换来蒙古军撤围而去，居民得救。

蒙古西征军在钦察草原、外高加索山区、南北斡罗斯以及欧洲战场横扫无敌时，绰儿马罕在波斯战场也是大显神威。他接连攻克阿拉伯北部诸城，攻入阿剌思河和库儿河中间地区。该地是谷儿只诸藩王领地，诸王多是谷儿只总帅伊万涅的亲属。蒙古兵锋太盛，连下诸城，伊万涅之子阿瓦克以伽延城堡归降绰儿马罕，阿瓦克答应纳贡，并带领军队参加了绰儿马罕的征讨行动。

其中，阿尼城军民抵抗激烈，城破后惨遭屠城，哈儿司城城主得知阿尼城兵败惨状，决定不战而降。

诸城俱下后，蒙古军退回木干草原休整。

窝阔台汗十二年（1240），阿瓦克国王偕其妹檀姆塔前往和林觐见窝阔台汗。窝阔台待兄妹二人及使团甚厚，阿瓦克归国时，窝阔台交给他圣旨一道，阿瓦克凭圣旨，可向绰儿马罕要回领地。阿瓦克请大汗再降一旨，晓谕诸将：除原定贡赋外，不得别有苛敛。窝阔台汗亦予恩准。

蒙古军在一年之内占领了整个高加索地区。绰儿马罕十分机智，他恢复了亚美尼亚、谷儿只公爵们制定的法规，在新的征服地，与其制定新的法规，不如对存在多年且行之有效的法规加以借鉴或运用，这样做，也更容易换来征服地的稳定。

占领高加索地区后，绰儿马罕率大军继续挺进小亚细亚。

绰儿马罕将矛头指向鲁木国。鲁木未下，他在军中病故。临终前，他将统帅权交给副手拜住。拜住是察合台从征军的统帅，同时也是一员能征善战的名将。绰儿马罕请拜住转告窝阔台汗：他蒙大汗知遇之恩，纵死难报，唯愿来生，仍做大汗之臣。

玖

窝阔台在万安宫得知绰儿马罕死讯，心中充满伤悼之情。自入冬以来，他的身体状况大不如前，经常缠绵病榻，绰儿马罕的离世，让他产生了一种生命无常、时不我待的悲哀感和紧迫感。

按照绰儿马罕的临终安排，他正式任命拜住接替绰儿马罕的主帅位置，并命拜住尽快拿下鲁木国。

鲁木国距蒙古西征已有一百五十年历史。一百五十年前，波斯王灭里命其弟苏黎曼率领八万户突厥蛮侵入东罗马帝国所属的小亚细亚中部诸州，建立了一个新的国家，国家以"鲁木"为名，定都科尼亚。

拜住率领蒙古军首先围攻额儿哲鲁木城，阿美尼亚、谷儿只军队随征。蒙古军力有限，利用归附国的军队攻城略地是从成吉思汗以来形成的战法，这样做既可以考验归附国的忠诚程度，又可以弥补蒙古军人数太少的不足。拜住在鲁木国投入了十二架投石机，大军不间断地围攻达两个月之久，终于攻破外城。拜住一鼓作气，于第二天拿下子城，俘其工匠，焚城而去。

额儿哲鲁木城既下，拜住引军转攻额儿赞章城。这时，蒙古帝国正处于窝阔台汗病逝及乃马真摄政时期。考虑到波斯战局复杂，蒙古军撤走可能导致诸城复叛，乃马真未令拜住回国参加大汗丧礼。

鲁木国王率二万骑兵集结于西瓦斯。阿美尼亚、歆姆司等诸国之王，曾允诺派兵来援，事到临头，这些人惧怕蒙古兵锋，竟然背约未至。鲁木国王十分失望，只得率领军队从西瓦斯启程，营于库萨达山。此处距蒙古军驻营处不远。

拜住以蒙古精锐部队为主力，将大军分为许多小股，同时为防意外，将其他降国军队分别编入蒙古诸军。双方随之展开决战，拜住亲自冲杀于前线，首破鲁木军右翼，突厥人匆忙退却，鲁木军全线崩溃。鲁木王勉强逃出生天，奔回营帐，携家眷，弃辎重财宝，逃得无影无踪。

拜住得知鲁木王出逃，担心对方设伏，命军队打扫战场，不忙追赶。一天过去，侦察军还报，鲁木国王确已逃跑，拜住这才占领鲁木王营，同时攻略各地。

西瓦斯军民惊闻国王战败，派出使者请降。蒙古军四面出击，数城俱下。

余城将领担心城毁人亡，组成请降使团，亲赴西瓦斯附近拜见拜住，双方经过协商，达成和议。唯额儿赞章城拒绝纳款，其城遭到残破。

拜住派将领往攻西里西亚。西里西亚王海屯一世与拜住结盟，双方签订了一份条约。根据条约，西里西亚为蒙古军提供军需品和必要军队，蒙古军则保留西里西亚自治及自主权，如西里西亚遭到邻国攻击，蒙古军需为西里西亚提供军事保护。

此后，蒙古军继续进攻完湖以北地区，占领阿米德，进军美索波塔米亚，改取鲁哈、纳昔宾等城。当地居民皆逃出本城避难，其时正遇酷暑，战马不耐高温，蒙古军不得不退出这些城市。

宴只吉带到达波斯后，表面上贵由是派他与拜住共事，事实上，宴只吉带在贵由暗中支持下，权势很快便凌驾于拜住之上。

蒙古军对波斯高原的全面征伐起于窝阔台汗即位之时，至贵由汗病逝为止，蒙古军在绰儿马罕、拜住的率领下，已完成消灭花剌子模末代王札兰丁的使命，且先后占领了高加索、小亚细亚等地诸国诸部。波斯境内尚有亦思马因宗教国、报达和西里亚三个国家保持其独立性。

正是这三个国家的存在，十余年后将成为伊儿汗国诞生的缘起。

人们期待贵由大展宏图，贵由却像他的父亲一样开始贪恋杯中之物。加之他自幼身体多病，越到后期，越依赖巫药提神，这令他的身体变得更加虚弱，经常不能临朝理政。身体原因，加上个人能力不足，使得贵由无力彻底格除母亲摄政期间的种种弊政。当希望变成失望，当信心变成疑虑，人们不禁对汗位被强行约定在窝阔台一系的诺言产生了隐约的质疑。

贵由汗三年（1248）初，贵由以窝阔台汗国在额敏河流域的世袭领地受到威胁，必须一举征服欧洲为借口，不顾诸王、贵族反对，下令举行第三次西征。祭旗出征那天，阴云密布，狂风大作，竟吹断了代表大汗本人的大纛。皇后海迷失命萨满教主做了占卜，得出的结论竟然是：此乃必胜之兆。

贵由统治时的蒙古帝国，无论从军事、政治还是经济上，都不足以支撑起大规模的远征，贵由执意如此，又是为何呢？

对贵由而言，西征只是个借口，他的真正目的，是借西征之名，通过战争手段，将金帐汗拔都的权力收归汗廷。

对于麾下只有区区四万蒙古骑兵，却统治着东到额尔齐斯河、西至波兰、匈牙利广阔领土的拔都，贵由一刻不敢掉以轻心。就算两年前，拔都对贵由的即位做出让步，贵由仍旧无法消除他对拔都的忌恨。

事实上，这忌恨根植于心灵深处由来已久。即使死亡来临，贵由也无法忘记少年时代他们在祖汗面前驯狮的那一幕，同样，他也无法忘记西征途中他迫于父亲压力，回到统帅部向拔都跪地认错的那一幕。

当然，他更无法原谅的是，若非拔都的消极抵制，他不必花费漫长的五年时间，方能登上那个近在咫尺却又遥不可及的汗位。

在贵由的印玺上刻着这样一段文字："天上之上帝，地上之贵由汗，奉天帝命而为一切人类之皇帝。"

这段文字真实地反映了贵由的天命观。作为蒙古大汗，贵由不能容忍这个世界上还有一支比他更强悍的力量存在，为此，他必须剪除拔都。

四月，贵由汗率领大军继续向西行进，目标直指金帐汗国。拔都提前得到四婶苏如和堂弟蒙哥的密报之后，便派两位能征善战的弟弟别儿哥和昔班率领军队进至七河地区，在阿力麻里附近扎下营盘。

一切都是天意。

贵由在进至距阿力麻里只剩下七日路途的阿拉套山中时，突然暴毙于军中。他的死因是服食巫药过量。

贵由身死，西征军群龙无首，随即东返。

对于丈夫突然崩逝，皇后海迷失表现得分外冷静。在贵由的遗体运回和林后，出于博取同情的考虑，海迷失遣专使向苏如和拔都通报了贵由病故的消息。苏如和拔都，代表着蒙古最具影响的两支势力。

苏如请海迷失的特使带回一件丝绸衣服和一顶华贵的罟罟冠，以示对贵由的哀悼和对海迷失的慰问之忱。拔都原非心胸狭隘之人，如今逝者已矣，他与贵由之间的一切恩怨也就烟消云散。他派弟弟昔班代他返回本土参加贵由汗的葬礼。行前，他要昔班转告海迷失，要她一如既往，与大臣们共同治理朝政，照拂一切庶务。不仅如此，拔都担心海迷失骤然临朝无力担当重任，还特地吩咐那些幼辈宗亲们作为其辅弼，直到忽里勒台选出新的大汗为止。

海迷失摄政的一年多，蒙古政局更加混乱。作为女人，海迷失的野心绝不输于她的婆婆乃马真，唯能力无法与其婆婆相提并论。假如说，乃马真当初所做的一切都是为了儿子贵由着想，那么，海迷失所做的一切完全是为了自己。

从登上权力顶峰的那一刻，海迷失大部分时间就都单独与萨满教巫师待在一起，练习长生之术，从不认真治理国家。她为贵由所生的两个儿子，忽察和脑忽也建立了各自的府邸，这兄弟俩热衷于同商人做买卖，或与母后对抗。如此一来，蒙古帝国出现了异常混乱的局面：一个地方有三个统治者，弄得官员百姓无所适从，不知该听谁的指令。在这种毫无法度的情况下，王公贵族们按照意愿攫取财富，各地的达官显宦结党营私。也有一些贤明的大臣向海迷失皇后进言，希望她以社稷为重，扶正祛邪，海迷失皇后一律屏而不纳。她的倒行逆施，导致国家越发疲弱不堪。

第五章　崭露头角

壹

越来越多的王公贵族和功臣勋将感受到危机，他们寄希望于远在斡罗斯的金帐汗能出面力挽狂澜。拔都也意识到自己不能再坐视不理，无奈当时他正罹患足疾，行动不便。经过一番筹划，他以兄长身份，派几个弟弟分别出使察合台汗国、窝阔台汗国和蒙古本土，要求全体宗王和贵族到他的驻地来，以便举行忽里勒台，推举新的大汗。

拔都的倡议不出意外地遭到了来自窝阔台家族和察合台家族中某些权势人物的坚决反对，比如海迷失皇后，比如脑忽、忽察、失烈门，比如也速蒙哥、不里，他们以蒙古的政权中心在蒙古本土为由拒绝前往。但随着苏如夫人——这位在蒙古帝国最具威望和实力的人物派出了蒙哥兄弟，他们反对的声音越来越低，最后，要么亲往赴会，要么派出了特使。

当最后一批王公贵族抵达伊塞克湖，选汗大会如期召开。

阿勒赤带作为海迷失皇后的代表首先发言："前奉窝阔台即位时已有成约，只要此系还存一块肉，不奉成吉思汗族他系之王为君。"他的意思当然是，要在贵由汗的后人中或至少在窝阔台一系选择新汗。他的提议遭到了术赤系以及拖雷系后王的坚决反对。忽必烈举出例子，他说，最初违背窝阔台汗遗命的人，不是别人，正是乃马真太后本人。窝阔台汗临终前，已将汗位传于太孙失烈门，乃马真却罔顾遗命，强行将自己的长子、没有储君资格的贵由推上汗位。在这点上，乃马真母子违背的，不只是先汗遗命，还有蒙古立国之本《大札撒》。

忽必烈下面的一番话颇有说服力："我们在座的哪个人不是为遵从对窝阔台汗许下的诺言，才听任乃马真太后摄政的五年，将原本生龙活虎的蒙古帝国一步步拖入背离秩序的灾难深渊。的确，我们不会否认，贵由汗即位后，在能力范围内做过一些有益的补救，或者说有益的改变，即便如此，今天的蒙古帝国面临的处境仍是困难重重。作为大那颜拖雷的儿子，我资历尚浅，或许没有资格揣度当年窝阔台汗将汗位约定在窝阔台一系的初衷，也不想评论这种约定的对与错。可诸位想必不会忘记，成吉思汗确立汗位完全是从大局考虑，他既没选择长子，也没有选择他所偏怜的幼子，而是将汗位传给了素怀宽宏之量、忠恕之心的三子窝阔台。事实证明，成吉思汗的选择使他创立的事业得以发扬光大。窝阔台汗在位的十三年，蒙古版图空前扩大，从贝加尔湖至扬子江，从日本海至亚得里亚海，窝阔台汗用他的智慧与胆识维护了我们这个新兴民族的团结和繁荣。窝阔台汗是继成吉思汗后的一代明君，这点毫无疑问。唯独在选择继承人的问题上，他的做法刚好与成吉思汗相反。由于他的选择，我们经历了从乃马真太后到贵由汗再到海迷失皇后的十年乱政。这个惨痛的教训，难道还不足以让我们警醒？蒙古帝国是我们蒙古人共同的家园，只有成吉思汗才德兼备的子孙才有资格成为接班人。为了祖宗事业，为了蒙古未来，请诸位秉持公心，为我们的国家选出一位具有杰出才能和过人智慧的大汗，领导我们去开拓更伟大的事业吧。"

忽必烈这番慷慨陈词消除了许多人心中的顾虑，而且，就忽必烈个人而言，他的这个亮相也是相当成功的。

在视战功胜于一切的蒙古宫廷，终日以结交各民族，尤其是汉民族中的饱学贤能之人为乐事，以关心国计民生为己任的忽必烈绝对是个另类。唯有此时，他不急不缓的辩驳，丝丝入扣的分析，令人们对他刮目相看。抛开这点不提，年轻的忽必烈长着一张酷似祖父成吉思汗的面孔，单凭这一点，也让他的辩驳有了不一样的分量。

既然话已说开，有人顺势推举拔都为汗。在场的王公贵族中，有一多半人原本就是冲着这个目的才来参加忽里勒台的，他们当即表示赞同。

阿勒赤带向不里投去求助的一瞥，不里假装没看见。这样的结果早在不里预料之中，他也许不喜欢拔都，可为国家大计，与其将国家交给贵由汗那两个不懂事的毛孩子，或交给海迷失那个利欲熏心的女人，倒不如交给拔都。

蒙哥提议："让我们为拔都汗的健康干杯！"

人们纷纷应和，会场的气氛重又变得活跃起来。拔都却没有举杯，他从容地挥挥手，富有穿透力的声音霎时压住了大帐中轻微的喧哗。"我感谢诸位对我的信任，不过，我要拒绝大家的好意。我的心中有一个远比我合适的人选：这个人，常年跟随在成吉思汗身边，耳闻目睹过成吉思汗的札撒和诏令；这个人见过世上的善恶，尝过一切事物的甘苦，不止一次地统率军队到各地作战。这个人就是蒙哥。我认为，唯有蒙哥才具备登临大统的全部先决条件。"

不里不反对由拔都即位，毕竟拔都是长支系的当家人，又战功显赫，可他不能听任汗位从窝阔台系转入拖雷系。他率先出面提出反对意见："窝阔台汗尚有子孙在世，我反对拔都汗将汗位转让他人。"

拔都淡然一笑："统率领土如此广袤的蒙古帝国，绝不是贵由汗遗下的那几个不懂事的孩子所能担当得了的，包括失烈门在内，都不具备这样的能力。只有蒙哥可以担起这个重任。"

阿勒赤带反驳道："如果你一定要说脑忽、忽察、失烈门都没有资格，那么窝阔台家族就没有别人了吗？阔端王爷是窝阔台汗的次子，无论文韬武略，他哪一点不如蒙哥？为什么他不能继承汗位？"

阿勒赤带此言一出，人们都看着阔端没有说话。

阔端没想到阿勒赤带会突然将争执的焦点引向他，脸上不觉浮出一丝苦笑："承蒙阿勒赤带特使这个时候想起了我。不过，恐怕要让你失望了。我自认为不具备领导一个横跨欧亚的大帝国的智慧，至于我的才能，我常常想，要是我能及蒙哥兄弟的一半，我也会为之感到自豪。"

阔端的话音刚刚落下，蒙哥站了起来，推辞道："拔都汗不肯继承汗位，又有谁可以安然坐在这个位置上呢？我感谢拔都汗的推举和阔端兄弟的认可，可我实在不敢担此大任。"

除拔都本人，贝达尔于众多兄弟中最钦佩的人就是蒙哥。他是个直脾气，把手一挥，大声嚷嚷起来："蒙哥兄弟，拔都汗推举你，自有推举你的道理。

依我说，你就别再推三阻四了，我把话放在这里，我支持你。"

察合台汗国第二任汗哈剌旭烈因病体未愈之故没能参加忽里勒台，兀鲁忽乃王妃代他千里赴会。当年，贵由即位后，无缘无故地废黜了哈剌旭烈的汗位，哈剌旭烈的心里怎么可能没有一点怨气？这次，兀鲁忽乃出现在会场上，本身表明了一种态度。贝达尔话音甫落，兀鲁忽乃镇定的声音在大帐中响起："我的想法跟贝达尔叔父一样。"

合丹是贵由的胞弟，不过，他对贵由的两个儿子忽察和脑忽、阔出的儿子失烈门都不看好。他曾与蒙哥一同参加西征，他们是兄弟也是战友。他说道："是啊，蒙哥，你的能力如何，大家都心里有数，你就别再固辞了。"

窝阔台汗活着时，的确受到所有蒙古人的拥戴。那时，他的统治坚若磐石，即便是继承了父亲绝大部分遗产，实力在草原上无人望其项背的拖雷家族，也是对他俯首帖耳，绝不敢萌生异心。窝阔台汗去世后，蒙古帝国经历了乃马真的五年摄政（1241年至1246年），贵由汗的两年统治（1246年至1248年），以及海迷失监国的一年有余（1248年至1249年），这将近九年的大好时光，堪称蒙古政权最为混乱、毫无作为的九年。说真的，若不是贵由汗去世后，他的遗孀和两个儿子的所作所为，让人们的失望情绪达到了顶点，与会王公贵族恐怕也不会产生如此强烈的求变情绪。

拔都战功显赫，威望仅次于成吉思汗和窝阔台汗，蒙哥才智出众，公正贤明，这二人的确是许多人暗暗期许的重整河山的最佳人选。

贰

如今，术赤家族团结一心，他们坚决拥护拔都的决定；拖雷家族团结一心，希望能将他们这个家族最优秀的子孙蒙哥推上汗位。倘若窝阔台家族和察合台家族也能团结一心，与术赤家族和拖雷家族相抗，那么至少双方在力量对比上势均力敌，加之众人有过不奉他系子孙为主的誓言，蒙哥胜出的可能并非很大。可事实正好相反，窝阔台家族中，阔端父子和合丹父子都明确支持蒙哥；察合台家族中，贝达尔父子和代表着哈剌旭烈本人参会的兀鲁忽乃王妃也是蒙哥的拥趸。

别的人倒还罢了，阔端、合丹、贝达尔、兀鲁忽乃都是不能让人轻忽的人物，他们在窝阔台和察合台家族中占据着举足轻重的地位。

　　阔端不仅是窝阔台活在世上最年长的儿子，而且，他多年经营西夏故地，手握重兵，又一手促成吐蕃归附，他的智谋、威信及功绩远非贵由汗留下的那几个毛头小子以及窝阔台的爱孙失烈门可比；合丹和贝达尔都是成吉思汗的孙辈中得到世人公认的名将，合丹在南征和西征时斩将夺旗，所向披靡；贝达尔在西征中亲自指挥了著名的里格尼志战役，此役堪称蒙古军事史上的典范；兀鲁忽乃虽是女人，却协助她丈夫保有了汗国盛世。既然这两个家族中最重要的人物都不反对蒙哥即位，其他宗王贵族更犯不上让自己成为未来大汗的敌人。于是，大家纷纷附和拔都的提议。拔都见时机成熟，遂让与会众人签下伊塞克湖决议：次年四月在克鲁伦河畔重新召开忽里勒台，届时风风光光地将蒙哥拥上汗位。

　　尽管形成了伊塞克湖决议，蒙哥的登基仍旧经历了一波三折的过程。由于海迷失母子、失烈门、也速蒙哥、不里等人的阻挠和干涉，导致原定于四月的选汗大会未能如期举行。一年的时间转眼在争吵中过去，拔都不想再等，也不想再浪费唇舌劝说反对者让步。他派出军队，严令必须在原定地点召开忽里勒台。他的使者将他的话带给诸王贵族："违背大札撒的人，都得掉脑袋。"接到传话的人迫于他的压力，加上苏如夫人稳健的外交攻势开始发挥作用，人们终于在窝阔台家族和察合台家族都有部分人缺席的情况下，正式确认了伊塞克湖决议。

　　接下来的某天，在隆重的登基大典上，有个少年忍住了眼中悲愤的泪水。少年暗暗发誓：长生天保佑我，去夺回属于窝阔台家族的汗位。

　　贵由应该算作窝阔台汗国的第二任汗，尽管他像他父亲一样，主要身份是蒙古帝国的大汗。

　　在第一次西征结束后，成吉思汗将原蒙古乃蛮部落的广阔土地和西辽国的部分领土，即额尔齐斯河上游和巴尔喀什湖以东地区赐予三子窝阔台，作为他的封地。

　　与此同时，窝阔台还是成吉思汗指定的蒙古帝国汗位继承人。

　　想必与这个身份有关，成吉思汗给窝阔台的封地，只是为了让三子在登临汗位之前作为驻牧而用，何况，这也是北方少数民族由来已久的传统：诸子皆有权继承一份父亲的"家业"。

成吉思汗去世后，窝阔台如愿成为蒙古帝国第二任大汗。这是帝国之汗，不同于诸汗国的大汗，简而言之，帝国之汗是君，诸汗国大汗是臣。作为帝国之汗，窝阔台既是帝国疆土的领有者和管理者，也是唯一有权对新征服领土进行分封的人，那时的他，踌躇满志，并不特别为自己子孙的生存空间感到担心。

事实也是如此。窝阔台即位后，便把自己在叶密立的封地赐给长子贵由，而将甘青之地赐给次子阔端，将河西走廊赐给四子合失。将西夏故地赐予次子和四子，说明窝阔台在父亲活着时并没有得到一块面积可与其他兄弟相比的封地，成吉思汗决定将江山交给三子时，只是给了他一处放牧和供子孙休养的地方，而这个原因，也导致窝阔台系后王的封地不是完整的地域。

这一点，与术赤、察合台的情况不同。

金帐汗国和察合台汗国都是在成吉思汗给两个儿子术赤和察合台的封地基础上建立起来的。元朝时，这两个汗国虽名为藩属，事实上已成独立国家。在走上独立发展的道路前，这两个汗国就形成了由长汗主政的家族式政治体系，同时具备相对固定、完整、广阔的疆域。

这一点，与拖雷的情况也不同。

作为守灶幼子，拖雷继承了父亲绝大部分的遗产，成吉思汗赋予了他治理蒙古本土的权力。拖雷家族拥有的实权，是促使汗位从窝阔台系向拖雷系转移的资本，也是后来伊儿汗国建立的后盾。

察合台汗国是察合台回到封地后亲手创建的；金帐汗国是拔都在窝阔台汗的支持下，率领长子远征军远征斡罗斯和欧洲，开疆拓土建立起来的，其基础仍是父亲术赤的封地；伊儿汗国则是拖雷之子旭烈兀受命西征波斯，后因蒙古国内部发生了忽必烈与阿里不哥争夺汗位的内战，他留驻当地，组建国家。三个汗国的形成历程，从地域上来讲均给人以自然而然，水到渠成之感。

窝阔台汗国的建立则与其他三个汗国的建立不尽相同，窝阔台汗也没有亲眼看到其封地正式成为独立汗国的过程。

尽管如此，窝阔台汗的心里仍旧很从容。

窝阔台汗的从容基于汗位会在他的子孙间代代相传的信念，他忘了为另一种结果算计。在他活着时，在他的儿子贵由活着时，窝阔台一系的权位还算稳固。一旦汗权发生转移，窝阔台系后王不能像术赤系后王、察合台系后王那样拥有可作依靠的统一政治实体的弊端便完全显现出来。

窝阔台不会想到这些，至少在他活着时，他以为人们会遵守誓言。

虽然在临终时，他也意识到，世上最不可靠的，或许就是誓言。

许多年前，拖雷代兄而死，无怨无悔。如今，在金帐汗拔都的鼎力支持下，因贵由汗暴毙而空置的汗位，由拖雷才能出众的长子蒙哥取得。

蒙哥即位伊始，不甘心失败的窝阔台后王脑忽、失烈门、忽图黑共同策划了一场阴谋。他们准备趁参加喜宴时发动政变，以迅雷之势废黜蒙哥的汗位。他们并非没有成功的可能，在蒙哥登基前，从未发生过同样的事情，蒙哥毫无防备。可是，窝阔台去世后的十年乱政，让民心和天意都感到厌倦了。三王暗藏在马车中的武器很偶然地被蒙哥的一位鹰夫发现，鹰夫迅速将这个情况报告了蒙哥。为了以防万一，蒙哥做了相应的准备，当脑忽等人进入大帐时，他于谈笑风生间就将这些人控制起来。随后，侍卫果然从这些人身上搜出了暗藏的利刃。

窝阔台后王流产的政变给了蒙哥严厉打击三王的借口。为了巩固拖雷系从窝阔台系夺取的汗位，进一步加强中央集权，惩治异己势力便成为蒙哥执政后的当务之急。蒙哥命大断事官忙哥撒负责审理三王案件，弄清真相后蒙哥下令将跟随三王的七十余名同党处斩，其中包括阿勒赤带及其二子，包括贵由的皇后海迷失和失烈门的母亲合答合赤王妃，也包括对贵由忠心耿耿的三朝老臣镇海。

清除了三王的附逆势力后，人们在一天清晨发现，当年配制符水给拖雷喝的通天巫尔鲁死掉了。他的死因无人知晓，只是看他面容扭曲的样子，很像是惊惧而亡。

唯有三王，因是近属被免于死罪，脑忽、失烈门从军远征，忽图黑谪于和林西速里海之地。同时，蒙哥调十万大军驻守于和林至讹答剌之间，又以两万军队驻守谦谦州和吉儿吉斯地区，配合大断事官继续肃清三王的残余势力。

鉴于察合台汗国和窝阔台汗国不同的国情，蒙哥对两个汗国的后王们采取了不同的制约措施。对窝阔台后王，蒙哥汗采取"分而治之，削弱势力"的措施，把其封地分为数片，把别失八里分封给合丹，把也儿的石河一带分封给窝阔台汗的幼子灭里，把叶密立赐予窝阔台五子合刺察儿之子脱脱，把海押立一带分封给合失之子海都。

贵由的幼子禾忽，一则因他尚且年幼，没有参与三王叛乱，二则在蒙哥尚未即位之前，他已倒向蒙哥一方。蒙哥遂按照"幼子守灶"的传统，让他继承了其父贵由的遗产。贵由毕竟做过蒙古大汗，地位显崇，这样一来，禾忽不仅继承了父亲留下的军队、部民，而且在名义上成为窝阔台系的当家人。

随着窝阔台后王各回封地，蒙哥顺理成章地清除了汗廷周围窝阔台系的势力。无疑，经过这番有针对性的清洗、整肃，原本就有名无实的窝阔台汗国，更面临着分崩离析、名存实亡的危险。

窝阔台汗诸子中，只有阔端和合丹未被排除在蒙哥新建的政权之外。蒙哥保留了阔端的封地，不过，阔端在蒙哥即位后的当年年底即在凉州病故，蒙哥命阔端次子蒙可都接替了其父王位。蒙可都的另一个身份是蒙哥的养子，以养子嗣位，蒙哥顺势收回了对西夏故地的统辖权。

合丹作为蒙哥的亲信将领和忠实助手，一直追随蒙哥征战沙场，蒙哥病逝于钓鱼城后，他被忽必烈殷勤款留于身边。后来，他在忽必烈建立的元朝供职，被分封为王，一生享受荣华富贵。

这是蒙哥对窝阔台汗国的治理情况。

对察合台汗国，蒙哥则采取了"根除大树，移植幼苗"的策略。

为贯彻这一策略，蒙哥第一步先将汗位重新还给被贵由汗无端废黜的察合台之孙、汗国第二任汗哈剌旭烈。很可惜，哈剌旭烈没有成为第四任察合台汗的运气了，他在蒙哥汗的圣旨到达前病逝于封地。

他的嫡妻兀鲁忽乃手持圣旨，带领大汗使者和亲军卫队回到首都阿力麻里，迅速捕获了坚决反对蒙哥即位的不里和也速蒙哥。

第二步，汗使请兀鲁忽乃配合，对二王随审随判，下令全部处死。

第三步，兀鲁忽乃秉承蒙哥汗的旨意，从也速蒙哥和不里的儿子中，选择忠顺于新汗的人，让他们继承了其父的王位。

蒙哥在汗廷闻报，对侄媳兀鲁忽乃的果断处置赞赏有加。哈剌旭烈既已亡故，他遂立哈剌旭烈之子木八剌沙为汗。因木八剌沙尚在幼冲之年，蒙哥遂命兀鲁忽乃代摄国政。兀鲁忽乃没有辜负蒙哥汗的信任，她在其后摄政的十年间，恢复了察合台在世时的体制法统，也继续保有了汗国的安定与强盛。

事情发展到这里，察合台汗国与窝阔台汗国政权体系的不同便完全显现出来。无论如何遭到清洗，蒙哥都不能改变察合台汗国已形成体系的格局。

与之相反，窝阔台系后王则因没有共同拥戴的长王，彼此各自为政，一旦面临危机，便只能落个人人惶恐和唯求自保的局面。

真正的窝阔台汗国，若干年后将由窝阔台的孙子海都依靠武力扩张而建立，其地域远远大于窝阔台的封地范围。

在海都之前，窝阔台汗国只是个概念而已，汗国的实体是由海都创建的，这个汗国一度非常强盛，从这个角度，将海都说成是窝阔台汗国的第一任汗也不为过。

贵由的死，结束了窝阔台家族的汗统，却成就了窝阔台汗国的新时代。

接下来发生的一切，都如同在为海都崭露头角做着铺垫。

叁

海都生于窝阔台汗七年（1235）。在他不到一岁时，父亲合失因酗酒亡故。

窝阔台诸子中，除三子阔出是由正妻合真夫人所生，次子阔端系二皇后所生外，其余五子皆为六皇后乃马真所生。窝阔台曾将河西一带赐给五子合失，而合失，正是河西一词的变音。

海都的父亲合失像他自己的父亲窝阔台汗一样，嗜酒如命，以致早早亡故。海都幼年时是在祖汗的照顾下长大，他目睹了祖汗对酒的依赖，也深知父亲早亡的原因。这些惨痛的记忆，让长大后的海都滴酒不沾。

祖父去世后，作为大伯的贵由没为海都提供任何关照，祖母乃马真夫人忙于为她的长子继承汗位铺平道路，对差不多像孤儿一样的亲孙，她几乎忘记了他的存在。正是这段被亲人彻底忽略的凄凉境遇，将一个桀骜不驯、冷酷自省、坚强不屈的灵魂置入海都的体内，也在日后转化成他重建汗国的动力。

有些种子，顽强到即使将它扔进沙漠里，它也会在沙隙中扎下根来，既而汲取地下的水分，茁壮成长，直至长成参天大树。

海都，就是这样的一颗种子。

蒙哥登基时，海都只有十六岁。他没有参加失烈门等窝阔台系后王反对蒙哥汗的谋叛行动，换个角度说，也没有人想到邀请他。被人忽略反倒成了好事，海都得到蒙哥汗的宽恕，并得到海押立的一块份地。

其时其地，蒙哥汗决不会将这位还是少年的窝阔台后王放在眼里。

蒙哥汗统治时，是蒙古帝国最强盛的时期，也是三大汗国作为蒙古帝国的屏藩空前团结统一的时期。这时的海都就算心怀异志，也不敢重蹈失烈门三王阴谋政变的覆辙，更不会做出以卵击石之举。

他聪明地选择了蛰伏待机。

他相信，机会总会到来。

只是此前，他并不知道需要等待的时间还有多久。

在海都的观望中，蒙哥迅速稳固了统治地位，之后，为重振国威，蒙哥采取多种措施，制定并颁布了各种札撒条文。

在乃马真摄政时期，蒙古帝国的各种律令逐渐失去权威，成吉思汗制定的《大札撒》趋于失效。贵由当政期间，虽采取过一定的补救措施，可他本人疾病缠身，对许多事情都显得力不从心。在贵由之后摄政的海迷失皇后，根本就是个索取无度的女人，她最大的乐趣就是同商人做买卖，从中渔利。可悲的是，爱财如命的她，又不具备察合台汗国兀鲁忽乃王妃为国理财的能力。

事实上，当蒙哥从窝阔台系夺得汗位时，他所面临的法度不一，政出多门，诸王任意发布律令，主官随意征收税赋的现状已呈现常态化。蒙哥即位不久，即颁下圣旨，让诸王大臣在各自的封地及统辖区追查他们滥行颁发的玺书和牌子，包括他们在成吉思汗、窝阔台汗、贵由汗时期颁发的玺书与牌子都得收回，不收回者，发放者与使用者同罪。蒙哥用这种方式，达到了统一政令的目的。

接着，为整治政局和财税方面的混乱局面，蒙哥自中央到地方设置了达鲁花赤（大判事官）。他任命亲信将领忙哥撒为札鲁忽赤（大断事官）；以孛鲁海掌文书省及财政内务两部事，主管征收赋税，授予官职，书写及颁发文诏等事宜；命晃忽儿为和林长官，阿兰答尔为副长官，主管宫殿、帑藏诸事；命胞弟忽必烈领治漠南汉地民户，主其军政诸事；命义叔察罕等重要将领分别统率两淮、四川、西蕃等地的蒙古、汉军；命牙老瓦赤为燕京等处行尚书省事；马思忽惕主管突厥斯坦、河中、畏兀儿诸城及其费尔干纳和花剌子模事宜，阿儿浑为波斯各地长官，阿里麻为亦思法杭和你沙不儿地区长官，分别主管这些地区财赋、民刑公事。

在向各地委派了一批贤能官吏后，蒙哥又下令在直辖领地、藩属国和各汗国进行人口普查，依据人口普查的结果，重新核定税收标准。具体规定是：

在汉族居住区和河中地区，富人缴纳十个底纳尔（一种货币名称），穷人缴纳一个底纳尔。在牧业区恢复了窝阔台汗推出的"忽卜出儿"制，即牲畜每百头缴纳一头，不足百头者免缴。商人须在登录户籍之地缴纳所得现金的一部分，对年老体弱者或失去劳动能力者实行免税制。另外，自成吉思汗起实行的豁免基督教、伊斯兰教、偶像教教士的政策依然有效。禁止追征以前欠税，对商人的欠款一律由国库付偿。

与改革同时进行的，是对各地驿站进行整顿。这项制度包括：限定马匹数目；严禁使臣及官员在执行公务时和其余时间在民户住所居留，更不得有压榨或勒索行为；禁止商人使用驿站马匹。蒙哥的上述措施，确实对减轻民众负担发挥了巨大作用。

在蒙哥大刀阔斧整顿朝政，蒙古内部的军政秩序渐次走向正规，举国上下处处呈现出一派兴旺景象的日子里，海都只能满足于在自己的封地做一名小小的领主，过着与尊荣和富贵无关的生活。

这时候，复国对海都真的只是一个梦想。唯一的好处是，这个梦想让海都忍过了所有艰苦的岁月，从来不曾自甘堕落。

身为成吉思汗的子孙，开疆拓土既是一种与生俱来的豪情，也是一种责任。随着政权趋于巩固、经济逐渐复苏和国力日渐强盛，蒙哥决定完成成吉思汗与窝阔台汗未能完成的心愿。

高丽国仍旧首当其冲。贵由汗去世后，高丽王再次停止岁贡，蒙哥遣使催贡时，密嘱使者："你进入高丽后，倘若高丽王登陆出迎，则不究其罪。我仍与高丽王和平共处。如若不然，则发兵讨之。"结果，高丽王只派新安公出迎，使者回国向蒙哥汇报了此事，蒙哥遂遣大将征讨。

高丽地狭兵少不假，然国内多山多水，征伐不易。蒙古对高丽的彻底征服，是在忽必烈时代完成的，而忽必烈的征服，用的并不是战争手段。

高丽王屡遭蒙古军打击，只得遣世子王禃入蒙古，并答应将都城迁回陆地。忽必烈取得汗位后，正值高丽王病逝，忽必烈遂派军队护送王禃回国，继承王位。王禃誓与元朝修好，并为世子王愖请婚，忽必烈允以公主下嫁。此后，两国多次联姻，王氏高丽朝在王愖之后，有数位国王皆为蒙古公主所出。

向高丽派出军队后，蒙哥命大将撒里率千人增戍印度、克什米尔边境，是年（1251）印度遣使入贡。撒里军队后归旭烈兀节制。

在蒙哥汗一朝，欲征服南宋，必先征服大理，已成君臣共识。蒙哥将这一艰巨的任务交给了胞弟忽必烈，同时命大将兀良合台为其辅佐。速不台、兀良合台、阿术，祖孙三代皆为蒙古名将。

忽必烈在大理"裂帛止杀"，起到了不战而屈人之兵的良好效果，大理全境一年而平。忽必烈回师漠南草原，兀良合台则留下来，继续完成对交趾等国的征服。

命运之神总喜欢在出人意料的地方埋下伏笔：征服大理的成功，为忽必烈日后争夺汗位增加了政治资本。

肆

蒙哥汗三年（1253），为清除亦思马因人、在中西亚重建秩序，蒙哥决定举行第三次西征。

蒙哥、忽必烈、旭烈兀、阿里不哥皆系苏如夫人所出。在蒙哥的心目中，他的三个胞弟都是人中龙凤，与此同时，他们也是他最信任、最倚重的人。蒙哥即位之初，委忽必烈掌领漠南汉地；决定举行第三次西征时，他将统帅权交给了旭烈兀；一旦他御驾亲征，则由阿里不哥代行大汗之职。

从成吉思汗第一次西征到拔都第二次西征，加上窝阔台汗时代有名将绰儿马罕，贵由汗时代有拜住等人数年征战，中西亚多数国家先后降服了蒙古。到蒙哥即位时，只有木剌夷、报达、西里亚三国处于独立状态。蒙哥之所以组织第三次西征，正是为了将上述三国一并纳入蒙古版图。

至此，命运之神再次埋下了伏笔，即蒙古历史上将真正出现四大汗国。

踌躇满志的蒙哥，也的确有能力组织这样一场声势浩大的远征。

与原始朴素的宗教信仰有关，在蒙古人看来，自日出之地到日落之地的广大领土，都系长生天所赐。受这种观念支配，自成吉思汗以来的历代统治者，都把征服战争看作是收复领土的战争。

蒙哥即位前后，蒙古帝国的势力已从中亚伸向欧洲。其中，察合台、窝阔台两系后王，分别在锡尔河以东至畏兀儿故地和伊犁河流域持续着他们的统治，金帐汗国的版图则从康里、钦察、花剌子模扩及北临白海，西抵多瑙河流域的广阔地区。在南方，蒙古势力已扩展到四川和西淮一带。三大汗国即使已出现分裂及彼此倾轧的苗头，只要蒙哥汗活着，他仍是各汗国共同尊奉的英主，而且，将祖先的事业发扬光大，仍是各汗国君主共同追求的目标。

在蒙哥汗一手创建的轰轰烈烈的伟业中，海都无奈地充当着一名看客。

事实也是如此，形同流放的海都守着区区两三千部民，唯有充当看客的资格。

在成为窝阔台家族最优秀的子孙前，在让自己的名字成为窝阔台汗国最耀眼的名字前，海都从不引人注目。甚至，蒙哥不记得有这个少年的存在，更别提会在自己的政权里为他留下一席之地。

海都的登场，必须要等到蒙哥的离去。

蒙哥汗八年（1258）冬，蒙哥率大军渡过黄河，拉开了亲征南宋的序幕。

十余万蒙古大军兵分三路。蒙哥汗自率西路军进攻川蜀；南路军由兀良合台率领，经广西、贵州直趋潭州；东路军则委派成吉思汗的侄孙、宗王塔察尔为主帅，四朝老将张柔副之，出荆、襄之地。

除兀良合台统率的南路军之外，东、西两路大军的进展都不算顺利，东路军的处境尤其艰难，他们在进至鄂州沿江之地时，遭遇宋军顽强抵抗，行动受阻。蒙哥下旨严词，主帅塔察尔大为不满。

塔察尔是成吉思汗幼弟帖木格之长孙，乃东道诸王之首。

当年，帖木格在窝阔台汗病逝后意欲夺取帝国汗位，适逢贵由和蒙哥率长子远征军东返，帖木格不敢前进，退回封地。贵由登基后，第一件事就是派蒙哥与术赤长子斡尔多共同审理帖木格意图谋位一事。

斡尔多与蒙哥一来顾惜叔祖帖木格年近八旬，已是老迈之躯，二来考量了叔祖虽存夺位之心，未有夺位之举的事实，对审讯并不积极。最后，兄弟俩只将帖木格的亲随数十人法办了事。

帖木格年老体衰，贵由重翻旧事让他受到惊吓，亲随被处死后，他生了场重病，很快亡故。祖父不得寿永而终，令塔察尔伤感不已，他虽知审判并非蒙哥本意，蒙哥不过是奉汗命行事，可祖孙情深，他终究无法真正释怀。

东征军受挫，蒙哥临阵换帅，将东征军统帅权交给了胞弟忽必烈。

忽必烈率旧属兼程而行，在河南濮州与宗王塔察尔会合。对于塔察尔兵败之责，忽必烈丝毫不予追究，反而一再强调南国水乡沟壑纵横、水网密布，蒙古军队长于野战和长途奔袭，却忽略了宋军以逸待劳、据城而守恰恰是以其所长克我所短等客观原因，旨在为塔察尔脱罪。

塔察尔没想到忽必烈的心胸如此豁达，行事如此公正，感动之余，毫无怨言地交出了东路军兵权。

忽必烈用兵，果然更胜塔察尔一筹。他不攻襄樊，而是从蔡州南下，直指汉江。不久夏往秋至，东路军一路攻城略地，很快全面突破宋军的淮西防线，直逼长江北岸。

在东路军一路过关斩将的同时，蒙哥汗亲率大军进攻四川。他的目的是攻占四川之后沿江而下，彻底摧毁宋军的长江防线。其时其地，京西、湖北、湖南均遭到蒙古军的攻击，使得长江地区的宋军无力抽调重兵救援四川。年底，川西、川北、川中大部分地区相继失陷。

至此，宋朝军队在四川实际控制的地区只剩下川东的合州州治钓鱼城。

恰恰就在钓鱼城，让蒙哥遇上了一位决定他命运的对手——智勇双全的宋将王坚。蒙哥数次组织强攻未果，无数将士倒在钓鱼城下。恰逢五六月，四川一地暴雨如注，蒙古军中暴发瘟疫，蒙哥不幸染病去世。

第四任蒙古大汗的所有辉煌，在钓鱼城戛然而止。

或许，这是因为时机还未到，消灭南宋、统一南北、统一中国的使命，注定要由忽必烈来完成。

亦或许，这是四大汗国的劫数。未来的四大汗国，将要饱受内战之苦，更要经历各自的强盛与衰落。

蒙哥汗病逝的消息传到东路军，谋臣纷纷建议忽必烈立刻回师北上，抢先即位。忽必烈却认为，东路军的当务之急，是渡江接应奉旨经南宋辖区转战北上的南路军，否则，他担心南路军会有覆亡的危险。

九月，东路军完成了对鄂州的包围。

局势瞬息万变。随着宋朝各路大军回师鄂州，东路军的处境更加凶险。这时，忽必烈又接到察必王妃的一封密信，阅罢信函，忽必烈才知道胞弟阿里不哥在漠北草原已经开始了谋夺汗位的行动。

鄂州久攻不下，好在南路军已然北上，正在围攻潭州，为忽必烈减轻不少压力。东路军其他各部也深入到南宋统治的腹地，对首都临安形成威胁。

宋丞相贾似道急于同忽必烈讲和，答应割江为界，岁奉银绢各二十万两匹。忽必烈也一改战初拒绝和谈的强硬态度，接受了南宋方面的议和条件。

和约既成，南路军与东路军顺利会合。忽必烈命兀良合台率南路军暂留江北，注意监视宋军北进动向，一旦有召，则立即北返。之后，他轻车简从，昼夜兼程，不久后即抵达燕京。

回师途中，忽必烈为争取塔察尔的支持，数次派谋臣廉希宪前往塔察尔帐殿，问以军政大事，相约"若至开平，首当推戴，无为他人所先"。

忽必烈比任何人都清楚，在阿里不哥鞭长莫及的漠南及中原地区，他不仅拥有广泛的支持，而且在控制和调动进入汉地的蒙军及汉军方面拥有无可比拟的优势，所以，他若即位，必选择开基之地。

为制造先声夺人的效果，忽必烈匆匆在开平府召开了一个约有四十余位东、西道诸王和一干勋将权贵参加的忽里勒台。东道诸王以塔察尔为首，多支持忽必烈，与会的西道诸王不算太多，其中最有实力也最有影响的西道诸王当推窝阔台之子合丹，察合台之曾孙阿只吉和阔端之子只必帖木儿。

合丹是典型的武将性格，耿介直率，不耐拐弯抹角。他在攻打钓鱼城时与蒙哥发生争执，直言军队伤亡惨重乃蒙哥指挥失当所致，引起蒙哥不满，被调往殿军。尽管如此，合丹从未对蒙哥怀恨在心。蒙哥逝后，合丹于忽必烈和阿里不哥间，更看重忽必烈的心胸气度，而这也是他选择加入忽必烈阵营的唯一原因。

阿只吉率察合台从征军，本身就在忽必烈麾下效命，受忽必烈惠顾良多，于情于理他都不可能支持阿里不哥。

至于只必帖木儿，他虽只有十三岁，但身份相当重要。阔端生前，握有重兵，秦巩甘青诸地的不少将领感怀其德，悉听节制。阔端膝下人丁不旺，只有三子，其长子早逝，继承王位的次子蒙可都，亦因感染瘟疫殁于南征战场。二兄逝后，只必帖木儿成为其父遗产的唯一继承人。

塔察尔言而有信，于诸王中率先推戴。

塔察尔的影响，主要在东道诸王中。此前，塔察尔已做好安排，或诱或逼其他宗王贵族相继劝进。结果，集会伊始，众人众口一词，皆愿奉忽必烈为君。忽必烈谦让三次，宗王贵族苦劝，并跪伏于洪禧殿内厚厚的绒毛地毯上，解带脱帽，行三跪九叩大礼，十分虔诚，忽必烈始含笑应允。

鼓乐齐鸣中，忽必烈被扶上大汗御座，正式登基，成为元朝的开国皇帝（1260年至1294在位，庙号世祖），同时掀开了蒙古历史的新篇章。即位之初，忽必烈采纳汉族幕僚建议，建元"中统"，意为"中原正统"。

大典结束后，忽必烈照例对东、西道诸王和功臣宿将大行赏赐，而在接受赏赐的西道诸王当中，也包括海都在内。

蒙哥汗的离世，意味着蒙古帝国不再对金帐汗国、察合台汗国、窝阔台汗国拥有绝对宗主权。而在蒙古本土和中原之地，又爆发了蒙哥汗的两位胞弟，即忽必烈与阿里不哥的汗位之争。

历史的脚步走到这里，给海都提供了机遇。

哪怕这时的海都，还只是个不名一文的穷小子。

伍

阿里不哥与忽必烈的汗位之争，在金帐汗国、察合台汗国、窝阔台汗国以及拖雷家族引起震动，每个人都面临着选择，每个人也必须做出选择。

海都决定参加阿里不哥的阵营。海都从来不喜欢堂叔忽必烈，与忽必烈相比，他宁愿支持阿里不哥成为下一任大汗。

此时，海都的势力尚且微不足道，追随他的军队不过两三千人。对海都的靠拢，阿里不哥表示欢迎，但他并不指望海都为他提供多少军队。他自己拥有的力量绝不逊于四哥忽必烈，他所需要的，是在和林召开选汗大会时，术赤的后王们、察合台的后王们、窝阔台的后王们济济一堂，风光地将他推上汗位。

至于海都，他真正的目的是趁阿里不哥与忽必烈拥兵对垒，拖雷家族无暇西顾之时，重新整合窝阔台家族的力量。

作为全部计划的第一步，海都将他的宝，押在了堂兄禾忽身上。

不管是不是有名无实，人们还是将窝阔台视为汗国的第一任汗，第二任汗则是继承父位的贵由。禾忽是贵由幼子，按照蒙古幼子守灶的传统，其父的大部分遗产应由禾忽继承。

按照这个逻辑，禾忽即使不被视为窝阔台汗国的第三位汗，也会被视为窝阔台家族的长王。

禾忽没想到，多年来与他几乎没有什么任何交集的海都会主动来拜访他。海都献给禾忽的礼物是三十匹西域宝马，为了购买这三十匹好马，海都筹措良久，倾其所有。看得出来，为了取悦禾忽，海都可以说是不惜血本。

海都请堂兄检视了自己带来的礼物后，兄弟二人回到禾忽的宫帐分宾主落座。

禾忽是贵由的儿子，海都是合失的儿子，贵由和合失又是一母同胞的亲兄弟。此时，在稍显黯淡的光线中，禾忽注视着海都那张黑红色的、又与他本人有几分相似的长方形脸庞，一方面感到陌生，另一方面又感到亲切。

这是血缘。

海都丝毫没有禾忽的感慨。他假装环视着禾忽的宫帐，心里却在盘算着三十匹宝马在接下来的交易中所占据的分量。

禾忽已传命设宴。等待的间隙，兄弟闲聊着，无非是聊这些年各自的生活，正当他们越来越找不到话题，两个人都觉得有些尴尬的时候，酒宴摆上了。

回到封地多年，禾忽仍保持他在首都和林养成的生活习惯：喜食羊肉，爱喝马奶酒，但凡设宴，不醉不归。

禾忽命人给海都倒酒，海都拒绝了：“给我倒杯奶茶来，我不喝酒。”

禾忽惊讶地看着海都，“你说什么？你果真不喝酒吗？”他听人说起过海都从不喝酒，可他并没有往心里去。

海都回答：“是啊，我的确不喝酒。”

“为什么？”禾忽一方面是好笑，另一方面觉得海都很怪，“不喝酒的男人，还算是窝阔台汗的孙子吗？”

海都直视禾忽，面无表情，“三哥，”禾忽是贵由汗三子，堂弟们对他一般都这样称呼，“你应该还有印象，我父王是怎么去世的？”

“你说合失叔叔吗？他不是……”禾忽话刚说一半，停了下来。他当然知道，当年合失因酗酒亡故，那时海都还在襁褓之中。

海都原本不动声色的面容发生了一些微妙的变化，他嘴角的肌肉抽动了几下，显然，回首往事引发了他的痛苦。

“就因为这样，你……”

“我稍微懂事些，了解到父亲的死因，我就发誓，今生今世，我绝不沾酒。”

“其实你大可不必如此紧张。曾祖汗在世时，不也曾经说过，酒这东西，少饮提神，多喝乱性。"

海都心想，曾祖汗说得一点是没有错的，可你们当中，又有谁真正继承了曾祖汗的自制力？我们的祖汗，我的父亲，你的父汗，到最后哪个不是沉湎酒色，以致寿年不永，白白地让蒙哥夺走了汗位。可悲的是，直到今天，你们一个个仍旧执迷不悟，守着这巴掌大的封地，醉梦人生，得过且过。

想到这里，他笑了笑，说道："一个男人，连自己立下的誓言都不能遵守，就更不配做成吉思汗的子孙了。"他的语气虽平和，决心却不容置疑。

禾忽见海都不为所动，也就不再费心相劝。看在那三十匹宝马的分儿上，他将扫兴和不屑压在心底，尽量热情地款待了海都。

不过，也不知道什么原因，或许是海都一直在对面看着他的缘故，禾忽唯独在这次的酒宴上没敢喝醉。

第二天，海都邀请禾忽赛马，海都输了比赛，又将自己佩戴的羊脂玉珮输给了禾忽。海都明显的讨好令禾忽心情愉悦，当海都提出兄弟俩去海子边坐上一会儿时，禾忽欣然应允。

海子边微风习习，他们并排坐下来，却不自觉地隔开了一些距离。侍卫在离他们较远的地方环立，警惕地注视周围的动静。这正是海都想要的结果，他担心禾忽的身边有阿里不哥或者忽必烈的眼线。

禾忽拾起一块石子，扔进海子里，只听"噗"的一声响，一股小小的水花溅起，散落成碎玉。

"三哥。"

禾忽并不看海都，"你想跟我说什么？"

虽不完全了解海都的来意，禾忽却心知肚明，多年没有来往的海都决不会无缘无故地前来叶密立拜访他。他听说，海都的处境并不好，购买那三十匹骏马的费用一定是他想方设法才弄到的。

"你有什么想法？"这句话问得没头没尾。

禾忽微愣，扭头望着海都。

海都与禾忽四目相对，他的一双眼睛闪闪发光。禾忽有点受不了他眼中的光芒，遂又将视线移向海子。

对于这句没头没尾的问话，禾忽不会误解其中的意思。蒙哥汗去世后，阿里不哥和忽必烈为争夺汗位拥兵对垒，无论术赤系、察合台系还是窝阔台系的后王们，其实都面临着要支持谁的选择。

禾忽的内心，比较倾向于忽必烈。他觉得，阿里不哥不会是忽必烈的对手。

"三哥。"海都又唤了一声，声音听起来有些发闷。

"你的想法呢？"禾忽又拣起一块石子，在扔进海子前，他反问海都。

"七王爷阿里不哥的实力暂时不弱于忽必烈，只怕假以时日，七王爷终究不是忽必烈的对手。"不知为什么，海都从小不喜欢忽必烈。多数情况下，他一说到忽必烈，就会不自觉地直呼其名。

禾忽没想到海都与自己的想法不谋而合，顿时来了精神，"此话怎讲？你不妨把你的判断说来听听。"

"好。我先简单说说双方获得支持的情况：金帐汗国，大汗别儿哥在新铸的钱币上，印上了七王爷的头像，这表明了他的态度。但他远在萨莱城，自身面临的问题很多，根本无暇顾及蒙古本土。既然如此，他给七王爷提供的，最多只能是道义上的支持。何况，他是大汗不假，可自身实力与他不相上下的，还有蓝帐汗和白帐汗。白帐汗的态度尚不明朗，蓝帐汗昔班素与忽必烈交厚，他肯定支持忽必烈。换了我是金帐汗，为了不引起兄弟相争，绝不会向七王爷提供军队；察合台汗国，阿鲁忽是名将贝达尔之子，头上有父亲的光环笼罩，他能算上一号人物。他支持七王爷，又在七王爷麾下效力。不里之子阿只吉，是忽必烈的支持者。正在摄政的兀鲁忽乃王妃，对汗位之争保持中立；窝阔台家族，阔端伯父的儿子只必帖木儿、我们的合丹叔父，他们两个都接受了忽必烈的册封。其他人迟迟不动，是在看着三哥的选择；拖雷家族，蒙哥汗的儿子们几乎全都支持七王爷，弟弟们几乎全都支持忽必烈。其中，论势力最强、影响最大的，非攻下波斯高原后以'伊儿汗'名义发布号令的旭烈兀莫属。旭烈兀从小就对忽必烈怀有深厚的手足之情，个性又爱憎分明。两下对比，七王爷在得到宗王支持方面，与忽必烈相比，最多只能说是平分秋色。"

"唔……其他呢？"

"七王爷用以争位的资本，是他统率着蒙哥汗留给他的、堪称我蒙古精锐的骑兵主力，且兵力占据绝对优势。另外，七王爷坐镇蒙古本土，至少在名义上拥有调度全国军队的权限，这是七王爷占据的'天时'。"

说到这里，海都语气一顿，暗暗瞟了禾忽一眼。见禾忽听得津津有味，他呷了口奶茶，才接着这个话题说下去："这是指军事实力。说到经济实力，七王爷远远不能与忽必烈相比。忽必烈奉命经营漠南草原，在那帮汉儒谋臣的辅佐下，广开言路，轻徭薄赋，一心一意致力于富国强民之道，他的所作所为，使他在资源丰富的漠南草原如鱼得水。再有，自我蒙古入主中原，漠北的民用物资主要依靠内地供应，每日需求量至少八百车，一旦举行宴会或召开那达慕，需求量则会激增到两千至三千车。忽必烈经略漠南之地，就是在'人和'的基础上，又确保了'地利'之便。所以，我才说，随着战事的深入，忽必烈会逐渐取得对漠北运输线的控制权，七王爷一定会丧失有力的经济保障，而军队的战斗力和士气也必定一落千丈，到那时……"

"既然你这么想，那还有什么可犹豫的？我们支持忽必烈好了。"禾忽说着，随手将石子扔进海子。

"我们支持忽必烈，七王爷能够与忽必烈抗衡的时间一定会大大缩短，说不定不到一年，他就得向忽必烈投降。"

"你的意思是……我怎么越听越糊涂了。"

"现在就看三哥的了。三哥肯支持七王爷，肯为他提供物资和军队，就会延长他失败的时间。"

"给必败无疑的人提供帮助？"

"不错，设法延长他失败的时间，哪怕多一天也好。"

"你疯了？"

"不，是他们疯了。他们疯了，我们才有机会，三哥才有机会。"

"机会？"

"是的。三哥，你一定没忘，若非拖雷家族和术赤家族联手，若非蒙哥汗和拔都汗处心积虑，现在坐在汗位上的人很可能是三哥。退一步讲，即使不是三哥，汗位也会是留在贵由汗的儿子手中。是蒙哥窃取了窝阔台家族的汗位。"

禾忽被说到痛处，沉默了。

"蒙哥汗活着，我们没有这样的机会，你我恐怕只能各安天命。问题是，拖雷家族给了我们机会，他们两虎相争就是我们的机会。要是我们轻易地让机会溜走，窝阔台汗的在天之灵也不会原谅我们这些不肖子孙的。"

海都的话不无道理，禾忽被说服了。时势造英雄，乱世出枭雄，海都说得没错，他们应该趁着拖雷家族发生内讧的机会，一举夺回被拖雷家族窃取的权力，至少，也可以借势打造出一片属于自己的天地。

就让他们打吧，打得越凶，拖得越久，对窝阔台家族，对他禾忽就越有利。

禾忽拾起一块石子，这块石子比前两块儿都大不少，扔进海子里。他看着水花溅起，一语双关地说道："这石子小了点，以后应该扔个更大的。"

海都笑着点了点头。

"我们走吧。我该筹备物质，带着军队，去向七王爷展现我们的诚意了。我想，他一定求之不得。"

"是啊，三哥。"

禾忽起身，向自己的坐骑走去，海都紧紧跟上了他。此刻的禾忽，完全被一种崭新的前景所鼓舞，丝毫没去注意海都在翻身跨上马背时，大功告成的眼神里突然闪过一道阴鸷的光芒。的确，禾忽忽略了一个浅显却有用的道理：最需要提防的人，是那些待在身边的人。

陆

禾忽在海都的煽动下加入了阿里不哥的阵营，可他一直摇摆不定。相反，海都成了窝阔台系后王中支持阿里不哥最坚决的人，他几乎参与了阿里不哥与忽必烈之间的所有战斗，在这些战斗中，他身先士卒，表现勇猛。他并不在乎阿里不哥一方是胜是败，他在乎的是，他在大小战役中获得的实战经验，他更在乎的是，每一次冲锋陷阵，人们都能在他身上看到一种希望，而这，是他借以复国的资本。

岁月会磨平诸多物事，唯独与生俱来的一些东西永远不会消失，那就是，蒙古人崇尚真英雄。

海都的勇敢与"忠诚"终于得到了回报。无论是否合法——忽必烈的即位也并不是多么合法——阿里不哥毕竟是据有祖宗之地的蒙古大汗，大汗的身份，让他可以赋予海都更大的权力。在阿里不哥的支持下，海都从容整合了窝阔台后王零散的力量，短短一年时间里，他成功地将窝阔台后王的封地连成一片。这是他希望看到的汗国雏形，尽管还远远不够。

直到身份转变为海都的辅佐，禾忽才意识到海都的可怕。可惜，无论他有多么憎恨海都，一切都已为时太晚。从阿里不哥正式下旨，将窝阔台汗国交给海都管理起，海都就成为窝阔台家族名副其实的领袖。

海都对阿里不哥从来不抱任何希望。对他而言，他只是利用阿里不哥的支持，达到壮大力量的目的。一旦他的力量变得足够强大，无论阿里不哥还是忽必烈夺取汗位，都将成为他的敌人。

对于从窝阔台系窃取了汗位的拖雷家族，他绝不原谅。

只是，他尚且需要时间。他最大的愿望就是，阿里不哥与忽必烈能在旷日持久的内争中，将各自的兵力损耗殆尽。

他的这个愿望，也绝非没有实现的可能。

战争之初的阿里不哥，实力不容小觑。且不说他在漠北拥有蒙哥汗留给他的精锐骑兵，即使在漠南草原，他有权指挥和调度的军队数量与忽必烈相比也毫不逊色。正是这个原因，令忽必烈开战之初几乎完全处于防守状态，直到耀碑谷一役忽必烈大获全胜，形势才发生逆转。

冬季到来，忽必烈亲自领兵，对阿里不哥在漠南草原的军队发起全面反攻。阿里不哥节节败退，被迫撤回"祖宗根本之地"。

中统二年（1261）五月，忽必烈接受汉族谋臣的建议，中断了中原地区对漠北草原的物质供给。此前，和林的民用物资多用大车从中原运来，如今，进入漠北的物资——粮食遭到禁运，和林顿时爆发饥荒，物价飞涨。至冬季，阿里不哥在经济上日渐陷入绝境。

不知道上天是眷顾着阿里不哥，还是眷顾着海都，就在忽必烈与阿里不哥对峙，阿里不哥心生动摇之际，后方竟然发生了山东世侯李璮的叛乱。忽必烈回师平叛，这给了阿里不哥重整旗鼓的机会。

在成吉思汗分封诸子时，察合台据有富庶的中亚之地。金帐汗国太过遥远，与中央的关系一向不如察合台汗国紧密。忽必烈和阿里不哥都想控制察合台汗国，忽必烈是为对阿里不哥形成夹击，阿里不哥是为扭转经济上的颓势。不管怎么说，斗得你死我活的两兄弟在这件事上想到了一起。

忽必烈派一贯拥护他的不里之子阿只吉回国争夺汗位。阿只吉是察合台长子南图赣的嫡孙，从身份上来讲具有继承汗位的资格。可这位王子命运多舛，在经过漠北草原时被阿里不哥的巡逻兵捕获，阿里不哥顺势扣留了他，另派名将贝达尔之子阿鲁忽回国夺取汗位，主持汗国政务。

蒙哥汗即位后，察合台汗国原本一直由第二任汗哈剌旭烈的遗孀兀鲁忽乃称制。在兀鲁忽乃摄政的十年间，国家安定富足。按照察合台的遗嘱，不是长子南图赣系的阿鲁忽原本没有继承汗位的资格，阿里不哥强行在察合台汗国行使汗权，不可能不在贵族上层引发诸多不满。

阿鲁忽不像海都，他从来无意卷入阿里不哥与忽必烈的内战。他留在阿里不哥的宫廷是因为他在蒙哥汗南征时，是察合台系从征军的统帅。蒙哥汗病逝后，他跟随主力军回到和林，这个偶然的机缘让他成为阿里不哥的拥护者。

阿鲁忽手持阿里不哥的圣旨，匆匆离开和林回到阿力麻里。此时，离蒙哥汗去世只有一年多的时间，察合台汗国尚未完全走上独立之路，大汗圣旨在汗国还有效力。于是，阿鲁忽在阿里不哥的支持下，没有经过太多波折就将堂侄木八剌沙撵下汗位，自己成为察合台汗国的第五任汗。

所幸阿鲁忽不是一位只会打仗的莽夫，他的才智谋略和尚武精神都不输于其父贝达尔。贝达尔在察合台汗国是一位家喻户晓的名将，当年，他在蒙古第二次西征中大败波日波联军，取得里格尼志战役大捷，使蒙古版图得以向波兰延伸。贝达尔的赫赫战功，至今仍为人们津津乐道。阿鲁忽有这样一位父亲，无形中为他夺取汗位增加了资本。换言之，他父亲的光环，如今仍在他头上闪烁着。

面对非常时期通过非常手段夺取的汗位，阿鲁忽表现出智慧的一面。他广泛接触握有实权的亲贵大臣，以谦逊的态度同他们探讨国家事务。在施展手段笼络人心的过程中，他似乎很不经意地展现出治国才能。他的所作所为，在较短的时间内为他争取到军心民意，汗国局势趋于稳定。

作为失势一方，兀鲁忽乃如何甘心儿子木八剌沙被撵下汗位？木八剌沙是她和丈夫哈剌旭烈的希望。儿子尚未亲政便被无端废黜，她的愤怒可想而知。她原本就是一位很有勇气的女子，经过考虑，她带着一双儿女前往和林同阿里不哥理论。阿里不哥并没有换掉大汗的正当理由，他在兀鲁忽乃的诘问下哑口无言。恼羞成怒的他，索性将兀鲁忽乃母子及其亲随软禁在和林万安宫附近。

坐稳汗位的阿鲁忽，对阿里不哥的"忠诚"只持续了几个月。

阿里不哥自恃拥立阿鲁忽有功，开始向察合台汗国征集兵械粮饷，以充接济。同时，他命阿鲁忽防守西边的阿姆河，以防止旭烈兀东援忽必烈。他的索取无度令阿鲁忽十分反感。而这时，忽必烈经半年已平定李璮叛乱，兄弟间战争复起。阿里不哥屡屡失败，将阿鲁忽资助他的军械物资消耗殆尽。阿鲁忽为国家计，决定不再充当阿里不哥的"财税官"，他杀掉阿里不哥派往阿力麻里取运财物的使者，同时遣使向忽必烈纳款，正式承认了忽必烈的宗主权。

阿鲁忽的这一"背叛"行径，对阿里不哥来说无异于背后插刀。阿里不哥在万安宫闻讯，勃然大怒，当即发兵亲征阿力麻里。秋天时，阿里不哥的前锋哈剌不花与阿鲁忽大战于不花剌附近。阿鲁忽不愧是贝达尔的儿子，极善用兵，他数战击败哈剌不花，哈剌不花阵亡。

阿鲁忽初战告捷，不免有些得意忘形。他返回设于伊犁河上游的汗帐后便遣散军队，也未做相应戒备。他哪知道阿里不哥还留着后手。趁他放松警惕，阿里不哥之侄、蒙哥汗之子阿速带率领后军突然逼近阿力麻里，阿鲁忽仓促间放弃抵抗，率右军退走和阗及喀什噶尔，又从此处退至撒马尔罕。

阿力麻里轻松地落入阿里不哥之手。

阿里不哥进驻阿力麻里后，滥杀蒙古军将，大肆劫掠，他的残暴令那些视他为蒙古正统大汗的王公贵族深感失望，他们纷纷离开他，少部分人前往撒马尔罕投奔了阿鲁忽，大部分人归附了忽必烈。

阿鲁忽得到阿里不哥众叛亲离的情报，立刻杀了个回马枪。阿里不哥自知不敌，主动撤回和林。回到和林的第一件事，他就是释还了被他扣押的兀鲁忽乃母子。他对木八剌沙的汗位予以承认，同时派亲军卫队护送兀鲁忽乃母子返回汗国。

按照阿里不哥的如意算盘，木八剌沙本是察合台汗国的合法大汗，也必然拥有他的拥护者。一旦察合台汗国出现两位大汗，内乱会给阿里不哥制造可乘之机。不料，阿里不哥再次错估了阿鲁忽的胆识。

与刚直不阿的父亲相比，阿鲁忽是位能屈能伸的汉子。他亲自在边境迎接兀鲁忽乃母子，请求堂嫂兀鲁忽乃改嫁于他，条件是他会将木八剌沙立为储君。这个交易的结果，阿鲁忽确定了自己在继位上的合法性。

柒

当时光流至中统四年（1263），阿里不哥越发显得势单力孤。无论他处于如何不利的境地，仍有一个人对他表现出少有的坚定和"忠诚"，这个人就是海都。在阿里不哥与忽必烈的拉锯战中，大部分时候海都都与阿里不哥并肩作战，进则同进，退则共退。他维护蒙古正统的决心，他的勇敢和仗义，在窝阔台诸王贵族中赢得了广泛的拥护，他的长王地位也更加稳固。

眼看着战机一次次溜走，海都早对阿里不哥失去信心。不过，阿里不哥试图控制中亚地区以期获取资源和经济支持的做法却给了海都有益的启示：有朝一日，一旦他与阿里不哥或忽必烈当中的某位兵戎相见，他同样要掌握富庶的中亚之地，获取与拖雷家族抗衡的资本。当然暂时，这个想法还存放在心里，他尚且没有这样的实力，尚且需要耐心地积蓄力量，等待机会。

中统五年（1264），在经过长达五年的汗位争夺战后，阿里不哥无法继续坚持，不得不向忽必烈请降。

此前，忽必烈在开平即位的做法并不符合蒙古《大札撒》，他只得匆匆审理了此案。除将阿里不哥的亲随十人以"构乱我家"的罪名处死外，对阿里不哥、蒙哥子阿速带等亲族则一律予以开释。

为纪念汗权分立状况结束，天下归于一统，忽必烈改中统五年为至元元年（1264），同时，为弥补他在即位程序上的不合规制，他分别遣使通告别儿哥、旭烈兀、阿鲁忽、海都等汗国之主及诸王贵族，邀请他们前来祖宗之地召开忽里勒台，对他的汗位重新予以确认。

忽必烈的确赢得了他与阿里不哥的战争，然而，当事过境迁，放眼望去，他统治下的蒙古帝国早已不复蒙哥在位的模样。一切都于不知不觉中发生改变，其中最重要的改变是，中央对于各汗国不再拥有绝对的宗主权。

对于忽必烈的邀约，四大汗国君主各有各的回应。

先来说说伊儿汗国。

在没有得到蒙古大汗册封前，伊儿汗国还不算正式建立，旭烈兀只是以"伊儿汗"的名义在波斯发号施令。"伊儿"一词，系藩属之意，旭烈兀以"伊儿汗"自称，本身表明了他对家族的忠诚。

旭烈兀在蒙哥汗病逝的次年春天才得到消息，他立刻从地中海东岸返回波斯。他原本打算回国奔丧，可他很快得知自己的胞兄与胞弟为争夺汗位在南北拥兵对垒，这让他感到进退维谷，不得不留在波斯静观其变。

旭烈兀生于成吉思汗十二年（1217），与忽必烈的年龄相差两岁。从小，他就与四哥的感情最为亲密。对于忽必烈与阿里不哥的汗位之争，他倾向于支持忽必烈。他认为无论从长幼角度，还是从能力角度，忽必烈都比阿里不哥更具有继承汗位的资格。为此，他曾多次遣使对阿里不哥进行劝说和责备，还几度遣军进逼支持阿里不哥的海都，其目的是从西面牵制海都，减轻忽必烈的压力。

俟阿里不哥败降，忽必烈为感谢旭烈兀的支持，立刻遣使对旭烈兀的"伊儿汗"予以册封，敕命他管理波斯诸地。根据这一诏令，旭烈兀水到渠成地建立了伊儿汗国。同时，忽必烈邀请旭烈兀回国参加选汗大会，这对远在异域作战，一直思念故乡的旭烈兀来说正中下怀，他当即欣然应允。

伊儿汗国的情况大致如此，再说金帐汗国。

拔都活着时，金帐汗国与中央帝国的关系极其紧密。那时，金帐汗国是蒙古帝国不可分割的一部分，中央帝国对金帐汗国拥有绝对统辖权——即使到现在，也不能说不是。无论是否在事实上独立，金帐汗国毕竟脱胎于蒙古帝国，只是现在的蒙古帝国，缺少一位像蒙哥那样为各汗国君主共同拥戴的英主。事实上，除伊儿汗国君主外，其他三大汗国君主都将忽必烈视为坐镇中原王朝的大汗，充其量也就是各汗国的宗主，而不是真正的蒙古帝国大汗。

俟拔都去世，蒙哥命撒里答继承其父汗位，不料撒里答在归途中猝亡。蒙哥又命乌剌黑赤接替父兄之位，结果，乌剌黑赤即位不过一年又撒手人寰。随着两位年轻大汗莫名其妙的死去，别儿哥在蒙哥汗七年（1257）被拥立为金帐汗国第四任汗（1257年至1266年在位）。

别儿哥是拔都之弟，在汗位从窝阔台家族向拖雷家族转移的过程中，别儿哥像他的兄长拔都一样，是蒙哥坚定的拥护者，甚至，拔都将术赤家族保护蒙哥的任务交给了他。蒙哥即位后，因别儿哥有拥立大功，蒙哥命他坐镇谷儿只，扼守西亚通向钦察草原的陆上通道。

阿里不哥即位时，别儿哥遣使对他表示祝贺。但别儿哥与海都不同，他从来没有直接出兵介入阿里不哥与忽必烈的争斗，他只是经常出面当个"和事佬"。这个原因，与他的弟弟、蓝帐汗昔班支持忽必烈有一定关系。在术赤诸子中，除了创建金帐汗国的拔都和他的继任者别儿哥外，实力最强大的就是术赤长子斡尔多和五子昔班，别儿哥不会为了阿里不哥而与自己的弟弟发生冲突。

别儿哥即使最初倾向于阿里不哥，但当阿里不哥兵败投降，忽必烈在名义上已成为蒙古帝国的共主时，他倒也乐见其成。对于忽必烈的邀请，特别是收到忽必烈丰厚的赏赐后，他相当痛快地答应如期赴会。

第三个，是察合台汗国。

察合台第五任汗阿鲁忽（1260 年至 1265 年在位），他原本是依仗阿里不哥的扶持才坐上大汗之位，可他很有眼光，在较早的时间内就背弃阿里不哥，归附了忽必烈。忽必烈诏令他管理原察合台汗国所有领地，他对参加忽里勒台很热心，这是因为，他的即位没有走符合法统的程序，尚需得到忽必烈的认可与正式册封。

最后一个是窝阔台汗国。

三大汗国的君主都表明了态度，剩下的就看窝阔台家族首领海都了。海都尚未正式称汗，他刚刚将四分五裂的窝阔台封地统一起来，而且，与三大汗国相比，他还未及在汗国建立起健全的国家体制，一切尚在草创之中。可就是这个实力不能与三大汗国君主相提并论的海都，让忽必烈领教了他的桀骜不驯。

阿里不哥投降后，忽必烈一直都在试图笼络海都。他将中原蔡州之地作为海都的采邑，累次征他入觐，而海都每次都借口马瘦道远，拒命不朝。忽必烈邀请他参加忽里勒台，他也坚决予以抵制，他的理由很直白，拖雷家族是从窝阔台家族窃取的汗位，忽必烈没有资格成为全蒙古大汗。

海都来与不来，在志得意满的忽必烈看来已经没有那么重要了。反正在窝阔台家族里他从来不缺少支持者，比如阔端后王、合丹后王，他们几乎全留在他的身边，接受朝廷册封，享受朝廷俸禄。海都充其量只是合失之子，阔端、合失、合丹同是窝阔台汗的儿子，在身份上，海都绝不比他的堂兄弟们更高贵。既然海都不肯来，忽必烈便索性将他抛在了一边。

经过汗使往来协商，会期初步定于至元四年（1267）。

捌

世间万物，大抵一时一地，变化多端。正当忽必烈期待着至元四年到来，自己能在西道诸王全部参加的情况下，对他从蒙哥汗那里继承来的汗位予以认可；正当他坚信，那一刻他获得的无上荣光，足以令他成为真正的蒙古共主时，一对具有武将气质的堂兄弟，共同拉开了战争大幕。

更让忽必烈感到愤懑和忧虑的是，某天，这战火也开始蔓延到他的帝国。

当战火燃起，他终其一生，也未能将其完全扑灭。

在成吉思汗的嫡系子孙中，别儿哥是第一个改奉伊斯兰教的君主，他恃仗拥立蒙哥的殊勋和兄长的地位，经常对旭烈兀提出各种要求。旭烈兀西征时，麾下有术赤系从征军，后来，从征军统帅陆续亡故，别儿哥怀疑他们是遭到旭烈兀暗杀。这件事导致他对旭烈兀产生不满，而另一件事，则使不满变成怨恨。

在旭烈兀攻打报达城时，别儿哥曾遣使要求旭烈兀饶哈里发一命，旭烈兀答应下来。在随后的攻城战役中，报达军队的顽强抵抗使旭烈兀的西征军遭受惨重伤亡。城破后，旭烈兀切齿愤盈，早将他与堂兄的约定抛到九霄云外。他不仅对报达城守军大开杀戒，而且将哈里发关进黄金屋里活活饿死。

消息传到别儿哥萨莱（别儿哥即位后，为了推行伊斯兰教及强化统治的需要，在伏尔加河支流阿赫图巴河苏联斯大林格勒近郊另外修建了一座都城，城名也叫"萨莱"；而拔都修建的萨莱城位于伏尔加河下游，即今俄罗斯的谢里特连诺耶地区。人们为了将这两座都城区分，将旧都称作"拔都萨莱"，将新都称作"别儿哥萨莱"。从金帐汗国第九任大汗月即别执政开始，别儿哥萨莱逐渐取代了拔都萨莱的政治中心地位），别儿哥怒不可遏，他在祈祷时诅咒旭烈兀："这个异教徒，他毁灭了木速蛮（指伊斯兰教徒）的所有城市，打倒了所有木速蛮君王家族，不分敌友，未与亲族商议就消灭了哈里发。只要永恒的主佑助我，我定要向他追偿无罪的血。"

别儿哥打着宗教复仇的旗号，真正的目的是为了夺回阿哲尔拜展。其实，在成吉思汗最初对诸子进行分封中，他们的领地范围并没有特别明确的界线，只有一个大体划分。按照这个划分，阿哲尔拜展和阿兰两地属于大太子术赤的领地范围。问题是，术赤家族并未真正掌控过这两个地区，将它真正纳入蒙古帝国版图的人是秉承蒙哥汗旨意进行第三次西征的旭烈兀。

蒙哥汗活着时，别儿哥绝不敢向旭烈兀提出领土要求。那个时候，别说区区阿哲尔拜展和阿兰，就连金帐汗国本身，也都是蒙古帝国的组成部分。俟蒙哥汗去世，旭烈兀建立伊儿汗国，情形便完全不同。一来蒙古帝国已无共主，二来金帐汗国与伊儿汗国是不相隶属的两个国家，三来旭烈兀的西征取得胜利，也有术赤系从征军的功劳。基于上述考虑，别儿哥要求旭烈兀"归还"阿哲尔拜展。

兵威正盛的旭烈兀理所当然地拒绝了这个荒唐的要求。

新仇旧恨涌上心头，别儿哥先派侄孙那海率领军队越过打耳班，进至设里汪。那海不是旭烈兀的对手，旭烈兀追击那海，越过帖列克河，尽掳金帐军的帐幕、牲畜。旭烈兀小瞧了那海，其实那海在术赤家族第四代中是最具谋略的一员将领。那海虽败而不退，但待旭烈兀撤军后，他一直悄悄跟在伊儿军的后面寻找战机。

果然，旭烈兀由于轻松取胜而放松警惕，被那海打个措手不及。继取得帖列克河大捷后，那海对阿哲尔拜展发动攻击。旭烈兀在阿哲尔拜展设有坚固堡寨，那海久攻不克，加上粮草不济，只得退回本国。

经过这次交手，别儿哥与旭烈兀趋于表面化的矛盾，很快在脱胎于蒙古帝国的五个政权间引发了一场混战。

在中亚，忽必烈即位后，曾派出军队前往阿姆河控制这一地区的交通线，还派使臣到不花剌城清查户口。察合台汗国的君主阿鲁忽因支持忽必烈而获得了东起阿尔泰山、西到阿姆河的防守权，并得到在该地扩张领地和实力的许可。

蒙古四大汗国，边界犬牙交错。金帐汗国岂止与伊儿汗国有领土纠纷，与察合台汗国也因争夺双方边界诸城多次发生冲突。正在寻求发展的海都看准了这一时机，主动提出与金帐汗国结盟，合力对付察合台汗国。

海都派出使者，来往于两国之间，别儿哥需要盟友，于是双方顺利达成协议。

两国结盟不久，天意开始眷顾海都。

第一次夺取阿哲尔拜展失利后，别儿哥经过一年多的备战，于至元二年（1265）亲率大军攻向伊儿汗国。旭烈兀在边境迎击，双方互有胜负，陷入鏖战。这时，旭烈兀因患风瘫症在军营中病逝，其长子阿八哈继承了父位。阿八哈自幼随父出征，用兵之能不弱于其父，别儿哥无法打败阿八哈，反而被阿八哈牵制住了兵力。

别儿哥在阿哲尔拜展进退维谷，一直觊觎着边境重镇的阿鲁忽趁机从阿力麻里出兵，一举攻下讹答剌。

别儿哥被阻在边境上寸步难进本就备感窝囊，今又丢失了战略要地，怎能无动于衷？他想夺回讹答剌，可他正与阿八哈对垒，不能轻易撤兵。万一阿八哈尾随而至，他的处境将更加被动。两难中，他想起盟友海都，决定借助海都的力量，给阿鲁忽来个"以其人之道还治其人之身"。

别儿哥即位后，一直与海都保持着友好的关系。平心而论，他很欣赏这位窝阔台后王的所作所为，尤其是海都在逆境中崛起的勇气，颇能引起他的共鸣。偶尔，他也会给予海都一些帮助。他知道海都的目标是中亚，为了让海都替他出兵攻打察合台汗国，他为海都提供了大量的武器和黄金。

犹如瞌睡的人得到枕头，海都对别儿哥的约请正中下怀。他立刻从各部召集人马，攻入察合台汗国首都阿力麻里，接着分兵攻打各处。阿鲁忽见自己被海都抄了后路，不得不从讹答剌回援本土。此时的海都还不是阿鲁忽的对手，阿鲁忽连战连胜，将海都的军队撵出了察合台汗国。

玖

遗憾的是，阿鲁忽在打败海都后即身染重病，不久亡故。他死后，木八剌沙继承了他的汗位，成为察合台汗国的第六任汗（1265 年至 1267 年在位）。木八剌沙还做过汗国的第四任汗，不过那时他年龄尚小，汗国实际上由他母亲兀鲁忽乃主政。

木八剌沙软弱无能，海都开始蚕食察合台汗国的领土，势力急剧膨胀。蒙古帝国的巨舟行驶到此处，两岸终于出现了海都的风景。

在阿哲尔拜展方面，因冬季到来，别儿哥和阿八哈不堪再战，双方相约退兵。就在这年（1266）冬天，别儿哥步入旭烈兀和阿鲁忽的后尘，在别儿哥萨莱长逝。别儿哥死后，人们拥戴拔都之孙、乌剌黑赤之子忙哥帖木儿登上汗位。至此，金帐汗国的汗统重新回归拔都一系。

随着旭烈兀、阿鲁忽、别儿哥在一年之内（1265 年至 1266 年）相继亡故，原定于至元四年的忽里勒台确定不能召开。正在训练水师，打算倾力南征进而统一中国的忽必烈对于这个结果除了失望便只有无奈，他还得西防海都，以免海都在完全控制中亚地区后对他构成威胁。

以蒙哥汗去世为分界点，金帐、伊儿、察合台三大汗国已在事实上独立。窝阔台汗国正在重建当中，忽必烈实际能够控制的区域只限于中国北半部、蒙古草原以及畏兀儿的东部与南部。当然，以后还将包括中国的南半部。尽管如此，鉴于元朝国力强盛，元朝皇帝在相当长的一段时间内被诸汗国奉为成吉思汗大汗位的正统。忽必烈和他的后继者被认为是"一切君主之君主"，诸汗国"君主中，如一人国有大事，若攻讨敌人或断处一大臣死罪之类，虽无须请命于大汗，然必以其事入告"。凡大汗诏令，均须以大汗之名列于前，至诸王上书，则以己名列于大汗名后。

　　凡此种种，充其量都只是表面上的东西。四大汗国中，伊儿汗国与元朝是兄弟之邦，旭烈兀及其后代必须等到元朝君主的册封才正大位。就是这样亲密的关系，元朝皇帝也无力干预伊儿汗国的内政。

　　忽里勒台不能召开固然令人遗憾，除此，忽必烈对诸汗国并不觉得特别担心，也不认为他们会对他发动进攻。真正让他寝食难安的唯有对他充满敌意的海都，直觉告诉他，海都将成为元帝国最难缠的敌人。

　　为了制衡海都，他派在元廷供职多年又才能出众的八剌合回国接替木八剌沙的汗位。八剌合是南图赣三子帖散笃哇之子，属于南图赣一系，按照察合台的遗嘱，他同样具有继承汗位的资格。

　　八剌合回到汗国，发现人们对木八剌沙虽普遍失望，他的地位尚未完全动摇。八剌合不敢拿出忽必烈的圣旨，只能暗中活动，笼络人心。一年后，他突然带领军队包围了汗宫。他当众宣布木八剌沙的罪状，将木八剌沙废黜，随后，他自己坐上汗位，成为察合台汗国的第七任汗（1267年到1271年）。

　　八剌合政变成功，背后的支持者当然是忽必烈。八剌合也没忘记他对忽必烈的承诺，何况，从海都手中夺回察合台汗国领土也是他身为大汗的责任。出人意料的是，他首先发动进攻的目标并不是海都本人，或者是被海都夺取的城池，而是在忽必烈掌握下的西北重镇斡端。斡端守军只有数千人，无法抵御数倍于己的察合台军队，被迫撤走。斡端轻而易举地落入八剌合手中。

　　忽必烈在上都闻报，非但没有立刻派人谴责八剌合的背信弃义，相反，他几乎默认了这个事实。

　　与三十出头、血气方刚的八剌合相比，忽必烈不仅老谋深算，而且高瞻远瞩。至元五年（1268），攻宋战争已经拉开序幕，正全力南征的忽必烈无暇西顾，这是原因之一。原因之二，忽必烈深知八剌合要与海都争个高低，背后必须有强大的经济支持，八剌合夺取斡端的目的，正是为了获取一个相对稳定的物资供应基地。既然总要做出姿态，充当八剌合的后盾，忽必烈不妨暂且将斡端让给八剌合，等到灭宋战争结束，他腾出手来，再从容收回斡端不迟。他相信到那时，不出意外的话，八剌合与海都鹬蚌相争的结果，是他坐收渔人之利。

八剌合也没想到忽必烈会容忍他的行为，他把忽必烈的沉默当成是对他的鼓励。在重新整顿了察合台汗国的兵马后，他终于走上了与海都刀兵相向的道路。

海都在木八剌沙统治时代，先后占领了原本属于察合台汗国的阿力麻里、讹答剌等几处军事重镇，尤其是阿力麻里，当首都被他人占领时，在国民心中，几乎与亡国相差无几。八剌合面对的就是这样的海都，正在为夺取中亚而不懈奋斗的海都，实力绝不亚于八剌合，也许更强大。

从八剌合攻取斡端，海都就料到，他将成为八剌合的下一个目标。既然做了察合台汗国的大汗，八剌合一定希望夺回被窝阔台军占领的城池，尤其是作为察合台汗国首都的阿力麻里。木八剌沙执政时，曾为夺回阿力麻里与海都征战过几次，当然最后，阿力麻里还是落入了海都手中。

在休整兵力的一年中，海都始终都在密切关注着八剌合的动向。从元朝突然回到汗国，海都相信，八剌合出现的理由绝没有那么简单。种种情报显示，八剌合的能力远非木八剌沙可比。

八剌合废黜木八剌沙，成功夺取察合台汗国的汗位，海都并不觉得意外。在海都的内心深处，他未尝不在等待着一个机会，可以让他彻底击败八剌合。其实，八剌合也罢，木八剌沙也罢，无非是个名字而已，无论哪个人成为察合台汗国的主人，都将成为他的对手。这是不容更改的目标：只有完全控制察合台汗国，他，海都，窝阔台汗的孙子，才能成为中亚霸主。而只有成为中亚霸主，他才能握有与忽必烈一决雌雄的资本。

从辈分上来说，八剌合是察合台曾孙，海都是窝阔台之孙，海都的辈分要高于八剌合。平时二人见面，八剌合还得尊称海都一声堂叔。从年龄上来说，他们倒是相差不多，都正值三十几岁的壮年。

三十多年的人生，完全不同的经历，同在蒙哥汗去世后的乱世中造就了相似的不肯服输的性格。这样年龄相仿、性格相似的两个人，一旦开启战端，就如同争斗中的两只雄狮，必要等到一方或双方都遍体鳞伤才会善罢甘休。

第六章　称霸中亚

壹

八剌合与海都战于锡尔河流域（流经今吉尔吉斯斯坦、乌兹别克斯坦、塔吉克斯坦、哈萨克斯坦，后注入咸海）。这两支蒙古骑兵间的对决，兵锋正盛的海都略占上风。经过一天的战斗，傍晚时分，八剌合的军旗中箭，旗杆拦腰折断，士气由此受到一些影响，八剌合率军疾退五十里外扎营。

因天色渐晚，海都追出一段距离后也在附近扎下营盘。

乌云蔽月，夜色渐深，一队人马悄无声息地潜出海都军营，这支人马由乞卜察克率领。乞卜察克是合丹之子，窝阔台之孙，海都的堂弟。在蒙古帝国，父子兄弟各保其主和各为其主的现象十分普遍。唯独不知道当这些骨肉至亲在战场上直接相遇，他们会怀有怎样的心情？又会做出怎样的选择？

白天的交战，海都已看出八剌合的颓势，他打算出其不意，给予八剌合最后的致命一击。海都深知，击败八剌合，他便可以乘胜向西拓展，进而实现占据不花剌、撒马尔罕等西部诸城，吞并整个察合台汗国的目标。要知道，海都觊觎富庶的中亚之地可不是一日两日。

八剌合的营地异常安静，只有几处尚未完全熄灭的篝火泛着光亮，映出军帐如穹隆般的轮廓。乞卜察克手中握着弯刀，向八剌合的中军大帐潜行，一支精骑在他身后悄然跟进。

八剌合的大帐位于以古列延方式排列的军营中央。

古列延是古代游牧民族重要的军事防御与进攻形式。首领或统帅的军帐一般位于中央，余者围绕中央形成圆形的驻营，一层一层向外扩展。这样一来，倘或遇到敌人来袭，便不能直接攻破中心。

今天的情形似乎有些反常，乞卜察克从始至终没遇到抵抗。当他看到八剌合的大帐中透出光亮时，他的心中突然涌上了一种不祥的预感。

他挥了挥手，命将士们停止前进。他侧耳倾听着，认真倾听着，军营中还是一片死寂。不好！乞卜察克心中暗叫一声，正要下令撤退，只见火光四起，喊杀声震天，八剌合率领军队将乞卜察克和他的人团团围困在当中。

乞卜察克知道他中了八剌合的埋伏。身临生死之地，他只能豁出去，拼死冲杀。苦战了近半个时辰，乞卜察克仅带着十数骑杀出重围，向本营方向溃逃。八剌合一路追赶，反而形成了对海都的突袭。

海都身经百战，确实没将八剌合放在眼里。他没想到八剌合故意示弱于他，正是为了引诱他前来偷营。面对情势的逆转，海都毫无防备，遭到攻击也无还手之力。这一仗海都败于轻敌，麾下主力损失惨重。

海都退至讹答剌方勉强稳住了阵脚。他收拢残兵败将，发现自己力量严重不足，难以抵抗察合台军的再次攻击。为摆脱困境，海都只得匆匆派出信使，向远在拔都萨莱的金帐汗忙哥帖木儿汗求援。

早在别儿哥时代，金帐汗国与窝阔台汗国就是盟国，海都也曾为别儿哥提供过帮助，这是两国间的旧交情。目前的状况是，伊儿汗与察合台汗都奉元朝皇帝为主君，伊儿汗和察合台汗是忙哥帖木儿的敌人，察合台汗和元朝皇帝又是海都的敌人。强敌当前，忙哥帖木儿与海都更有彼此扶助的必要。毕竟，忙哥帖木儿与海都各自为战，只会形成这样的结局：要么，金帐军将独立面对伊儿军与察合台军的夹攻。反之亦然，窝阔台军将独立面对元朝军队与察合台军的夹攻。

忙哥帖木儿收到海都的求援信，不敢耽搁，很快征集起一支五万人的大军，交由四叔祖别儿哥察儿指挥，从钦察草原出发驰援海都。术赤膝下共有十四子，个个能征善战，其中，除别儿哥怀有野心，夺取了属于拔都系的汗位外，其余兄弟都对拔都非常忠诚。正是这样的忠诚，使人们在别儿哥逝后，将拔都之孙忙哥帖木儿拥上汗位，令汗统得以重归拔都一系。

术赤本人只活了四十五岁，其诸子寿命多超过五十岁，最长寿的是其五子昔班和长子斡尔多，昔班虚年活到八十九岁，斡尔多则活了七十多岁。拖雷家族也出了一位长寿者，就是元朝开国皇帝忽必烈，虚八十而寿终。是年，别儿哥察儿年逾花甲，可他思维敏捷，行动灵活，身上不见多少苍老痕迹。另外，别儿哥察儿久经沙场，经验丰富，忙哥帖木儿对他十分信赖。

以别儿哥察儿为主帅的同时，忙哥帖木儿又派自己的儿子脱脱协助于他。十四岁的脱脱，是位典型的少年将军。

金帐军队来的正是时候，再晚一天，海都恐怕就要守不住讹答剌，他甚至做了退守阿力麻里的准备。别儿哥察儿与海都取得联系后，从八剌合的背后对他发起攻击。八剌合不敌，向锡尔河西岸退去，不料途中，他中了脱脱的埋伏，这一败如同决堤的河水般，一溃千里。

八剌合一直退到阿姆河以西才停了下来，此时的他，失去了与海都和别儿哥察儿决战的资本。海都有一个可靠的盟友，他不是没有盟友，可他来不及向远在中国的忽必烈求援。何况，他知道皇帝正举全国之力南征，根本抽不出军队支援他。经过一番思虑，他做出一个可怕的决定：与其让经济繁荣、土地肥沃的不花剌、撒马尔罕等西部大城落入海都手里，为其增加复国的资本，倒不如将这些城市全部夷为平地，化为焦土，让海都即使战胜了他，也捞不到任何便宜。

八剌合的决定吓坏了当地的士绅居民。他们和他们的先辈经历了六任大汗的统治，还第一次遇到像八剌合这样的疯子。就算第六任汗木八剌沙再缺乏治国才能，也不见得比有才能的疯子更具破坏性。眼看八剌合就要采取行动，他们当中的头面人物与主官商议后，每人捐献了一部分银钱，加上库藏的黄金珠宝，他们携带厚礼前去向八剌合请愿。

他们选了一位能说会道的法官面见八剌合，八剌合接见了他，明知故问："你是海都派来的说客吗？"

法官回答道："回大汗，我是市民代表。"说着，他献上礼物清单。

侍卫接过清单，呈送八剌合。与海都的决战尚未开始，至少暂时，八剌合不缺时间。他对着这张清单仔仔细细地审视了一遍，见上面除罗列着大量的银钱、粮食、酒肉、布帛这些日常用品外，余者几乎全是难得一见的珍宝。

别的倒还在其次，尤其让八剌合心动的是，上面有几件从喀喇汗王朝和西辽国时期流传下来的宝物。八剌合看着这张清单，不禁暗暗思忖：看来他的决定还是正确的，若不是他想摧毁这些城池，这些人也不会主动向他献出这诸多宝物。他们献出的，充其量也就占百之一二，无价的是土地，他断不会留给海都和忙哥帖木儿。至于他自己，万一当不成大汗，他不妨将这些金银珠宝献给忽必烈，以皇帝的大度，加上他的诚意，皇帝一定会原谅他夺取斡端的鲁莽行为。待皇帝统一南北后，他再借兵复国不迟。

法官等得心焦，见八剌合终于面露喜色，急忙鼓动三寸不烂之舌，劝说道："海都真的前来，全城军民都愿意走上城头守城，与海都决一死战。大汗若现在就毁掉这些城池，只怕更加没有与海都决战的资本。"

八剌合轻蔑地看了法官一眼，回道："我都败给了海都和别儿哥察儿，你们又如何是他们的对手？"

法官说："不花剌、撒马尔罕有守军和市民，大汗有军队，只要众志成城，我们未必就打不退他们的进攻。"

八剌合哪敢真将自己的命运托付给守备力量薄弱的两城军民。不过，他见法官苦苦哀求，加上礼物的诱惑，决定暂缓行动。他说："我就再给你们几天时间。一旦海都发动攻击，就是毁城行动开始之时。"

贰

法官见他一意孤行，无奈告退。察合台汗国到处都有海都的耳目，这些人迅速将八剌合意欲摧毁所有富城的消息报告给海都。海都与八剌合数次交手，对八剌合的性格及为人有所了解，他生怕自己逼之过急，八剌合真的会做出这种丧心病狂之事。此时，金帐军正向阿姆河方向开进，准备夹击八剌合，海都急忙遣使赴金帐军营，以阻止别儿哥察儿继续进军。

海都派出的使者不是旁人，正是那位偷袭八剌合营地不成，反被八剌合打了个措手不及的乞卜察克。

海都和乞卜察克是堂兄弟，他们两个人的父亲系一母同胞。

在窝阔台诸子中，合失与合丹皆以能征善战著称。合失比较不幸，因酗酒早早亡故。贵由之后，窝阔台家族与拖雷家族围绕汗位发生争夺，合丹支持蒙哥，蒙哥登基后，对合丹依然委以重用。至蒙哥病逝，蒙古帝国出现一南一北两位大汗，长达五个年头的内战就此拉开序幕。其间，海都加入了阿里不哥的阵营，合丹父子则留在忽必烈的朝廷享受荣华富贵。

阿里不哥战败后，乞卜察克被派到合丹在蒙古西部的封地镇守。忽必烈的本意是希望乞卜察克能对海都起到一定的监视和牵制作用，没想到，时隔不久，乞卜察克竟然归附了海都。乞卜察克在给他父亲的一封家信中说："海都对传统的坚守，比起忽必烈大汗的改弦更张更合他的心意。"人们常说，儿大不由爷，对于乞卜察克的选择，合丹也无可奈何。

乞卜察克排兵布阵的才能也许不及他父亲，但在其他方面，他也有其父不能相比的长处。比如说，合丹的性格比较暴躁，不善变通。南征中，他因当面顶撞蒙哥被贬至殿军，归附忽必烈后，他与朝臣的相处也不算多么融洽。不打仗时，他常常纵情声色，在这点上，他与他的两位胞兄贵由、合失如出一辙。乞卜察克的性格却比较平和，他坚定，但不固执；宽容，但不盲从；灵活，但不圆滑。他的自制力很强，这是海都最欣赏他的地方。

事实上，海都有一点与他此生最憎恨同时也最钦佩的敌人——忽必烈很像，他既有爱才之癖，又有识人之能。自乞卜察克归附，他对乞卜察克基本上能做到推心置腹，而乞卜察克感于他的知遇之恩，也将他视为终身之主。

乞卜察克的出使很成功，别儿哥察儿同意与海都一会，共同商议处理八剌合的事情。他们将地点约在塔剌思草原。

海都的真正目标还是忽必烈。忽必烈的存在对他而言如刺在心，如鲠在喉，他想称霸中亚，进而并吞中原，恢复曾祖成吉思汗时期的版图与政权体制，忽必烈就是他必须全力对付，甚至必须一举铲除的人。至于术赤家族和察合台家族的后王们，他与他们尽管存在利益冲突，但并未达到必欲除之而后快的程度。

海都将一切都算得很准。

他选择在塔剌思河（流经今哈萨克斯坦、吉尔吉斯斯坦境内的塔拉斯河）附近的草原亲自与金帐汗国的主帅别儿哥察儿谈判，别儿哥察儿受命出征，完全可以代表忙哥帖木儿本人。海都相信，既然祖宗旧法在忙哥帖木儿心中占据着同样重要的位置，那么他与忙哥帖木儿之间，就不难找到共同语言。

更何况，两个汗国结为联盟，共同对付"汉人的皇帝"忽必烈及伊儿汗阿八哈，使忽必烈与阿八哈不能联手，形成对金帐汗国的威胁，对忙哥帖木儿来说也是一件求之不得的好事。

抛开这些不提，当年，伊儿汗国的建立者旭烈兀先在蒙哥汗，后在忽必烈汗的支持下，"侵占"了原本属于金帐汗国的领土阿哲尔拜展，这件事两任金帐汗——别儿哥和忙哥帖木儿都耿耿于怀。

为显示诚意，海都比别儿哥察儿早几天赶到塔剌思草原驻扎下来。现在的海都，远不是那个用全部家当才换取三十匹宝马的海都了，他虽尚未实现完全控制察合台汗国的计划，随着八剌合退守河中地区，他正一步步朝着成为中亚霸主的目标迈进。所谓河中地区，是人们对锡尔河流域及阿姆河流域之间地域的通称，这个地区向以土地肥沃著称，同时也是兵家必争之地。

只用了短短几年时间，海都仅凭一己之力，便让只在名义上存在的窝阔台汗国有了领土实体和政权实体。除他没有正式称汗外，他的艰苦努力让窝阔台汗国以一种崭新的姿态重新傲立于四大汗国之中，让建立了强盛帝国的忽必烈亦不敢掉以轻心。海都的目光里不复少年和青年时代的阴郁，他那张在窝阔台的子孙中算是比较瘦削的脸庞上，也常常挂着踌躇满志的微笑。

窝阔台活着时，对在襁褓中失去父亲的海都充满怜惜之情。当海都一天天长大，他想必也不会对海都寄予太高期望。窝阔台从来偏爱富贵的长相，比如三子阔出，比如爱孙失烈门，他却不知道，他那些长相富贵的子孙，并没有将他的事业发扬光大。倒是从小经历磨难，在孤独悲伤中长大的海都，若干年后在中亚大地和元帝国的西北边境一次次掀起狂风巨浪。

今天的海都，即使金帐汗本人在场，也不会对他小觑。智计百出与阴险狡诈的界限，究竟有谁能完全分清？至少忙哥帖木儿这样认为。作为忙哥帖木儿的叔祖，金帐军的统帅，别儿哥察儿与他的侄孙怀有同样的想法。

"没有永远的敌人，没有永远的朋友，只有永远的利益。"这句至理名言在窝阔台汗国的重建者海都和金帐汗国第五任汗忙哥帖木儿的身上体现得可谓淋漓尽致。海都的伯父是贵由，忙哥帖木儿的祖父是拔都，想当年，贵由与拔都既是堂兄弟，也是积怨颇深的对手。贵由在西征途中污辱过拔都，又因为拔都的抵制，让贵由在四年多的时间里眼睁睁地看着近在咫尺的汗位而无法实现君临天下的抱负。后来，贵由为向拔都报复，死在征伐拔都的途中。当这对冤家全都离开了人世，他们的继承者却要在当年他们拔刀相向的地方握手言和了。

由于路途较远的关系，隔了两日，金帐军主帅别儿哥察儿才来到约定好的地点。海都亲自出迎，他态度殷勤，令别儿哥察儿微微有点受宠若惊的感觉。

从辈分上来讲，海都是窝阔台之孙，别儿哥察儿是术赤之子，海都对别儿哥察儿还得尊称一声"叔父"。

海都先以子侄之礼拜见别儿哥察儿，别儿哥察儿欲以臣礼回拜海都时，却被海都拦住了。海都扶住别儿哥察儿的双臂，笑声朗朗地说道："叔父不可。我是晚辈，此礼万万受不得。何况，叔父不惮劳苦，亦是为海都辛苦奔忙。"

别儿哥察儿的身边，站着一位全身戎装的少年。少年眉目俊朗，气宇轩昂，十分引人注目。

"这位是……"海都一双慧眼，早看出少年身份不同一般，是以虚心垂问。

少年以晚辈之礼见过海都："叔祖在上，请受侄孙脱脱一拜。"

"脱脱？难道你是……"

"没错，他正是大汗之子。"别儿哥察儿微笑着说道。

"原来是王子！王子快快请起。"

海都说着，扶起脱脱。他注目端详着脱脱，脱脱迎着他的目光，毫无回避之意。片刻，海都微微一笑，做了个"请"的手势，引领别儿哥察儿与脱脱一同走入自己那座在阳光下熠熠生辉的金色大帐。

脱脱尚且年轻，别儿哥察儿却经历过大风大浪，阅历虽不同，他们仍被海都表现出来的热情与气势感染了。

叁

戴着面具的海都就有这等能耐，他常常会根据不同的情况戴上不同的面具，这些面具无论哪个都被他制作得栩栩如生，几乎能与他的本来面目融为一体。就算他自视甚高，他仍能在表面上做到彬彬有礼，谦恭和顺；就算他不喜欢那些对他构成潜在威胁的人，为了需要，他也可以选择隐忍和退让。他常常一边与人谈笑风生，一边在心里盘算着如何将这个人置于死地。他不耻于对那些有用的人暂时屈服，更不吝于对不忠诚的人施以辣手。他并不是一个多么舍得付出的人，但为了攫取更大的利益，他也不惜倾其所有……事实上，不管过去多少年，没有人知道真实的海都究竟是个怎样的人，没有人能够真正走进他的内心世界。长生天为他设定的角色，是以倔强的弱者面目出场，以悲伤的强者姿态谢幕。或许正因为如此，曾经不名一文的海都，在那个风云变幻的时代里纵横捭阖，左右逢源，仅凭一己之力就重建了以窝阔台的名字命名、原本有名无实的汗国。

何况，海都的窝阔台汗国尽管前途未卜，其如朝阳般喷薄欲出的姿态，无疑也是有目共睹。

从大帐里的位次安排，颇能看出海都的良苦用心，他与别儿哥察儿并没有分宾主落座，而是对坐交谈。别儿哥察儿的座位在右边，蒙古人尚右，右为尊，别儿哥察儿是长辈，海都的尊崇显而易见。

别儿哥察儿并非不了解海都的用意，他不免推让一番，最后还是在尊位坐下了。脱脱坐在曾叔祖的旁边。

海都从阿力麻里带来的厨师正在为晚宴忙碌着。此时，离宴会开始还有大约一个时辰的时间，侍女们穿梭不停，奉上时令水果、奶茶、清茶、奶食品、炸果子、刚出炉的馕、西域葡萄酒和马奶酒。当一切摆放整齐，她们退出了大帐，侍卫们也都到大帐外等候。海都这样安排的用意，是想不受打扰地跟别儿哥察儿说会儿话。

在蒙古四大汗国中，金帐汗国拥有最广阔的领土和最强盛的兵力，可金帐汗国的领土大多在苦寒之地，这使金帐汗国的经济发展受到限制，产品和食品的丰富程度远远不及早有农业和手工业基础的察合台汗国和伊儿汗国。

脱脱从小在金帐汗国吃着面包炸鸡火腿肠长大，可他对蒙古族的传统饮食仍旧情有独钟。

四大汗国争斗不断，却也时战时和。和平时，四大汗国之间，汗国与中原王朝之间，彼此的交流从未真正中断过。

别儿哥察儿格外喜爱西域的红葡萄酒，海都带了两车来，他说，这些葡萄酒是他送给忙哥帖木儿汗和别儿哥察儿的礼物。他的慷慨令别儿哥察儿与他的关系拉近了不少，两个人的交谈也变得随意起来。

紫红色的葡萄酒装在水晶杯中，颜色煞是好看，转眼间，别儿哥察儿已经喝下三杯葡萄酒，他见海都只以清茶相陪，笑道："海都侄儿还是不喝酒吗？"在四大汗国，人们对海都滴酒不沾皆有耳闻。

海都点了点头："是啊。"

"为什么？"其中的原因，若说别儿哥察儿完全不知道也不尽然，他只是借机寻找与海都交谈的话题罢了。

海都当然清楚别儿哥察儿问话的用意，他用一种认真的口吻回答："从小不喝，到现在真的对酒没有兴趣了。"

"我们蒙古人，不喝酒的人还真是少见。"

"我也知道，这的确是个缺陷。"海都仍旧笑眯眯地承认。

别儿哥察儿反倒不好说什么了。

停了停，他才又说了一句："也不是。我倒很钦佩海都汗的毅力。来，我敬海都汗一杯，然后，我们谈正事吧。"

"好，我以茶代酒，敬堂叔一杯。"

两个人喝尽了杯中的酒和茶，彼此相视而笑。

"海都汗。"别儿哥察儿放下手中的酒杯，随手拿起一块炸果子，一边咀嚼，一边唤道，这使他的声音听起来有些含糊。

"嗯？"

别儿哥察儿拿起手边的湿毛巾擦了擦手，不再喝酒，也不再吃东西。他看着海都，神态变得认真起来，直言不讳地问道："我想知道海都汗的想法。"

海都微微沉吟了一下，"您说我的想法吗？"

"是啊。"

海都笑了："这还用说吗？堂叔您也明白啊，我们有共同的敌人。"

"你指八剌合吗？"

"八剌合野心勃勃，对你对我的确都是个威胁。不过，我真正在意的人，是忽必烈，而忙哥帖木儿汗的敌人是伊儿汗国的阿八哈，他们可都是大那颜拖雷的后人。当年，若不是您的兄长、忙哥帖木儿汗的祖父拔都汗一力举荐，蒙哥又怎么可能从窝阔台一系窃走汗位？蒙哥登基为汗后，派旭烈兀第三次西征，旭烈兀征服了波斯，同时也侵占了金帐汗国的领土。当时拔都汗已去世，别儿哥汗屡次遣使向旭烈兀讨回这些城池，都遭到旭烈兀的拒绝。这个缘故导致了双方多次交战，可惜未有结果。在这件事上，蒙哥汗与忽必烈汗只知道偏袒自己的弟弟，一心为拖雷家族打算，根本不考虑亲族权益。蒙哥汗倒也罢了，他至少还是个真正的蒙古人，他在世时，我蒙古帝国无比强盛，政权也稳若磐石。我个人即使不那么喜欢他，他的雄才伟略却让我对他怀有

171

崇敬之意。忽必烈汗则是一个跳下马背，走进城池的皇帝，一个离开了马背的大汗，丢弃了蒙古人坚守的传统，怎配做我蒙古人的共主？"

海都的口才在四大汗国无人能比，一番话说得别儿哥察儿连连点头。脱脱听得有点发愣，他在内心深处对于中国的强盛富庶还是满怀向往之情的。

"你说得没错，现在的伊儿汗阿八哈的确是我金帐汗国的敌人，忽必烈是海都汗的敌人。不过，这与我们要谈的事情有关吗？"

"有关。我的意思是，我们真正的敌人不是察合台家族，而是拖雷家族。"

别儿哥察儿仍旧不太明白海都的意思。

"堂叔祖的意思，是我们要与八剌合和谈吗？"脱脱插进话来。

海都微笑着看了脱脱一眼。他不得不承认，这个少年着实敏锐。他听说，八剌合败退时，正是脱脱建议别儿哥察儿在途中设伏，才给了八剌合致命一击。忙哥帖木儿有子若此，也算后继有人了。

"是啊，我的确是这个意思。"

"为什么？"别儿哥察儿觉得已至穷途末路的八剌合不堪一击，再与他和谈未免多此一举。

"叔父请想，河中诸城虽一直由历代察合台汗掌管，可它毕竟是我蒙古帝国的领土。在河中地区，不止察合台家族，术赤家族原本也有份地，只是几年前被阿鲁忽乘虚而入，据为己有。如今，八剌合一败再败，我若苦苦相逼，他唯一的出路就是亲手毁掉这些富庶城池，以免其落入我与叔父手中。我们与八剌合作战，并不是为了得到焦土废墟，我坚信，这也不是忙哥帖木儿汗的初衷。另外，我始终认为，我们真正的敌人是忽必烈和阿八哈，不是八剌合。忽必烈在东面，阿八哈在西部，他们随时会对我们形成威胁。要我看，我和叔父与其在这里与八剌合拼个两败俱伤，或者听任他毁掉祖宗之地，倒不如大家坐下来，商议出一个万全之策。说不定，我们与八剌合还能形成新的联盟，共同对付忽必烈和阿八哈呢。"

别儿哥察儿认真思索着海都的提议，觉得三家若能休战结盟倒也不错，毕竟是兄弟之国，打来打去也没什么意思："也罢，我这里没意见。就看八剌合怎么想了。"

"他哪有资格与我们讨价还价！他需要的无非就是个台阶，我们给他这个台阶，他一定求之不得。"

"好吧。你打算派谁为使呢？"

"乞卜察克怎么样？乞卜察克和八剌合比较熟悉，容易取得他的信任。"

别儿哥察儿笑道："乞卜察克侄儿倒是个合适的人选。我们且按兵不动，静等乞卜察克出使的结果。"

肆

八剌合刚听说乞卜察克求见时，以为他是海都派来劝降的使者，本能地就有些反感。他正要派个人随便接待一下，转念一想，不见不察，不闻不知，何不听听乞卜察克怎么说，于是又让乞卜察克进来了。

乞卜察克以臣礼见过八剌合，八剌合示意他坐在自己旁边的位置上。

侍卫奉茶，乞卜察克抬头望着八剌合。可能与这段日子疲于逃命有关，八剌合一副风尘仆仆的样子，容色也显得憔悴和疲惫。

乞卜察克作为合丹之子，八剌合作为南图赣三子帖散笃哇之子，两个人的年龄与经历都比较接近。以前在燕京和上都时，他们每年能见上两三面，彼此间不仅熟稔，而且当时的关系相当不错。

八剌合不愿与乞卜察克绕弯子，他直截了当地问："海都派你来，是打算劝我投降吗？"

八剌合准备的下一句话是：让我投降，绝无可能。

"不是。"乞卜察克回答。

八剌合闻言，倒有些愣怔。

"不是？"

"海都汗派我来，是想商议与汗和解。"海都虽未正式称汗，或者说尚未举行正式的即位仪式，不过他早已是窝阔台汗国名副其实的主人，所以，无论在本国，还是在其他汗国，人们对他皆以"海都汗"相称。

八剌合冷笑道："海都真想与我和解吗？他是担心我烧掉不花剌和撒马尔罕吧？"

"是啊。烧掉这些城市，又对谁有好处呢？"乞卜察克平静地回答，他的平静别有意味。

八剌合一时语塞。

　　是啊，烧掉这些城市，又对谁有好处呢？若不是被逼入绝路，谁又会出此下策？

　　"大汗。"

　　"你想说什么？"

　　"海都汗，不，不只是海都汗，四王爷别儿哥察儿的想法也是一样：金帐汗国、察合台汗国、窝阔台汗国本是兄弟之国，既是兄弟之国，大家又何苦打来打去？打到最后，也不过是自断手足而已。当年，先祖成吉思汗将西部领土分封给他的三个儿子时，对边界并未做出明确划分，这正是导致蒙哥汗之后三个汗国间纷争不断的一个原因。现如今，我蒙古汗位由忽必烈汗取得，可他的即位并未经过全体东、西道诸王的认可，这就给他身为大汗的合法性蒙上阴影，也难怪海都汗和忙哥帖木儿汗对他不服，不愿奉他为天下共主。私心说，我和八剌合汗都在中国生活过，那里的繁荣与富庶确有泱泱大国的气象，绝非诸汗国可比。另外，忽必烈汗对帝国东部拥有绝对统辖权，这点也毋庸置疑。目前的问题出在西部。刚才我说过，先祖将西部分封给他的三个儿子时，只给出大致的范围，边界不是特别明确，但其中没有拖雷家族的领地却是不争的事实。既然如此，伊儿汗国的领土，就是旭烈兀在蒙哥汗和忽必烈汗的默许下，以武力强行夺取的。旭烈兀侵害的，是我们三家共同的利益。海都汗和四王爷的意思都一样，旭烈兀父子才是我们的敌人，我们何不携手合作，将所有被伊儿汗非法侵占的领土夺回来？海都汗和四王爷派我来见大汗，是想就此事征询大汗的意见。"

　　八剌合没想到他被逼上绝路，还能绝处逢生，大喜过望的他顿时将自己对忽必烈的"忠诚"（事实上，到底有没有过忠诚都值得商榷）抛到九霄云外，他连连点头，语气转缓，问道："听堂叔所言，也不是没有道理。你不妨告诉我，接下来的事海都有何打算呢？"

　　乞卜察克在辈分上是八剌合的堂叔，他们同在中国时，是以朋友论交的。是分离，是时间，是不同的立场，让他们的关系变得疏远起来。

　　"海都汗的意思，术赤系、察合台系、窝阔台系应该召开一个忽里勒台，先对西部领地做个明确划分，以免日后三家仍是纷争不断，战火重燃。"

　　"好吧，我不反对参加忽里勒台。"

　　"八剌合汗对时间和地点有什么建议？"

"冬天就要来临，诸事不便，太匆忙也没意义。我意时间不妨定在明年开春，地点嘛，就由海都汗和四王爷来定。"

"我知道了，我一定将大汗的意思转告给海都汗和四王爷。"

至元六年（1269）春，按照海都的意愿，经过乞卜察克的牵线，一个没有拖雷系后王参加的忽里勒台在塔剌思草原如期举行。在这次会议上，海都代表窝阔台系，八剌合代表察合台系，别儿哥察儿代术赤系，宣誓要维护蒙古人传统的游牧风俗、生活习惯以及社会制度。同时，三家还重新划分了势力范围：阿姆河以北的河中地区大部分划归八剌合，少部分由海都与忙哥帖木儿一分为二。伊儿汗国归入三家共同的势力范围，一旦消灭伊儿汗阿八哈，伊儿汗国的领土将由三家平分。

八剌合在面临亡国的紧要关头居然保住了汗位和领土，哪怕这领土只剩下阿鲁忽统治时期的一半，他也没什么可抱怨的。金帐汗几乎兵不血刃收回了被阿鲁忽占领的汗国在河中地区的领地，也算意外之喜。比来比去，最大的赢家还是海都。窝阔台汗国原本是在海都整合了窝阔台家族的封地，并逐步蚕食了察合台汗近一半领土后方才建立起来的，如今，非法变成合法，所有被海都侵占的领土得到确认，真正变成了窝阔台汗国的组成部分。

考虑到忽必烈强大的政治、军事以及经济实力，与会诸王贵族颇有默契地承认了忽必烈在东方的霸主地位。与此同时，为显示三大汗国才是蒙古传统的维护者，三大汗遣使至元廷质问忽必烈为何要抛弃祖宗旧法，并要求忽必烈"回归正途"。

塔剌思会盟，标志着三大汗国与元朝的决裂，也标志着蒙古帝国的分裂。

伍

严格而论，不能完全将四大汗国的独立归因于忽必烈与阿里不哥的内战，内战与分裂不存在绝对的因果关系，内战只是为分裂提供了催化剂。

其实，何止疆域辽阔的蒙古帝国不能维持统一？在不久的将来，人们会看到金帐汗国的属国白帐、蓝帐等汗国不再服从金帐汗的领导；会看到察合台汗国分裂成西察合台汗国和东察合台汗国，西察合台汗国与东察合台汗国在各自独立后又彼此攻讦；会看到窝阔台汗国与察合台汗国之间的分分合合；会看到伊儿汗国最终与元帝国不相隶属，只在名义上留在了元帝国的版图之内。

塔剌思会盟结束后，海都正式称汗。在此后的一年里，他一边养精蓄锐，一边等待着与忽必烈一决雌雄的机会。他坚信，只要消灭了忽必烈，再与金帐汗和察合台汗联手消灭阿八哈，夺回被拖雷家族窃取的权力，他就不难找到制衡金帐汗国和察合台汗国的方法，从而成为真正的蒙古共主。

他关注着八剌合的动向。直觉告诉他，八剌合将成为给他制造机会的人。他的直觉来自于了解，他了解八剌合。因为，这话该怎么说呢，从本质上来讲，八剌合是一个与他有着相同性格和野心的人，他第一次见到八剌合，就好像看到自己。他了解自己，所以，他也了解八剌合。

果然，八剌合没有辜负他的关注。

八剌合并非不知道他在三家划分领土时是吃了大亏的，在当时那种人为刀俎、我为鱼肉的状况下，他除了隐忍其实也别无选择。他决不甘心领土缩水，只是暂时他还不能与枕戈待旦的海都决战，他担心的是，万一再次败于海都之手，他的轻率必定会给海都继续西进和并吞察合台汗国领土制造口实。

经过一番谋划，八剌合决定将矛头指向伊儿汗国。根据塔剌思盟约，伊儿汗国的领土已被三家平分，他出兵伊儿汗国，其余两家一定求之不得，必要时，他还可以从金帐汗国和察合台汗国得到援助。

此时的阿八哈，受到金帐汗国和埃及玛麦鲁克王朝的夹击，南防北挡，在兵力上确定有些捉襟见肘。八剌合又从东面攻来，阿八哈更加措手不及。双方交战之初，阿八哈一方不断败退，无奈之下，阿八哈表示可以将申河以北的哥疾宁割让给八剌合。阿八哈的示弱更加激发了八剌合一举征服伊儿汗国的野心，他拒绝了阿八哈提出的退兵条件，率领察合台军队一直攻入伊儿汗国的呼罗珊地区。

其实，所有的示弱都是阿八哈针对当时对自己不利的态势所设下的诱敌之计，目的就是将八剌合引入伊儿汗国腹地。见八剌合完全落入包围圈，阿八哈当即展开反击。八剌合的军队远道而来，地形不熟，被阿八哈凶猛的进攻打乱了阵脚，八剌合靠着部将拼死保护，才侥幸逃出重围。

一年的精心准备，仍是铩羽而归。这一仗让八剌合明白，无论在政治上还是在军事上都处于上升时期的伊儿汗国，绝不是他可以轻易打败的。本来，八剌合的想法是先退回河中地区，再重整军马，长生天似乎放弃了他，他在回师途中突然出现中风迹象，导致半身麻痹。

八剌合一败再败，诸王贵族对他愈发感到失望，八剌合的堂弟阿合马、察合台汗四子撒巴之子聂古伯都准备离开他，前往中国投奔忽必烈汗。作为一方雄主，八剌合当然不能坐视这样的事情发生，他担心这会造成可怕的连锁反应。鉴于病情不允许他骑马，他乘轿追击叛逃者，同时派弟弟向海都求援。

八剌合的一举一动都在海都的掌握之中。对海都来说，八剌合胜也罢，败也罢，都不是一件坏事。倘若八剌合真的能打败阿八哈，甚至一举消灭伊儿汗国，那等于为他解除了一半的心腹之患，日后，他再设法与八剌合争夺新领地即可。倘若八剌合失败，他也不吝落井下石，将八剌合逼入绝境。反正，他要长期制衡忽必烈，就必须完全控制资源丰富的察合台汗国，这是他的既定目标，不容改变。

他接待了八剌合的使者，用一种简慢的口吻说道："八剌合汗都病成这个样子，还亲自追击叛军，着实令人钦佩。我哪有理由不帮助他呢？"

使者察觉到他的语气不善，没敢多说什么。晚上，他试图逃出窝阔台汗国的营地向八剌合报信，海都早有防备，派人将他扣了起来。海都的借口是，使者窃取了海都汗的一枚金印。

很快，海都将一切准备就绪。他对外宣称率几千人驰援八剌合，这当然是为了让八剌合安心。实际上，他率领两万精骑直奔察合台汗国。

海都向八剌合的军营靠近时，余威犹在的八剌合追上阿合马和聂古伯。双方经过一番混战，阿合马死于乱箭之下，聂古伯受到八剌合逼迫，慌不择路地逃到海都军前，向海都请降。海都正在用人之际，慷慨地将聂古伯留在身边。

八剌合再次派人与海都交涉，交涉的内容有两项，一个是请海都将聂古伯交还给自己，一个是请海都退兵。

海都接待使者时怆然作色，他说："察合台汗国与窝阔台汗国本是兄弟之帮，我亦视八剌合如我亲侄一般，没想到，他却对我处处设防，思之实在令人心寒。他能对阿合马和聂古伯这些至近血亲痛下杀手，下一个，该不是要轮到我这颗眼中钉？聂古伯是我的后辈，他危急时来投，只为活命，对于这个被八剌合逼到走投无路的人，我怎能忍心置他的生死于不顾？何况，八剌合要我来我就来，要我走我就走，天下哪有这种不讲理的事。我倒要去见见八剌合，跟他理论一番。"

海都让使者将他的这番话带给八剌合，随后，他引军包围了八剌合的营地。

海都的真实用心昭然若揭，无奈，八剌合再没有力量抵挡海都的进攻。八剌合本来就在病中，鞍马劳顿无疑消耗了他仅存的元气，如今，他又遭到海都暗算，内外交困终于将他击垮在病床上。当天晚上，八剌合最后一次苏醒过来，他强撑病体，单独召见他最钟爱的儿子都哇。他含混不清、断断续续地向儿子交代了后事，然后，他望着儿子那张尚显稚嫩的脸颊，潸然泪下。

在都哇悲伤的呼唤中，八剌合的世界黯淡下来。不管八剌合是否情愿，他的双脚还是迈上了通往天国的道路。

次日凌晨，海都得知，八剌合在营地亡故。他派人入营吊唁，察合台系后王以哈剌旭烈之子木八剌沙、阿鲁忽诸子、八剌合诸子为首，向海都请降。海都如愿成为察合台汗国和窝阔台汗国的共同主人。

下一步，海都要做的，是成为蒙古帝国的共主。

海都一生，始终坚信只有自己才是真正的蒙古人之王，为此，他不能对察合台汗国诸王斩草除根。他想到一个有效控制察合台汗国的办法，这个办法就是在察合台后王中，为汗国选择一位傀儡大汗。

前来投奔他的察合台后王，有好几位有着合法的汗位继承权。其中，木剌八沙既是第二任汗哈剌旭烈之子，又先后做过第四任汗和第六任汗。另外，阿鲁忽诸子、八剌合诸子都具有汗位继承资格，这些人不仅具有资格，而且具有相当的影响力和号召力，毫无疑问，海都不会选择他们。

任何人都不会选择那些可能对自己产生威胁的人，海都只能在对自己宣誓效忠的人当中进行选择，这是唯一的标准。

按照这个标准，海都择定吉日，将第一个归附他的撒巴之子、八剌合的堂叔聂古伯推上汗位。

陆

在察合台汗国，只有长子南图赣一系才有汗位继承权。当然其中也出现过例外情况，比如第二任汗也速蒙哥、第五任汗阿鲁忽，也速蒙哥的统治乏善可陈，阿鲁忽却是名副其实的一代强主。其余大汗，都出在南图赣一系。

如今，在海都的操作下，出现了第三个例外。

聂古伯梦幻般地被海都拥上汗位，成为察合台汗国的第八任大汗（1271年至1273年在位）。

这一年是至元八年（1271），察合台汗国开始沦为海都的附庸。

海都公然违背察合台汗的遗嘱，在察合台后王中引起强烈不满，他们联合起来，向海都宣战。这一次，他们照样不是海都的对手，在兵力消耗殆尽时，他们开始作鸟兽散，各奔东西。

八剌合的长子与阿鲁忽诸子前往中国投奔了忽必烈，木八剌沙全家前往伊儿汗国投奔了阿八哈，这些察合台的后裔们尽管失去权力，却幸运地在这两个国家过上了衣食无忧的生活。

与他们的选择不同，八剌合次子都哇和他的弟弟们却投在海都门下，这让海都感到惊讶。

起初，都哇和长兄一起归附了海都，后来，也追随长兄反对海都。唯独这一次，他没有继续跟随长兄的脚步。

海都把都哇唤到他的面前，直截了当地问道："当年，你父亲八剌合是依仗忽必烈的支持才有资格成为察合台汗国的大汗。虽然塔剌思会盟让他公开走上反对忽必烈的道路，可从始至终，除了出兵夺取斡端外，他并未采取过与忽必烈敌对的行动。我的确不喜欢我的堂叔忽必烈，不过，我得为他说句公道话，他不是个没有心胸的人。八剌合的儿孙来投，他不会拒绝接纳。我好奇的是你，你也是八剌合的儿子，怎么会做出与你兄长不同的选择？"

都哇抬头直视着海都的眼睛，以同样直截了当的口吻回答："我的理由与乞卜察克堂叔相同。"

"乞卜察克？你不妨说说看，那是什么样的理由？"

"不瞒海都汗，前不久的一天，乞卜察克叔父来看望我们，我问他：当初为什么要归附海都汗？为什么不再回到中国去？那里可是有他的父母和亲人。叔父想了想，回答我说：人做什么事，都要顺从自己的心意。有些东西，看起来似乎富丽堂皇，却并不真正适合你。这样的东西，对你而言没有任何实际意义。我的骨子里还是草原人，我的血管里奔流着祖先自由的血液，城池与华庭对我来说都是束缚，而这，是我与我父亲最不同的地方。在海都汗与忽必烈汗之间，海都汗更合我的心意，你一定要问我原因，这便是唯一的原因。"

海都冰冷的胸膛里骤然间翻卷出一股热浪，这些话，乞卜察克可是从未对他说起过，"是吗？乞卜察克是这么回答你的？"

"没错。"

"那么，我是不是可以这样理解，你与他的想法相同？"

"是。这一次，我也要顺从自己的心意。"

海都上下打量了少年一番。他还是第一次注意到，少年浓眉大眼，英俊魁梧，形容举止与他父亲八剌合确有几分相似之处。

"好吧。果真这是你的心意，你就留在我身边吧。"

"是。"都哇恭顺地回答。

海都原本就有权智过人，将兵勇敢，治民宽任，多谋略、善用兵的一面，自从成为中亚霸主，他的君主才能进一步得到展现。

与祖父窝阔台汗和伯父贵由汗不同，海都是个律己极严的人，他终生不饮酒，也从不纵情声色，在这点上，他倒很像他的曾祖父成吉思汗。在他掌管两个汗国后，他开始致力于恢复生产和发展经济。为了保护农耕城市，他将军队迁往山林和草原，以免牲畜糟蹋粮食。他制定了合理的税收政策，不再对农民、牧民、手工业者和商人征索无度。他知人善用，凡派往各地的重要官员都要经过严格筛选。治境是否人心思定、是否富足安宁是他任用和提拔官员的主要标准。

在海都的统治下，饱经战火的中亚诸城日渐焕发出勃勃生机。事实上，这也是在几个世纪蒙古统治下最让人感到不可思议的一幕：被杀戮的将士，被焚烧的土地，被摧毁的城池，被夷平的建筑，本该通过一代乃至几代人的努力才能恢复原貌，却经过短短几年或十几年，便在世界各国旅行家的笔下呈现出江河奔流、草原丰茂、庄稼葱茏、建筑华美，以及商旅云集、人流如织、物产丰饶的景象。

海都的治国才能令人惊叹，只可惜，做一名和平大汗不是他的终极目标。

与此同时，聂古伯在海都的支持下，渐渐坐稳了汗位。

为了全力对付忽必烈，海都必须从察合台汗国得到大量的物资支持，这对聂古伯来说无疑是个沉重的负担。原本即位之初，聂古伯尚能对海都俯首帖耳，有求必应，但是，作为察合台的子孙，聂古伯并不愿意永远受制于人。在他即位的第三年，他开始谋求察合台汗国的独立。

他的企图很快被海都察知。

海都乃当世枭雄，在他的字典里，有一条被他奉为人生至理：顺我者昌，逆我者亡。他知道察合台之孙不花帖木儿一直都在觊觎汗位，便暗中许以好处，唆使不花帖木儿袭杀了聂古伯。不花帖木儿系察合台七子所出，按照察合台的遗嘱，他不具有继承汗位的资格。在沦为附庸的察合台汗国，有没有资格并不重要，重要的是看谁能获得海都的支持。聂古伯死后，不花帖木儿在海都的扶持下，成为察合台汗国的第九任大汗（1273 年至 1274 年在位）。

不花帖木儿是个比聂古伯还要性情急躁且不懂得审时度势之人。他"忠诚"于海都的时间更短，为夺回被海都侵占的察合台汗国领土，他不惜公开与海都兵戎相见。结果，他兵败被俘，海都以处置蒙古贵族的方式将其处死。

短短三年间，察合台汗国的第八任汗和第九任汗匆匆消失在风云变幻的中亚草原。在察合台汗国扶植傀儡汗是海都的既定方针，通过这些年的细致观察，他萌生了扶立都哇为察合台第十任汗的念头。

追随他三年的都哇是第七任汗八剌合之子，是南图赣的曾孙。以都哇为汗，汗统便又回到南图赣一系。在察合台汗国将臣百姓的执念里，出自南图赣系的大汗才更具正统性，也更具权威性。

可是海都有个顾虑，他不知道都哇会不会步入聂古伯和不花帖木儿的后尘？到那时，难道让他对都哇亦来一次杀戮不成？都哇与聂古伯和不花帖木儿不同，在察合台系的诸多后王中，海都唯独对这个年轻人怀有几分真实的欣赏与怜惜之情。

柒

犹豫不决中，海都召来乞卜察克密商此事。乞卜察克行事谨慎，有识人之能，这些年把被都哇置于身边，其地位与谋臣相类。

听海都说出他的想法，乞卜察克蓦然想起他在都哇眼中看到的灼人光芒，那是在海都下令处死不花帖木儿时。随之，都哇那张年轻的总是不动声色的脸庞浮现在他的眼前，经验告诉他，都哇绝不是什么等闲之辈，或许，这个年轻人根本就是一条蛰伏待机的潜龙。但乞卜察克没有将他的直觉说给海都，他既不能也没必要用猜测毁掉一个年轻人的前程，他尊重祖先遗留下的一切传统，包括保护归附者和自己的亲族。正如他所说，他的行动会听从心意。

"都哇嘛……"

"怎么样？"

"这孩子年轻，经验不足。倘若换个角度想想，这或许正是他的长处。"乞卜察克的回答言简意赅，又颇耐人寻味。

海都听了，仿佛吃了颗定心丸一般。

至元十一年（1274），年仅十九岁的都哇在鼓乐声中登上汗位，成为察合台汗国的第十任汗（1274 年至 1307 年在位）。

海都一面冷眼旁观，一面加紧了对都哇的监视。他早想好，都哇但有异动，他必先下手为强。不料，都哇对他表现得如此恭顺，差不多唯命是从，他只能权且相信都哇对他的忠诚是值得信赖的。

当确信自己的实力已变得足够强大时，海都与都哇联手，集两个汗国的军力，出金山大举东犯。

海都从来没有放弃过重建蒙古帝国的梦想，就像当年，他以一己之力，重建了有名无实的窝阔台汗国一样。

如今，他已成为名副其实的中亚霸主，甚至让察合台汗国的大汗都哇对他俯首帖耳，在漫长的一段时间里充当着他的附庸。他与金帐汗国、伊儿汗国划疆而治，基本上保持着相对的和平。纵然几个汗国难免有领土之争，但金帐汗国与伊儿汗国从来不是海都的目标，他的目标永远是堂叔忽必烈统治下的元帝国，他梦寐以求的是打破忽必烈在中原的统治"体统"，让一切回归"正途"。

年轻时的海都善用权谋，直到今天，这点也没有任何改变。海都以权谋起家，又以权谋治国，然而，海都能在逆境中崛起，凭借的绝不仅仅只有权谋。从文能安邦治天下、武可鞍马定乾坤的角度，海都可以说是窝阔台家族中除窝阔台本人之外最杰出的君主。另外，海都当政期间，一手重振了汗国经济，这使他有能力与强大的元帝国抗衡数十年。

名义上，元帝国是四大汗国的宗主国。海都当然不会承认这一点，不过，为了需要，有时他倒是能放下姿态，说几句服软的话。至于其他汗国，与元朝皆有贡使往来，也经常接受元帝的赏赐。

现在的海都，不只是窝阔台汗国的大汗，也是察合台汗国的宗主汗，这还不能让他满足。他永远不会忘记，当年是拖雷系从窝阔台系"窃取"了汗权，而他，作为窝阔台的嫡孙，一定要让汗统回归窝阔台家族。

不能夺回汗统，忽必烈终其一生都是他的敌人。

在这个过程中，战争不可避免。

海都与忽必烈的战争并非始于今日。

早在至元五年（1268），已据有窝阔台汗国本土、察合台汗国大部分领土，实力在中亚地区无人可及的海都就公然向元朝发动过进攻。当时，忽必烈发兵迎击，在别失八里击败海都的军队。元军乘胜追击至阿力麻里，海都率部远遁两千余里。

次年，忽必烈在燕京得知金帐汗国、察合台汗国、窝阔台汗国共同制定了"塔剌思盟约"，忙派太子真金前往漠北称海地区，巡视西北防务，同时派万户伯八、断事官刘好礼镇守吉儿吉思、谦州等处进行防备。

八剌合病逝后，海都擅立聂古伯为察合台汗国第八任汗。忽必烈见海都竟以蒙古大汗自居，完全无视中央管束，预料到成为中亚霸主的海都与他必有生死之战。为加强防范，他派嫡幼子北平王那木罕率重兵戍守西北，设帐于阿力麻里。不久，那木罕引军击败聂古伯率领的察合台汗国军队，这位皇子的用兵之能始为海都所知。

就在一方严阵以待，一方厉兵秣马之际，时光悄然来到至元十二年（1275）。短短四年间，察合台汗国已更换三位大汗。短短四年间，海都奇迹般地成为两个汗国的主人。所谓人间沧桑，竟只在须臾之间。

是年正月，元廷追缴授予海都和察合台第七任汗八剌合的金银符印，忽必烈命右丞相行中书省、枢密院事安童前往阿力麻里协助那木罕部署防御，同时遣使劝谕海都和都哇罢兵。海都不听，与都哇攻入天山以南地区，驻守南疆的火忽乘机发动叛乱，策应海都，这使西北局势变得更加复杂。按照先剪羽翼的策略，那木罕与安童于七月出兵平息了火忽叛乱。

差不多在此时，忽必烈对南宋发动的统一战争进入关键时期。驻守于天山与金山之间的海都，觉得元军倾力攻宋，国内兵力一定空虚，他立刻征集两大汗国的军队，举兵袭扰天山南麓。

他再次低估了忽必烈在西北的防御力量。

为应对海都东犯,忽必烈命那木罕统率其弟宁远王阔阔出,河平王昔里吉,宗王脱黑帖木儿、玉木忽儿、明理帖木儿、撒里蛮,东道诸王兀古带等七位宗王共同协助那木罕驻守西北边境。同时,派右丞相安童率军队和大量辎重前往阿力麻里协助那木罕镇守。忽必烈的这种安排对海都而言,俨然就是一道铜墙铁壁,海都不知道该从哪里寻找突破口,数战皆败,心里逾发焦躁不安。

他问自己,难道这一次,他又要勒马不前?

长生天再次将眷顾的目光投向海都。正当海都进不能进,退不甘心时,那木罕的王廷发生了重大变故。

蒙哥汗在世时,无疑是九位弟弟共同崇敬的兄长。岁都既是忽必烈的庶弟,自然也是蒙哥汗的庶弟,在诸位兄弟中,除了自己的长兄,四哥忽必烈是岁都最钦佩的人。这种钦佩之情促使他在忽必烈与阿里不哥争夺汗位时,成为忽必烈的拥护者。忽必烈建立元朝后,岁都在朝为王,享受着荣华富贵。

岁都去世后,他的儿子脱黑帖木儿继承了王位。物极必反,世间常理。一个随遇而安的父亲,往往不会生出随波逐流的儿子。脱黑帖木儿与其父最大的不同之处在于,他是个正统观念很强的人,他认为,蒙哥汗逝后,汗位理应由大伯汗在世的儿子继承,四伯忽必烈夺取汗位,根本属于僭越行为。按照这个逻辑,他心目中的合法继承人,自然是大伯汗蒙哥之子昔里吉。

昔里吉是蒙哥汗硕果仅存的儿子。当年,因父亲突然病逝,没有留下遗嘱,两位叔叔围绕汗位旋即展开争夺,昔里吉既无能力又无实力阻止他们,只能眼睁睁地看着他们其中一位夺取了本该属于他的汗位——至少,他是这么认为。这些年,他一直都在选择隐忍。忽必烈派他协助那木罕驻守西北边境让他看到了机会,他与脱黑帖木儿一拍即合,此后,堂兄弟二人经过筹划,趁那木罕、安童的大军在亦列河(伊犁河,流经新疆伊犁地区和哈萨克斯坦境内,后注入巴尔喀什湖)流域围猎时,阴谋发动叛乱,拘捕了那木罕兄弟和安童,顺利攻占了那木罕的王营。

事情发展到了这一步,脱黑帖木儿一不做二不休,出面游说阿里不哥之子玉木忽儿和明理帖木儿,蒙哥汗之孙撒里蛮加入反叛忽必烈的阵营。他们简单地召开了一个忽里勒台,将昔里吉拥上汗位。

捌

旗开得胜的昔里吉仍旧很谨慎，他深知他面对的敌人是他的胞叔，是强大的元朝皇帝，忽必烈绝不会坐视他们这些人的反叛。一旦忽必烈派兵征讨，他担心自己势单力孤，很难与忽必烈对抗。他召来脱黑帖木儿商议此事，脱黑帖木儿问道："大汗心中是否已有打算？"

他点点头。

"请大汗明示。"

"为今之计，只有与海都、都哇联合，彼此策应，才能使我们立于不败之地。"

脱黑帖木儿思索一番，给他出了个主意："这也不难，我们不妨派使者携厚礼前往金山附近与海都谈判。"

"你说厚礼？什么厚礼？"

脱黑帖木儿一笑。昔里吉明白过来，脱黑帖木儿说的这份"厚礼"，自然是指那木罕兄弟与安童。

"这倒是个办法。不过，派谁为使好呢？"昔里吉心中一时没有合适人选，眉头不由得微微锁起。

"这有何难！我去便是。"脱黑帖木儿自告奋勇。

堂弟的仗义让昔里吉大为惊讶，也让他深受感动，他劝道："海都一直视拖雷家族为窝阔台家族的敌人，你若前去，我担心会遇到危险。我可以派其他人去。"

"不妨事。海都也是一国之君，谅他不会难为大汗的使者。"

昔里吉思索片刻，觉得这话确有道理："既然如此，你速去速回。"

"无妨，大汗请静候佳音。"

海都开始并不知道昔里吉发动叛乱一事，忽闻脱黑帖木儿求见，他还以为是那木罕派人来与他谈判。

脱黑帖木儿被引入海都大帐。他一眼看到海都的下首坐着一位全身披挂、威风凛凛的年轻将军，他估计，这个年轻人就是都哇。

脱黑帖木儿以使臣之礼见过海都，海都也按照接待使臣的礼节，先为他引见了都哇，随后，请他坐在都哇的对面。

"那木罕派你来，是想求我对他手下留情吗？"海都看着脱黑帖木儿，以一种半是疑惑半是嘲弄的口吻问。

脱黑帖木儿正视着海都，不卑不亢地回答："我奉大汗之命前来，是有要事与海都汗协商。"

"大汗？你说忽必烈吗？"

"不是。我说的，是昔里吉大汗。"

海都以为自己的耳朵出了问题，与都哇面面相觑。

"你说……谁？"

"蒙哥汗之子，昔里吉。"

"昔里吉？他不是协助那木罕驻守边境吗？他什么时候变成大汗了？"

"海都汗有所不知，事情是这样的……"脱黑帖木儿简述了他们反叛忽必烈，让汗位回归蒙哥一系的经过。

因事起突然，海都还是有点不能置信。他担心这是那木罕耍的花招。

脱黑帖木儿好似看穿了他的心思："海都汗，昔里吉汗为了表示他的诚意，还命我给您带来一份厚礼。"

"哦？是什么样的厚礼？"

脱黑帖木儿向他的两名副使做了个手势。

两名副使出去不久，将那木罕、阔阔出、安童带了进来，推在海都面前。

海都一眼认出那木罕。多次交战，海都对那木罕是再熟悉不过了。

看到眼前这份从天而降的大礼，海都和都哇目瞪口呆，半晌没回过神来。

"怎么样，海都汗？眼见为实，这回，您总该相信昔里吉汗的诚意了吧？"

海都的心思飞快地转动着。大惊之后是狂喜，没想到，不用他绞尽脑汁，蒙哥和阿里不哥的后人们已经为他清除了劲敌。

这是天意啊！这是天意！

海都强抑着内心的激动，向脱黑帖木儿询问："你说昔里吉送给我的厚礼，莫非是指他们几个？"

都哇不动声色地看了海都一眼。只有他能听得出来，海都在说到"他们"时声音里那种轻微的颤动。

是啊，人算不如天算。海都想要扩张领土，这可是天赐良机。

"正是。"脱黑帖木儿回答。

"这的确是份厚礼啊。"海都不停地搓着手，就差欢呼雀跃了，"好，昔里吉的心意我收下了，他的礼物我也收下了！我是个放马的，眼浅，比不得我堂叔忽必烈，坐在金銮殿，见过大世面。但凡有人给我送个大礼小礼什么的，我都会兴奋得整宿睡不着觉。哎呀！昔里吉太客气了，一出手就给我送来这么份大礼——我们平日又没多少交情，他这礼送得未免太重了，倒让我觉得受之有愧——可是，昔里吉一片诚心，我又怕却之不恭……好了，客气话先不说了，还是让我观赏观赏我的'礼物'吧。没错，没错，这里面有一位是我的熟人，这二位却瞅着眼生，让我先来猜猜他们的名字好了。呶，这边这位，想必是安童丞相吧？你的曾祖父木华黎可是我蒙古帝国的开国名将。让我好好看看你，少年才子，傅粉何郎，果然名不虚传。这位呢？哦，假如我的直觉没有欺骗我的眼睛，你一定是我的弟弟阔阔出吧？"

安童和阔阔出不屑作答。他们昂首站立，全无惧色。

海都走下座位，径直来到那木罕面前："我的北平王弟弟，我们见面的地点不是在战场上，这点还真让我感到惊讶。看来你得先在我这里委屈几天了，等我拿下阿力麻里，再与你把酒言欢不迟。我虽不喝酒，你可必须一醉方休啊。"

那木罕一言不发。从他遭到昔里吉和脱黑帖木儿暗算，成为叛军阶下囚的那一刻起，他的一切雄心壮志，皆烟消云散。

海都将三个人轮流戏弄一番，这才挥挥手，"来人啊，先把我的几位贵客带下去吧。记着给他们松绑，选几个机灵勤快的仆人，好生侍候着！"

侍卫上前，将那木罕三人押了下去。海都回到座位上，当他将目光重新转向脱黑帖木儿时，脸上的笑容在一瞬间消逝无踪。

玖

脱黑帖木儿默默观察着海都的表情。

"礼物我收下了。昔里吉有什么要求？"海都单刀直入。

"昔里吉汗希望能与海都汗联手，共同抵御忽必烈大军。"

海都干脆地拒绝了："这不可能。"

"为什么？"

"原因有两个。首先，我们或许有着共同的敌人，但我们的目标不同，没有合作的基础。其次，在我蒙古，汗位只应也只能属于窝阔台家族。蒙哥当年虽有篡夺汗位之嫌，但他才能出众，说他是我蒙古最杰出的大汗也不为过。他确实中断了窝阔台家族的汗统，可就个人而言，我承认他没有辱没成吉思汗，没有辱没我祖父窝阔台汗的在天之灵。除他之外，我连忽必烈都不放在眼里，又岂能向昔里吉俯首称臣？"

"海都汗何苦如此固执？我们联手，力量成倍壮大，便可以牢牢控制中亚和漠北草原。这是我们与忽必烈汗决战的资本。"

"然后呢？"

"然后？"

"我与昔里吉再来争夺天下，你是这么想的吗？其实不用等到那时，我们的内讧足以让忽必烈将我们各个击破。"

脱黑帖木儿沉默了，他觉得海都的顾虑未尝没有道理。所谓道不同不相为谋，昔里吉要夺回的是属于蒙哥一系的汗位，海都要建立的，是一个汗统在窝阔台家族世代相传的大蒙古国，这样的两个人的确不可能长期合作。

海都笑道："看样子，脱黑帖木儿兄弟是认同了我的分析。我呢，既然接受了昔里吉的厚礼，怎么可以辜负他呢？我索性把话说在明处：我与昔里吉各图发展，互不干涉。可是，谁要进入我的地域滋事，谁就是我海都的敌人。"

这句话的内涵再清楚不过了：既然这次叛乱的参与者基本是蒙哥与阿里不哥的后裔，他们反对忽必烈不假，但他们与要求正统大位的海都利益不同，所以，双方不可能形成合作关系，海都也不会给予他们必要的支持。

脱黑帖木儿见海都将话挑明到这个份儿上，知道再说什么也是徒劳无益，于是起身告辞。

"怎么，脱黑帖木儿兄弟急着要走吗？是啊，昔里吉一定还在等着你的回话呢。那好，我就不留你了——而且，我也不说再会了。"

海都摆出一副送客的姿态，脱黑帖木儿无奈，只得悻悻离开了海都的军营。

脱黑帖木儿前脚刚走，都哇从座位上站了起来，兴奋地说道："我们的机会终于来了，这是老天在帮我们！我这就去准备，明日，我们可兵发阿力麻里。"

都哇的尚武精神颇合海都心意，他笑道："都哇汗少安毋躁。出兵不急，我们还要多等几日。"

"为何要多等几日？"

"等忽必烈与昔里吉开战再说。"

都哇心想，到底还是海都老谋深算。

"是。"他恭顺地回答，脸上露出笑容。

昔里吉得知海都不肯与他合作，心中不免担忧。脱黑帖木儿安慰他道："我们与海都不是一路人，与他合作，无异于与虎谋皮。为今之计，我们可向北发展，先控制祖宗之地。"

七月，忽必烈在上都得知昔里吉等人反叛朝廷，立刻做出如下部署：征调正在大都担任守备任务的汉将李庭出兵漠北防堵，命大将阿术从南宋战场回师西巡，又急命攻宋主帅伯颜整饬军马，准备北征。

李庭系南宋降将，智勇双全，深得忽必烈信任；阿术乃速不台之孙，兀良合台之子，祖孙三代皆为百战百胜的蒙古名将；伯颜系攻宋主帅，声威显赫。忽必烈相信，有他三人联手，不愁昔里吉之叛不平。

至元十四年（1277），昔里吉叛军北上也儿的石河流域，大掠吉尔吉斯部而还。其间，兀古带等东道诸王因不愿协助昔里吉反叛，彼此结为联盟，与叛军对抗。昔里吉担心攻打东道诸王会损耗太多兵力，遂率脱黑帖木儿、玉木忽儿、明理帖木儿、撒里蛮等西道诸王转攻和林。

进军途中，昔里吉得到了应昌部族弘吉剌首领只儿斡带的起兵应叛，掠去成吉思汗的金顶大帐。驻守漠北的骁将、钦察卫亲军都指挥使土土哈率兵追讨，击败叛军，夺回了被掠走的大帐。

次年（1278）二月，忽必烈调集所有从江南撤回的主力军队及屯驻高丽的军队，由右丞相伯颜指挥围剿只儿斡带。伯颜之能，只儿斡带素有所知，别说是他，就连昔里吉、海都等人对伯颜也怀有几分畏惧之心。只儿斡带想向昔里吉求援，伯颜如何能给他这个机会，他派土土哈率先锋军前去歼灭只儿斡带。土土哈不孚众望，猛攻只儿斡带营地，只儿斡带不敌，仓皇避逃，土土哈一路追击，将只儿斡带斩于马下。

与此同时，伯颜亲提大军继续北上，途中与向东进犯的昔里吉部遭遇于斡鲁欢河（鄂尔浑河，系色楞格河支流，流经蒙古国前杭爱省、后杭爱省、布尔干省、色楞格省境内）两岸。昔里吉得知对方系伯颜率领的军队，不免心生惧意，他选择避不出战，双方夹河而阵。

昔里吉修立堡垒，想拖垮伯颜。伯颜爱惜兵力，没有立刻发动强攻。双方对阵数日，伯颜通过仔细侦察地形，定下一计。

与伯颜相比，昔里吉的统兵之能到底稍逊一筹。他只顾巩固阵地，却忘了加强对粮道的防守。俟伯颜将其粮道断绝，他只得出垒与伯颜决战。伯颜从两翼猛攻，昔里吉军大败，退往金山以北，才勉强稳住阵脚。

昔里吉匆匆建立的政权，在金山以北只苟延残喘了四年。

昔里吉之叛始于至元十三年（1276），十五年（1278）已成强弩之末。若非忽必烈出于全力对付海都的战略需要，并没有对昔里吉赶尽杀绝，而是采用了以围逼和的办法，恐怕昔里吉连这四年也支撑不下去。

在昔里吉勉强支撑的四年中，叛军内部不断发生内讧：先是脱黑帖木儿被明理帖木儿袭杀；接着明理帖木儿投奔海都；再后来，撒里蛮悔过归朝，俘获昔里吉、玉木忽儿解往上都。

忽必烈念在昔里吉是兄长蒙哥的骨血，没有将他处决，而是将他流放到海南岛，给了他一条生路。撒里蛮对平息昔里吉叛乱有功，自然仍袭王位，享受尊荣。至于玉木忽儿，忽必烈念他年轻不明事理，反叛又是受到昔里吉、脱黑帖木儿等人蛊惑，遂对他格外施恩，将他拨在皇孙铁穆耳帐下听从调遣。

元军击败昔里吉叛军后，忽必烈下令在别失八里、哈剌火州特置宣慰司，屯兵镇守。

此为后话，预做交代。

第七章　命定的对手

壹

海都担心昔里吉势力的快速扩张会威胁到他在中亚的统治，拒绝与其合作。对于这些人制造的乱局，他倒挺愿意加以利用。趁着元军忙于平定昔里吉叛乱，他出兵占领了阿力麻里，又出兵不断骚扰天山南北，这使他的领土向东又扩展了一大块儿。

此后，海都以叶密立河附近为基地，都哇则据伊犁河流域及以西地区为基地，他们联合对抗元廷，每每出没于金山东西、天山南北，令忽必烈头疼不已。

为应对海都、都哇的叛扰，忽必烈在灭亡南宋后开始倾全力镇压西北叛乱。元廷在东起和林，沿金山南路及天山一线，西迄哈剌火州，背漠屯兵，分垒严戍，派出亲王和重臣镇守。丞相伯颜总管军务，皇孙甘麻剌和战功赫赫的勇将土土哈驻漠北，汪古部首领阔里吉思守护阴山以北，皇孙阿难答镇关陇，宗王阿只吉和畏兀儿国王所部御河西至哈剌火州诸地，皇子西平王奥鲁赤屯驻吐蕃之地。元朝的绝大部分兵力都被牵制在这条漫长而人烟稀少的防线上。

至元十九年（1282），忙哥帖木儿在拔都萨莱病逝，临终前，他将汗位传给三弟脱脱蒙哥。脱脱蒙哥即位后，金帐汗国的外交政策发生改变，主要是，新汗在坚持与窝阔台汗国友好的同时，也在着手改善与元朝的关系。

几年前，金帐汗还是忙哥帖木儿。宗王昔里吉突然在西北前线发动叛乱，拘捕了忽必烈的两个儿子北平王那木罕、宁远王阔阔出以及右丞相安童。为了寻求海都的支持，昔里吉派人将这三个重要人物送到海都营地。海都笑纳了昔里吉的"礼物"，却断然拒绝与昔里吉合作。

海都既得"大礼"，自然不能忘了他的盟友忙哥帖木儿。于是，他将"礼物"一分为二：自己留下安童在汗国任职，而将那木罕兄弟送到金帐汗国羁押。

海都的这份"义气"，让忙哥帖木儿接受不是，拒绝也不是。无奈，忙哥帖木儿硬着头皮接纳了那木罕兄弟，他划出一块儿丰美的草场作为二人采邑，除明确限制二人的自由外，别的方面倒是待如上宾。

忙哥帖木儿去世前就有送还那木罕兄弟的打算，他特意去函与海都协商此事，海都没有拒绝。不过，因忙哥帖木儿突患重病身故，这件事只能由继任的新汗脱脱蒙哥来付诸实施了。

脱脱蒙哥将那木罕兄弟礼送回国，按照协约，海都也释还了身在曹营心在汉的元朝右丞相安童。

金帐汗国与元朝关系的改善，对海都来说没有太大影响。金帐汗国与窝阔台汗国是盟国不假，历代金帐汗却不曾将元朝皇帝视为敌人。事实也是，在海都屡屡攻略元朝边境时，金帐汗从未给过海都任何实质性的帮助。

至元二十一年（1284），海都遣都哇率十二万军队东犯，元军统帅阿只吉失于戒备，其统将出伯所部遭到重创，以致全军失利。都哇乘胜进围驻守哈剌火州的畏兀儿国王火赤哈儿的斤，火赤哈儿的斤被迫献女请降，都哇同意退兵。

没有婚筵，都哇只是派人将火赤哈儿的斤的女儿送入新立的白帐。晚上，他去看望他的新娘，不管怎么说，这是他的战利品。

一位年轻女子坐在低矮的床上，看到他进来，女子站了起来。

这是一个眉眼极其妩媚、体态婀娜多姿的少女，宛如洁白无瑕的玉人，给都哇一种特别洁净和温润的感觉。都哇原本对火赤哈儿的斤献女乞和的做法存有几分反感，可看到面前的这个少女时，他的心旌竟莫名地摇曳了一下。

"你回来了。"新娘微笑着问候。

都哇见新娘子进退从容，礼仪合度，不禁对她产生了兴趣。

他在桌边坐下来，新娘立刻为他斟满一杯茶，放在他的手边。

"你叫什么名字？"都哇问道。

"我叫彻儿。"

"彻儿？这名字很有意思。"

彻儿一笑，清澈的目光仍旧停留在他的脸上。

"你在看我吗？"

彻儿点了点头。

"你看出了什么？"

彻儿先指指都哇，随后点了点自己的眉心位置，"你刚进来的时候，眉头这里是皱着的。现在呢，都展开了。"

"哦，是吗？这是为什么呢？"都哇发现彻儿很有意思，顿时产生了与她交谈的兴趣。而且，他并未意识到，他此时的语调已变得柔和了许多。

"我想，这是因为你不讨厌我的缘故。"

"你是这么想的？奇怪，你不怕我吗？"

"当然不怕。"

"为什么？"

"难道有女人，会惧怕自己的丈夫吗？"彻儿眨动着眼睛反问，脸上露出不解的神情。

都哇看着她，忍着笑意说道："你的确跟别的女孩不太一样。好，那你实话告诉我，当你知道你父王要把你献给我时，你心里是怎么想的？"

彻儿稍稍考虑了一下，"还能怎么想呢？这种事常常会发生的，不是吗？我是父亲的女儿，保护家人和部众是我的责任。再说，我的姐姐们都已出嫁，妹妹们年龄还太小，除了我，父亲也没有别的选择啊。"

"仅仅因为这样，你就接受了这样的结果？你不怕这会给你带来不幸吗？万一我不喜欢你，你该怎么办呢？"

"这件事，真的会给我带来不幸吗？"

"有可能。"

"我没考虑那么多。我当时的想法很简单，只要我出嫁，就可以平息战火。"

都哇被她这句话深深地触动了。也许，彻儿的命运与他的命运有着某种神秘的相似。不同的是，彻儿不像他一样，看不到目标，不知道自己还能走出多远，而心底又深藏着不甘与愤怒。

沉默良久，他下意识地叹道："你呀……"

彻儿甜甜一笑，一张精致的脸上，圆圆的酒靥若隐若现。

这是她的男人，她此生唯一的男人。虽然，她是被父亲献给了这个男人的，可从她第一眼看到他起，就对他产生了依恋。未到而立之年的都哇，体貌魁伟，仪表堂堂，他正是彻儿幻想过的夫君。

都哇收藏起心思，问了彻儿最后一个问题："做了我的女人，你希望我为你做些什么呢？"

彻儿语气认真地回答："我把自己交给你，把我的亲人和族人也交给你。请保护我，保护我的家人和族人。"

都哇看着她，什么也没说。不过，只要有可能，他倒是希望自己可以不辜负她的请求。

贰

阿只吉兵败大溃，回朝向忽必烈请罪，忽必烈只责备了他几句，仍让他继续在朝中担任要职。阿只吉是察合台之曾孙，在忽必烈与阿里不哥争夺汗位的过程中，他是忽必烈在察合台系的主要支持者之一。不仅如此，阿只吉是员勇将，多年追随忽必烈南征北战，出生入死，忽必烈不会因为一次兵败就将阿只吉治罪。不过，这件事发生后，忽必烈已在考虑换将之事。

另一边，对畏兀儿国王火赤哈儿的斤来说，献女请和只是权宜之计，作为元朝驸马，他并不想附逆叛臣。

俟都哇撤围，火赤哈儿的斤便放弃哈剌火州，退回到哈密拒守。按照火赤哈儿的斤的想法，是想等到忽必烈重新构筑新的西北防线后再行收复哈剌火州。海都在叶密立得到消息，借口火赤哈儿的斤背盟，决定亲率大军围攻哈密。都哇不无忧虑，第一次向海都提出请求："大军既要开动，可否容我先行？我会遣使向火赤哈儿的斤陈明利害，劝他主动受缚，归降大汗。"

海都语气淡淡地回答："降又如何？大凡世间之人，一天忠诚容易，难得的是一生忠诚。相较于忠诚，背叛却是如此容易，有了第一次的背叛，就难免有第二次、第三次，甚至是叛而又叛。这样的人即使留在身边，终究也是祸害。"

海都这话说得颇有些意味深长，都哇心中不免惕然。

可想到彻儿，他还是不能轻易放弃，"大汗，我……"

"你是为了彻儿吗？"

"是的，大汗。火赤哈儿的斤毕竟是彻儿的父亲，我想再给他一次机会。"都哇坦率地表明了他的真实想法。他知道，在海都面前，越是遮遮掩掩反而越是会为自己招来祸患。他并非有那么舍不得汗位，傀儡大汗不是好当的。只是，他用了十一年的忍耐才换来海都的信任，任何时候任何情况下，他都不能轻易地让自己前功尽弃。

若非为了彻儿，他断不会一再为火赤哈儿的斤争取。大业固然重要，可他对彻儿的承诺同样重要，那关系着他身为男人的尊严。

海都审视着都哇微微泛起红色的脸庞。都哇十六岁来到他的身边，十九岁在他的扶持下做了察合台第十任汗，从那时起到现在，都哇对他算得上是鞍前马后，忠心耿耿，他极少看到都哇失去冷静的样子。他清楚，这一次，都哇是为了彻儿。不过，换个角度想想，火赤哈儿的斤之叛或许是个不错的试金石，都哇在紧要关头的表现，更容易让他看清这个年轻人的所谓忠诚是真是假。

"都哇。"

"是。"

"你一定要为火赤哈儿的斤求情吗？"

"我答应过彻儿，要为她保全她的家人和族人。"

"倘若，事情不能如你所愿……"

"大汗放心，我只是尽人事，听天命而已。火赤哈儿的斤一定执迷不悟，就怨不得我剑下无情了。"

"既如此，我就给你一次机会。我派你率察合台军队先往哈密，劝说火赤哈儿的斤投降，期限是，在我率大军赶到之前。"

"明白。"

都哇在途中致书火赤哈儿的斤，希望他能在海都大军展开围攻前主动受缚，向海都请降。他向火赤哈儿的斤保证，他一定会为岳父保全家族、地位和财富。

火赤哈儿的斤无意再降。

直到海都大军赶到，都哇的劝降毫无效果。无奈，都哇只得与海都合力攻打火赤哈儿的斤的王营。

战斗在三天后结束。火赤哈儿的斤死于乱阵之中，其部族被剿杀殆尽。海都一举占领了哈剌火州和哈密两地，他和都哇各派一支军队镇守。

安排好新领地诸事，海都下令班师。

与海都分别后，都哇回到他在叶密立附近的临时营地。

那件事尽管难以启齿，可他还得亲口告诉彻儿。他不知道这件事会在他与彻儿之间造成怎样的影响，对于已经发生的事情，瞒下去也不是长久之计。

他一路上都在琢磨着该如何向彻儿解释，也许不用解释，彻儿需要知道的只是结果。在他出征前，彻儿曾跪在他的面前恳求他，他痛快地答应了彻儿，没想到最后……

的确，直到此时他也不认为过错全在他这一方，事实上，看在彻儿的情面上，他一直都在努力劝说火赤哈儿的斤投降，怎奈火赤哈儿的斤执迷不悟，坚持不降。两军开战，刀箭无情，当他得知火赤哈儿的斤为流箭射中身亡时，他脑海中第一个闪过的念头就是：彻儿会怪罪自己吗？

怪罪又如何？既然成为他的女人，彻儿难道不该做好与他一起承担的准备？

他深仇未报，大事未成，绝不可能为了一个女人，让之前的所有付出、所有积累都化为乌有。

况且，这也就是为了彻儿，换了别人，他断不会将任何无法挽回的事情放在心上。战争中的草原，一切恩怨分合层出不穷，司空见惯，彻儿被她父亲献给他时，想必就已清楚她必须充当的角色。

越接近营地，都哇的忧虑越深。马儿似乎了解主人的心思，它迈开均匀的步伐，走得不紧不慢。

都哇对自己的种种开解毫无用处，事实上，想到彻儿，他心乱如麻。不安中，他没有注意到，他的前方出现了一个身影。

　　乌赞一直跟在都哇身边，他一眼便看到了这个身影。他看了看都哇，发现都哇毫无反应，不由唤道："大汗。"

　　"哦。"都哇心不在焉地应道。

　　"是夫人。"

　　"什么？"都哇好像没听懂。

　　"看，夫人来接您了。"乌赞指了指前面。

　　都哇这才看到一个女子，正急匆匆地向他跑来。女子乌黑的长发在风中飘动着，仿佛一只翩翩起舞的鸟儿。

　　这美丽的身影属于彻儿。

　　都哇勒住了坐骑，他并不希望马上见到她。

　　"大汗。"彻儿张开手臂，向他挥舞着。

　　都哇一动未动。

　　"大汗。"转眼间，彻儿已经跑到了都哇面前，仰脸看着她的夫君。

　　"你怎么来了？"都哇冷冷地问道。

　　乌赞奇怪地看着都哇一眼，主君这种生硬的态度有些出乎他的意料。

　　彻儿丝毫不介意都哇的冷漠，"我父亲怎么样了？他没事吧？"她急切地问。

　　对于这个简单的问题，都哇似乎无法做出回答。

　　彻儿看着他为难的表情，明白了什么，只是不愿意相信。

　　"你答应过我，要救我父亲。"许久，她缓慢地说道。

　　都哇微微咬住了嘴唇。

　　"莫非，你杀了我父亲？"彻儿的脸色蓦然变得苍白。

　　"夫人，不是你想象的那样。"乌赞护主心切，焦急地辩解道。

　　"那是怎么样呢？"

　　"大汗一直派人劝说火赤哈儿的斤首领投降，可首领他……后来，我们向首领的营地发起攻击，大汗下令将首领生擒，首领抵抗得很激烈，结果……"

　　"结果……怎样？"

　　"他中了流箭……"

　　彻儿眼前一黑，昏了过去。

叁

"彻儿!"都哇慌忙跳下马背,上前将彻儿抱在怀中,"彻儿,彻儿,你怎么了?乌赞,快去传布儿豁!"

"是。"

乌赞找到布儿豁,二人以最快的速度赶来。彻儿仍旧昏迷不醒,都哇焦急万分,脸上全是汗水。看到布儿豁,他让开地方,布儿豁就地对彻儿进行了救治。

还好,彻儿只是急痛攻心,并无生命危险。在布儿豁为她按摩穴位时,她呻吟一声,苏醒过来。

都哇蹲在她的面前。彻儿的目光只在他的脸上停留了短短一瞬。

"彻儿,你还好吗?"都哇担忧地问。

彻儿不做回答。她强撑着站了起来,头晕让她的身体摇晃了一下,都哇想要扶住她,却被她躲开了。

这是杀害她父亲的手,她绝不要它碰她。

都哇似乎听到了彻儿的心声,他脸上的表情又变得严肃起来。

"布儿豁。"

"是,大汗。"

"你先送夫人回去吧——替我照顾好她的身体。"

布儿豁犹豫了一下:"大汗。"

"说。"

"请您送夫人回去吧。我得为夫人配些补气血的药来,她已怀有身孕。"

"你说什么?"都哇与彻儿同时问,问完,他们互相看着对方。都哇的表情是激动,是欣喜,彻儿的表情是震惊,是抗拒。

"你刚才说什么?"都哇又问了一遍。他的声音里透出紧张与期待,他真的怕自己听错了。

"夫人已怀有身孕。"

"确定吗?"

"当然确定。就因为这样,夫人刚才才会昏倒。"

都哇暗暗地感谢长生天：这孩子来得可真是时候！希望这个孩子的到来，可以令彻儿放下对他的怨恨。他没有想过要杀死她的父亲，也许某一天他可以让她知道，有许多时候，他也是身不由己。

"彻儿。"

彻儿神情麻木地望着他。

"我们回去吧。"

彻儿一言不发，转过身，向来时的路走去。她瘦弱的身影在都哇的眼中显得倔强而又陌生，都哇不由得在心里叹了口气，放弃了追上她的念头。

就让她一个人静一静吧。过几天，等她悲伤的心情缓解一些，他或许会告诉她，她是他最爱的女人，未来，他会让他们的孩子得到一切。

离海都的寿宴还剩五天时间，都哇做了一些准备。他去看望彻儿，将这个消息告诉了她，他说："你身体不太好，这个宴会你就不要参加了。等参加完寿宴，我就带你回喀什噶尔，我会在那里陪着你，一直到你生下我们的孩子。"

彻儿看了他一眼，依旧默默不语。

彻儿不加掩饰的疏离如同在都哇的心口塞上了一团棉絮。他发现，彻儿的冷漠与倔强正在耗尽他的耐性。可是，看着彻儿明显消瘦的脸庞，想到她正怀着他们的孩子，他纵有多少不满也无法说出口来。

他和她，就那样站着，他看着她，她却看着别处。明明只有一个手掌的距离，他与她，却仿佛隔着万水千山。

不知过了多久，他说了一句："你休息吧。"说完，便抽身离去了。

彻儿站在帐门前，目送着都哇远去的身影，眼中蓦然闪过一道光亮。

曾经，他是她最爱的人，如今却成了她心中不能触碰的伤痛。更可悲的是，她还怀上了他的骨血。这样的日子，她再没有勇气坚持下去。

她知道自己必须了结这一切，可是，每当想到肚里的小生命，她的心总会痛得要命。这个孩子，是她剥开少女的混沌，将一生情爱托付给一个男人的明证。假如不是命运的无情，她相信自己一定能成为世间最幸福的母亲。

她是那么想要拥有她和他的孩子，为了这份渴望，即使远离这个世界，她也会带着孩子同行。对她而言，这是她对孩子以及孩子父亲最刻骨铭心的爱。

海都的寿宴安排在酉时，参加宴会的都是两个汗国的王公贵族以及他们的家眷。

每个人都准备了寿礼，琳琅满目的奇珍异宝在大帐的红色地毯上铺了一地。都哇来得稍晚点，只有他是孤身一人。本来，这次出征，他只带了彻儿伴驾，彻儿不来，都哇自然也就无人相陪了。

都哇献给海都的贺礼是一领黑貂大氅和几疋中国绸缎，海都吩咐侍卫将所有贺礼都搬到后面大帐，他问都哇："彻儿怎么没来？"

都哇回答："她不太舒服，我没让她来。"

"哦？她病了吗？"

"不，她没有生病，她是怀了身孕。"

"彻儿怀孕了？"

"是啊，大汗。"

"这可是喜事一桩。你坐下吧，今晚的宴会，既是为我贺寿，也是为你贺喜。"

"谢大汗。"

都哇的位置也在御阶之上，只是比海都的座位稍低。都哇毕竟是察合台汗国的大汗，这是海都给他应有的礼遇。

都哇入座后，礼官宣布宴会开始。

一切都按程序进行。酒过三巡，气氛渐渐变得轻松热烈起来。海都从不饮酒，只以马奶代饮，都哇有些心事，尽管言谈如常，酒却喝得不多。

礼官正要宣乐师歌女进帐，守帐侍卫入报："彻儿夫人前来为大汗贺寿。"

海都似乎有点意外，看了都哇一眼，都哇也是满脸惊讶。

肆

"快请。"稍稍一顿，海都笑着说道。

彻儿步履款款地走进大帐。只见她身着一袭崭新的宫衣，怀抱火不思，径直来到御阶之下，屈身施礼："彻儿为大汗贺寿，祝大汗福寿绵长。"

"彻儿，你怎么来了？"

"今天是大汗寿诞之喜，彻儿无以为礼，愿弹奏一曲，为大汗助兴。"

"是吗？那么劳你费心了。来人呀，为彻儿夫人看座。"

侍卫搬了把椅子，放在彻儿身后。彻儿在椅子上坐了下来，从容地调了调琴弦。大帐中顿时变得安静下来，人们都知道彻儿琴歌俱佳，无不希望一饱耳福。

彻儿自弹自唱，琴声清幽，歌喉婉转，果然别有意趣。尤其彻儿所献歌曲，众人此前从未听过，且不说歌词如何，那旋律却是曲而不折，幽而不怨，绵而不缠，别有一番刚柔并济的风骨。

一曲终了，人们仍沉浸其中，意犹未尽。这时，彻儿站了起来，接着，只见火不思从她的怀中掉在地上，她的肚腹间赫然出现了一截刀柄。

彻儿离御阶很近，后面的人都没有看到这个情形，可海都和都哇的脸上都露出了不能置信的表情。

不知用了多大的毅力，彻儿将刀拔了出来。刀，掉在了地毯上，并没有发出太大的声响。

转眼间，彻儿倒了下去。

血，不断地从她的肚腹中涌出，将她崭新的衣袍和身下的地毯染红了一片。

这一幕的发生太过突然，所有的人都惊得目瞪口呆。

都哇第一个反应过来，他从座位上站起，飞快地冲向彻儿身边。彻儿抬起头来，艰难地说道："站住！不许碰我！"

都哇愣了愣，可他还是在彻儿身边坐下来，将她抱进怀里。

彻儿失去了挣扎的力气。也罢，她不是第一次躺在这个怀抱中，但这是她最后一次躺在这个怀抱中。

海都示意侍卫速去请大夫。

都哇的手上沾满了彻儿的血。

"为什么？为什么？为什么？"他一迭声地问道，不知是恐惧还是悲愤。

彻儿神情冰冷地望着他。

"你为什么这么做？难道，孩子也有错吗？你为什么要杀了他？"

"我绝不要跟杀死我父亲的凶手生活在同一座帐幕里！我绝不要让我的孩子长大后，知道是他父亲杀死了他的外祖父，知道他的母亲是如何在仇恨中将他养大。我没有活下去的理由，他就没有出生的资格！"彻儿的声音虽低弱，却异常清晰。

"彻儿！"

"别叫我的名字！"

"彻儿！"

"算了。你若还念我们夫妻一场，就答应我最后一个请求。"

"什么？你说。"

"让我成灰，消失。"她用尽最后的力气说道。

"你有什么权利这样对我！你这个蠢女人！"都哇嘶嘶喊着，双臂更紧地抱住了彻儿。绝望中，他已感受不到彻儿的体温。

"彻儿，我错了！是我对不起你，我真的错了！不要离开我好吗？求你了，不要离开我，不要离开我好不好？"

无论忏悔还是哀求，彻儿都听不到了。她的胸脯急促地起伏了一下，接着，她慢慢地合上了眼睛。

大夫匆匆赶来时，正好看到她长长的睫毛覆盖下来，在惨白如雪的脸上划出两道冰冷的弧线。

"彻儿！彻儿！"都哇用力摇晃着彻儿的身体，呼唤着她的名字。只是，这具曾经冰清玉洁，曾经柔若无骨，曾经带给他无尽欢愉的躯体却再不会对他做出任何回应。

他悲切的呼唤长久地回荡大帐中，这是大帐中唯一可以听见的声音。尚未从震惊中清醒过来的人们，彼此愕然相顾，呆若木鸡。

只有一个人心里像明境一般。这个人是海都。

其实，彻儿抚琴的某个瞬间，海都突然在彻儿的袖管里看到了隐隐露出的刀尖。当时，他心里不免有些吃惊，面上却不动声色。他装作陶醉在彻儿的歌声里，就是想看看彻儿究竟要做什么。

他知道彻儿恨他，可他并没有将彻儿放在眼里。他高踞大帐的宝座之上，别说大帐里戒备森严，就算侍卫们没有防备，他也不相信像彻儿这样柔弱的女子能伤得了他这位久经沙场的一国之君。

他的脑海里也曾闪过一个念头：彻儿会不会是受了都哇的指使？但很快，他又打消了这种猜疑。一来，都哇没有必要这么做，以都哇的谨慎与智慧，一定清楚彻儿没有一星半点的成功机会。二来，都哇不会为了一件没有把握的事，将自己置于马上就要喷发的火山山口。

在他与都哇共历生死的这十多年里，都哇若真想为他父亲八剌合报仇的话，这位年轻的察合台汗完全可以选择另外一种方式。比如那次，他中了猛将土土哈的诱敌之计，都哇只需坐山观虎斗，而不必率援军赶到，拼死相救；再比如那次，他在混战中肩头受伤，战马也中箭而死，生死一线间，又是都哇及时出现，将自己的坐骑让给他并亲自断后，才保他杀出重围。还有……

事实上，每次遭遇险情，他都如同站在悬崖边上，都哇只需轻轻一推。神不知鬼不觉的机会，顺水推舟的机会，才称得上真正的天赐良机。放着天赐良机不去把握，都哇有什么理由出此下策？

确定了这点，海都开始密切关注着彻儿的一举一动。那一刻发生的事情或许只有他看得一清二楚：彻儿从袖中抽出短刃，眼睛看着都哇，然后毫不犹豫地将锋利的短刃送入自己的肚腹……

对彻儿而言，他与都哇都是她的杀父仇人，身为女子，她无力为父亲报仇，只能以一死向他们抗争。

海都自认不具备怜香惜玉的心肠，唯有此时此刻，想到没有阻止彻儿，他多少有些懊悔。他怎能知道彻儿竟是这样一位烈女？

大帐中终于出现了骚动，都哇充耳不闻。许久，他从地上抱起彻儿，走了出去。

伍

至元二十三年（1286），忽必烈以诸王兵拒战失利，改任伯颜为诸军统帅，负责西北军事，组织防御。同年，海都、都哇联兵进犯别失八里，伯颜与之战于洪水山，联军势强，元军初战失利，海都、都哇乘势向东推进。伯颜重新调整作战部署，出河西击败联军，海都、都哇退走。

十月，元廷在别失八里重设元帅府，同时发兵屯田戍守。

忽必烈在西北边境构筑的防线无懈可击，海都左冲右突，却找不到丝毫漏洞，这让他不免心灰意冷。正当他感到无能为力时，他接到了乃颜的一封密信。

乃颜是成吉思汗幼弟帖木格的后人，塔察尔国王之孙。成吉思汗立国后，曾将客鲁涟河以东至哈赤温山（今大兴安岭）的蒙古东部分封给四个兄弟：合撒儿、合赤温（本人早逝，其子受封）、帖木格及别勒古台，其中，按照蒙古嫡幼子守灶的传统，帖木格分得千户最多，一直充当着东道诸王之首。

在忽必烈与胞弟阿里不哥争夺汗位之时，塔察尔等东道诸王都是忽必烈的忠实追随者。在中统朝、至元朝前期，东道诸王备受尊崇，在各类赏赐、封国及采邑管理权力等方面，都享受许多优待。

塔察尔逝后，其王位由嫡孙乃颜继承。从本质上来说，乃颜和海都一样，都是桀骜不驯的枭雄，这种人，一旦不能自行其是，便不会甘为他人之臣。乃颜对元朝消灭南宋并域中国后，忽必烈开始仿效汉法加强中央集权，并相应建立了一套制度、法令，这被乃颜视为束缚，并深为反感。

为夺回自主权，乃颜一面积极联络东道诸王，运筹自主，一面接受谋臣建议，遣心腹潜入窝阔台国，以厚礼相赠，与海都密商东、西两道诸王结盟及夹攻忽必烈军队之事，其目的当然是为增加与忽必烈对阵时的成算。

如果将忽必烈的纵深防御政策比作牢笼，将海都比作关在牢笼里的猛虎，那么，乃颜发动叛乱的企图就是那只突然出现的将为海都打开牢笼的手。海都欣然接受了乃颜的邀约，答应届时率十万铁骑举兵相应。接着，双方初步议定各自出兵的时间及进军路线，并相约一旦夺取中原之地，二人将分而治之。

新年将过，忽必烈派刚从西北前线回到京城的枢密院同知伯颜以抚军名义，至乃颜营地探听虚实。伯颜建议，同时派外甥木阑巴特作为大汗特使往海都处，假意宣海都入朝觐见。做出上述安排，与伯颜在西北前线时已察知乃颜暗中与海都私交并双方结有夹攻之盟有关。伯颜对海都可谓知之甚深，海都为人多疑谨慎，木阑巴特出使窝阔台汗国，会让海都有所警惕，放缓出兵的速度。

伯颜并没有向木阑巴特隐瞒此行的危险性，他问外甥是否做好了被海都扣留甚至被杀害的准备，木阑巴特没说一句多余的话，只是义无反顾地接下了任务。舅甥二人临出发前，伯颜又向木阑巴特面授机宜，教给他一些以暗语方式将情报送出的技巧，另外，他还让木阑巴特携带大量财物，将其中大部分分赠驿站人员，少部分作为皇帝赏赐，赠给海都。

伯颜到底谋深虑远。他自己出发时亦携带许多皮裘，沿途赠送给驿站官吏。抵达乃颜所在驻地辽河流域时已是春暖花开，伯颜自称奉皇帝之命前来抚军，乃颜不知忽必烈用意，只得不动声色。双方寒暄毕，伯颜献上大量财帛，乃颜这才稍稍放下心来，边传命设宴，边让诸将前来拜见伯颜。

伯颜素与乃颜熟稔，而东道诸王麾下不少将领均出自伯颜麾下。

乃颜与伯颜并肩作战过，对伯颜的才能知之甚深。他虽是宗王，对伯颜倒是不敢轻慢。

不多时酒宴摆上，席间，王廷歌女献歌两首，其一为：

> 一节高兮一节低，
> 几回敲镫月中归。
> 虽然三尺无锋刃，
> 百万雄师属指挥。

其二为：

> 小戏轻提百万兵，
> 大元丞相镇南征。
> 舟行汉水波涛急，
> 马践吴郊草木平。
> 千里阵云时复暗，
> 万山萤火夜深明。
> 皇天有意亡残宋，
> 五日连珠破两城。

这两支乐曲，分别改编于伯颜的诗作《鞭》和《克李家市新城》。《鞭》是一首七绝，作于南征途中，寥寥几句，却显示了伯颜军权在握，踌躇满志的豪情。七律《克李家市新城》亦作于南伐途中，当时，伯颜率领南征军一路势如破竹，迭克汉水及长江中下游各城。这首诗作，充分描绘了元军军威之盛，而其中伯颜表现出来的豪迈气概尤其能引起乃颜的共鸣。乃颜得此诗后，即命人将这两首诗一并谱成乐曲。

伯颜有点意外："信口吟来，有感而发。王爷缘何费心若此，还谱成乐曲传唱？臣愧不敢当。"

"伯颜元帅过谦了。这是我最喜欢的两首诗，颇能反映出我本人的心情。对了伯颜元帅，你我相知多年，见面却难。不瞒你说，本王一向敬重你的才智，怎么样，留在本王府中如何？我们二人，正可朝夕畅谈。"

伯颜淡然一笑："臣从西北前线回京述职，途中听说皇帝欲派使臣赴王营慰问。臣与王爷一别多年，心中甚是惦念，便将这份差事争取过来。如今见王爷清健如昔，臣心甚感安慰。若非公务缠身，臣何尝不想与王爷多盘桓几日。"

"盘桓几日还不简单！我明日即可具折朝廷，陈明情况，皇帝一定不会驳了我的面子。唔……依我之见，丞相不妨就在我这里待到九月，无论如何，也该领略领略我这辽河的三季风光。"

"王爷盛情美意，伯颜求之不得，怎好推辞？"

"既如此，我们便一言为定？"

"是。来，臣敬王爷一杯。"

"同饮。"

两个人开怀畅饮，酒过三巡，皆显几分醉意。二人说起八月间将有岛国使臣前来大都朝觐，届时皇帝将举办盛大的质孙宴，伯颜向乃颜笑道："皇帝说，诸王皆在被邀之列，他还特意吩咐我，想请王爷早点进京。"

"这个没问题。"乃颜佯装应承。

关于乃颜在辽东地区调兵之事，伯颜问及相关情况，乃颜推说不知。伯颜料定乃颜必反无疑，不仅如此，乃颜为防走漏风声，已萌生将自己拘禁之念。于是，他做出酒醉不能自持的样子，摇摇晃晃地站了起来："王爷见谅，臣……暂离席片刻……方便方便。待会儿回来，臣再与王爷一醉方休，如何？"

乃颜此时也有七八分醉意，唯头脑还算清醒，他示意几名侍卫给伯颜带路，又端起一碗酒递给伯颜："陪本王喝了这碗酒再去不迟。伯颜元帅海量，这点酒算什么！"

伯颜更不推辞，当即从乃颜手中接过银碗。他的身体站立不稳，接过银碗时，里面的酒已洒去大半，他将剩余的酒液一饮而尽。

"好！"乃颜高声叫好，将自己碗中的马奶酒饮尽，这才放伯颜辞席。

伯颜解过手后，头昏得更加厉害。侍卫问是否将他送回客帐休息，他说，想骑马兜兜风，解解酒。乃颜的这几名侍卫都得到过伯颜赠送的大量财物，自然不便反对。何况，他们见伯颜孤身一人，随行人员一个不在身边，觉得伯颜不会只身逃走，遂任由他"兜风"去了。

他们哪里知道，伯颜事先早做好安排，在他入宴时，随行人员借颁发犒赏名义，已分三路逃出乃颜的营地。

乃颜在大帐中等着伯颜，左等不来，右等不来，传侍卫问话，才知伯颜"兜风"去了，至今不见归来。乃颜心中一惊，酒顿时醒了大半，他急派精锐骑兵分三路追赶，哪知驿站官吏全都得到过伯颜的馈赠，他们争为伯颜提供最矫健的驿马，乃颜的骑兵追赶不及，伯颜顺利逃出虎口。

陆

伯颜还报乃颜异动，忽必烈立即下令解除乃颜对东西诸军的指挥权，改任成吉思汗异母弟别勒古台的曾孙都里帖木儿节制诸军。至元二十四年（1287）四月，乃颜纠集镇守辽东及女真发祥地的东道诸王哈丹、胜纳哈儿、失都儿、也不干等人，集合精兵约十数万众，彼此遥相呼应，公开发动叛乱。

在发动叛乱的诸王中，哈丹、胜纳哈儿皆为成吉思汗三弟合赤温曾孙，失都儿为成吉思汗二弟合撒儿曾孙，也不干系成吉思汗庶子阔列坚曾孙。

此时，木阑巴特那边也放出消息：海都与都哇亦有出兵增援乃颜的迹象，但尚在观望等待之中。

忽必烈为防东、西道诸王夹击岭北，继而联兵南下，决意先发制人。

五月，忽必烈命伯颜协助北平王那木罕所部从杭爱岭、和林驻地东行，在土拉河一线布防，俟机挫败乃颜叛军的西掩之势。部署完毕，已是七十二岁高龄的忽必烈亲乘象辇，以迅雷之势兵进大兴安岭。

启程在即，忽必烈对元军将帅与乃颜军将帅熟识，临阵多相与交谈，并不愿认真交战的现状有所顾虑，南宋降臣叶李向忽必烈建议，可命董士选与李庭二将率诸卫汉军从征，与最精锐的"怯薛"军并为主力。

忽必烈将协调中央部队和岭北部队军政令统一的重任仍交给伯颜，同时授予金符，命他可全权调动、配置中央军队。忽必烈料到乃颜西攻受阻，必将掉头东归，遂命右丞相安童设伏拦截叛军，务将乃颜生擒。又命御使大夫玉昔帖木儿、钦察卫亲军都指挥使土土哈率蒙古军先行，董士选、李庭率汉军掩进。

当时胜纳哈儿、也不干二王率领四万军队驻于岭北一带，土土哈的先锋军率先包围了胜纳哈儿的营地。土土哈与胜纳哈儿有些交情，而胜纳哈儿对土土哈这位元朝一等一的骁将也素怀敬慕，他一听说对手是土土哈，心里就不免有些发慌。

土土哈将胜纳哈儿的营地团团围住后，并没有立刻发动进攻。他派使者入王营，劝说胜纳哈儿主动归朝，向忽必烈皇帝请罪。

在给胜纳哈儿的信函上，土土哈是这样写的：

> 皇帝胸怀宽广，向念亲族之情，王若知错能改，皇帝必不与王计较，还能妥为任用。届时，我与王仍为一殿之臣，把酒言欢，岂不开怀畅意？王若不听我良言相劝，一旦大军开动，如洪水倾覆，如巨石压顶，势不能当。何况两军对阵，从来只有生死对手，没有兄弟朋友，得罪之处，王莫怨我薄情无义。我为皇帝之臣，食君禄当解君忧，皇命在身，此战，不能生缚王身，必提王头向我皇复命。

为证明诚意，土土哈给了胜纳哈儿两天时间考虑。

倘若换了别人，说出这般豪言壮语，胜纳哈儿也许不会放在心上。可土土哈不是别人。在元将中，土土哈简直就是一只下山猛虎，这只猛虎，一旦出击，不咬住猎物的脖颈儿决不罢休。可以这么说，诸王面对土土哈时，比怕伯颜尤甚。

何况，土土哈先礼后兵，已算是给了他莫大的情面。

胜纳哈儿思索再三，实在没有坚守下去的信心。他也不用等两天了，第二天天光初亮，他便只身出营求见土土哈。土土哈言而有信，对他安抚一番，派人将他送往忽必烈处。如土土哈所言，因胜纳哈儿一兵未动，主动归降，忽必烈格外施恩，不仅没有剥夺他的王爵，还答应他，待乃颜之叛平定，仍让他镇守岭北封地。

胜纳哈儿归朝后，土土哈将王印暂归胜纳哈儿之子。随后，土土哈率领先锋军直逼也不干的营地。

胜纳哈儿不战而降，对乃颜决不是什么福音。也不干失去策应，不敢与土土哈硬拼，索性弃了营地，东行投奔乃颜。土土哈一心擒杀也不干，不令军队休息，日夜追赶，终于在渡过土拉河后将叛军一举击败，也不干也在乱阵中被土土哈射杀。

五王叛乱，已折两王，乃颜尚且不知，也未做充分的准备。

乃颜是一个受洗过的景教教徒，其所有旗帜上都绣有一个十字架作为标志。骄横的乃颜做梦也没想到年事已高且患有严重风湿的忽必烈皇帝会以如此快的速度集结起十万大军，向他的营地发起进攻。

忽必烈与乃颜在东部草原数次交战。乃颜叛军人数不少于元军，乃颜并没有显出颓势，相反，双方战成了平手。

六月三日，忽必烈自率军队突进到撒儿都鲁之地，乃颜所部六万骑兵逼象舆而阵。随后，叛军气势汹汹地包围了元军部队。

正遇大兴安岭久雨季节，元军远道奔袭，兵马俱疲，加之护卫忽必烈的这支元军队伍在数量上居于劣势，且军中乏食。乃颜居地利之便，下令与元军展开激战，忽必烈临危不惧，依然乘象辇临阵。因叛军强弩劲射，忽必烈命全军固营自守，不复出战，以此疑惑叛军。

入夜，大雨稍停。玉昔帖木儿身先士卒，率壮士三百人持弯刀弓箭，潜入乃颜军营。乃颜不防玉昔帖木儿偷袭，一战而溃，向东逃窜。玉昔帖木儿乘胜追杀，在营外，乃颜又遭到董士选和李庭率领的汉军截杀，乃颜拼死杀出重围，继续向东却落入安童张开的大网里。

经过这番冲击，叛军大败，乃颜逃向大兴安岭西侧哈尔哈河与诺木尔金河交汇的三角地带有鹰山。该山位于联结大兴安岭东、西两侧的交通枢纽。玉昔帖木儿奉旨率蒙古军主力，董士选和李庭率汉军主力循踪追击。两军于有鹰山对阵，乃颜为元军追擒。三将得胜而还，向忽必烈缴旨，忽必烈对三将及立功将士予以慰勉赏赐，并颁下圣旨：按蒙古《大札撒》处死乃颜，尸弃老哈河。

按蒙古《大札撒》处死，是指一种"不出血"的死法。受刑者被捆绑后裹进毡毯，然后被力士们反复拖曳抛甩，五脏受簸震而毙命。处死乃颜后，忽必烈命玉昔帖木儿率蒙古骑兵，董士选和李庭率汉军折回哈尔哈河，扫荡呼伦贝尔草原。元军东逾大兴安岭北端蒙可山，追击乃颜残部至嫩江。

忽必烈擒杀乃颜逾大兴安岭缓缓东行经由辽东班师之际，伯颜正日夜兼程率军东进，转渡辽水，进趋懿州，以期彻底削平乃颜余党。至此，燃烧一月有余的叛乱之火被悉数扑灭，宗王乃颜叛乱初告平定。

八月，忽必烈命玉昔帖木儿辅佐皇孙铁穆耳，率土土哈、李庭继续进讨乃颜余党失都儿和哈丹，自己则回师大都。

在元军的压迫下，失都儿和哈丹请降，得到赦免，忽必烈仍令他们据守封地。

忽必烈班师不久，元朝著名学者、诗人、政治家王恽（1227—1304）赋诗记录了这场由忽必烈亲征乃颜的战争：

> 东藩擅艮隅，地旷物满盈。
> 漫川计畜兽，荡海驱群鳄。
> 盛极理必衰，彼狡何所惩。
> 养虺得返噬，其能遁天刑。
> 远接强弩末，近诛乳臭婴。
> 一朝投袂起，毡裘拥予矜。
> 天意盖有在，聚而剿其萌。
> 莽蜂有螫毒，大驾须徂征。
> 寅年夏五月，海甸观其兵。
> 凭轼望两际，其势非不敌。
> 横空云作阵，裹抱如长城。
> 嚣纷任使前，万矢飞挽抢。
> 我师静而俟，衔枚听鼓声。
> 夜半机石发，万火随雷轰。
> 少须短兵接，天地为震惊。
> 前徒即倒戈，溃败如山崩。
> 臣牢最忾敌，奋击不留行。
> 卯乌温都间，天日为昼冥。
> 僵尸四十里，流血原野腥。
> 长驱抵牙帐，巢穴已自倾。
> 彼狡不自缚，鼠窜逃余生。

太傅方穷追，适与叛卒迎。

选锋不信宿，逆颈系长缨。

死弃木茴河，其妻同一泓。

彼狡何所惜，重念先王贞。

择彼顺祝者，其归顺吾氓。

万落胁罔治，无畏尔来宁。

三师固无敌，况复多算并。

君王自神武，岂惟庙社灵。

柒

直到平定乃颜叛乱，木阑巴特仍未回到舅舅伯颜身边，而且渐渐地，木阑巴特失去了所有音讯。

伯颜心中担忧，苦于无从打听。

木阑巴特究竟是死是活？他在海都营地是否遇到了麻烦？他能否脱离险境？若要解开伯颜的种种疑问，还须从木阑巴特见到海都时说起。

富有四海的忽必烈皇帝出手永远都是那么慷慨，他对海都的赏赐可谓罗尽珍奇。而作为大朝使者，木阑巴特比别国使者更多了一份自信与从容。

海都笑纳了忽必烈汗的赏赐，却绝不会对此领情。相反，他很厌恶忽必烈在对诸王进行赏赐时所表现出的强朝心态。

自重建窝阔台汗国，海都一心想要从拖雷系夺回属于窝阔台系的汗位，恢复曾祖父开创的蒙古盛世。不巧的是，他面对的偏偏是强盛富庶的元帝国，他的对手又恰恰是善于用人且文韬武略均在诸王之上的忽必烈。

时不我与。到头来，或许只能令海都空怀壮志。

对海都而言，忽必烈是他无时或忘的敌人，与此同时，他在内心对堂叔未尝不怀钦佩羡慕之情。他钦佩堂叔雄才大略、知人善任，羡慕堂叔据有富庶之国，手下人才济济。别人且不提，单说伯颜，这位元朝名将，算得上是海都在东征和统一蒙古时遇到的最大克星，若非伯颜，他也不会被迫停下前进的脚步。微妙的是，在他与伯颜的对阵中，他的一再败北却令他折服于伯颜的指挥才能，甚而，他最大的愿望是有朝一日能将此人生擒，让他供职于自己的汗廷。这种对敌人的惺惺相惜，无论何时出现，都算是人性天空中那一抹难得的暖色。

在著名的元军将领中，海都对伯颜其人，可谓知之甚深。

至元初年（1264），旭烈兀以伯颜为贡使，回朝向忽必烈皇帝奏事。忽必烈见伯颜形貌伟岸，言谈深邃，识见不凡，十分爱重他的才能，遂将他留于元廷。至元二年，伯颜迁光禄大夫、中书左丞相。七年，迁同知枢密院事。十一年，与史天泽并拜中书左丞相，行省荆湖，领河南等路行中书省，所属并听节制。之后，受命率南征军二十万大举伐宋。

伯颜行军有纪律，多谋善断，用人不疑，南宋降将，皆愿为其效力。

南征中，因伯颜所部进展顺利，至元十二年秋，伯颜回大都述职，官进右丞相，不久返回前线。次年春，伯颜率大军占领宋都临安，命李庭护送降宋君臣北上朝见忽必烈。为嘉奖伯颜平定南宋的赫赫战功，复拜同知枢密院事。事隔一年，昔里吉反叛，忽必烈命伯颜率兵讨伐，伯颜出其不意，断叛军粮道，昔里吉大败而逃。忽必烈嘉奖其功，增食邑五千户。

海都私下曾对都哇言："我对堂叔忽必烈，恨则恨矣，羡则羡矣。我恨他既然继承了从窝阔台一系夺取的汗位，却抛弃了四代大汗（指成吉思汗、窝阔台汗、贵由汗、蒙哥汗）创立、完善和坚守的传统，将自己变成了一位汉人皇帝。在这点上，他实在无法与蒙哥汗相提并论。这是我可以接受蒙哥为蒙古大汗，但不会接受他，更不会原谅他的唯一原因。不过，我哪怕再不喜欢忽必烈的所作所为，也必须承认，他在善于识人用人方面的确高我一筹。像我们熟悉的老对手，土土哈骁勇善战，伯颜兼资文武，他能将土土哈和伯颜这样的将帅之才罗致麾下，就足以令我对他折服。伯颜是我的劲敌，我却将他视为知己。只可惜，我身边无一将如伯颜，此乃我生平最大恨事。"

伯颜品行高洁，不喜奢靡，破宋北还时，身无财宝，行装唯衣被而已。这一点，也常被海都用来教育儿子及身边重要将领。

与敬重对手的心理有关，海都得知木阑巴特是伯颜的亲外甥时，立刻对这个年轻人产生了好感。

木阑巴特的母亲是伯颜的胞姐，与舅舅相比，木阑巴特的身材不算高大魁梧；唯四肢匀称，举止灵活，朝气蓬勃。他的相貌也不似舅舅雄壮威武，可他五官端正，眼眸明亮，气度不凡。不仅如此，这个年轻人学识丰富，常识健全，谈吐得体，应对自如，海都几乎初见之下，就萌生了将这个年轻人扣留在窝阔台汗国的念头。

海都的想法是，只要他将木阑巴特扣在汗国，一旦未来与伯颜对阵，伯颜或许会投鼠忌器。

木阑巴特并不知道海都想些什么，他此刻的神情倒是显得安逸悠闲。海都的下首坐着都哇，对于这位由君而臣，甘当附庸的察合台汗，木阑巴特倒是怀有几分探究的兴趣。

木阑巴特知道，自第七任汗八剌合去世，察合台汗国的领土渐被海都蚕食。第八任汗聂古伯、第九任汗不花帖木儿都是海都扶持的傀儡，最终，不愿做傀儡的二汗很快被海都除去。其后，海都扶持八剌合之子都哇登上汗位，这是察合台汗国的第十任汗，同时也是表面上最窝囊的大汗。他的窝囊表现在：从即位伊始，他就对海都选择了恭顺之道，海都每次举兵东犯时，他都义无反顾地充当了海都的战马与利箭。

都哇似乎察觉到木阑巴特的注视，他抬起头来，向木阑巴特微微一笑。

都哇的笑容颇有些暧昧不明，与此同时，他的眼中闪过一道微弱的光亮。这光亮竟然令木阑巴特的心头为之一震。

这光亮……明明如此微弱，却为何能在人的心上，灼出一道清晰的焦痕？

难道，海都从来不曾觉察到这种光亮吗？

对海都来说，接受了忽必烈的赏赐，他怎么也得问候忽必烈一句："我忽必烈叔父的身体还好吗？"

忽必烈是拖雷之子，合失是窝阔台之子，他们二人是堂兄弟。海都记事前，父亲已经亡故，海都从未见过父亲与堂叔忽必烈相处的情景，不过，他倒是常听人们说，父亲活着时，与堂叔的感情十分亲密。

木阑巴特尚且沉浸在都哇带给他的微微震惊中，突然听到海都的问询，他收回思绪，谨慎地回答道："承蒙海都汗垂问，皇帝陛下的身体依旧健硕。"

"皇帝陛下……"海都喃喃。

"是。"

"没错，还是汉人的皇帝。"

木阑巴特没有接话。

海都的手下意识地摆弄着金蟾杯。这是一只用纯金打制的酒杯，外形如蟾，光彩灼灼。蟾首呈仰头望月之态，眼神调皮可爱。杯身中空，蟾尾，蟾嘴各留一孔，酒液自蟾尾斟入，只能从蟾嘴流出。如此精巧设计，独具匠心，无论对饮自酌，皆能生出无限兴味。而蟾杯大小适中，亦合饮者把玩。

并非着意笼络海都，作为富有四海的元朝皇帝，忽必烈自登基以来，对东西道诸王、藩属国使臣、归附者、立功将士以及藩府旧臣的赏赐从不吝啬。此番，在他下赐海都的诸多宝物中，金蟾杯堪称宝中之宝。

对海都而言，同样是他的堂叔，同样是大那颜拖雷的儿子，忽必烈与蒙哥汗给他的感觉却是如此不同。二者相比，蒙哥汗始终都是蒙古人的大汗，直到今天，海都对蒙哥汗依旧怀有真实的崇敬与畏惧之心。忽必烈则是一位彻头彻尾的汉人皇帝，这位汉人皇帝，背叛了祖宗的生活方式和传统，跳下马背，住进了建有石头城墙的皇宫。尤其可悲的是，在汉文化的浸染下，忽必烈原有的蒙古人的本性正在迷失。海都不能原谅忽必烈，事实上，忽必烈的所作所为，正是海都号召所有蒙古人起来反对他的借口之一。除厌恶之外，海都对堂叔占据着繁荣富庶、人口众多的中国，占据着草场丰美的祖宗之地却满怀羡慕与嫉恨。他很清楚，他若想夺回拖雷家族从窝阔台家族窃取的汗位，就得先坐上和林万安宫的宝座，之后再摧毁堂叔苦心经营的一切。

捌

海都不说话，谁也不敢贸然开口。片刻，海都将金蟾杯放在一边，目光落在木阑巴特的脸上。他将年轻人上下端详了好一阵儿，笑眯眯地问道："你叫木阑巴特？伯颜是你的亲娘舅？"这个问题他从开始就得到过确切答案，同样的问题问了又问，说明他一直有些心不在焉。

"是的，大汗。"木阑巴特简洁地回答。

"让我算一算……我堂叔今年该有七十二岁了吧？不管七十二岁还是七十三岁，这个年龄都算得上高寿了。你说他精神很好吗？天天坐在柔软的御榻上接见群臣，想必他已经不会骑马了。"

"大汗既有这样的担忧，何不随臣往大都城觐见陛下？据臣所知，能与大汗在中国一会，是陛下期盼已久的事情。大汗若肯亲自驾临，臣当为大汗牵马坠镫。如蒙大汗不弃，臣愿陪伴左右，权充向导。这些年，想必大汗也有所耳闻，新建的大都城雄伟壮丽，格局宏大，城中街道规划整齐，宫殿金碧辉煌。任世间多少城池建筑，能与之相比者却是屈指可数。大汗真该去走走，看看，只有身临其境，方知此前所闻，未有言过其实之处。陛下尝闻，大汗从不饮酒。一次，他在接待金帐汗国的使臣时说过这样一句话：我与海都侄儿一别多年，时常想念。若得相见，我虽不能与他把酒言欢，但与他结伴同行，纵马游猎，也不失人生一大乐事。"到底是大朝使臣，木阑巴特的一番话可谓绵里藏针，既回答了海都对忽必烈皇帝是否还能骑马的质疑，又暗讽海都只知坐井观天，却不知天外有天。

说罢，木阑巴特正视着海都。坐在海都身边的都哇看了木阑巴特一眼，只见他双眉微微一挑，脸上再次闪过意味深长的笑容。

不清楚海都是否听出木阑巴特话中有话，他满不在乎地哈哈一笑，说道："什么大都城！什么上都城！我听来往的使臣商队经常说起，好像除了街道就是人，连个跑马的地方都没有。我不喜欢，不看也罢。"

木阑巴特无意与海都辩论。他出使窝阔台汗国，除了例行赏赐外，最主要是给海都传递一个信号：忽必烈皇帝时刻都在关注着他。换言之，他与东道诸王之首乃颜的联络，也尽在皇帝掌握之中。

按照舅舅临行前的交代，木阑巴特需要在汗国休息几日。期间，若机会合适，他不妨向海都"透露"一件事：皇帝已在西北边境布下重兵，而大军统帅正是他的舅舅伯颜。在忽必烈一朝众多将领中，海都唯独对伯颜和土土哈二人心怀忌惮。要是海都知道，皇帝对他与乃颜东西并进的企图了若指掌，以海都的狡诈，为求自保，他决不会轻举妄动。就算出兵，他也会再三斟酌。

事实上，忽必烈和伯颜要的就是这个结果。为彻底打破东、西道诸王的联盟，避免分兵作战，各个击破才是上策。

正当宾主陷入沉默，大帐中的气氛变得有些怪异时，海都的侍卫长忽图克图前来通报："酒宴备好，请海都汗、都哇汗、元朝上使入席。"

海都一笑，拿起金蟾杯："都哇汗。"

"什么事，大汗？"都哇应道。汗帐初见时，海都曾为木阑巴特和都哇引见过对方，当时，他们只是点头为礼。木阑巴特还是第一次听到都哇说话，三十出头的都哇，中气十足，声若洪钟。

"忽必烈叔父很了解我，我从不饮酒，这只漂亮的金檐杯就送给你吧。

一会儿到了酒宴上，你要代我多饮几杯。"说着，海都将金蟾杯递给忽图克图，让忽图克图给都哇拿好。

"谢大汗！喝酒嘛，我肯定不在话下。"

木阑巴特暗想，金蟾杯制作复杂，设计精巧，堪称这世间独一无二的宝贝。海都素有贪婪之名，今将宝贝轻易转赐，可见海都对都哇确实舍得。都哇作为傀儡汗，多年来追随海都东征西伐，对海都忠心耿耿。木阑巴特暗暗思忖，海都生性多疑，一个人，不管他是谁，想赢得海都的信任，那要付出怎样的代价才行？令人不解的是，单从此刻都哇对待海都的方式，倒真看不出丝毫谄媚之态。

海都在前，都哇紧随其后，木阑巴特跟在都哇后面，忽图克图手捧金蟾杯走在木阑巴特身后，四个人就以这样的顺序走出大帐。来到外面，海都停下脚步，等着木阑巴特，无论如何，他还需要问候伯颜一声。

"伯颜在做什么？"

木阑巴特清楚海都终究会问到舅舅，他只需要按照他与舅舅的事先商议做出回答即可。"您说我舅舅吗？"

"除了他，我还会问别人吗？我与伯颜见面总在战场，可他算是我的老朋友了。你这次出使我国，他对你就没有什么交代？"

"有。舅舅要我将皇帝的赏赐安全送到汗营，早点返回大都。"

"早点返回大都？为什么？"

"这个舅舅没说。"

海都想了想，试探着问道："伯颜勤劳王事，想必此时又在哪里公干？"

"这个嘛……我当真不知。"木阑巴特回答虽快，敏感细致的海都还是能从他的话里品味出些许迟疑。

木阑巴特不肯透露伯颜的行踪，反而引起了海都的疑心。当晚的酒宴上，他授意侍卫长忽图克图灌醉了木阑巴特的一名随从。忽图克图与这位随从有亲戚关系，二人推杯换盏，喝得高兴，随从失去防范，悄悄告诉忽图克图："忽必烈皇帝已在西北边境陈兵三十万，而今，大军层层驻防，严阵以待，统帅正是伯颜。"他还另外透露，皇帝派他们出使汗国的目的，就是为了稳住海都。

据海都获取的情报，西北边境一个月前确有大军调动迹象，两下印证，海都对随从的话深信不疑。原本，元帝国与窝阔台汗国以及察合台汗国的关系疏离已久，忽必烈怎么会突然想起对诸王大行赏赐，而且在接受赏赐的诸王名单中，竟还包括他个人的敌人海都和都哇。忽必烈此举本身透着不寻常——而今，一切如海都所料，这只是忽必烈的缓兵之计，为的是给大军布防争取时间。

十多年的对手，海都与伯颜深谙对方战法。伯颜统兵有方，身后又有元帝国强大的经济基础作为后盾，一旦交战，伯颜打得起消耗，海都却只能速战速决。元朝三十万大军陈兵边境，就算海都集起两个汗国的兵力，也未见得会占多少优势。不，事实上他根本不占优势。

自重建窝阔台汗国，海都一心想要恢复的是蒙古帝国的政权体制，一心想要夺回的是原本属于窝阔台家族的汗位。越是如此，他越珍惜现有的力量。力量，才是他实现远大抱负的保障。

有些事情必须算计清楚。显然，乃颜对他的邀约已为忽必烈掌握，驻守边境的统帅又是对他了若指掌的伯颜，他无论如何不会贸然采取行动。

他不是不出击，而是要等到最合适的时候。

目前最重要的，他必须确定，为打破东、西道诸王的联盟，忽必烈的兵锋所指，是先向西，还是先向东？

他的结论是，忽必烈的目标一定是乃颜。

不管怎么说，忽必烈对四大汗国并无实际的统辖权，四大汗国虽以《大札撒》为立国之本，并奉蒙古帝国为宗主国，可元帝国并不能代表蒙古帝国，元帝国在四大汗国中除伊儿汗国外，从未行使过真正的宗主权。

与之相反，东道诸王的领地却在元朝版图之内。换言之，同样是受到成吉思汗分封的黄金家族后裔，东道诸王始终没有机会像西道诸王那样，依据自己的封地建立起自成体系的国家政权。不论是在蒙哥汗即位之前，还是在忽必烈战胜阿里不哥建立元朝之后，东道诸王始终处于元帝的直接统辖之下。

若忽必烈采取西防东攻的策略，海都只能寄希望于"乃颜的上帝"保佑他好运了。乃颜信奉聂思脱里教，此教属于基督教的一个分支，在草原上早有传播，如克烈部的多数部民就信奉聂思脱里教。海都信奉古老的萨满教，信仰不同，故而才有"乃颜的上帝"一说。海都并不奢求乃颜能够战胜忽必烈，他最大的希望是，乃颜在东北战场能为他拖住忽必烈的兵力，时间呢，自然是越久越好。

一旦战事陷入胶着状态，为求稳妥，忽必烈很可能抽调伯颜及驻守边境的精锐骑兵增援，到那时，他便有望突破西北防线，直捣大都。

至于背弃他与乃颜的约定，他并不感到内疚。人各有命，他是成吉思汗的嫡传后裔，乃颜是成吉思汗幼弟帖木格后王，乃颜命中注定只能成为他的棋子。

何况，他不践约出兵也有个相当充分的理由：他毕竟在西北边境，为乃颜牵制着三十万元朝大军。

玖

酒宴至夜方散，木阑巴特被海都派人送至使团的临时营地。

木阑巴特的酒量其实相当不错，不过，他与都哇对饮，却有意做出不胜酒力的样子，酒宴尚未结束，已醉倒在自己的座位上。海都从不饮酒，不辨真伪，还对都哇说："这个年轻人，酒量肯定不如他舅舅。要是哪天伯颜来到汗国，你就拿出'玫石之光'，我也不妨陪伯颜喝上一杯。"

西域葡萄酒名闻遐迩，而产于撒马尔罕的"玫石之光"是其中最负盛名的一种。成吉思汗第一次喝到"玫石之光"，是在畏兀儿国王巴尔术正式宣布归附蒙古并遣使朝觐时。由于"玫石之光"出窖时间长达数年，选料讲究，工艺复杂，产量稀少且口感绝佳，颇得成吉思汗的喜爱和称赞。此后，直到蒙哥汗一朝，"玫石之光"一直都用作进贡之用。而四大汗国互通有无，"玫石之光"亦是王公贵族趋之若鹜的首选。

海都一生，滴酒不沾，竟肯为伯颜破戒。由此可见，伯颜在海都心中的地位之重。

木阑巴特回到寝帐，早有一位妙龄女郎正候在帐中。木阑巴特连日赶路，颇感疲劳，加上与都哇你来我往，喝了不少酒，回到帐中，也不梳洗，倒头睡去。至于服侍他的女郎，他连看也没看。

次日醒来，他发现自己帐中竟有一位女子，不觉大吃一惊。

女子手中端着木盆和水杯。看她的样子，是准备服侍木阑巴特洗漱，再看她身上的服饰，又明显不同于一般侍女。

"你，你是谁？"木阑巴特从床铺上一跃而起，问道。

女子望着木阑巴特，她的神情，感觉比木阑巴特还要惊讶。

木阑巴特仍在等着她做出回答。

"大人，您这是怎么了？你问过我的呀，昨晚，我已经回过大人了……哦，想是大人忘记了，我叫绿翠。"女子很快恢复了平静，一边神态自若地回答，一边将手中的木盆和水杯放在桌上。

"绿翠？"

"没错，大人。"

木阑巴特呆呆地看着他面前这位叫作绿翠的女子。

这是一个容颜清丽、体态妖娆、言谈得体的女子，但不知为什么，就是这样一个真实存在的女子，举手投足间，却没来由地给人一种虚无缥缈的感觉。

或者说，是一种不可解的神秘感。

"绿翠？你说你的名字叫绿翠？"木阑巴特喃喃念着，不知是在问绿翠，还是在问自己。

"是啊，大人。"

"我果真问过你的名字吗？"

"嗯，问过。您还问过我是什么人？在这里做什么？"

"那你不妨再回答我一遍：你是什么人？在这里做什么？"

"我是大汗派来服侍大人的侍女。大人有点印象了吗？"

"侍女？大汗派你来的？"

对于昨晚的事，木阑巴特一点都记不起来了。按理说，以木阑巴特的酒量，昨晚那点酒尚不至于让他失忆若此。这到底是怎么回事？莫非是女子随口说说，借此消除他的紧张情绪？

可这么想，似乎也没道理。

"昨天我回来时，你在哪里？"

"我就在帐中啊，等着服侍大人。"

木阑巴特努力回想着，却什么都想不起来。他只隐隐约约地记得，他好像直接就去睡觉了。

"回来后，我做了什么？"

"哦，大人回来后，看见绿翠，有点惊讶。绿翠服侍大人洗漱完毕，大人跟绿翠聊了好一会儿才去睡的。"

"我洗漱了吗？"

"是啊，大人。您一定喝多了，才将昨晚的事忘得一干二净。"

木阑巴特下意识地看向自己，这才发现他竟然只穿了一件灰布睡衣。睡衣是他平素常穿的，这倒没什么，他的其他衣服，全都整齐地搭在床头的木架上。

他不明所以，慌忙取了件外套披在身上。由于尴尬，他那张白净的或者说略显苍白的脸上，微微泛起了红晕。

尴尬还算小事，问题在于，他分明记得他昨晚是和衣而卧。

"对了，你说我跟你聊天，我跟你聊了些什么？"

"大人问绿翌是哪里人？我回您，我是伊儿汗国人，不过，也算半个窝阔台汗国人，我从记事起，就在窝阔台汗国长大。您听了既惊讶又高兴，说您也是伊儿汗国人，同时也是中国人。您从小被舅舅接在身边，在中国长大。然后，您问我会不会讲波斯语？我说没问题，波斯语我不光能说，还能听能写，和母语没什么差别。这之后，您开始用波斯语跟我交谈。当您得知我父亲的家乡是帖必力思附近的琴河村（该村中央地带有一条清澈的小河穿过，当地人称之为琴河，遂以河之名命名）后，显得更加开心。您还用波斯语给绿翌写了一副对句。写过对句，大人感到困倦了，让我留下别走。您对我说，希望一睁眼就能看到我。"

绿翌的口齿不是一般的伶俐，三言两语就将事情讲得明明白白。

木阑巴特根本不信。无论喝不喝酒，这种不着边际的话断然不是他能说出口的。

除非，他疯了。

"大人还是不能相信吗？也罢，您来看看这个。"绿翌似乎看出了木阑巴特的怀疑，当即从怀中掏出一块儿洁白的丝绢来。她将丝绢递给木阑巴特，说道："这是产自中国南方的丝绢，您写过对句后，就把它送给绿翌了。"

木阑巴特接过丝绢，只见那上面果真用波斯语写着这样的对句：

一别琴河十二载，
万里黄沙故人行。

而且，这副对句，千真万确就是他的笔迹，他彻底懵了。

"这……这……这是怎么回事……"片刻，他喃喃自语。人说酒后乱性，又说醉者无智，莫非昨日的一场酒，真的让他喝到失去了理智？

单单失去理智倒还罢了，怕只怕他的灵魂也一起走失了。

"大人，还是让绿翌先服侍您洗漱吧。大汗的侍卫已候在帐外，听说，上午大汗要邀您一起去城外打猎。"

事到如今，木阑巴特纵有满腹疑问，也只能先糊涂着了。他将丝绢扔在一边，绿翌立刻将它收了起来，看样子，她很珍惜这方丝绢手帕。绿翌细心地将毛巾拧干，似乎要为木阑巴特净面，木阑巴特却一把将毛巾夺了过来，沉声说道："你出去吧，我还要换衣服。"

绿翌温存地一笑，什么也没有说，立刻出去了。

木阑巴特手里拿着毛巾，发起愣来，他的脑中还是一片空白。无奈，他胡乱地擦了把脸，又拿过水杯漱了漱口，之后，头昏脑涨地走出帐子。

这是木阑巴特在汗营经历的第一个晚上，他觉得自己撞了鬼。

第八章　红颜醉

壹

确如绿翌所说,海都的侍卫正候在帐外。木阑巴特拿定主意,待出猎归来,就向海都辞行。昨晚发生的事,让他百思不解,心生惧意。

木阑巴特赶到海都的汗帐时,海都和都哇都已整装待发。木阑巴特以臣礼见过二位大汗,海都命他平身:"不必多礼。"

说罢,海都细心地察看了一下木阑巴特的脸色,又笑眯眯地与都哇对视一眼,这才意在言外地问道:"木阑特使,莫不是昨夜太辛苦,怎么起得这么晚?"

木阑巴特不知海都的"辛苦"所指为何,含含糊糊地"啊"了一声。

侍卫长忽图克图上前,将木阑巴特带到偏帐换装。木阑巴特换装出来,立刻有一名侍卫向他献上弓箭与弯刀。小伙子经过这番装扮,越发显得精神抖擞,海都满意地看了他一眼,将手中的马鞭一挥,"出发!"

木阑巴特翻身跳上马背,与都哇紧随海都之后,一行人向城外飞驰而去。

窝阔台的封地原在昔日乃蛮部故地,海都复建汗国后,又通过连年战争,兼并了察合台汗国的领土。处于强盛之时的窝阔台汗国,其疆域东至唐努山、贝加尔湖,南临伊犁河,西至乌拉尔山,北至西伯利亚以北,以叶密立为都城。

汗国境内以群山为屏障，中有沙漠与盐湖。其地草场丰美，耕地肥沃，河流、海子遍布其间，灌溉充沛。海都打猎之处，在金山附近，此处层林叠翠，猎物种类繁多，是打猎游赏的最佳场所。

按照海都的安排，这次的狩猎活动将持续三天时间。木阑巴特的个性虽不似武将那般豪迈，可他骑射功夫俱佳，颇得舅父伯颜真传。他通常不离海都左右，当他与海都并马驰骋，二人常常矢发中的，彼此皆存欣赏之意。

不能说木阑巴特喜欢海都，他是元朝之臣，他忠于的人是大元皇帝忽必烈，这一点任何时候都不会有所改变。让他发生改变的是对海都的成见。在没有见到海都前，他十分讨厌这个人，讨厌这个人发动的战争，可在与这个人相处后，他突然间明白了一件事：这世上从来没有无缘无故的仇恨，从来没有无缘无故的成功。不像在伊儿汗国半波斯化的蒙古人，不像在金帐汗国半斡罗斯化的蒙古人，不像在察合台西部半突厥化的蒙古人，也不像在元朝半中国化的蒙古人，无论多么艰难，海都仍在坚持不懈地维护和坚守着蒙古人固有的生活方式及传统。单从这个角度而言，海都与伊儿汗、金帐汗、察合台汗相比，与元帝相比，都称得上是最后一位蒙古人之王。为了维护信仰，这位蒙古人之王才一心想要重建蒙古帝国，恢复祖宗基业。也正因为拥有人心所向的基础，他才能从逆境中崛起，将自己塑造成中亚霸主。

木阑巴特是理智的，即使他不认同海都的所作所为，他也不会因此无视海都身上所具备的那些优点：不输于任何君主的治国才能，坚韧，勇敢，爱惜人才，不好酒色，以及非同一般的自制力。

第三天中午，狩猎队伍撤围，满载而归的一行人回到营地时天色已晚，大家遂在汗营附近分手，各回住所。这些天，木阑巴特差不多忘了那个叫作绿翌的女子，回去的路上蓦然想起那天失忆之事，一颗心顿时往下一沉。

他有意放慢了马速，考虑着要不要回去。的确，他不想再经历相同的怪事，但示弱又不是他的性格。他左思右想，自己跟自己较了一会儿劲，最后把心一横，还是回到了住处。

进门时，他紧张的目光迅速掠过大帐。帐中没人，他刚松了口气，鼻翼翕动间，似乎闻到一股若有若无、淡而宜人的花香。他没太在意，绿翌不在，这让他的心情放松了不少。他也不用侍卫服侍，简单洗漱一下，和衣躺在床上。这些日子他太累了，躺下不久，便沉沉睡去。

　　早晨醒来，木阑巴特觉得全身酸软，眼窝胀痛，好似感染了风寒一般。他懒懒地坐起来，揉揉太阳穴，接着，他触电般地掀开了被子。

　　这是怎么回事？

　　他清楚地记得自己昨晚睡觉时并未脱去衣服，可他看到他的身上分明又换上了那件灰布睡衣。这是怎么回事？难道……

　　难道，他当真灵魂出窍了不成？

　　他匆匆穿上衣服。无论如何，他今天必须向海都辞行了。他刚穿戴整齐，只见绿翌端着一盆水走了进来。

　　"咦？大人，您怎么起来了？您不是昨晚身体不舒服，跟我说今天想要多睡一会儿吗？"绿翌一边将水盆放在盆架上，一边关切地问道。

　　木阑巴特呆呆地望着她，连一句话都说不出来了。

　　"大人。"绿翌见木阑巴特好久不做回答，又轻唤了一声。

　　木阑巴特颓然地在床边坐了下来。

　　"大人，您是不是又头晕了？我去叫大夫吧。"绿翌说着，向帐外走去。

　　"站住！"木阑巴特语气生硬地叫住了她。

　　绿翌听话地站住了。

　　"大人……"

　　"你告诉我，这究竟怎么回事？"

　　"什么……怎么回事？"

　　木阑巴特沉吟片刻："也罢，你不妨给我讲讲我昨晚回来后发生的事情。"

　　"哦，好吧。"绿翌往回走了几步，停在木阑巴特的面前，"大人要听，且容我从头讲起：您昨晚打猎归来，我正好不在。我把大帐收拾干净，见没什么事，就回家换了身衣服。等我回来，看到您已经睡着了。我得到的命令是在您身边服侍您，所以这两天我都没走，就睡在靠门那边的地毯上。一开始，您睡得很安稳，连我进来都没有惊动到您。我心里还想，您奔波多日，一定累坏了。到了半夜，您坐起来要水喝，我刚把水端给您，您突然嚷着头痛，接着，您的脸上露出十分痛苦的表情，浑身上下大汗淋漓。我很害怕，就跑到外面，让人去旁边的帐子把您的随身侍医和侍卫长都叫了过来。侍医给您诊过脉后，让我帮他为您脱去衣服，在您头上还有身上好多处穴位施了针，这之后，您才安静下来，又躺下睡去。侍医和侍卫长在这里守了您近半个时辰，见您没事了，才各自回帐休息。临行，他们还交代我，让我有事随时去叫他们。"

"如此说来，昨晚我还施过针？"

"是啊。莫非……昨晚的事，您都忘记了？"

"是，我不记得，一点没有印象。这到底是怎么回事？还有，我早晨刚起来那会儿，你在哪里？"

"我把被褥放回隔壁的帐子，去打了盆水来。我一进来，就看到您坐在床上。"

"好。既然如此，你能告诉我，是谁让你来侍候我的吗？"

"您要出去打猎的那个早晨，问过我这个问题。是大汗派绿翡过来侍候大人的。"

"大汗？"木阗巴特想起来了，几天前的早晨，他的确问过绿翡这个问题。他的苦恼在于，现在的他，已经完全分不清，他所听到的，哪句是真的，哪句是假的？他所看到的，究竟是醒着，还是在梦中？

"没错。大汗特意交代绿翡，若大人在汗营逗留期间，绿翡不能将大人服侍得开怀畅意，他必以汗宫之法惩处绿翡。"

"可我不需要你的侍候。"

绿翡闻言，脸色露出哀戚之色，她在木阗巴特面前跪了下来。

贰

木阗巴特吃了一惊，"你这是干什么呀？"

"大人，请听绿翡一言。"

"你说。"

"大人若嫌弃绿翡，须向大汗言明情况，但那样一来，大汗一定会认为是绿翡犯了什么错，才导致大人厌弃。他一定不会轻饶绿翡的。"

"这与你有什么相干？我自会向大汗说明缘由。"

"你岂知大汗的性格……算了，也许，绿翡命该如此。想绿翡父母双亡，孤身一人，苟活世上，终究没有多少意趣。"

"等等，你这话是什么意思？"

"没什么。大人，让绿翡服侍您洗漱吧。待一会儿，绿翡去为您安排早饭。"

绿塑说着，从地上站了起来。

"你……"

绿塑拧干毛巾，递给木阑巴特。木阑巴特见她双眸如星，却分明闪动着点点哀愁，一时间心里也没了主意。

默默地洗漱完毕，绿塑端着盆正要出去，木阑巴特在她身后吩咐一句："你去把我的侍医叫过来。"

"是，大人。"

木阑巴特的侍医名叫长奇，祖上是渤海人。自被舅舅请到相府，侍医就跟在木阑巴特身边为他治疗腹疾，前前后后有六年时间。木阑巴特把侍医当成兄长一样，这次出使窝阔台汗国，舅舅也让侍医陪他同往。

从侍医的叙述中，木阑巴特证实了绿塑没有说谎。他对昨晚突然发病一事感到迷惑不解。

侍医重新给他号了脉，他注意到，侍医的眉头锁了起来。

"你是不是也觉得，我这病生得委实奇怪？不瞒你说，我昨晚打猎回来还没有任何症状，怎会说病就病了？最奇怪的，我并不知道自己昨晚生病了。你不是给我诊过脉，看出什么异常情况没有？你觉得，我的头疼是什么原因引起的呢？总不会是我生了什么奇怪的病吧？"木阑巴特一迭声地追问道。

侍医抬着双眼，认真审视着木阑巴特的脸色，他昨天就发现，木阑巴特的眉宇间仿佛游动着一丝若有若无的黑气。

"将军，你这会儿仍旧觉得不舒服吗？"

"是啊，浑身没劲儿。你快说说看，我到底生了什么病？"

侍医犹豫片刻，沉声回答："我给将军诊过脉，有一点倒是可以确定，你的发热和头疼都是因为体内热毒之气上升所致，并非患上什么急重之症。只是，将军的病因是……病因……这个病因……"他突然变得吞吞吐吐起来，脸上的表情既像难以启齿，又像有些不可思议。

"病因是什么？你快说啊！"

"这……"侍医脸都急红了，仍旧说不出口。二人相识多年，木阑巴特还从来没见过他这个样子。

"你要急死我吗？快说啊。"

"将军，你确定要听真话吗？"

"什么真话假话的！你别吊我胃口了，有话赶紧说。"

"既然如此，将军，请恕我直言：为了你的健康着想，请将军此后必须有所节制……"

"节制？节制什么？"木阑巴特莫名其妙。

"将军，您这所谓热毒之气上升之症，其实是纵欲过度所致。"侍医好不容易把这句话说了出来。

"你说什么？"

木阑巴特先是感到羞耻和愤怒，随后，他失去了辩解的欲望。

不对，所有的事都不对，这中间必定大有玄机。短短的两个夜晚，他所经历的一切，已超出人力所能控制的范围。不应该发生的，似乎全都发生了，甚至，没有做过的，似乎也全都做过了。

他立刻打消了向海都辞行的念头，至少，他还要再留一个晚上。这个晚上，他倒要看看是否还会发生相同的怪事。

中午有金帐汗国的使团到来，木阑巴特受邀参加了宴会，当宴会终于结束时，又是繁星满天的夜晚。

白天原本下定决心，可真到了晚上，真走到那座大帐面前，木阑巴特突然失去走入其中的勇气。

他一想到大帐里的绿翌，心情就变得乱糟糟的。他暗自思忖，莫非那位叫绿翌的女子会施展妖术不成？怎么一进那个大帐，他就会完全失去记忆？而且，还会发生一系列难以逆料的事情？

连续两天出现相同的状况，他怀疑这与他闻到的那股淡淡的香气有关。那是一种什么样的香气呢？是让人失去记忆的香气吗？真是如此的话，为什么与他同住在一座大帐里的绿翌却没有任何异常呢？

今天也会发生同样的事情吗？这大帐他到底进还是不进？他拿不定主意，索性在外面寻了个高处坐了下来。

有那么一会儿，他似乎想了很多，又似乎什么都没想。直到一阵马蹄声传来，他才警觉地循声望去。

借着火把的光亮，他看到一队人马正向他这边驰来。

一匹战马离开人群，停在离他十几米远的地方。

"谁？"那个人喝道。可能木阑巴特在暗处的缘故，他一时间没能认出木阑巴特来。

木阑巴特一下子听出了这是谁的声音，"是我，木阑巴特。"他懒洋洋地站起身，镇静地回答。

"木阑将军？"

来者惊讶地问道，边问边向木阑巴特走来。他举着火把，在木阑巴特的脸上晃了晃，木阑巴特也看清了他的脸。

没错，是都哇。

"木阑将军，你不困吗？怎么会待在这里？"

木阑巴特沉吟着，不知该如何回答。

都哇看了看木阑巴特，又看了看不远处的毡帐，心思微动，脸上随即滑过一丝狡黠的笑意。

"都哇汗，您也没有休息吗？"

"我正要回去。"

"哦，是这样。您请。"

"不急。"都哇说着，将火把递给侍卫，又做了个让他们散开的手势。随后，他在木阑巴特方才坐过的地方坐了下来。

火把的光亮在远处摇曳着，闪烁着，都哇和木阑巴特的脸重又陷入黑暗中。这种彼此看不清对方的状态，反而更适合两个人。

叁

沉默，只是片刻的沉默，倒有一种闲适的感觉，像微风一样，轻轻抚弄着心田。

都哇仰脸呼吸着渐渐清凉下来的空气，感受着夜风中馨香辽远的气息，"夏季，永远是草原最美的季节。"他轻叹。

木阑巴特想到了上都草原，想到了金莲川。过了今晚，他必须要向海都汗辞行。

"坐一会儿吧。"都哇对木阑巴特说。

木阑巴特不便拒绝，在都哇对面坐了下来。

"木阑将军，你不觉得困倦，我不妨陪你闲聊一会儿。"

木阑巴特心想，不是不困倦，只是不敢回去而已。

"都哇汗，您不用这么客气。"

"没关系。"

木阑巴特无奈，"那么，都哇汗要跟我聊什么？"

都哇看着木阑巴特，笑了笑，言近指远地说了一句："这话应该我问你吧，你要跟我聊什么？"

"我不懂您的意思。"

"是吗？"

"都哇汗……"

都哇索性把话说得更明确一些，"说真的，我挺好奇，你怎么不进去？关于这一点，想必你一定有话要跟我聊一聊吧。"

木阑巴特暗想，这个人果然敏锐。最让人不解的是，在海都面前，都哇并不需要掩盖他的敏锐。

"都哇汗。"

"你说吧。"

"那个绿翌……"

夜色中，木阑巴特感觉到都哇轻声笑了一下。

"她到底是什么人？"没办法，木阑巴特还得顺着自己的思路问下去。

"绿翌嘛，她是大汗的继女。"

"啊？"

"怎么，她没告诉你吗？"

"她说，她是海都汗派来服侍我的。"

"这没错啊，她的确是大汗派去服侍你的。"

"难道有使臣来，海都汗都是派自己的公主去服侍人家吗？"

"瞧你说的什么话！这话最好别在大汗面前说起，他是个有尊严的人，怎么可能让自己的女儿去服侍别人呢？"

"那绿翌……"

"是个例外。你舅舅伯颜，是大汗此生最敬重的对手。"

"可我不是我舅舅。"

"你对此事如此介意，难道绿翟有什么地方让你不能满意吗？"

"这不是满意不满意的问题，是我真的不需要别人侍候——何况明天，我打算向海都汗辞行了。"

"既然明天就辞行，你还担心什么呀？"

"我……"

渐渐适应了眼前的黑暗，木阑巴特似乎看到都哇的脸上重又露出笑容，像刚才他提起绿翟时一样。

都哇不仅敏锐，就某种程度而言，他还特别善于揣度别人的心理。在他愿意的情况下，他也会让自己显得很亲切，很随和。

尽管只有短短几天，木阑巴特仍旧发现，都哇与海都的几位儿子和亲信将臣全都相处得相当融洽。这个人能取得海都的信任，确有其过人之处。谁若单纯地将他对海都的恭顺理解成窝囊，那才真是大错特错。

记得皇帝也曾做过如下分析：都哇并非只是一味充当海都的战马与利箭，而没有自己的打算。当局者迷，旁观者清，皇帝看得很明白，在追随海都的这些年里，都哇，这位察合台第十任汗，凭借海都的支持，已让其家族在汗国确立了一家独大的地位。换言之，察合台汗国被重新整合的力量，都是以都哇为中心。有一点毫无疑问，在当前的察合台汗国，除了都哇家族，再没有任何别的家族可染指汗位。

曾几何时，是察合台后王的彼此争斗，给海都蚕食察合台汗国领土提供了契机？现在的都哇虽是海都的附庸，汗国却在他的统治下变得空前团结。从长远考虑，都哇的委曲求全未必没有价值。

"都哇汗。"

"你说。"

"您了解绿翟吗？"

"你总向我问绿翟，难道，你是喜欢上她了？"

木阑巴特的脸一下红了，"不是啊，我没有。绝对没有！"

他急切的辩解显得有些幼稚，都哇不禁笑出声来。木阑巴特第一次听到都哇的笑声，爽朗，热情，坦荡，甚至没来由地让人感到心安。

木阑巴特脸上的热度一点点地消散了。真是，都哇不过跟他开个玩笑，他又何必产生如此过激的反应呢？可想到侍医说的关于纵欲的那番话，他想不紧张也难。

终于，都哇不笑了，认真地审视着木阑巴特。黑暗中，木阑巴特看不清都哇的面容，不过，他能感觉得出来，从始至终，都哇没有嘲弄他的意思。

"我不了解她。不瞒都哇汗，我有点……有点……"

"怕她？"

木阑巴特讶然，"您怎么知道？"

"绿翟，是个让人琢磨不透的女孩子。不过，她对你应该没有恶意。她侍候你，的确是受大汗的指派。"

"有没有恶意我不知道。可这两个晚上，在我身边发生了太多不可思议的事情。"

"你指哪方面？"

木阑巴特到底没有勇气把纵欲的疑问告诉都哇，他只能说："一走进那座大帐，我就好像不再是自己。"

"不再是自己？你能说得具体些吗？"

木阑巴特摇摇头，"我也说不清楚。总之，明明我晚上什么都没有做过，第二天起来，却似乎有另外一个人，和我一模一样的人，做了我不曾做过的事，说了我不曾说过的话。最可怕的是，那个人说了什么，做了什么，我一无所知。"

都哇愕然地"哦"了一声。

肆

这声"哦"，木阑巴特理解为，都哇完全听不懂他在说些什么。

木阑巴特觉得，都哇无法理解是正常的。毕竟，在他身上发生的一切，没有经历的人恐怕谁都无法理解。都哇能告诉他的都已经告诉他了。至于这种似是而非的话，他今后不对别人提起也罢。

其实，木阑巴特想偏了，都哇的这声"哦"，完全是另外一层意思。

都哇只告诉了木阑巴特绿翟是海都汗的继女，却没有告诉木阑巴特绿翟的另外一个身份：她是位医术高明的女大夫。而且，与一般大夫不同的是，她不止能救人，还极善用毒。

都哇暗暗思忖，木阑巴特遇到的怪事，或是海都汗授意也未可知。

沉默片刻，都哇徐徐劝道："有句话是这么说的，既来之，则安之。我看你呀，还是安心地回去睡觉吧，有什么事等明天再说也不迟。"

木阑巴特点了点头，站起身来，"打了几天猎，真的乏了。谢谢您，都哇汗，耽误了您不少时间，您也早些回去休息吧。"

"不用跟我说这些客气话。我看着你进去再走，我们明天见。"

"好，明天见。"

木阑巴特忐忑不安地回到大帐，没见到绿翌，也没闻到香气，他的心里似乎踏实了一些。原本想好过了这一宿就向海都汗辞行，谁知后半夜，他出现严重的腹泻症状，这一病别说骑马，连起身都有些困难。

木阑巴特缠绵病榻两个月，这期间，他对前方战事所知不多。

反正是走不成了，木阑巴特在侍医的劝说下，权且放宽胸怀，安心养病。他有段日子没见到海都和都哇了，他生病之初，都哇倒是过来探望过他一次。后来，侍医悄悄告诉他，二汗前些时候祭旗出征，现在留守汗营的，是海都的次子阳吉察儿和大将忽图克图。与乃颜东西对进，早在海都计划之内，木阑巴特并不感到特别惊奇。何况，他现在让疾病困在汗营，对许多事情都变得有心无力。

一个月后，木阑巴特能出门走动走动了。也许是病中生出的脆弱，木阑巴特渐渐对不辞辛苦地守护他照顾他的绿翌产生了某种依恋之情。除依恋之外，还有烦恼，这烦恼无与述说，与日俱增。

他哪里知道，在汗营之外，有个人比他还要烦恼。

这个人就是海都。

此番平定诸王叛乱的战争，忽必烈采用东攻西防的策略，可谓占尽先机。

按照海都和都哇原来的设想，乃颜在东北拖住忽必烈的主力，他们率十万大军出天山，正可趁伯颜奉旨西防未便轻动之机，向东南攻取元朝重镇。不料伯颜用兵，确在诸将之上，他将麾下主力部署在西北向西一线，根本没给海都和都哇留下一点间隙。而且，伯颜不许军队主动出击，唯做严密防范。

在伯颜严防死守的策略下，海都和都哇的联军被压在边境线上，寸步难进。

相持中，忽必烈击败乃颜，东道诸王的阵线随即解体。

乃颜兵败被杀的消息传到军前，海都既失望又震惊，不得不暂时放弃东进的打算。鉴于元军主力正在回防，海都下令撤退，伯颜这才展开反击，亲率军队循踪而至，双方接战，二汗不敌，仓皇北遁。

伯颜棋高一着，海都铩羽而归。盛怒之下，海都打算用木阑巴特和元使的血祭奠遇难将士。他尚未传令，被乞卜察克劝止了。乞卜察克向他进言，伯颜坐镇西北，忽必烈得胜而还，木阑巴特既是伯颜的外甥，也是忽必烈的使臣，倘若此时杀掉木阑巴特一行，就等于向忽必烈宣战，只怕此举立刻会为汗国招来祸患。而今，在四大汗国中，除伊儿汗国君主明确支持忽必烈外，其余三大汗国的局势均暧昧不明，每个汗国都有支持忽必烈的势力。海都数次袭扰西北边境，还可勉强视作自家兄弟子侄间的份地之争，而忽必烈对汗国诸事物掌控有限，只能睁只眼闭只眼。倘若海都公然向忽必烈宣战，忽必烈便可借口维护国家统一，立即调转马头，挟胜利之师进击海都。即使忽必烈不能一战而胜，海都必定会遭受打击却是不争的事实。到那时，一直听命于海都的察合台汗国有可能借机夺回自主权，金帐汗国亦会倒向忽必烈，甚至窝阔台国内反对海都的力量也会趁势而起，对海都构成威胁。

海都认为有理，打消了杀掉元朝使者的念头。

俟木阑巴特病体稍愈，请求海都将他放还本朝，上复皇帝之命。海都充耳不闻，唯吩咐忽图克图带木阑巴特去附近山中行猎散心。

木阑巴特的身体恢复得不好，天天都得按时服药，他若真的离开，还得按天数将药带全，确实不很方便。无奈之下，木阑巴特转而请求海都放还其他使臣。反正东、西道诸王的联盟已被打破，海都不怕走漏消息，表示可以考虑。

第二天，他给木阑巴特的答复是："同意。不过，再等三天时间，我得备办给忽必烈皇帝的回礼。"

从逆境中崛起，时光和经历都给了海都顽强的性格，也给了他冷静的头脑。他拒绝朝觐忽必烈，更无意作为臣子前往中国，可这并不意味着，他会否认元帝国的繁荣与富强。他对堂叔统治下的皇皇盛世有着强烈的了解欲望，尤其是，每当听到木阑巴特向他描述那种万国来朝的宏大场面时，他总会有一种身临其境的感觉。

木阑巴特的副使和随从离开后，木阑巴特暂且安心地留在汗营。如今他的身边，只剩下三名贴身侍卫和侍医，他们通常不离他的左右。

　　绿翌仍像往常一样留在木阑巴特身边服侍他，在外人看来，两个人的关系越来越好了，甚至给人一种如胶似漆的感觉。真实的情况是，两个人的关系确实不错，不过如胶似漆只是做给别人看的。

　　这天，都哇派贡使给海都送来许多粮食。在十余年的时光中，都哇忠实地履行了身为附庸的职责。海都让木阑巴特陪他一道接待了使者。都哇并不总在海都身边，许多时候他都坐镇于喀什噶尔附近。一旦都哇出现在海都的汗帐，多半情况下都意味着将有新的战事发生。

　　木阑巴特尚在病中，不能喝酒，海都也不喝酒，都哇又不在，宴会的气氛显得十分冷清。酒未足，饭已饱，大家早早各自散去了。

　　木阑巴特回到帐中时，侍医和绿翌都在等他。看到他回来，侍医示意他躺下来，为他仔细做了检查。侍医查完，让开地方，又请绿翌给木阑巴特做了检查。检查毕，两位大夫相视而笑。

　　"怎么样？"木阑巴特问。

　　侍医说道："恭喜将军，你的病根已被彻底清除。多亏了绿翌姑娘妙手回春。"

　　绿翌摇摇头："没有先生信任绿翌，没有大人配合，光凭绿翌一个人也不可能尝试成功。接下来的调理，绿翌当助先生一臂之力。"

　　"好。今晚就这样吧，将军也累了，你服侍将军早些休息。我需要好好琢磨一下药方，明天，我们再做商议不迟。"

　　"有劳先生。"

　　侍医告辞离去，绿翌走到床边，察看了一下木阑巴特的脸色，问道："累了吧？"

　　"不累。我真的痊愈了，是吗？"

　　"你还是不敢相信吗？"

　　"不，我相信。我要说的是，谢谢你。"

　　绿翌笑笑，起身去给木阑巴特倒了杯清水来，看着木阑巴特喝掉。

　　昏暗的光线中，木阑巴特注视着绿翌美丽的身影，这身影多少还是给他一些虚无缥缈的感觉。突然间，他想起了在他来到汗营的第三个晚上所发生的事情。

伍

那晚，他与都哇分手后，回到自己的寝帐。他发现，绿翌不在，他轻轻地吸口气，也没有闻到那种若有若无的花香。这让他放下心来，他躺在床上，过了一会儿，他觉得没有异常，便沉沉睡去了。

凌晨时，他被一阵腹痛弄醒。绿翌十分警醒，立刻来到他身边，不同的是，这次，他并没像前两宿那样失去记忆。

绿翌去请侍医过来，侍医为他检查许久，似乎下定决心般对绿翌说道："你的判断有道理。可是，你有把握吗？"

绿翌回答："只要大人忍受得了痛苦，我有七分把握。"

木阑巴特奇怪地问道："你们说什么呢？"

侍医犹豫了一下，决定实话实说："将军，有件事，我不能再瞒着你了。"

木阑巴特被侍医郑重的语气弄得有些心慌，急忙问道："什么事不能瞒着我？你到底想跟我说什么？"

"将军，你从小肠子就很虚弱吧？"

"是啊。你第一次给我诊治的时候，就问过我这个问题。怎么……再说这些年，经过你的治疗，我都没事了啊。"

"将军，我很惭愧。"

"你干吗要说这样的话？"

"在你的病情上，我没有跟你说实话。"

"我的病情？"

"是。你的肠子不是单纯地虚弱，而是在某个部位结有恶块儿，导致你经常腹泻及腹痛，只不过你当时的病情尚未恶化。我将自己的诊断告诉了伯颜丞相，我对他说，此病我无法医治，最多也就是帮你控制和缓解。丞相说，他知道这个情况，他请爱薛太医看过，是爱薛太医向他推荐了我。他的想法，以我的医术，尽量帮你控制，多一年是一年。当然，这种事绝对不能告诉你本人。所以，从那以后，无论你去哪里，丞相都会让我跟在你的身边。"

木阑巴特恍然大悟。爱薛是伊儿汗国名医，多年前他作为使臣从伊儿汗国来到中国，被忽必烈皇帝款留于朝，主管太医院。连爱薛都感到束手无策的病，其棘手程度可想而知。而他的侍医虽不入朝堂，却在民间享有盛誉，尤其在治疗肠疾和胃疾方面独得其妙。如今看来，多亏了这位侍医，他才能活到现在。

木阑巴特想起舅舅。他从小被舅舅接到身边，舅舅对他像对待亲儿子一样，爱则爱矣，严则严矣。可自从那次他患了腹泻之症，舅舅不仅为他找来大夫，让大夫长年跟随在他身边，而且，从他病好之后，舅舅对他的态度就像换了个人一样，即使说对他百依百顺也不为过，包括这次他来窝阔台汗国充当使者，舅舅看他坚持，才没有横加阻拦。他原本一直有些纳闷，现在才终于明白，原来，这一切都与他的病情随时可能恶化，随时可能离开人世有关。

木阑巴特还年轻，他并非那么畏惧死亡，在战场上，包括这次出使窝阔台汗国，明知面对危险，他也不会退缩。可是，他害怕被疾病折磨致死，想到那一幕，那一刻，他就有些不寒而栗。

此事已然明了，让人不解的是侍医与绿翠方才的那番对话。听他们的意思，莫非绿翠有办法将他的病治好？

可这……怎么可能？

侍医好像猜知了他的疑惑，说道：“绿翠姑娘现在是你唯一的希望。”

“她？”

“绿翠姑娘精通医理，另外，她掌握着治疗你这种疾病的验方。”

木阑巴特想说什么，当着绿翠的面又难以启齿。绿翠明白他的顾虑，笑道：“你们先说着话。天也亮了，我出去走走。”

木阑巴特看着绿翠走出大帐，神情渐渐变得严肃起来。

“将军。”

“嗯。”

“你是有话想对我说吧？”

“对。”

“关于哪方面？”

“我的病，是不是变严重了？”

“我不能瞒你，的确如此。”

“从什么时候开始的？为什么我没有感觉？”

“其实，你不觉得近半年来，你的腹中总是闷闷的，有种很不舒服的感觉？"

"这个嘛，也不是一天两天了，我都习惯了。"

"我虽想尽办法，可病情还是在向难以控制的方向发展。这种病就是这样，能控制时病人像正常人一样，没有太多感觉。一旦恶化下去，总有一天，将无药可医。你近来感到腹中闷闷的，是恶块儿正在生长的缘故，当恶块儿长到一定程度，就会破裂，污血会感染你的肠子。到那时，除了还能用药给你止痛，暂时缓解一下你的痛苦，恐怕任何人都回天无力。"

"听你这么说，我明白了。可是，连你都治不了的病，那位……那位姑娘，她怎么能……不会吧？"

"将军，你小瞧了绿翠姑娘。你一定是看她年轻，觉得她经验不足吧？其实，我也是刚刚知道，绿翠姑娘在窝阔台汗国可是最有名的大夫。"

"她不是海都汗的继女吗？"

"这两个身份，不矛盾啊。"

"那为什么都哇汗没有对我讲起？他只告诉我，绿翠是海都汗的继女，别的，他什么都没说。"

"也许是没有合适的机会。"

木阑巴特能肯定，以都哇的精明，他不是没有机会，而是有意没说。至于原因，他倒不得而知了。

"长奇。"

"将军。"

"是什么原因，让你认为绿翠可以治好我的病？"

"昨天，你去参加宴会，绿翠姑娘来找我，与我长谈了一次。我很惊讶，她第一次看到你，就从你泛青的脸色，出现在你眼眶周围的黑晕，鼻翼两侧的红肿，以及你坐下时会不自觉地皱起眉头，从这些细微的方面，觉察出你的憔悴，不是因为旅途劳累，而是因为患有某种疾病。"

"那天的宴会，她也参加了？"

"对。那天的宴会，有许多家眷参加，她是其中之一。"

"哦，原来她也在场。"

"晚上，她过来侍候你，趁便给你做了比较详细的检查。你的脉象，还有你的其他症状，让她确定了自己的判断。"

"她给我做过检查？我怎么不知道？"

侍医难得地笑了一下，"那天，你不是失忆了吗？"

木阑巴特一脸讶然，从床上坐了起来。

陆

看到木阑巴特大吃一惊的样子，侍医立刻敛去了脸上的笑容。

"你能不能……给我说得详细点？绿翟都对你说了些什么？"

"这话说起来有点复杂，我还是拣紧要的说吧。"

"好，你快讲。"

"绿翟姑娘来见我，向我问起你的病情，然后，也说了她的判断。我没想到她小小年纪居然如此精通医理，令我不能不对她刮目相看。但这还不是最让我感到惊奇的地方，她最让我感到惊奇的，是后面说的一番话。"

"哦？她跟你说了什么？"

"她为了给你治病，必须要取得我的信任，为此，她把一切对我和盘托出。"

"难道，她有什么秘密不成？"

"她是海都汗的继女，但凡她有任何秘密，都必定与海都汗有关。大战在即，海都汗不能让我们马上离开汗营，他召来绿翟，让她想个既能留住我们又不伤彼此和气的办法，海都汗对她说，要是她没办法，他只能安排军士在我们离开时，将我们全部杀掉。绿翟姑娘对你的病心存疑惑，又不愿让海都汗大开杀戒，于是接下了这个使命。你第一天的失忆，就是因为她对你施用药物所致。"

"还有让人失忆的药吗？"

"当然有。你忘了，有些盗贼使用的麻药，就是其中一类。不过，她使用的药方很罕见，我此前从未听说过。"

"她连药方都告诉你了？"

"是啊，她对我无所隐瞒。"

"以你的经验，她的药方很特别吗？"

"很特别。她用的，是一种我从未见过的毒药。"

"毒药？"木阑巴特惊叫一声，差点从床上掉了下去。

"这也是没有办法的办法，在你的病情尚未彻底恶化前，只能用这种以毒攻毒的方子冒险一试了。这是一种微毒，不会立刻致人于死地，在征得我的同意前，绿翠姑娘给你用了两天药，她跟我约定，再用一天，让我看看效果。"

"你给我诊脉后，让她继续使用。这么说，你认可了她的处方？"

侍医点了点头。

"原因，能告诉我吗？"

"是脉象。"

"怎样的？"

"在绿翠姑娘给你治疗前，你的脉象是散乱不收，漫漫无迹；经她治疗后，你的脉象在泥沙俱下的同时，也变得遇阻则强。"

"你能说得简单点吗？我听不懂。"

"我打个比方吧。将军的生命好比在山涧中流淌的泉水，有一天，泉水流向草地，因为没有遇到阻挡，水流向四方，最终会在草原深处消失。而今，泉水归入河道，它顺着河道向前，前方有无数阻挡，可它还是努力向前，努力想要冲破这些阻挡。虽然不知道结果如何，但我能感受到它的力量。"

木阑巴特沉默了片刻。

"这药，叫什么名字？"

"嗯，听绿翠姑娘，这药说叫作'红颜醉'。里面有种花，叫作'美人花'，有毒的，是美人花的花籽。我说自己对这种药方不熟悉，是因为此前从未见过关于美人花的记载，或以美人花入药的验方，更别提亲眼见到过这种花。"

"这种花，生长在哪里？"

"没有生长在哪里，花是她祖母亲手培育的，她祖母去世后，已经没有人可以种出这种花来。不过，她祖母留下了花籽——不是用来种植，而是用来入药。"

木阑巴特思索片刻，"你的意思，她一定能治好我的病吗？"

侍医欲言又止。

"说呀。"

"将军，你能容我说句不该说的话吗？"

"你说。"

"在战场上，在遇到险境的情况下，哪怕被置于必死的境地，将军你会不做任何反抗，不做任何努力就放弃抵抗，放弃转危为安的希望吗？"

"当然不会。"

"你现在的情形正是如此。"

"你是说，我不接受绿翠的治疗，那是必死无疑？"

"将军，恕我无能。"

"你别说这样的话。"

"绿翠姑娘跟我说，她只有七分把握。而且，在治疗的第一个月，你会经历难以想象的痛苦。将军，这次治疗还有另外一种结果，就是剩下的三分意外。所以，最后的选择还得你来做。"

木阑巴特沉吟着。

侍医很清楚，下定这个决心远没有那么容易。然而，只有下定决心，治疗才能真正开始。一切治疗都是如此，没有病人的主动配合，或者说，若病人不具备顽强的求生意志，往往会成为治疗失败的主因。

作为大夫，他不希望他的病人放弃。

"长奇。"

"将军。"

"在此之前，我想跟绿翠谈谈。"

"好的，我去叫她。"

柒

绿翠回到寝帐时，手里端着一碗刚刚开始发酵的酸奶。服用这种酸奶，极易导致腹泻，在绿翠的药方中，它是其中一味药。

木阑巴特要问绿翠的话很简单，只有几句。在治疗前，他必须得确定一些事。

绿翠将酸奶递给木阑巴特，木阑巴特没说什么，乖乖地喝掉了。喝罢，他将碗放在一边。

绿翠平静地望着他，她的平静足以让他鼓起勇气来。他问了她第一个问题："你是为了给我治病，才同意来到我身边的？"

绿翠回答："不全是。海都汗让我设法留住你，至少在他做出决定前，不可以让你离开汗营。你若执意离开，你们一行人都会死。"

木阑巴特点点头，问了她第二个问题："你为何擅长用毒？"

绿翌回答："我是大夫，大夫都会以毒入药，甚至会亲手制作毒药，这一点都不稀奇。何况，我用毒的初衷，不是为了害人，而是为了救人。"

第三个问题是木阑巴特最想知道的，只是他一时有些难以启齿。

绿翌看着木阑巴特发红的脸色，已猜出他想问什么。

"大人。"

"唔。"

"你还想问，你前两天的症状吧？"

木阑巴特暗自惊叹于绿翌的敏锐，他将目光转向别处，默认了。

"你的失忆，是中毒造成的。"

"不只是失忆，那个诗帕呢？"

"那天，大人中毒后，陷入谵妄状态，后来又有些兴奋。我们的聊天是真的，诗帕也的确是大人赠送给我的，只是大人不知道而已。"

"还有，那个呢？"

"你想说纵欲的症状吗？一样，也是中毒后产生的脉象，这个脉象影响了长奇大夫的诊断。否则你想，这种毒药的名字怎么叫作'红颜醉'呢？对正常人而言，它的确是毒药，但对大人的病而言，它是最对症的药方。"绿翌坦然回答。

"那么，我是否可以这样理解你的话，我什么都不曾做过？"虽说羞于启齿，得到了回答，木阑巴特的心情倒是轻松了不少。

"当然没有。"

"我明白了。我愿意接受你的治疗。"

绿翌的治疗其实从三天前就已经开始了，只是大家把话谈开后，她的治疗得到了木阑巴特的认可和配合。

诚如侍医所说，在这个过程中，木阑巴特经历了巨大的痛苦。无论多么痛苦都值得，毕竟，这世上没有比生命更珍贵的东西。

海都半个月前才回到汗营，而木阑巴特的治疗，再有一个月将全部结束。木阑巴特准备返回中国，他很清楚，海都已做了将他长期扣留在窝阔台汗国的准备，至于原因，无外乎以下三种：爱才，海都确有爱才之癖；向忽必烈皇帝示威；报复对手伯颜的"老奸巨猾"。

木阑巴特离开的办法，只有一种：寻机逃走，可他想不出什么妙计，这让他着实有些苦恼。另外，他放不下绿翠。他对绿翠的感情，不单单是病人对大夫的依恋，其中还掺杂着某种难言的情愫。

倘若绿翠只是个普通女子还好，问题是，她是海都汗的继女，这个身份让他无法对她完全敞开心扉。

绿翠将水碗放在一边，这才回到木阑巴特身边坐下。她与木阑巴特默默地望着对方，两个人都没有马上开口说话。

良久，绿翠先唤了一声："大人。"

木阑巴特立刻应道："嗯？"

"你不累吗？"

"不累。"

"你不累，我们说会儿话好吗？"

"好啊。"

"这些日子，你辛苦了。"

"为什么这么说？"

"红颜醉虽是微毒，用在一个人身上也不能超过七天。超过七天后，就得终身服用解药。以毒攻毒，说起来容易，经历过的人才会真正懂得那种痛苦。说真的，那段日子看你受罪，我真的……"

"我只是身体受罪，你和长奇，一定很为我担心吧？"

"的确。万一失败，我和长奇大夫必将抱憾终身。"

木阑巴特的脸上滑过一丝不以为然的笑意。这是他的选择，即使失败，他也不会有任何抱怨。

"大人。"

"怎么？"

"下一步，你有什么打算？"

木阑巴特微愣。

绿翠审视着木阑巴特的脸容，一双眸子闪闪发亮。

木阑巴特不想瞒她："等最后一个月的治疗结束，我得设法离开这里。"

绿翠的眼神稍稍黯淡了一下。

她无意间流露的柔弱，让木阑巴特觉得心疼。

"有办法离开吗？"

"总能想出办法来。只是……"

"只是？"

"我想，是不可能的吧？"

"什么不可能？是没把握逃走吗？"

"不是。是你。"木阑巴特鼓足勇气把这句话说了出来。

"我怎么了？"

"这些日子，我总在想，你要不是海都汗的继女该有多好。"

"是他的继女，又怎么了？"

"你要是没有这样的身份，就会少了许多束缚。"

"少了束缚……又如何？"

"我会请求你跟我一起离开。"

"你的意思，你想带我一起走？"

"我知道，这有些一厢情愿。不管怎么说，我不会忘记你的。"

绿翌莞尔一笑："可以啊。"

木阑巴特愣住了。过了一会儿，他试探着问道："你说什么？"

"我们一起走。你放心，我会帮你离开。"

"你说的当真吗？"

"当真。"

"为什么？"

"我有必须要离开的理由。等我们逃出汗国，我会把一切告诉你。"

捌

即使不清楚绿翌的身上究竟隐藏着哪些秘密，但听到她的亲口承诺木阑巴特仍旧觉得大喜过望，他忘情地一把抓住了绿翌的手，"你没有骗我吧？"

绿翌好笑地盯着木阑巴特的眼睛。没想到，他也有像孩子一样兴高采烈的时候。

"这事不容易，你想到办法了吗？"

绿翌点了点头。

"是什么？你快说。"

"这事，还得着落在大王子身上。"

海都的长子名叫察八儿，他小时候得过一场大病，命是保住了，可他的发育受到影响。他的个头没长起来，身量像个少年。另外，他的眼皮松弛，左右脸颊不很对称，这使他的面容显得有些丑陋。

"大王子？为什么？"

"他有胃痛之症，每到秋天都会犯病，这些年，是我为他治疗的。他这病，只能控制，无法治愈。昨天，海都汗找我商议，想让我过上三五天就动身，前去大王子的营地。我告诉海都汗，长奇大夫乃当世名医，尤其擅长治疗胃疾和肠疾。我想请长奇大人陪我同往，说不定这次，我们能联手将大王子治愈。即使不能，也有机会研究出更对症的药方。海都汗听了很高兴，答应了我的请求。"

"你的意思是……"

"我们只要这样就可以……"绿翌将她想到的计策对木阑巴特叙述了一遍。

"这的确是个不错的办法，不容易引起怀疑。原来，你早把一切算计到了，还能猜知我的心意。现在的我，对你可真是甘拜下风呀。"木阑巴特的这个玩笑充满赞赏之情。原本，绿翌是他无法割舍的牵挂，如今，他知道自己不必忍受与她永别的痛苦，心情顿时轻松了不少。

绿翌与侍医在五天后出发，前往察八儿的营地为这位大王子治疗胃疾。

木阑巴特按照他与绿翌的约定，过了几天，趁着都哇携中亚诸小王前来汗营觐见海都，鼓足勇气去见都哇，陈明了自己对绿翌的心意，并恳求都哇为自己保媒。都哇是个热心人，取笑木阑巴特一句"早看出你小子对绿翌有意，你还不承认"，随即欣然同意做这个月老。

第二天，趁着海都心情大好，都哇向海都提起这门亲事。海都没有拒绝，只说，等绿翌回来后，他问问绿翌的意思，再给木阑巴特一个明确答复。

对海都来说，木阑巴特文武双全，与绿翌年貌相当，又是伯颜的外甥，这个小伙子做他的女婿，以后安心留在汗国担任官职，他倒是求之不得。

绿翌不在汗营已有一段时间，木阑巴特显得有些神不守舍。直到现在，绿翌对木阑巴特的真正病因以及治疗过程都是瞒着海都的。前些时候，海都只知道木阑巴特腹泻严重，绿翌和侍医正在为他治疗，并不知道木阑巴特腹泻的原因是他身患恶疾之故。而且，事隔不久，海都与都哇起兵东征，等海都回到汗营，木阑巴特的肠病已大有起色，唯状态不佳，人也比较虚弱、消瘦。

木阑巴特的样子，倒让海都对他失去了戒备。

木阑巴特百无聊赖，决定后天带侍卫前往山中打猎。都哇和诸小王还在，明天，他们将离开汗营，各回本部。为表示欢送之意，海都在汗帐举行了一个盛大的宴会。木阑巴特趁着宴会刚刚开始，向海都提出了这个请求，海都只当绿翌不在，木阑巴特待着无聊，也没多想，答应下来。木阑巴特刚刚松口气，蓦然瞥见都哇脸上露出笑容，眼中却闪过一道光亮。

木阑巴特的直觉告诉他，对于他的用意，都哇心知肚明。在来到窝阔台汗国的日子，木阑巴特不止一次领教过这位察合台汗于谈笑间洞观人心的能力，甚至那天，他请都哇为他保媒，都哇也只是狡黠地笑笑，而不做任何追问。

相应地，木阑巴特也比任何人更能看透都哇的内心。作为察合台汗国的君主，都哇确有诸多过人之处，他对海都忠心耿耿，可他并非一味盲从，也并非没有长远打算。特别是，都哇从不用挑拨或中伤别人的方式来保全自己，不管他守着多少秘密，他在行事上仍旧能做到堂堂正正，光明磊落。应该说，海都对都哇的信任，是建立在二人长年共历生死的基础上。正因为了解都哇的为人，木阑巴特才没有那么多的担心，他相信，就算都哇洞悉了他的计划，也决不会出卖他。如同，就算他看出了在都哇心中燃烧的复仇火焰，也始终保持缄默一样。

这是一种默契，有些奇特，却难能可贵。

因事先准备充分，接下来的计划在实施过程并没有出现任何纰漏。绿翌和侍医，木阑巴特和三个侍卫，按照约好的日期会合于察合台汗国的首站，这里，离两国边境只剩不到百里的路程。

进入元朝与察合台汗国首站相界的驿站后，绿翌将一封信和一个药方交给驿卒，委托他呈送都哇汗。

信是绿翌写给海都的，她在信中说明了自己离开的原因。药方是给察八儿的，这些年，不能根治察八儿的病，绿翌一直引以为憾。幸运的是，这次察八儿的病是由她与侍医共同诊治的，两位大夫相辅相成，针对察八儿的病因和身体状况，研究出了一个效果更为显著的药方。在离开窝阔台汗国前，察八儿其实已经摆脱胃痛的折磨。绿翡之所以仍将药方留给察八儿，有两方面的意思，一个是以备察八儿不时之需，另一个也是善始善终之意。

将信和药方交给都哇，绿翡相信，都哇一定会帮她转呈继父海都。

从驿站一路向东，直到进入上都管界，木阑巴特的心才彻底放下了。

他找到一家他先前住过的客栈，要了几间上房，让大家安顿下来。他回到房间，写完呈送给皇帝的奏章，又亲自封好，这才安歇了。

第二天一早，他让一名侍卫将信函先行送往大都。侍卫离开后，余下的四个人倒是优哉游哉，不慌不忙地向上都方向一路行去。

几天后，一行人进入上都城，木阑巴特答应绿翡要在这里住上三天，好好饱览一下上都的美景。

他们在金莲川游玩了一天。黄昏时，他们就近借宿于牧户家中。牧户只能腾出两座蒙古包，没办法，木阑巴特将其中一座让给侍卫和侍医休息，而他，只能和绿翡共用另外一间。

想当初在叶密立时，木阑巴特每天与绿翡共处一室，他对绿翡经历了从防范到信任的过程，后来，他们还共同策划逃出汗营。木阑巴特虽说早把绿翡当成了自己生命中最重要的女人，但在当时的处境下，他对绿翡并未产生非分之想。他只想着，等他们一起脱离虎口，他一定明媒正娶，让绿翡做自己的妻子。

他知道，这也是绿翡的心愿。

今晚却不知怎么回事，木阑巴特根本不敢像往常那样与绿翡在同一座帐子里就寝，他只觉得身上躁热不安，不断地喝水，还频频出汗。看他那样，绿翡笑了起来："木阑，金莲川的夜色真美，我们出去走走好吗？"

这正合木阑巴特心意，他顺手抓了件外套，体贴地为绿翡披在身上，随后，两个人一同走出帐外。

玖

他们默默地走了好一会儿。渐渐地，木阑巴特身上的汗全被清凉的晚风吸收干了，他的心情也在不知不觉中平静下来。

夜色笼罩下的草原，苍茫一片，月光融融，如水银般倾泻而下，填满了触目可及的每个空间。繁星仿佛是缀在天幕上的宝石，又仿佛是一只只俯视大地的眼睛，一闪一闪的。微风阵阵，送来青草的气息，其间，还夹杂着野花的馨香，时有时无，若浓若淡，令人心旷神怡。他们信步走上一座小山丘，木阑巴特拉了绿翌一下，绿翌会意，与他一起并肩坐下，俯视着脚下的草原。

木阑巴特深深地呼吸舒爽的空气，那种久违的、似乎又回到母亲怀抱的感觉，差一点使他热泪盈眶。

绿翌将身体轻轻靠向木阑。

木阑巴特伸手揽住了她的肩头，微笑着在她的额头上亲吻了一下。

坐在清凉的风中，两个人相互倚靠着，此时的心情，如梦似幻。

"绿翌。"片刻，木阑巴特轻轻唤道。

"嗯？"绿翌慵懒地应了一声，像一只困倦的小猫。

"这段日子，你一定很担心很害怕吧？"

"是啊。我怕我们的计划失败，不能让你逃出汗营。"

"我担心的是，怕我连累了你。我不畏惧死亡，但我不想你发生任何意外。我要你活着，好好地，活下去。"

绿翌的眼泪默默地流了下来，她急忙伸手拭去泪水。

"绿翌……"

"你有话想问我是吗？你想问我什么？"

"可以问吗？"

"当然，我也正想告诉你呢。在我们成亲之前，我想让你了解我的身世和经历。现在，你开始问吧。"

"那我就问了。海都，他真的是你继父吗？"

"是。"

"这是怎么回事？而且，你为什么会讲波斯语？"

"我的曾祖父是成吉思汗任命的帖必力思（今大不里士）行政长官，他娶了成吉思汗的异母弟别勒古台的女儿，生下我的祖父。花剌子模国王札兰丁在波斯复辟期间，曾祖父带着妻儿逃到了不花剌，在那里得到察合台人的庇护。札兰丁的势力被剿灭后，曾祖父第二次出任帖必力思的行政长官，曾祖父年老后，祖父继承了他的位置。我的祖母是弘吉剌部人，她的家族先辈世代行医，到了祖母这一辈，她偷学医术，尽管没有太多机会为人治病，却

247

成为远近闻名的制香高手。人们所不知道的，她同时还是一位制毒和解毒的高手。"

木阑巴特搂着绿翠的手动了动，"你的一身本领是你祖母传给你的吗？"

"是，也不是。"

"哦？这是什么意思呢？"

"不是祖母亲自传授的。我待一会儿会讲到的。"

"我知道了，你继续讲吧。"

"父亲长大后，成为一名优秀的法官，祖父尊重父亲的意愿，没有让他进入宫廷。父亲二十岁那年，娶了一位有波斯血统的大家闺秀，就是我母亲。母亲说，那时候，父亲与她非常恩爱，婚后第二年我哥哥出生，后来，她又怀上了我。我的祖母非常喜欢我母亲，将自己手录的一本密书传给她，这本书是用波斯语和蒙古语交替写成的，假如不了解它的阅读规律，任何人都不可能看懂。这期间，因我父亲才名远播，被伊儿汗委以阿哲尔拜展的法官，他上任前，将长子留在祖父、祖母身边，只带着怀有身孕的母亲上任。他本想等母亲生下我后，过一段时间，祖父也辞去官职，他再将祖父、祖母和我哥哥都接到身边，一家人团聚。"

接下来的事，木阑巴特想也能想到，为争夺阿哲尔拜展，金帐汗国与伊儿汗国兵戎相见，双方的拉锯战互有胜负，且不论最终谁胜谁负，绿翠一家人必定因此成为金帐军的俘虏。而金帐汗国与窝阔台汗国本是盟国，两国经常互通有无，包括交换俘虏。想必是这个缘故，让绿翠的父母又成为海都的臣民。

绿翠当时尚在母亲怀中孕育，有些事她并不知晓。她只听母亲说起，他们一家人辗转流落到窝阔台国后，她出生了。尽管生活陷入困境，她的出生却给父母带来了极大的欢乐。正当父亲筹划借道察合台国转回伊儿汗国时，母亲不幸被海都看中。为了得到母亲，海都用强迫手段将她父母留在汗宫，让父亲做了汗国的财税官。

没过多久，父亲突然在任上去世。海都派了几个人帮助母亲安葬了父亲，接着，又将母亲接入宫中，强娶为妃。母亲舍不下襁褓中的女儿，只得忍辱偷生。应该说，在母亲活在世上的十几年里，海都对母亲十分宠爱，对绿翠也视若亲生。

248

绿翌从小跟母亲学习波斯语。十岁那年，母亲将医书传给了她。绿翌对行医怀抱热情，也颇有天分，十二岁那年，她在海都的安排下，拜一位在窝阔台汗国和察合台汗国家喻户晓的波斯名医为师。老先生欣赏她的聪慧与刻苦，对她倾囊相授。从十七岁开始，她已经能独立接诊。

就在这一年，她的老师与母亲相继去世。

母亲患有心痛症，越来越严重，她和老师想尽办法，还是无法阻止病情恶化。有一天，母亲把她唤到身边，将他们一家流落到窝阔台汗国以及她嫁给海都的经过告诉了她。母亲对她说，父亲当年是被毒死的，母亲得到祖母真传，善于辨毒，她一眼看出父亲不是正常死亡。只是当时的情形有些特殊，倘若母亲激怒海都，她们母女二人谁也无法苟活于世。

母亲一生都活在思念与愧疚中，但在生命将尽时，她放下了心中的怨恨。她要女儿答应她三件事：第一件，不许向海都报仇；第二件，不许用医术害人；第三件，好好地活下去，不要生活在仇恨之中。

在这次长谈的当晚，母亲因心痛病发作，溘然长逝。

母亲去世后，绿翌终于明白，为什么在她小时候，母亲总是对她管束极严，而且不允许她与海都的孩子们接近。即使她得到海都的疼爱，母亲也从来不曾说过海都父汗如何如何的话。她跟老师开始学医后，母亲甚至很少让她回汗营居住。母亲是想让她在心中，为生父留下一个位置。但海都毕竟是将她从小养大的继父，养恩重于生恩，母亲才又再三叮嘱她，绝对不可以向海都报仇。

从医的经历，给了绿翌冷静的头脑和济世救人的志向；宫廷中如履薄冰的生活，给了她进退的从容和生存的智慧。她的确不能辜负海都对她的养育之恩，然而，与杀父仇人生活在同一片蓝天下又让她感到压抑。也许正是怀着这种进退维谷的心情，她萌生了逃离窝阔台汗国的念头。

这段沉重的往事，绿翌终于讲完了。后来的事情很简单，绿翌在给木阑巴特治病的过程中，确定木阑巴特是值得自己托付终身的人，于是，从那时起，她就在运筹着与木阑巴特一同逃出汗国……

在经历了一段奇遇的几个月后，木阑巴特终于回到大都城，回到了舅舅身边。

伯颜没想到外甥因祸得福，不仅能在窝阔台汗国治好困扰他多年且十分凶险的肠疾，而且还带回了一个医术高明、才貌双全的外甥媳妇，这简直让他喜出望外。第二天上朝，他将此事汇报给忽必烈。忽必烈原本正在惦记木阑巴特，听说他带了个女孩回来，立刻在大殿召见了他们。

忽必烈的长寿，与他的性格有着很大关系，他心胸开阔，能容人，不嗜杀，对新鲜事物保有好奇心，而且，他特别喜欢为年轻人主婚。

忽必烈决定在大都城为木阑巴特和绿翌举办婚礼。按照绿翌的愿望，忽必烈将此事通报给了海都。海都还真不错，他尽管失望，倒没有对继女怀恨在心。他为绿翌备办了丰厚的嫁妆，派使者送往大都。

这是一个戏剧性的结果：木阑巴特终究做了他的女婿，只是缔结姻缘的过程，与他所期待的完全不同。

第九章　托国之误

壹

忽必烈拥有着世界上最广阔的领土，自然让他操心的事很多。

但让他真正操心的，不是日本，不是安南，也不是兄长蒙哥的后人以及东道诸王的再三反叛，而是他那倔强无比的堂侄海都一心想要从他手中夺回汗位。

至元二十五年（1288）正月，海都率部袭扰元朝边境，忽必烈命大将术伯率诸王军队对他发起进攻。六月，海都部将进攻边城，被元管军元帅阿里吉击退。

秋天，哈丹与合撒儿之孙火鲁火孙又谋叛乱，举兵内犯，攻打宗王也只里部。忽必烈将镇压哈丹叛乱的任务交给了皇孙铁穆耳。

铁穆耳有将可用，他命大将土土哈出兵，在兀鲁回河（乌拉盖郭勒河，流经锡林郭勒盟东乌珠穆沁旗境内）率先击败火鲁火孙叛军。与此同时，他命协助他的玉昔帖木儿和李庭指挥另一路大军与哈丹战于托吾儿河（洮儿河，流经兴安盟、吉林省白城市境内的松花江支流）和贵儿列河（归流河，流经兴安盟境内洮儿河支流）两河之间，哈丹军据河抵御，双方一时胜负难决。

李庭担任先锋，他知正面交锋难以获胜，遂精选勇健士卒，潜负火炮，置于贵列儿河上游乘夜齐发，哈丹军战马在炮声中受惊四散。李庭率主力从下游渡河，拂晓发起突袭，哈丹军因失去战马而无力抵御。正值土土哈中途追击叛军率师来会，两支大军奋力合击，哈丹军大败，渡托吾儿河北遁。

时至初冬，玉昔帖木儿放出风声，扬言暂且退兵，来春再战，以此麻痹哈丹。之后，玉昔帖木儿率军兼程北进，涉过冰封的那兀江，一举捣毁哈丹本部明安伦城，哈丹逃至边境，辽左诸郡尽为元军所据。

海都在汗都听闻东道诸王哈丹等又谋叛乱，而元廷忙于镇压东北叛乱诸王，导致西线防守松懈。海都感到机不可失，失不再来，于是会同都哇兴兵十余万，再次大举东犯。这一次，海都军首先吞并吉尔吉斯，接着在杭海岭（今蒙古国中部的杭爱山脉）击败甘麻剌。甘麻剌一度被海都军围困，处境万分危急，多亏受命西防的骁将土土哈力战，方才救他突出重围。

海都连战克捷，渐向国都和林逼近。和林宣慰史怯伯起兵应叛，配合海都攻打和林，和林终于落入海都之手。

占领和林，对海都意义非凡。毁于战火又经过复建的和林，早不复它当年作为国家政治、军事中心时的繁华景象，可万安宫那张熟悉的御座上，犹留有祖父和伯父君临天下时的痕迹。在父亲去世之后到祖父去世之前的这段时光，虽只有短短五年，可对海都来说，这已是不可多得的五年。像野孩子一样长大的海都，唯一还能感受到的温暖，就只有祖父那怜爱的目光。

落了薄薄一层尘土的黄金御座上，海都的视线里依稀出现了祖父的身影。这个男人坐在那里，正在批阅奏章，一绺花白的头发从他的发髻中垂落下来，在散漫着金色颗粒的光线中，他的脸容被晕染成了浅浅的褐色。

海都久久凝望着他，凝望着这个变得苍老了许多的男人，只觉喉头发紧，接着，两行热泪夺眶而出。

只在祖父葬礼上流过的眼泪，原来依然积聚在他的内心深处。在此之前，他一直以为，他早就变成了一尊举着战刀的雕像。

他向前迈出一步，祖父的身影骤然消失了。他的眼睛仿佛两口干涸的泉眼，几乎在瞬间，泉水停止了涌动。两行泪水还挂在他的脸上，他立刻伸手抹去了它们。差不多同时，他油然而生的怀念与温情，像突然喷出又突然冷却的火山岩浆，凝固成了一滴浊泪的形状。

一阵愤怒突然涌上心头，这是对堂叔忽必烈的愤怒。他非常清楚，造成和林没落与衰败的真正原因，不是战争，而是堂叔忽必烈建立元朝后蒙古政权发生南移。转而，他又觉得自己这么想是抬举了堂叔，他的堂叔没有做蒙古人之主的资格，因为堂叔根本不明白，和林的意义在于，它是祖宗之地，谁能坐上万安宫的御座，谁才能称之为真正的蒙古大汗。

忽必烈远在大都，得知故都竟然陷于海都之手，第一个反应是震惊，第二个反应是绝不能坐视不理。

海都坐镇和林，对蒙古诸王贵族产生的影响不可估量，而且，海都一日不被驱逐，他以窝阔台的亲孙身份继承蒙古汗位，就会在无形中给他本人增加号召力和合法性。鉴于这种严峻的局势，夺回和林已成为当务之急，忽必烈顾不得年老体衰和风痛严重，再次率军亲征。

海都得知忽必烈亲征，一则担忧，一则兴奋。在他的心目中，坐在大都和上都的金銮宝殿上，只依靠大臣将领征战四方的堂叔早就不是蒙古人，不过，堂叔能够走下宝座，两次率军亲征，倒让他有些刮目相看。

海都一心想要恢复的，是曾祖汗时期蒙古人的法度，蒙古人的国家，但他清楚，消灭富庶强盛的元帝国没有多少希望。明知不可为而为之，他在和林城外迎击元军，一场的酷烈厮杀随即展开。

这是一场令海都与忽必烈终于直面的战斗，他们将所有主力投入战场。

眼前，到处都是尘土，足以遮蔽日月星辰；到处都是血光，足以遮蔽人性良善。刀枪相撞的声音、将士的吼声、战马的悲鸣充斥于耳畔，为了活着，人们奋力砍向自己的同胞。

不断有人倒在血泊中，不是敌人，就是自己。

重据祖宗之地，战胜忽必烈，夺回属于窝阔台家族的汗权，恢复蒙古传统的政权体制，这是海都奋斗不息的动力和平生最大的理想。既然坐上了万安宫的御座，他决不会轻易向忽必烈退让。问题在于，海都面临的现实如此残酷：他与都哇出兵，往往会倾全国之力，一旦进入战争状态，他们基本上没有后援。忽必烈却不同，这位富有四海的中国皇帝，兵源相当充足，只要单攻一点，他部署在西北各地的驻军便可源源不断地开向前线。双方兵力的悬殊，令海都的劣势渐渐显露出来。

激战进行到第五天，海都无力支持，只得放弃和林，向西遁去。元军纵然艰难获胜，也不堪再战，忽必烈没有下令追击，只令大军在收复和林后休整。

贰

明知海都此次败退，短期内不可能再有大的军事行动，忽必烈仍不敢掉以轻心。回到大都后，他做了一些新的人事安排，其中最重要的一项，是以伯颜为知枢密院事，进金紫光禄大夫，同时出镇和林。

为断绝东、西道诸王遥相呼应、并进对出的可能，忽必烈接受伯颜等人建议，决定彻底剪除哈丹势力，不留后患。

哈丹真够顽强，逃至边境后，仍不断进犯元军。至元二十六年（1289）二月，哈丹率军攻打胡鲁口，被元将击败。六月，哈丹再败于宗王乃蛮带之手。哈丹屡败，但实力未减。次年二月，哈丹再度兴兵攻打辽东海阳、开元等地。九月，辽东行省平章都里帖木儿大败哈丹军于瓦法，哈丹退入高丽。

元廷派蒙古军万余人分守双城及婆婆府，以防哈丹窜扰。都里帖木儿率军进入高丽，被哈丹之子老的击败于鸭绿江上。忽必烈令乃蛮带率军攻打哈丹军，哈丹在原州战败，部将六十八人战死。

不久，乃蛮带部将进至禅定州，再次击败哈丹。乃蛮带率主力到达后，与高丽军夹击哈丹于燕岐正左山下，哈丹军大败，率千余骑渡河逃走，旋即被从征的高丽将领韩希愈击败，哈丹父子仅率百余骑突围。

哈丹涉海袭高丽，高丽军队迎战，哈丹之子老的兵败被杀，哈丹饮恨自尽。至此，从乃颜开始，至哈丹结束，绵延五年有余（1287年至1292年）的东道诸王叛乱之火终被扑灭。

元军全力对付哈丹时，海都在吉儿吉斯草原一带修整兵力，渐渐恢复了元气。

这期间，伯颜并没有主动对海都发起进攻。他把主要精力都放在修复被海都摧毁的工事和构筑西北防线上，同时命人暗暗放出风声，说海都很麻烦，一败便远遁千里，对于这样的人，与其主动出击，徒劳无功，倒不如固守阵地，以逸待劳。

海都还听说，伯颜手下部将，对伯颜再三避让多有不满，他们数次请战，均为伯颜拒绝。将帅间的矛盾，使得和林的军备有懈可击。

拿下和林，重新据有祖宗之地，是海都的既定目标。他在经过三年的休整后，再次举兵攻向和林。

此番，年事已高的忽必烈不能御驾亲征，只能寄希望于伯颜战胜海都。

海都来势汹汹，伯颜的第一道防线被冲破后，大军居然出现了溃败的趋势。

连续多日，伯颜边打边退，全无当年平灭南宋的气概。伯颜在西北采取消极防御策略，给了政敌攻击他的口实，他们纷纷进言，诬陷伯颜守而不攻，必与海都有私下交通。忽必烈虽不全信，可伯颜功高震主，他又不能不防。他命御使大夫玉昔帖木儿接替伯颜指挥军队，同时命伯颜回京述职。

玉昔帖木儿尚在途中时，海都正慢慢落入伯颜的包围圈。皇命先到军中，眼看计划就要功亏一篑，伯颜焦急异常，遣使去见玉昔帖木儿，要他缓行两日。他的原话是："待我擒杀海都、都哇，再回大都面见陛下。"

玉昔帖木儿与伯颜是多年战友，他比任何人都了解伯颜的智谋与韬略。奈何皇命在身，他也不敢过分耽搁，答应再多给伯颜两日时间。

伯颜麾下诸将，对主帅一味示弱于敌早就心生不满，他们坚决要求与海都决战。伯颜只得将自己的计划向他们和盘托出，他说："我军与海都多次交战，每次兵败，他都是一遁千里。我故意示弱于敌，是想将他引入我的伏击圈，只差一日，包围圈就可全部合拢。你们现在要求决战，倘或纵放了海都，谁能负起这个责任？"

伯颜的意思很明白，他用的是诱敌深入之计。可因皇使先至军营，传达了忽必烈的圣旨，伯颜已在事实上被剥夺军权，部将皆不愿服从命令。无奈，伯颜只得下令回击海都，这个回马枪让海都措手不及，但因包围圈尚未完全合拢，到底漏出了个空，让海都逃出生天。

这一战，给伯颜留下了永久的遗憾。

伯颜将军权交付玉昔帖木儿，黯然转回大都，向皇帝复命。差不多同时，忽必烈接到玉昔帖木儿派人紧急送回的战报，才了解到伯颜用计的全部经过。他暗悔自己用人不专，以致功败垂成。

忽必烈设宴为伯颜接风，他亲手赐酒，对伯颜说："此番海都、都哇惨败，全赖丞相运筹之功。"

伯颜接杯在手，双目微红，久久不复一言。

忽必烈知道让伯颜真正感到难过的原因，可碍于君主尊严，他还不能当面认错。于是，他微微笑着，劝道："丞相且满饮此杯，也算我为丞相壮行。"

这话里有话，暗藏玄机。伯颜一怔，抬眼望着忽必烈。只见忽必烈面容和悦，唯笑容里多了一些歉意。

伯颜心中一热，将杯中酒一饮而尽。

"谢陛下。"他躬身施礼。侍卫立刻接过空杯，放在御案之上。

"丞相。"

"是，陛下。"

"你且休息数日，稍作准备。说真的，丞相鞍马劳顿，我实在心中不忍。"

"陛下但有差遣，伯颜万死莫辞。"

"丞相不妨猜猜看，我欲令丞相所向何处？"

伯颜胸有成竹："二汗远遁，当务之急，陛下必是要解决明理帖木儿的问题。"

忽必烈惊叹道："丞相之能，果是天下无双。"

话到这里，伯颜心扉洞开，君臣相信如初。

叁

至元二十九年（1292）十月，为瓦解海都力量，忽必烈命伯颜往攻明理帖木儿。伯颜率军至阿萨忽图岭（杭爱山中段）时与明理帖木儿遭遇。明理帖木儿抢先占领有利地形，矢落如雨，元军畏缩不前。伯颜身先士卒，人在马上，发一箭射中明理帖木儿的盔缨，再发一箭，又中明理帖木儿的战旗。元军见主帅神勇，士气大振，冒着箭雨冲入敌阵。双方短兵相接，叛军溃逃。

伯颜命部将速哥等率所部追击逃敌，自己则率主力撤还本营，他担心的仍是海都乘虚犯境。他没想到明理帖木儿留了一手，在途中设下伏击。其时天色渐晚，伯颜虽暗悔自己失于防备，却是临危不乱，指挥军队坚守至天明。明理帖木儿见不能取胜，又惧怕伯颜勇武，慌忙退走。伯颜自引轻骑追击，追至别竭儿之地时，速哥等人率领的军队也赶到这里，叛军遭到夹击，一败涂地。

这场大战，伯颜军斩敌首两千余级，俘获不计其数，明理帖木儿率残部逃走，至此再不能对元军构成威胁。

与忽必烈的设想相同，经过这次失败，海都短期内再没有向元朝兴兵。一来他元气大伤，需要时间恢复，二来他并不知道忽必烈临阵换将，现任主帅是玉昔帖木儿。与伯颜一战，他死里逃生，可说是充分领教了伯颜用兵的高妙之处。他担心在他实力完全恢复前，轻举妄动只会让他自取灭亡。

玉昔帖木儿辅佐皇孙铁穆耳代替伯颜总理西北以及漠北军务后，按照忽必烈的旨意，对海都采取了主动进攻的策略。

至元二十九年（1292），玉昔帖木儿命土土哈首先夺取吉尔吉斯。次年春天，土土哈率钦察卫顺谦河（流经俄罗斯境内的叶尼塞河，上流小叶尼塞河）北进，尽收益兰州等五部。海都一向以益兰州五部为后援，土土哈数战告捷，收复五部，等于斩断了海都的左翼，自此也扭转了岭北地区的防御形势。

在忽必烈去世前，海都的势力已被逐出金山之外。至于最后战胜海都，忽必烈只能寄希望于他的后继者了。

至元三十一年（1294），忽必烈去世，皇孙铁穆耳（生于 1264 年，1295 年至 1307 年在位，庙号成宗）在伯颜等人的拥戴下继承皇位，次年改年号"元贞"。

铁穆耳宽厚贤明，勇智俱全，功勋卓著，深孚众望。他曾于至元二十五年（1288）受命平辽东诸王之叛乱，至元三十年（1293），受皇太子宝，并授命抚军西北防线以拒海都之乱。

伯颜因拥立有功，拜开府仪同三司、太傅、录军国重事，依前知枢密院事。是年冬，伯颜病故，追封淮安王。

铁穆耳自幼习于军旅，长于戎阵。他一直痛心于三十多年来成吉思汗子孙间自相残杀，即位后，他决定继续与海都的战争，以彻底平定宗王内乱。

为了抢占主动，铁穆耳一改昔日对宗王以防御为主的策略，而变为积极的进剿行动。他将平乱的兵力部署分为防守和进攻两部分，攻防结合。防守部队又分为东西两线：东线以和林为中心，由皇兄晋王甘麻剌坐镇，屯重兵镇守漠北诸地；西线以别失八里和哈剌火州一线为中心，驻重兵严戍天山东麓，防守畏兀儿之地。

和林和别失八里之间则屯戍攻势部队，拒守西北防线，由土土哈、月赤察儿、玉哇失、驸马阿失等将领率部分守，以宁远王阔阔出和高唐王阔里吉思驸马担任总领兵。此外，铁穆耳以堂弟安西王阿难答率本部及河西诸军屯驻察罕淖尔（白海，今甘肃省武威地区民勤县东北红柳园、东镇一带），镇守黄河以西诸行省，形成与和林、别失八里的鼎足态势，互为策应。

期间，因伯颜、玉昔帖木儿、土土哈这三员猛将相继病逝，铁穆耳遂命土土哈三子床兀儿接替了其父之位，继续领有钦察卫。所谓"钦察卫"，是由钦察部人组成的精锐兵团，主力俱是骑兵。众人皆知土土哈骁勇，却不知床兀儿青出于蓝，是个比其父还要厉害许多的角色。铁穆耳对床兀儿的重用，从侧面反映出这位新皇帝的知人善任。

大德元年（1297），元廷西北平乱的军事准备基本就绪，开始发动对海都、都哇的主动进攻。进攻部队由阿里不哥的长子玉木忽儿统领，以朵儿朵哈军、床兀儿的钦察军、玉哇失指挥的阿速军团组成。

统帅玉木忽儿当年曾追随昔里吉反叛朝廷，后得到赦免，归在铁穆耳帐下。铁穆耳其时年方十八岁，却颇有仁君风度，他爱惜玉木忽儿英勇，待之甚厚，玉木忽儿感于铁穆耳赤诚，亦愿奉铁穆耳为主君。

征剿大军向西行进时，正遇都哇准备袭击哈剌火州。朵儿朵哈部突至，出其不意地对都哇发动进攻，都哇军不及抵挡，仓皇败走。

床兀儿率军西逾金山，攻入海都属部巴邻（巴邻部当时驻牧于今新疆北部额尔齐斯河上游）之地。海都部将帖良台领兵阻钦察军于达鲁忽河（乌伦古河支流大、小青格里河，流经今新疆伊犁哈萨克自治州阿勒泰地区青河县境内），帖木良伐木立栅于河岸，令士卒下马跪坐，持弓箭伏栅守备。

钦察军进攻时箭射不进去，乘马又无法前进，床兀儿心生一计，命军士吹响号角，全军士兵高声呐喊，呼声与铜号声相互激荡，声震林野。叛军不知所为，惊惶失措，争起离栅就马。床兀儿不失时机，赶马渡水，涌水拍岸，木栅漂散，床兀儿以此大破帖良台军，奋师驰击五十里，尽得其人马庐帐。

几日后，床兀儿军师还阿雷河（乌伦古河支流布尔干河，流经今蒙古国巴彦乌列盖省、科布多省和中国新疆伊犁哈萨克自治州阿勒泰地区青河县境内），与海都派来增援巴邻部的孛伯军相遇。孛伯以精骑营于阿雷河畔的高山，面水而阵。床兀儿被置于不利境地，锐气竟然丝毫不减。他一马当先，挥军渡河仰攻，竟将孛伯军逼入绝境。孛伯军被钦察人特别是床兀儿的勇敢所震慑，军心急速崩溃，弃阵而走，床兀儿追击三十余里，孛伯仅以身免，所部全部被歼。

海都、都哇接连败于达鲁忽河和阿雷河两役，却不肯善罢甘休，仍旧连年侵扰西北诸地。海都年长，气力渐衰，出兵指挥之事，他多交与都哇，都哇一如既往，对他忠心耿耿，从不畏难退缩。

大德二年（1298），都哇潜师袭击火儿哈图地区据高山为营。床兀儿率军迎战，挑选善于步战的勇士从四面登山，持刀奋击，大败都哇来袭之军。至此，海都、都哇二汗的军队士气严重受挫。

床兀儿捷报频传，朝野为之振奋。铁穆耳大喜，于战场上对床兀儿予以嘉奖，拜他为镇国上将军兼枢密院钦察部太仆少卿。

大德三年（1299），都哇遣师突袭，宁远王阔阔出疏于防备，遂使驸马阔里吉思孤军应战，救援无及，兵败被俘。多亏元军层层设防，都哇才无法继续深入。阔阔出的败绩传至朝廷，铁穆耳怒火中烧，令二皇兄答剌麻八剌的长子、皇侄海山代替阔阔出总镇漠北、西北诸戍军，加强防御。次年，铁穆耳又命太师月赤察儿辅助海山率军，并给北庭军（驻守别失八里地区的军队，由北庭都元帅府管制）补充军马两万两千余匹。海山与月赤察儿严肃军纪，加紧练兵，戎政日修，士气大振。

肆

大德五年（1301），海都已是一位六十六岁的老人。年事越高，越让他有一种时不我待的紧迫感，他与都哇商议，决定举全国之力，向元廷发动最大规模的一次攻击。对海都而言，这将是最后一搏，若胜，他还有机会实现夙愿，若败，他恐怕再不能从拖雷家族夺回汗权。

夏末，海都、都哇举重兵倾巢东犯。因都哇营地较远，尚未赶到，海都的先锋军进至帖坚古山。海山派床兀儿引兵御敌，床兀儿不负所望，击退了海都的先锋军。

八月，海都率主力军进犯和林。海山亲提大军，在和林以北迭怯里古之地迎击海都，海都兵力不足，加上盔缨被海山射落，手臂也中了流矢，不得不引军撤退。两日后，都哇的军队及时赶到，与海都合兵一处。

海都兵力增强，有恃无恐，遂将兵锋指向和林与塔米尔河（发源于杭爱山北麓的鄂尔浑河左岸支流塔米儿河，流经今蒙古国后杭爱省）之间的合剌哈塔地方，都哇则引军攻打兀儿图地方，他们孤注一掷，来势汹汹。

海山兵分三路：月赤察儿指挥右翼的六支军队，在合剌哈塔之地迎战海都；床兀儿指挥左翼军，统辖玉哇失及驸马阿失诸军，与都哇战于兀儿图之地；海山自率一军，于右翼军的后方督战。

元左翼军在床兀儿的指挥下首先与都哇军展开激战，双方相持不下。床兀儿率钦察卫居中突击都哇军，阿失和玉哇失自左右两翼策应。左翼军这三位大将配合默契，都哇的军队损失惨重，都哇本人被阿失射中膝盖，护痛而走，其将领力不能敌，亦相随退出战斗。

数日后，海山亲临兀儿图战场视察战况，左翼军与都哇军交战的激烈程度从无处不在的斑斑血迹犹自可见。海山对床兀儿以及钦察军的勇武深为震撼，他感叹道："在如此不利的条件下力克敌军，钦察将士何其能战！我自幼从军，尚未见过如此拼死的战斗，床兀儿真乃天赐我家的神将！"

与左翼军的情况不同，右翼军开战失利，其中一军首先遭到围困。第二日两军复启战事，右翼军在海都军的攻势下稍退，海山亲临前阵指挥。月赤察儿率本部及其余四军攻打海都所率中军，不料又遭到海都围困，月赤察儿率诸将士勉强杀出重围。与此同时，海山本人亦被围困于一座山上，亏得将士力战，付出无数伤亡，才保着他突围而出，与月赤察儿会合。

海山决定暂时撤退，先保住主力要紧。海都早有准备，抢先将元军的退路切断。海山亲自冲杀于阵前，于乱阵中射中海都，这才勉强解围而去。海山辗转经由称海之地与大伯甘麻剌军会合。

元军与海都、都哇联军的交战，总体来看是联军占了上风。海都、都哇虽双双负伤，仍意图占领和林。和林大小官员闻听叛军（对元军来说，海都与都哇都是叛王）逼近，惊惶失措，将府库一把火烧尽，独将金帛装车，向南奔逃。

联军距和林只剩数日路程，已是强弩之末，不堪再战。海都因伤致病，自料难以支撑，遂下令撤退。铁穆耳在大都得知自己派兄长、侄儿坐镇西北，苦心备战多年，到最后以几十万大军临阵，竟然只取得大败小胜的战绩，他的心情已不能用窝囊来形容。为挽回朝廷颜面，他将守卫和林不利的官员将领尽数发配云南。

都哇被紧急召见，匆匆来到海都的大帐。

都哇的左胸和膝盖皆被箭矢射中，肩头亦被弯刀砍伤。膝盖和肩头受伤都不致危及生命，最危险的是左胸中箭，若不是被护心甲卸去许多力道，箭头未至心脏，只怕他此刻早就去了另一个世界等待海都。

撤军途中，都哇经军中大夫医治，已经能够走动。他听说海都召见，不敢耽搁，乘马赶到海都的军营。

都哇见到海都时，海都正半靠在床榻上。他显然气力不济，双目微微合拢，头也斜在床榻一侧。

都哇在途中已听闻海都受伤的消息，可海都这个样子出现在他眼前，他仍然觉得有些震骇。

海都的身上已换上一身干净的衣袍，都哇不清楚他究竟伤在哪里。唯有海都的脸容，不知为什么会给都哇一种将被风干的感觉。

这感觉极其强烈，甚至让都哇在心里打了个寒战。

莫非……

不会吧？

都哇耐心地等了一会儿，海都还是没有睁开眼睛。都哇犹豫片刻，稍稍走近他，轻声唤道：“大汗。”

海都仍旧一动不动。都哇不由自主地提高了音量，“大汗！”

海都被都哇的声音惊动，缓缓张开双目。眼睛虽然睁开了，眼珠却在眼眶中费力地转动着，似乎无法定于一点。

都哇便又唤了一声：“大汗。”

海都努力将视线集聚在都哇身上。他的眼珠一阵刺痛，不过还好都哇在他的眼中终于不再是个模糊的轮廓。

有那么一会儿，他们无言地对视着。海都灰蒙蒙的眼睛令都哇联想到一只在河岸上垂死挣扎的鱼。

“大汗，您……”

“都哇，你来了。”

“是，大汗，我来了。”

海都的精神恢复了一些，脸上和眼睛里也有了光泽。他扫视着都哇，都哇的衣袍上血迹斑斑，“我听说，你受伤了。伤在哪里？”

都哇指指左肩和胸口。

"要紧吗？"

"好多了。您怎么样？"

海都没做回答，唯唇角溢出一丝苦笑。

"大汗，您叫我来……"

海都盯着都哇的脸，"都哇，你恨我吗？"他突然问。

都哇被他问得愣住了。

为什么？为什么要这样问他？

"你应该没有原谅我吧——为了你父八剌合。"海都继续说道。

都哇的心先是紧缩了一下，接着急剧地跳动起来，这突如其来的不适感使他的脸色骤变。他扪心自问，从他登上汗位起，他就忠实地履行了一个傀儡大汗的职责。二十七年，对任何一个人来说都不是短暂的一瞬，他与海都同进共退，同生共死。倘若做到这种程度都不能令海都放心，那他真是无法可想了。

"你不愿意回答吗？"海都仍在追问。

这个问题非常重要，他想听到答案。

伍

都哇定了定心神，仔细观察着海都的表情。他终于确定，海都并不是对他起了疑心，他只是想知道他的心意。

都哇悬着的心放下了："不是的，大汗。"

"那么，回答我。"

"您真的想知道？"

"对。"

都哇斟酌着词句："大汗，您应该没有忘记，我到您身边时，只有十六岁。"

"我没有忘。你是八剌合的儿子，我无法相信八剌合的儿子，可在我眼中，你还是个孩子。"

"那时，您就问过我，为什么没有跟随我的兄长去投奔忽必烈皇帝？"

海都回想起三十年前的那一幕。三十年前，都哇刚刚十六岁，可就是这个十六岁的少年，身上有种倔强的东西让他的内心产生了认同。本来，对主动归附或战败归附的亲族予以收留和安置是黄金家族的传统，以正统蒙古大汗自居的海都尤其不能例外。那个时候，他的确问过都哇为何不随他的大哥投奔元朝？都哇给他的回答是：与忽必烈皇帝相比，海都汗是个真正的蒙古人，我欣赏海都汗。这个回答让他满意，从此，他将都哇置于身边。过了三年，在他陆续废黜和杀掉察合台汗国的第八任汗、第九任汗后，他又将十九岁的都哇扶上了察合台汗国的汗位。

时间如白驹过隙，一晃而过。从都哇到他身边算起，已有三十年，从都哇成为第十任察合台汗算起，已有二十七年。尤其是后来的二十七年，都哇追随于他身边，忠实地充当着他的战马与利箭。事到如今连他自己都不能相信，一个不存在忠诚的人，会鞍前马后地为他效力二十七年。

都哇注意观察着海都的表情，"大汗，您想起来了？"

海都点了点头："是啊。"

"从那时起直到今天，对于我为大汗所做的一切，我从来不曾感到过丝毫的后悔。"这是都哇的真心话。其实，在他与海都之间，已经很难分清到底是海都借助了他的力量，还是他借助了海都的力量。

亦或许，他与海都从很早开始就是一个不可分割的整体。

海都咳嗽起来，咳过之后，他气喘得很厉害，一张脸也憋成了紫色。都哇本能地上前一步，看他的样子，是想做点什么。海都却摆摆手，不让他靠近。

都哇站住了，默默地望着他面前的这个人。

海都喘了好一阵儿，气息终于平稳了一些，不过很明显，他的气力正在耗尽。都哇几乎是看着他眼中的光泽一点点失去，又看着他的脸色由青紫褪为苍白。

"大汗，您感觉如何了？"

"没事，我没事了。"

"要不，我先告退，您休息一下？"

"你不要走，我有话对你说。"

"您还有什么话要问我吗？"

"不是问你，是拜托你。"

"拜托我？"

"是啊。让我想想，我要跟你说些什么……"

海都说着，闭上眼睛，他的脸上出现了恍惚的神情，身体也随之出现了脱力的现象，全身都在颤抖，大汗淋漓。他的恍惚与脱力让都哇心里一惊。都哇分明记得，当年他父亲临终前，似乎也是这个样子。

在那个瞬间，都哇产生了一种冲动，想要摇醒海都，让他说话。他怕海都就这样睡去，然后一睡不醒。不过，他克制住了自己，他对自己说，一切都是命运的安排，他也无能为力。就像当年，他是那样痛苦，舍不得放走父亲，可到了最后，父亲还是怀着不甘撒手人寰。

现在轮到了海都。

原来世间的人多半如此，要目睹别人的离去，要在别人的目睹中离开。

记得那个时候，父亲他……

不对，怎么会想起父亲？海都与父亲有什么关系？确实，也不能说没有关系。当年若非海都的逼迫，父亲也不会那么快离开人世。对他而言，海都始终都是他的杀父仇人，他从未忘记这一点。让他不明白的是，面对生离死别，为什么他悲伤的心情竟与当年送别父亲时一般无二？

为什么？

原谅了仇人，他该如何面对父亲？

在他的自责中，海都缓缓睁开眼睛。

眼皮重似千斤，海都仍顽强地移动着目光，从都哇的脸上扫过。也许是没做准备的缘故，都哇尚未换上他平素不动声色的表情。纵然生命正在流逝，海都的感觉依旧敏锐，他能确定，他在都哇脸上看到的，是悲悯，是伤恸。

他变凉的心口蓦然有了一些温度。

无意间流露出的，才是真情。

"都哇。"

"大汗。"都哇立刻应道。

海都想说什么，喉咙却仿佛着了火一样，他不禁费力地吞咽了一口唾液。

"大汗，我去给您倒碗水来喝，好吗？"都哇温声询问。

"不用。都哇，你走过来点。"

"是。"

"我的时间不多了，你要听好我说的话。"

"是。"

"我死后，你告诉他们（海都是说他的儿子们，此时，他们虽在军中，但都不在海都身边，海都身边只有都哇一人），我的汗位由斡鲁斯继承。斡鲁斯忠诚谨慎，有勇有谋，是最合适的汗位继承人。现在，我把后事托付于你，以你的能力辅佐斡鲁斯吧，就像这些年你辅佐我一样。"海都的声音越来越含糊，越来越微弱，都哇只有将耳朵贴在他的嘴唇上，才能勉强听出他说些什么。

海都说完，都哇直起身体，没做回答。

海都不知道都哇是否听清楚自己的交代，他想问他，挣扎半天，喉咙里只发出了一个音节"你……"

都哇稍稍俯下身，直视着海都的眼睛："大汗，您放心去吧，我一定会让您的儿子继承您的汗位。"

这句承诺，听着着实古怪。在意识仅存的一刻，海都似乎明白了什么。只是，无论他明白什么，都已于事无补。

他就那样望着都哇，咽下了最后一口气。

他的头微微向一侧垂去，紧闭的双目中，一颗大大的泪珠顺着他的眼角滑出，慢慢地滑过面颊，滑入衣领之中。

陆

都哇久久俯视着他面前的这张脸，这仿佛睡去一样的脸容突然间变得有些陌生。此时此刻，海都斜靠在特制的躺椅上仍旧保持着半坐的姿势，他的头枕在软垫上只是稍稍有点倾斜，而他的眼睛和嘴唇都已紧紧闭上。他定格的表情看起来有点悲伤，有点疲惫，但绝对不会让人感到狰狞。他的降生从来没有受到过太多期待，最后，他却在人们的期待中辞别人世。

这个人，对都哇来说，是仇人。

这个人害死了父亲，也间接害死了彻儿。父亲和彻儿，他们都是都哇生命中最爱和最重要的人，而都哇选择的复仇方式，是静静地等待这个人离去。

他等到了。原本，他担心他等不到。

他等到了，奇怪的是，他并没有等到时该有的心情。

"这个人是我的仇人，这个人是我的仇人……"都哇近乎麻木地念着这句话，直到再也品味不出这句话的真正含义。

这个人，真的只是他的仇人吗？

若只是他的仇人，为什么在这个人闭上眼睛的刹那，他的体内某处会产生一种撕裂般的痛？这痛感他很熟悉，当年父亲离开他的时候，当年彻儿离开他的时候，他的心都是这样痛到窒息。

可这个人不是父亲，不是彻儿，他这种悲伤的感觉又是从何而来？

难道是因为，整整二十七年，他追随这个人出生入死，在生死未卜的战场，他们同进共退。当他从少年步入青年步入中年，他所赔上的一切，尊严、爱情、美好的岁月，都让这个人开始在他的心中占据重要的位置？

一定是这样。

原来，这才是人，会随着时间随着环境改变的人。原来，这才是人心，会随着时间随着环境改变的人心。

"不管怎么说，你走了，我该收回属于察合台家族的领地和权力了。而且，对于你的儿孙，我不会手软。"都哇在心里说。

随后，他站起来，神情恍惚地走出了帐外。

海都的遗体被护送回叶密立后，人们以都哇为主——不是以海都的任何一个儿子为主——为海都举行了葬礼。

在遗憾和忧虑中离开人世，海都身后的荣耀，也只剩下这样一场隆重的葬礼了。

毫无疑问，海都是窝阔台家族中除窝阔台本人外最具君主气质的人。他有治国之能，有政治远见，有爱才之心，有战士的勇敢，也不乏机变权谋和狡黠残酷，这些为君者必备的素质他一样不缺。在其他方面，比如拥有坚定的自制力和不屈不挠的意志方面，连他祖父窝阔台汗也无法与他相比。

蒙哥汗去世后错综复杂的局势，赋予了海都复建窝阔台汗国的使命，却没有给他恢复窝阔台家族汗统的好运。他从逆境中崛起，为了实现孜孜以求的目标，他马不停蹄地奋斗了四十二年（1259 年至 1301 年），到最后仍壮志未酬，乃至抱憾而终。所以如此，是因为他像八剌合一样，生错了时代。

海都复建汗国时，正值阿里不哥与忽必烈为争夺汗位无暇西顾，各汗国乘机谋求独立发展；正值察合台汗国在强主阿鲁忽离世后国运走向衰落；正值察合台汗国与金帐汗国，金帐汗国与伊儿汗国，察合台汗国与伊儿汗国之间纷争不断。这种种机遇，为他称霸中亚提供了绝佳时机。此间，海都除顺势将察合台汗国变成窝阔台汗国的附庸外，金帐汗国和伊儿汗国从来不是他的目标，他的目标只有一个，那就是忽必烈建立的大元帝国。

海都的不幸恰恰在于他与他的劲敌忽必烈生在了同一时代。

无论即位的过程是否合乎蒙古习惯法，忽必烈继承了蒙哥汗的汗位却是不争的事实。海都的理想，是恢复以窝阔台的直系后裔坐镇中央政府，同时向中国和四大汗国辐射并拥有绝对宗主权的政权格局。作为全部计划的第一步，他要建立一个足够强大的汗国，这点在战胜察合台第七任汗八剌合时他幸运地做到了；第二步，则是夺回被拖雷家族窃取的本该属于窝阔台家族的汗位。

这很像一种执念，被拖雷家族窃取的汗位，在蒙哥汗后已归忽必烈所有。海都重新确立汗统的唯一途径，就是打败忽必烈。

问题的关键正出在这里：海都必须打败忽必烈，可这位元朝开国君主，又岂是一个能被海都轻易打败的人？

先因经营漠南草原深孚众望，其后又有征服大理的光环笼罩，在具有雄才大略方面颇具乃祖遗风的忽必烈不鸣则已，一鸣惊人。不仅如此，统一南北后，忽必烈统治着幅员辽阔、人口众多、经济发达、军队强大的中国之地，这样一支力量，远非海都可以相抗。两强相遇的结果，海都的一世威名，只是遗憾地止步于中亚霸主。

不管最终是否成功，海都的奋斗无疑给忽必烈带来诸多困扰，至少，海都打断了忽必烈成为天下共主的梦想，而那梦想差一点变成现实。旷日持久的拉锯战，在忽必烈成为海都劲敌的同时，海都也成为忽必烈无时或忘的对手，甚至当死神降临，忽必烈念念不忘的仍是西北防务。

也许，海都注定了是位悲情人物。尚在襁褓中父亲便离开人世，幼年时又与唯一怜爱他的祖父天人永隔。在无人关注的孤独中长大，好不容易有了出头之日却遇上不可战胜的对手。更大的悲剧是，窝阔台汗国的辉煌只经一世，很快，这辉煌就要随着他的生命一起凋零。

海都的离世，意味着窝阔台汗国的舞台上缺了一位值得期待的主角，而没有主角上场的剧目，似乎也到了曲终人散的时候。

当曲终人散时，元帝国与四大汗国之间，终将迎来人们梦寐以求的和平。

无疑，元帝国和四大汗国是由蒙古帝国衍生出来的既密切相关又彼此独立的五个兄弟之国，他们之间的争斗，没有对错，只有胜负。

在棺椁即将合闭的刹那，都哇做了个手势。

正要盖棺的两个人停下来，望着他，察八儿兄弟也望着他，他向棺椁走去，俯下身，久久凝望着眼前这张时而熟悉时而陌生的面孔。

他知道，这将是他们的长别。在他活着时，他与海都再没机会相见。

他为他的仇人设想过此时此刻的场面，唯独没为自己设想过此时此刻的心情。

二十七年，他一直等着这一天，也终于等到了这一天。然而这一刻，望着海都寂静凄清的遗容，他的心竟是一样的寂静凄清。

他等着这一天，在父亲的手臂悄然垂落的时候。他向父亲发誓，他会跟在仇人身边，倘若上天还肯垂顾察合台汗国，他一定有机会实现他的计划，他的计划也一定能够获得成功。这原是父亲为他安排的路，他没有逃避的理由。

他等着这一天，在彻儿用一种决绝的方式，带着他们的孩子永远逃离他身边的时候。那时，他亲眼看着彻儿在熊熊火焰中化为灰烬，那时，他在心里对彻儿说，等他报仇的一天，他一定会亲口告诉她。

他等到了这一天。等到这一天他才突然明白，失去就是失去，即使是造成这一切的人，他的死亡也于事无补。海都的死亡于事无补，甚至，他无法因为海都的死亡，卸下他背负已久的痛苦。

察八儿走到都哇身边。他不知道都哇要做什么，可看到都哇一脸怅然时，他不禁有点感动。他悄声说道："盖棺吧，别误了吉时。"

都哇点点头，退至一边。

在人们的注视下，棺盖合拢。海都的辉煌与他的生命一起，归于尘土。

柒

海都的遗嘱，是让他的三儿子翰鲁斯继承汗位，都哇并不打算遵守这个遗嘱，所以那时他才会对海都说："……我一定会让您的儿子继承您的汗位。"但他并没有说，会让翰鲁斯继承海都的汗位。

不知是历史的宿命还是命运的轮回：以前，察合台汗国的大汗要由海都来择定和拥立，如今，窝阔台汗国的大汗要由都哇来择定和拥立。

都哇为窝阔台汗国选定的新主人是海都的长子察八儿。

在海都诸子中，察八儿是最不受臣民将士期待的人。

幼年的察八儿生过一场重病，尽管侥幸活下来，身体却落下残疾。更糟糕的是，他体弱多病，时常卧病不起。可以说，除了他的长子身份，他没有任何优势或威信可以继承他父亲留下的汗位。

这个不具备资格的人，在都哇的拥立下，坐上了当年他父亲坐过的宝座。

不选择海都留在世上的优秀儿子斡鲁斯，却选择生性懦弱的察八儿，都哇是何居心，明眼人一目了然。

察八儿不是不清楚都哇的野心，清楚又能怎样？察八儿深知，在父亲活着时，都哇就已整合了察合台汗国的力量。都哇麾下，掌握着一支精锐骑兵，这支骑兵与其说跟着海都冲锋陷阵，不如说跟着都哇出生入死。

即便在窝阔台汗国，也不乏都哇的拥护者，而且人数不少。海都活着时，他们愿意追随着海都和都哇，海都离去后，他们愿意追随的人，只有都哇。

事实上，在都哇豁出性命协助海都建立强盛汗国的过程中，许多人早将他们视为一体——都哇就是海都，海都就是都哇。

这样的认知，让都哇轻而易举地将察八儿推上了汗位。

当了大汗自然就有大汗的威仪，不服的人却无论如何不能服气。最不服的人，当然还是斡鲁斯。海都活着时，不止一次流露过，未来要将江山交在斡鲁斯手中。父亲的话斡鲁斯记忆犹新，他决不相信，父亲会将汗位传给大哥。不服归不服，斡鲁斯清楚大哥的身后站着都哇，他只得选择忍耐。

斡鲁斯忍了察合台汗都哇，忍了长兄察八儿，没想到却与都哇的次子也先不花发生了冲突。

原来，斡鲁斯的驻牧地与也先不花的驻牧地相界。一日，斡鲁斯的牧场里丢失了几匹好马，斡鲁斯怀疑这些马是跑进了也先不花的牧场，于是，他派人去向也先不花查找索要。在都哇诸子中，也先不花是性情最急躁的一个，换作是他的兄长或弟弟们，或许会协助斡鲁斯查找一下，查到了让斡鲁斯的手下带回去，没查到也有个交代，这样，大家彼此好看，也不落下口实。

谁知斡鲁斯碰到的偏偏是也先不花。也先不花对斡鲁斯的要求极其反感，才听了几句脸就沉了下来。他心想：你今天丢马向我要，明天丢羊向我要，后天丢牛还向我要，莫非你是把我当贼不成？他越想越气，非但不予寻找，反而一言不合就将斡鲁斯派来的亲随撵了回去。

说起来，丢了几匹马在斡鲁斯心里本不算什么大事，就算他认定马跑到了也先不花的牧场，也犯不着追究下去。可问题是，斡鲁斯的心里憋着一口气。他恨都哇违背父亲的遗言，剥夺了本该属于他的汗位；他也恨都哇在父亲海都汗死后立刻翻脸，将汗国西部据为己有，并派其长子镇守（河中地区本是察合台汗国的领地范围，但海都称霸后，察合台汗国成为窝阔台汗国的附庸，河中地区也就成为窝阔台汗国的一部分）；他更恨父亲死后窝阔台汗国与察合台汗国的关系发生逆转，原来的附庸国正逐渐成为宗主国，原来的宗主国正逐步沦为附庸国。

无独有偶，也先不花的心里同样憋着一口气。他想起父亲二十七年的忍辱负重，想起海都活着时对察合台汗国的予取予夺，这屈辱和仇恨岂止藏在父亲心头，同样也压在他和几位兄弟的心底。他要和父亲一道，夺回那些被海都抢走的东西，他还要将这些年积攒的屈辱和仇恨还给海都的儿子们。

两个心怀芥蒂的人遇在一起，那肯定是针尖对上了麦芒。他们谁也不肯示弱，矛盾迅速升级，没用多久便发展成兵戎相见。

都是在战场上冲杀出来的武将，曾经并肩战斗，彼此了解对方，一旦动起手来，拼得还是军队的数量。开始，斡鲁斯的力量稍逊一筹，越打越被动，他急忙派人向兄长察八儿求援。身为窝阔台汗国的大汗，察八儿不能因为顾忌都哇就对弟弟的处境置之不理，那样只会让他完全失去人心。何况，察八儿很清楚，他与都哇之间终有一战，这是命运之赌，输者称臣。

察八儿亲提大军增援弟弟。也先不花哪里是这兄弟二人的对手，只得弃了营地，向金山方向溃逃。

消息很快传到都哇耳中。尽管事起突然，仔细想想，出现这样的机会倒也不坏。都哇像海都一样，恪守着黄金家族的传统，不能主动向亲族开刀。但斡鲁斯始终是他的心腹大患，事已至此，他正可借斡鲁斯与儿子也先不花发生冲突之机，将支持斡鲁斯的力量一网打尽。

也只有这样，他才能牢牢掌握察八儿。

都哇立即出兵，两军在金山以西相遇。二十七年来，这还是发生在窝阔台军队与察合台军队之间的第一次战争。斡鲁斯和察八儿不是都哇的对手，眼看情势变得危急，察八儿主动向都哇认错，都哇原谅了他，斡鲁斯却在失败后带着家眷逃往元帝国，得到了皇帝铁穆耳的接纳。

名正言顺地铲除了窝阔台汗国忠于斡鲁斯的势力，将察八儿变成自己的附庸，都哇终于能心无旁骛地实施他的下一个计划。

多年来，都哇作为海都的助手不断与强大的元帝国作对，可他的内心早就厌烦了这种让三个国家不得安宁的内战。他与海都不同，他从来没有那么远大的理想，也从来不想做全蒙古的大汗，他只想恢复察合台汗国强盛时期的领土，或者说，他只想做一名察合台汗，经营好先祖和父亲留给他的国家。

一旦成为察合台汗国名副其实的主人，都哇所怀有的最迫切的愿望，就是全面停战，谋求与元朝的和平。

在海都去世的半年后，都哇派遣使团，纳贡请降，以臣属身份奉表元帝，尊元帝为察合台汗国宗主。

铁穆耳知道海都已在撤军途中去世，西北叛王失去核心人物，这件事让他看到了全面停战的曙光。近四十年的时光，西北战争消耗了元朝太多的人力、物力和财力，铁穆耳也不想继续这种劳民伤财的战争。接到都哇的奉表，他大加赞赏，不仅立刻许和，还派了一位能全权代表自己的特使，随使团回访都哇。

这位皇帝的特使不是别人，正是都哇的老朋友木阑巴特。

捌

在汗帐里，都哇与木阑巴特久别重逢，两个人都有一种恍若隔世之感。

都哇问起绿翌的情况。得知绿翌已为木阑生下二子一女，长子正在随母亲学医，都哇十分感慨，笑道："绿翌是个聪明的女子，也是位了不起的大夫。其实，那天你请我提亲时，我就有种预感，你们二位，应该很快就要远走高飞了。"

事隔多年，木阑巴特终于等到了这天，可以解开心中的疑惑："大汗是如何做出这个判定的？"

"直觉而已。以你的禀性为人，应该不会为了女色，甘心留在窝阔台汗国。"

"明知如此，大汗还是痛快地答应了我的请求。"

"你们中国不是有句老话，宁拆十座庙，不拆一桩婚。何况，你们是佳偶天成，我少不得顺水推舟。"

木阑巴特起身相谢："大汗的成全，臣当铭记于心。"

都哇玩笑道："你倒不用谢我。若不是那时的一念之善，不忍拆散神仙眷侣，今天的你我，也不好在这里重聚。"

木阑巴特的脸上露出会心的笑容。

没错，他与都哇的默契始终都在。

许多年前，木阑巴特就已觉察出都哇是为了复仇而选择隐忍。都哇追随海都，却未必赞同海都所做的每件事。从都哇对自己的一再相助上，就能看出这位察合台汗的智慧：做任何决定前，他都会留有余地。

只是没想到，都哇忍了三十年。三十年隐而不发，这绝非常人的胸怀。但不管忍了多少年，最终都哇成为胜利者。

"我与绿翠在大都成婚时，最意外的是，海都汗居然派人送来了聘礼。"

"大汗这个人哪，不管多少人会误解他，其实，他是个相当有心胸的人。"都哇用一种赞叹的口吻说。

木阑巴特看向都哇。都哇的眼中，蓦然闪过一道惆怅的光芒。

直到这一刻，木阑巴特才真正明白，原来，是他误会了都哇。都哇等待的机会，并不是向海都复仇的机会，而是复国的机会。这个差别很微妙，不了解人性的复杂，就很难加以区分。钦佩是忠诚的基础，即使怀着父亲被逼而死的仇恨，钦佩仍是忠诚的基础。在海都与都哇的关系中，这才是最奇特也是最真实的纽带。

人哪……

酒宴正在摆上，都哇与木阑巴特随即谈起别后各自的经历。这一天，大家不谈国事，只叙离情，当晚的宴会尽欢而散。

第二天，木阑巴特向都哇呈上了皇帝的赏赐，都哇以郑重的仪式接受了皇帝的礼物。仪式结束，他邀请木阑巴特前去打猎，木阑巴特欣然应允。

木阑巴特在汗营待了半个月。临行时，他向都哇转达了皇帝的愿望：元朝与各汗国之间，本是兄弟之邦，理应协商解决一切争端，和平共处。

对于皇帝的意图，都哇心领神会。

木阑巴特辞行后，都哇立刻请察八儿、明理帖木儿到他的营地商议归附元朝一事。他的一番话颇具说服力："当年，赖先祖披坚执锐，致有天下。其时国力昌盛，先祖自居中央，威震四宇，八方来朝。惜我辈子孙不肖，或为领土之争，或为利益之争，累国家连年用兵，同胞自相残杀，所到之处，废墟千里，绝无人烟，国力剧耗，民疲怨深。长此以往，祖宗之业自隳。一旦江山危坠，百年之后，我等有何面目入祖宗之地？薛禅皇帝忽必烈，乃先祖嫡孙，今继大统者，又为薛禅皇帝之嫡孙，而守边将士，皆我骨肉，血脉相连，我为谁战？又与谁争？况我等数年征战，遇土土哈不能胜，遇床兀儿更不能胜，元朝之地，人才辈出，岂不是祖宗之意彰显，不欲令我等继续与之为敌？依我之见，我与诸位当与元朝罢兵通好，使兄弟之国老者得以养，少者得以长，国家之气得以恢复，如此，方不负先祖所望。"

对于都哇的提议，明理帖木儿首先表示赞同。当年，明理帖木儿在阿萨忽图岭一役中败于伯颜之手，此后对海都的依附性加强。忽必烈去世后，铁穆耳因与玉木忽儿交厚，而玉木忽儿与明理帖木儿又是同胞兄弟，铁穆耳遂请玉木忽儿致书明理帖木儿，希望明理帖木儿能够悬崖勒马，改过归朝。其时海都尚在人世，明理帖木儿仍愿奉海都为主，并未做出答复。海都去世后，明理帖木儿方有归附铁穆耳之意，他将他的想法告之兄长，玉木忽儿答应为之斡旋。几天前，明理帖木儿收到兄长来信，玉木忽儿在信中说，只要他带领部众来降，皇帝必既往不咎。有了这个定心丸，明理帖木儿开始收拢部众，集聚财物，做着向元帝请降的准备。恰在这时，都哇也做出与元朝通好的决定，并找他与察八儿商议，明理帖木儿当然不会反对。

察八儿的想法与明理帖木儿不同，他多少有些顾虑。他本人没有父亲的野心，只想做一名和平大汗。不过，他深知元帝最忌惮的人是他父亲，即使父亲已经离世，对于过往的一切，元帝是否真的能够释怀，他心里不是那么有底。如今都哇和明理帖木儿都决意与元朝修好，他若坚决反对，只会将自身陷于孤立。以他目前的实力，绝无可能单独抵御元军的进攻。想到这里，他勉强同意派出使者，与都哇、明理帖木儿的使者一道，向元帝请和。

铁穆耳满怀喜悦地接待了西道诸王使者，他赐以厚礼，遣察合台、窝阔台两个汗国的使者与本朝使者一道，前往金帐汗国和伊儿汗国进行游说，以期实现在全国范围内的罢兵修好。

大德八年（1304）秋，两个汗国与元朝使者到达伊儿汗国，向继承哥哥合赞汗位只有四个月之久的完者都汗宣读了元帝诏书。伊儿汗国的建立者旭烈兀临终前曾告诫儿孙："兄为君，弟为臣，伊儿汗国永为元朝藩属。"旭烈兀离世后，他的子孙恪守了他的遗嘱。

从立国至今，历任伊儿汗从未将元朝视为敌人，他们最大的对手与敌人是金帐汗国。脱脱登基后，这种敌对的状况已经有所改善。完者都正想利用这个机会实现两个汗国间的和平，所以，他对元帝诏书中约和的内容表现出积极响应的态度，立即遣使前往金帐汗国。

脱脱是金帐汗国最有作为的大汗之一。他在位二十二年（1290年至1312年），前期，差不多有八年时间，他一直充当着权臣那海的傀儡。后来，他击败那海，夺回大汗权柄。成为汗国之主的脱脱，对内励精图治，对外致力于和平。他在大德五年（1301）主动向元朝寻求通好，次年，正式承认了元朝的宗主权。已奉元朝为宗主国的脱脱不可能无视元帝的约和诏书，他当即派遣使臣，在阿哲尔拜展的木干草原接受了由伊儿汗国、察合台汗国、窝阔台汗国与元帝国订立的和约。

大德八年（1304）是最让铁穆耳感到称心如意的一年。这一年，脱胎于蒙古帝国的五个国家，在经过长达四十年的内战之后，终于迎来了全面和平。

在元朝方面没有了后顾之忧，都哇像当年的海都做过的那样，开始有计划地蚕食窝阔台汗国的领土。察八儿性情懦弱能力有限不假，然而，作为曾经的中亚霸主的继承人，他并不想坐以待毙。

他在国内召集起一支忠于其父海都的力量，着手抵抗都哇。可他似乎时运不济，他的军队用来对付都哇显得捉襟见肘，雪上加霜的是，西边战事未了，东边更可怕的敌人出现在他的背后。

如察八儿所料，铁穆耳在安抚察合台汗国和窝阔台汗国方面采取的完全是两种政策：他可以原谅追随海都叛乱的都哇，甚至可以原谅叛乱后依附海都的明理帖木儿，但决不会原谅一生与元朝为敌的海都及其后人。

玖

大德十年（1306），在如愿成为四大汗国宗主国的第三年，为彻底消灭窝阔台汗国，铁穆耳派侄儿海山从按台山向察八儿的侧背移动。察八儿对窝阔台汗国与元朝之间必有一战不是完全没有心理准备，他集中了十万大军与海山对峙。

海山是真金之孙，在忽必烈家族第四代中，也是最富有谋略且长于指挥的一个。真金膝下三子，甘麻剌、答剌麻巴剌、铁穆耳兄弟三人的年龄都只相差一岁。答剌麻巴剌生于至元元年，死于至元二十九年，死时年仅二十八岁。在真金三子中，忽必烈原本最钟爱次孙答剌麻巴剌，也有意传位于他，皆因答剌麻巴剌早逝，才在甘麻剌与铁穆耳之间进行选择。他们的这场汗位之争最后以比较平和的方式告终，可任何人都一样，发生过的不愉快总会留下痕迹，即使装作不曾发生，兄弟二人的关系也再回不到昔日相亲相爱的时光。

铁穆耳膝下无嗣。在所有亲侄当中，与大哥甘麻剌的儿子们相比，铁穆耳显然更偏爱二哥的两个儿子海山（生于 1281 年，卒于 1311 年）和爱育黎拔力八达（生于 1285 年，卒于 1320 年）。尤其是海山，铁穆耳对这个侄子视若己出。朝廷重臣心知肚明，在铁穆耳一朝，海山的地位类于太子。

海山也的确争气，年方十八岁就被委以重任，代替叔祖阔阔出总镇漠北、西北诸戍军。在与海都的较量中，他经常亲身冲杀于阵前，且常有斩获。海山与海都能战个平手，更何况是面对胆魄与韬略都远逊于其父的察八儿。双方只经数仗，察八儿的十万大军几乎全都向海山缴械。战到最后，察八儿身边只剩数百亲随，不得已，他拼死杀出重围，投奔了都哇。

都哇与元帝铁穆耳原有密约，待消灭窝阔台汗国，其领土将由两家平分：以西归都哇，以东归铁穆耳。察八儿兵败失势，都哇决定行使他身为宗主的权力——再行废立之事。他这样做，也是为了在窝阔台汗国制造新的矛盾。大德十一年（1307），都哇在阿力麻里附近的牙忽思草原（察合台开国时，即建汗帐于牙忽思草原）召开了有三百余宗王参加的忽里勒台。在忽里勒台上，都哇以察八儿无能守业的罪状将其废黜，同时立察八儿的弟弟、海都次子阳吉察儿为新一任汗。

不知道都哇是否有过彻底消灭窝阔台汗国的念头，在废黜察八儿不久，都哇离开人世。同年，元帝铁穆耳亦在大都驾崩。

都哇膝下数子，长子在镇守西部时亡故，都哇遂以次子也先不花代镇西部，三子宽阇则留镇东部。都哇病故时也先不花尚在西部未归，诸王贵族经过商议，决定拥立宽阇为汗。

宽阇即位一年有余，一日意外落马，因伤成病，很快追随其父而去。宽阔一死，不里之孙塔里忽夺取了汗位。塔里忽属于南图赣长子一系，按照察合台的遗嘱，塔里忽原也有继承汗位的资格。可在都哇重建汗国后，人们只愿拥戴都哇的后人。人心如此，从塔里忽篡位开始，反对他的叛乱便层出不穷。

许多贵族支持都哇之子怯别与塔里忽争夺汗位。察合台汗国发生的内乱让察八儿看到机会，他联络了几位有实力且忠于海都的贵族向察合台汗国发动进攻，打算一举击败察合台汗国，重新确立宗主权。

察八儿小瞧了怯别。这位少年胆识兼备，气度不凡，他不仅设计袭杀了塔里忽，而且很快稳定了汗国局势。得知察八儿兴兵，怯别虽兵力不足，仍主动迎战。双方交战之初，察八儿占据上风。可察合台诸王贵族得知怯别已除掉塔里忽，从各地纷纷赶来增援，怯别兵势大振，反败为胜，一举击溃察八儿军。随后，怯别拥立自己的二哥也先不花继承了父亲和三哥留下的汗位。

察八儿败逃，手下兵将所剩无几，思前想后，除向元朝请降，他似乎别无他途可走。铁穆耳去世后，海山（1308年至1311年在位，庙号武宗）继承了皇位。海山与察八儿在战场上是对手，不过，自命正统大汗的海山很不喜欢都哇自行废立，他认为这是都哇僭越之举。由于不满，他曾遣使安抚过察八儿。有了这段交情，自忖前途叵测的察八儿决定投奔海山。为引起海山重视，察八儿劝说二弟阳吉察儿与他同行。阳吉察儿也觉得在察合台汗与元朝之间，察合台汗国对自己的威胁更大，遂接受兄长邀请，兄弟二人率七千余人归附元朝。

从阳吉察儿走下汗位的一刻，窝阔台汗国宣告灭亡（关于窝阔台汗国存在的时间有两种算法，一种是从1229年至1309年立国八十年，一种是从1269年至1309年立国四十年。算法不同，但都以1309年为界点，此后窝阔台汗国不复存在）。

海山派使者在边境迎接察八儿兄弟。由于多年敌对，海山不能完全放下对海都后人的戒备，尤其阳吉察儿还是现任的窝阔台汗。海山暗令使者以鸩酒毒杀了阳吉察儿，对察八儿则多加慰勉。

或是丑人多福，察八儿在元朝得到封地，安享荣华富贵。至海山的弟弟爱育黎拔力八达（1312年至1320年在位，庙号仁宗）即位后，又赐察八儿"汝宁王"封号。在元朝灭亡前，这个王位一直由察八儿的子孙世袭。

转眼，察八儿在元大都度过了几个月的安逸时光。

这天，察八儿早早准备了一下，来到他家牧马场的河边。

他没让侍卫跟上来，而是牵着马，独自走上山丘。他没带多少东西，只是在马鞍的一侧，挂着两个皮酒壶。

他像个梦游者，又像一位老人，一切动作都显得那么机械、迟缓。他取下一个皮酒壶，慢慢地转身向西而立，慢慢地打开壶盖，慢慢地将酒放在鼻子下闻了闻，又慢慢地将壶中的酒液倾倒在草地上。

他的嘴里喃喃自语，眼眶四周已泛起红色。

虽然，他知道那个人生前从不饮酒。不过他想，到了另一个世界，那个人或许或许改掉了这个习惯。

若此时有人在他身边，一定能看得出来，他在祭奠某个人。

没错，今天是他父亲的生辰，他来这里，正是为了祭奠他的父亲。

另外，也是为了祭奠他的二弟阳吉察儿。他永远无法忘记二弟在他面前喝下毒酒，接着轰然倒地的悲惨一幕。

同是海都之子，二弟死了，他反而成了元帝的座上宾。

他看着酒液渗入草地，突然间就想起了彻儿唱过的那首歌。

那天，盛装的彻儿怀抱着琵琶走进汗帐，苍白的脸上，一双明眸亮得仿佛是缀在夜幕上的启明星。她为众人演唱了一首歌，这首歌，是她为怀念她父亲而作，也是她为抗议海都的残暴和都哇的无信而作。她的歌声里，没有悲伤，只有轻蔑。唱完这首歌，她用暗藏的短刃结束了自己的生命。

当时，她的死令所有人为之震惊。彻儿死后，她的歌被海都明令禁止传唱，可多年之后，察八儿仍旧牢牢记住了其中的几句歌词：

> 谁能在荒蛮的沙漠嗅到草香
> 谁能在冰冷的双唇吻到深情
> 谁能在怨恨的心灵听到祝福
> 谁能在历史的瞳孔看到曾经

察八儿知道，在怨恨的心灵的确听不到祝福，然而这一刻，他竟然透过历史的瞳孔看到了曾经。

　　曾经的一切，无论多么辉煌，在他眼中都成废墟。

　　察八儿不愿再想，也不能再想，要是再想下去，他一定会怀疑自己是不是海都汗的儿子。他但愿自己不是海都汗的儿子，毕竟，一个那样刚强伟大的父亲，不可能生出一个像他一样软弱无能的儿子。

　　他笑了，将另一壶酒喝得一滴不剩。恍惚中，泪水早已濡湿了双颊。他知道，现在安逸的生活他会享受下去，这是最后一次，他来祭奠父亲——这位窝阔台家族最优秀的子孙。这是他作为儿子祭奠父亲，以后，他不会再做。至于原因，只有他自己知道，那就是，他——不——配。

　　他催开坐骑，身体在马背上摇晃着。

　　他的大脑异常清醒，他的心却从未醉得这样厉害。

　　他的心，醉在了无尽的愧疚、悲哀与孤寂里。